Die Tochter der Raubritterin

Was bisher geschah

Falkenstein im Taunus im 14. Jahrhundert: Mit dem Einzug ihrer Stiefmutter auf Burg Königstein ändert sich Johannas ganzes Leben. Vorbei ist es mit den unbeschwerten Tagen, die Johanna mit Jagen und Reiten verbrachte. Als sie nach einer brutalen Vergewaltigung schwanger wird, verbannen die Eltern sie in ein Kloster. Doch Johanna gibt nicht auf, sondern rächt sich auf ihre Weise: Die vorgeblich fromme Klostermagd Johanna führt ein Doppelleben. Als Johann, furchtloser und gefürchteter Kopf einer Räuberbande, versetzt sie die Begüterten ringsum in Angst und Schrecken. Der Kampf gegen die herrschende Ungerechtigkeit und vor allem die Suche nach ihrer kleinen Tochter sind Johannas Motive. Hat Konrad, Gesches Vater und einer der Eroberer von Königstein, sie in seine Gewalt gebracht? Johanna will Gesche vor dem brutalen und herzlosen Mann schützen und verbündet sich mit Roland Brobergen, einem jungen vogelfreien Ritter. Brobergen ist insgeheim unsterblich in sie verliebt und nur allzu bereit, ihr zu helfen. Doch als sie gemeinsam versuchen, Konrad bei einem Turnier zu stellen, werden sie verraten und auf Burg Königstein eingekerkert. Dort herrscht mittlerweile Katherine, Johannas böse Stiefmutter, und sie hat Gesche in ihrer Gewalt …

Die Autorin

Kari Köster-Lösche, 1946 geboren in Lübeck, verbrachte ihre Jugend teils in Schweden, teils in Frankfurt a. M. Als Tierärztin hat sie zahlreiche wissenschaftliche Bücher veröffentlicht, bevor sie mit ihren spannenden Erfolgsromanen ein begeistertes Publikum gefunden hat. Heute lebt und arbeitet sie als freie Autorin in Nordfriesland. *Die Tochter der Raubritterin* ist der dritte Band der Raubritterin-Trilogie.

In unserem Hause sind bereits von Kari Köster-Lösche erschienen:
Die Raubritterin (Band 1 der Trilogie)
Tod allen Reichen! (Band 2 der Trilogie)
Die Heilerin von Alexandria
Das Deichopfer
Die Hexe von Tondern
Die Reeder
Hexenmilch

Kari Köster-Lösche

Die Tochter der Raubritterin

Roman

List Taschenbuch

List Taschenbücher erscheinen im Ullstein Taschenbuchverlag,
einem Unternehmen der Econ Ullstein List Verlag GmbH & Co. KG, München
Originalausgabe
2. Auflage 2001

Lektorat: Barbara Lauer, Bonn
Umschlagkonzept: HildenDesign, München – Stefan Hilden
Umschlaggestaltung: Init GmbH, Bielefeld
Titelabbildung: Artothek, Peissenberg
Gesetzt aus der Sabon
Satz: Dörlemann Satz, Lemförde
Druck und Bindearbeiten: Clausen & Bosse, Leck
Printed in Germany
ISBN 3-548-60076-X

Die Tochter der Raubritterin

Kapitel 1

»Gott verdamme ihre sündige Seele! Ich werde selbst dafür sorgen, daß meine Verwandte Johanna sich wegen ihrer Ketzerei verantworten muß! Ich bin ein frommer Mann!« Philipp von Falkenstein, Hausherr der Burg Königstein und gerade von seiner langen Reise aus Rom zurückgekehrt, stemmte die massigen Unterarme auf den Tisch und richtete seine vorstehenden Augen erzürnt auf Ritter Bernburg.

Bernburg ließ sich von seinem Lehnsherrn nicht einschüchtern. Nur wenige kannten ihn so gut wie er. Eben darum hatte er gewagt, für Johanna um Gnade zu bitten, die sich am Aufstand der Bürger von Königstein gegen ihren ungeliebten Herrn beteiligt hatte. Aber die Zustimmung, die Philipp lautstark von seinen ohnehin meistens lärmenden Gefolgsleuten im Saal erhielt, ließ ihn zögern, den Sachverhalt erneut darzulegen. Philipp würde sich nicht scheuen, das Strafmaß zu erhöhen, wenn er seinen Männern derart leicht eine Freude bereiten konnte. Manche von ihnen kannte Bernburg nicht einmal; Philipp mußte sie aus der Heimat seiner Familie irgendwo im Süden mitgebracht haben.

Die Veränderungen machten Bernburg Sorgen. Der Himmel mochte wissen, was dieser unbeherrschte Eroberer der Reichsburg Königstein in Zukunft anrichten würde. Philipps Blick ruhte jedenfalls auf ihm, als ob er persönlich für die Taten der mutigen jungen Ritterstochter verantwortlich wäre.

»Warum hat Johanna von Falkenstein-Butzbach mich nie wegen

ihres Vaters aufgesucht? Sagt, Ritter, warum hat sie mich nicht angefleht, ihn freizulassen?«

»Das entspräche wohl nicht ihrem Charakter«, murmelte Bernburg voll böser Ahnungen.

»Bringt sie her, Bernburg. Ich will sie sehen. Ich will sehen, wie eine Frau aussieht, der Ihr Charakter zusprecht.« Philipp lachte träge und sah sich beifallheischend unter seinen Mannen um. Ihr schallendes Gelächter ließ sein Gesicht glänzen, als hätte er es in Salböl gebadet.

Bernburg hörte das Knacken seines eigenen Kiefers im Ohr, bewahrte aber Haltung und hütete sich, das selbstgefällige Gefasel des Burgherrn zu unterbrechen.

»Man behauptet, Ihr wüßtet, wo sie sich versteckt.«

Bernburg sah keinen Sinn darin zu leugnen, daß er gelegentlich zu Johanna Kontakt hatte. Er nickte schweigend.

»Ihr könntet damit einiges von dem gutmachen, was Ihr Euch in meiner Abwesenheit habt zuschulden kommen lassen.«

Eine leise, aber unüberhörbare Anklage, die Bernburg nicht auf sich sitzen lassen konnte. »Ich habe die Burg für Euch gerettet, Philipp von Falkenstein«, entgegnete er ruhig. »Mit Unterstützung des damals schon sehr kranken Ritters Oppenrod. Eure Herzensdame Katherine war dabei, Stadt und Burg während Eurer Abwesenheit zugrunde zu richten. Die Königsteiner Bürger jedenfalls waren dieser Meinung, und ohne mein Dazwischentreten hätten sie den Burghauptmann und seine wenigen Männer über die Zinnen geworfen.«

»Was fällt Euch ein, Bernburg! Legt gefälligst mehr Respekt vor der Edeldame Katherine an den Tag! Sie hat mir übrigens die Vorgänge ganz anders geschildert.« Der Burgherr stieß heftig die Luft durch die Nase und atmete schwer. Unverkennbar stand er kurz vor einem Wutausbruch.

Die jungen Ritter, die mit Philipp am hohen Tisch zechten, schielten erwartungsvoll zu ihm hin. Die Erfahrenen grinsten und hielten die vollen Krüge fest, damit sie nicht von der Tischplatte springen konnten.

Bernburg sah sich ernüchtert in der Runde derer um, die Philipp am nächsten standen. Keiner von ihnen war auf Burg Königstein gewesen, als die Bürger zum Sturm auf die Burg ansetzten; niemand konnte bezeugen, daß es ausschließlich seinem diplomatischen Geschick zu verdanken war, wenn die Burg heute noch Philipp gehörte.

»Nun?« fragte Philipp aggressiv. »Wollt Ihr Euch entschuldigen?«

Bernburg seufzte. Was er Philipp jetzt noch mitzuteilen hatte, würde ein Dolchstoß in das Herz des Mannes sein, der dieser Frau restlos verfallen war. Aber er sah keinen Ausweg. »Nein«, sagte er. »Es gab turbulente Ereignisse auf der Burg. Ich werde sie Euch zu anderer Zeit ausführlich schildern. Unter anderem erfuhren wir dabei, wer die Edeldame Katherine in Wahrheit ist: Sie ist keine Edeldame. Sie heißt Katherine Yss und wuchs in bettelarmen Verhältnissen in der Gilergasse von Frankfurt auf. Wenn man es genau nimmt, ist sie nichts als eine Hure, die gegen das Gebot der Heiligen Mutter Kirche ohne den gelben Schleier herumläuft.«

Das Gesicht des Burgherrn rötete sich bis zu den Wurzeln der schon sehr gelichteten kinnlangen Haare. Die wässerigen blauen Augen traten noch mehr hervor als gewöhnlich. Ein Löffel, den er, ohne es zu bemerken, zwischen den Händen gebogen hatte, zerbrach. Philipp schleuderte beide Teile von sich.

Einer der wenigen älteren Ritter an der Tafel wurde von dem einen Löffelteil an der Braue getroffen. Der heftige Schmerz ließ ihn zusammenzucken. Bernburg, der es aus dem Augenwinkel bemerkte, wartete auf den Protest des Mannes, aber dieser wischte nur verstohlen das Blutrinnsal aus den borstigen grauen Haaren, damit es ihm nicht die Sicht nahm.

Es bestätigte Bernburg, was er längst geahnt hatte: Philipp war ein tückischer und unberechenbarer Herrscher; Männer, die ihm treu gedient hatten, wurden schnell zu Feinden erklärt. Aber vor seiner Romreise hatten die Ritter wenigstens gewagt, Philipp Widerstand zu leisten.

Philipp stemmte sich aus seinem Lehnstuhl hoch. »Bernburg!« Die Schärfe in seiner Stimme war ätzend. Er wartete auf ein Zeichen der Unterwerfung.

Bernburg verlagerte sein Gewicht auf das Schwert, dessen Spitze zwischen seinen Füßen stand, und beugte den Nacken kaum spürbar.

Philipp musterte ihn kalt. »Das hättet Ihr nicht sagen sollen, Lehnsmann! Die Dame Katherine hat ein feines Gespür für Feinde und ist unversöhnlich. Ich kann Euch getrost ihr überlassen. Ihr werdet Euch noch wünschen, Eure Strafe nur aus meiner Hand zu empfangen.«

»Ich habe Euch geschworen, Euer Leben, Eure Ehre und Euer Hab und Gut zu verteidigen, Herr«, sagte Bernburg förmlich und ließ sich hinter seinem Schwert auf ein Knie nieder. »Das habe ich getan. Jetzt aber bitte ich Euch, mich aus Eurem Dienst zu entlassen; ich habe Euer Vertrauen nicht mehr und kann Euch nicht mehr von Nutzen sein.«

»Nein, Lehnsmann!« Philipp ließ sich auf seinen Stuhl zurücksinken. In seinem Gesicht wechselten Verblüffung und Verärgerung einander ab.

Niemand wagte, sich zu rühren, und es war still im Saal; nur im Stroh in der Nähe der Heizungsschächte raschelten die Mäuse.

Es dauerte eine Weile, bis Philipp zu einem Entschluß gekommen war. »Ihr werdet mir weiterhin in Treue und mit Eifer dienen, Bernburg. Ich gestatte Euch nicht, Euch einfach Eurer Schuldigkeit zu entziehen! Dagegen mag Oppenrod sich zurückziehen; seine Knochen zerbröseln allmählich, hat man mir erzählt. Und jetzt erspart mir den Anblick Eurer mürrischen Miene und entfernt Euch.«

Ritter Bernburg erhob sich, verneigte sich stumm und wandte sich zur Saaltür. Bevor er sie erreicht hatte, zwang die Stimme seines Herrn ihn, sich nochmals umzuwenden.

»Ich erwarte, daß Ihr Johanna innerhalb der nächsten drei Tage herschafft, ganz gleich, wo und in welch übler Gesellschaft sie sich herumtreibt! Solltet Ihr versagen, werdet Ihr im Kerker darüber nachdenken, wie Ihr Euch bessern könnt.«

»Ich nehme an, daß Ihr für Johannas Sicherheit bürgt und sie unbehelligt wieder gehen laßt?« erkundigte Bernburg sich kühn.

Philipp achtete längst nicht mehr auf ihn; möglicherweise überhörte er Bernburgs Frage aber auch mit Absicht.

Bernburg überdachte noch, ob es zweckmäßig wäre, auf einer Antwort zu beharren, als er grob von hinten angerempelt wurde. Ein Hüne stand hinter ihm, zu dem er aufsehen mußte, obwohl er selber nicht klein war. »Seht Euch vor, Heinzenburg«, sagte er grollend.

Ritter Heinzenburg, ein vierschrötiger Klotz von Mann mit einem breitflächigen, nichtssagenden Gesicht, grinste vieldeutig. »Ich glaube nicht, daß ich derjenige bin, der sich vorsehen muß. Wie es scheint, kommt Ihr an diesem Hofe allmählich aus der Mode. Es wurde auch Zeit.«

»Während Ihr immer beliebter werdet«, versetzte Bernburg. »Vor allem bei der Edeldame Katherine Yss aus dem Bettler- und Hurenviertel von Frankfurt, nicht wahr?«

»Hütet Eure Zunge, Bernburg«, zischte Heinzenburg. »Ich könnte sonst versucht sein, Eurem Herrn zu empfehlen, sich dieser Zunge zu entledigen. Es gäbe da verschiedene Methoden, müßt Ihr wissen …« Mit klirrenden Beinschienen machte er sich auf den Weg zur hohen Tafel an der Stirnseite des Saals.

»Ach. Seid Ihr der neue Ratgeber unseres Burgherrn?« fragte Bernburg spöttisch hinter ihm her.

Aber weder Heinzenburg noch die übrigen Männer beachteten Bernburg. Sie starrten fasziniert auf den Zwerg, der von irgendwo aus dem Verborgenen hervorschoß und wie eine rollende Kugel Heinzenbug den Weg bis zur hohen Tafel durch das schmutzstarrende Stroh bahnte.

Man könnte meinen, Heinzenburg fühlte sich als der Herr im Haus, dachte Bernburg verdrießlich und verließ den Saal.

Johanna von Falkenstein kauerte hinter dichtem Gebüsch an der Straße zwischen Eppstein und Königstein und lauschte mit zunehmender Verwunderung. »Was mag das nur sein, das mit solchem Lärm durch den Wald gekarrt wird?« fragte sie beunruhigt.

»Vielleicht hat sich unser geliebter Burgherr wieder etwas neues Schönes ausgedacht«, mutmaßte Ritter Brobergen, ihr ständiger Begleiter und unauffälliger Beschützer. »Man kann ziemlich sicher sein, daß kein anderer innerhalb seines Herrschaftsbereiches es wagen würde, solchen Krach zu machen.«

Auf Johannas Lippen stahl sich ein Lächeln, das schnell wieder verschwand, als sie daran dachte, daß sie sich immer noch im Wald verstecken mußten, gejagt wie vor dem Aufstand der Königsteiner gegen Philipp. »Wir waren so nah dran, Königstein wieder für den Kaiser zurückzuerobern«, seufzte sie zusammenhanglos. »Ohne Katherine hätte Philipp sich möglicherweise geschlagen gegeben, auf die Burg verzichtet und lieber den Grafentitel angenommen. Wahrscheinlich hat sie ihm eingeredet, daß er beides haben kann.«

»Davon ist wohl auszugehen«, murmelte Roland Brobergen und spähte über die Sträucher hinweg.

Was immer es war, es mußte jetzt ganz nahe herangekommen sein. Gequälte Ochsen brüllten unter den knallenden Geräuschen der Peitschen, Wagenräder knarrten, und eine Männerstimme erteilte widersprüchliche Befehle.

Johanna wechselte mit Brobergen einen ratlosen Blick. Er zog die Schultern hoch.

Ein Ochsengespann kam in Sicht. Vier Tiere zogen einen tiefliegenden Karren, begleitet von Knechten in den Farben des Falkensteiners, die hin und wieder in die Speichen griffen und halfen, die ungewöhnliche Ladung in den Fahrspuren zu halten.

»Eine Kanone«, flüsterte Brobergen andächtig. »Ich ahnte doch, daß Philipp noch einen Trumpf im Ärmel haben mußte. Seine früheren Eroberungen hat er ja auch zustande gebracht, ohne von einer Katherine Yss gedrängt zu werden.«

»Wo die Kanone wohl herkommt?« fragte Johanna und ging hastig in Gedanken durch, was sie bisher über Kanonen gehört hatte. Nicht viel. In den ritterlichen Kreisen, zu denen sie durch Geburt gehörte und aus denen sie sehr unfreiwillig hinauskatapultiert worden war, sprach man über Kanonen nicht. Noch mehr: Man überging ihre Existenz mit verächtlichem Schweigen. Sie klopfte auf den Malchus, den sie statt eines Schwertes an der Seite trug, wie auf die Schulter eines Freundes. »Bestimmt von weit her. Selbst in Eppstein, wo sie auf Hiebwaffen und Rüstungen spezialisiert sind, habe ich nie jemanden etwas über Kanonenwerkstätten sagen hören. Es gab so etwas einfach nicht …«

Der Ritter lächelte trübe. »Es wäre fahrlässig, sie weiterhin zu ignorieren. Diese Kanone könnte das Ende deiner Träume bedeuten, Johanna. Selbst der Kaiser wird es sich jetzt überlegen, ob er versuchen soll, Königstein zurückzuerobern.«

»Aber die Wetterauer Truppen hatten doch im ersten Krieg um Königstein schon eine Kanone«, wandte Johanna ein.

»Von der Burg herab könnte man eine Kanone zerstören, noch bevor die Wetterauer ihre in Stellung gebracht haben. Und die Bedienungsmannschaft dazu, Ochsen, Pferde, Ritter ...« Brobergen schüttelte den Kopf.

Johanna, die ihn gut kannte, griff schnell nach seiner Hand und drückte sie herzhaft. Er durfte sich nicht entmutigen lassen! Wer sollte ihr sonst helfen, ihren gefangenen Vater zu befreien und ihre Tochter Gesche zu finden? Ihr Bruder würde es niemals schaffen; er hatte seine Schwächen.

Allmählich erst wurde ihr klar, wie sehr die Kanone ihre Feinde begünstigte. Vorübergehend wuchs ihr Haß auf Katherine, deren Ehrgeiz die Ursache für all dieses Unglück war.

Roland Brobergen entzog ihr seine Hand, und Johanna war dankbar dafür, daß ihre vertrauliche Geste so unbemerkt geblieben war. Er hatte nur Augen für den Karren mit der Kanone, der in quälend langsamem Schrittempo an ihnen vorbeigezogen wurde.

Johanna war überrascht, wie klein sie war, gemessen an der Tiefe der Spuren, die sie hinterließ. Die sechs Knechte waren vollständig davon in Anspruch genommen, sie im Gleichgewicht zu halten. Ein Mann ging mit einem Arm voller Knüppel neben der Deichsel einher, um Löcher im Weg auszufüllen. Zur Zeit der kaiserlichen Burgmannen war die Straße niemals in so schlechtem Zustand gewesen.

Angeführt wurde der Transport von Burghauptmann Hans Praun, an den sie sich noch gut erinnerte. Er war ein eifriger, dienstbeflissener Mann, genau der richtige, um ein solches Ungetüm sicher zur Burg zu bringen. Er saß auf seinem schweren zottigen Hengst, derart verbissen auf die kostbare Fracht konzentriert, daß er nichts von der Anwesenheit der heimlichen Zuschauer bemerkte.

Und das ist gut so, dachte Johanna. Wer konnte schon genau wissen, wie die Stimmung des Burgherrn derzeit war: ob er sie suchen oder ihr die Gnade der Nichtbeachtung zuteil werden ließ.

Als die Kanone hinter einer Biegung verschwunden war, klopfte sich Brobergen die Erde von den Knien und richtete sich auf. »Vor allem möchte ich wissen, woher Philipp das Geld hat«, überlegte er laut. »Wer kann sich schon eine Kanone leisten? Die Eppsteiner Burgherren mitsamt ihrem Verwandten, dem Mainzer Erzbischof, werden ihm nicht einfach aus nachbarlicher Freundschaft so viel Geld stunden, könnte ich mir denken. Sie gelten als schlaue, aber vorsichtige Geschäftsleute.«

Johanna nickte und stülpte sich wortlos die Kettenhaube über den Kopf. Wenn die Kanone derart entscheidend für den Ausgang des Streites zwischen Philipp von Falkenstein und dem Reich war, war es für Philipp nicht schwer, an Geld zu kommen. Ein zukünftiger Sieger konnte sich jede Kanone leisten.

»Ich glaube, ich weiß es«, sagte Brobergen plötzlich und klopfte ihr aufmunternd auf die Schulter.

»Wirklich?« Johanna sah ihn zweifelnd an.

Brobergens fröhliche Miene wirkte ansteckend. »Ja! Sie plündern Opferstöcke und ähnliches aus. Komm, laß uns zu deinem Bruder reiten und ihm die Neuigkeit erzählen. Ich schätze, er wird ein ganz neues Arsenal an Flüchen erfinden müssen!«

Als Johanna und Roland Brobergen bei der Hütte im Wald anlangten, in die sie sich nach dem Aufstand in Königstein zurückgezogen hatten, um in sicherer Enfernung die weitere Entwicklung abzuwarten, hatte Vico Besuch. Ein fremdes Pferd weidete die noch spärlichen grünen Halme ab, die in seiner Reichweite wuchsen. Schon draußen hörte Johanna der Stimme ihres Bruders an, daß es ein willkommener Besucher sein mußte.

»Ritter Bernburg!« rief sie froh, sprang aus dem Sattel und warf, schon im Laufen, Astors Zügel über einen Busch.

Bernburg stand gemessen auf, als sie hereinstürmte, und verneigte sich. »Johanna von Falkenstein!«

»Ach, so laßt doch die Förmlichkeiten, Ritter!« Johanna umarmte ihn kurz entschlossen. »Bringt Ihr uns Neuigkeiten? Oder wollt Ihr feststellen, ob wir noch leben?«

»Gut, daß Ihr Euren Mut noch nicht verloren habt«, antwortete Bernburg mit ernstem Gesicht. »Ihr werdet ihn brauchen. Philipp von Falkenstein will Euch sprechen. Auf der Burg.«

»Oje.« Johanna ließ sich auf einen Hocker sinken und starrte erschrocken zu ihrem Gast hoch. »Jetzt schon? Ich dachte, er hätte zunächst andere Sorgen. Na ja. Es wäre zu schön gewesen, wenn er uns einfach vergessen hätte.«

»Er hat Euch keineswegs vergessen, Johanna. Im Gegenteil. Er will Euch der Ketzerei anklagen lassen, allerdings erst, wenn er sich der Sache voll und ganz widmen kann. Im Augenblick möchte er Euch nur sprechen; er interessiert sich für Euch. Worum es geht, weiß ich leider nicht.«

»Gesche?« fragte Johanna zögernd, um sich in Windeseile einzureden, daß es das sein mußte. »Vielleicht hat er endlich eingesehen, daß sie zu ihrer Mutter gehört!«

»Macht Euch nicht zu viel Hoffnung«, riet Bernburg sanft. »Es sieht nicht so aus, als ob er sich mit Euch versöhnen und Euch Eure Tochter überlassen wollte, eher im Gegenteil. Er hat Heinzenburg an meiner Stelle zu seinem Ratgeber gemacht, und das sieht nach dem Beginn harter Zeiten für uns alle aus. Wappnet Euch also lieber innerlich, damit Ihr nicht enttäuscht werdet.«

»Heinzenburg, der Minneritter von Katherine! Ausgerechnet er!« schnaubte Johanna. »Was meinst du, Roland? Soll ich hinreiten?«

Die Männer wechselten besorgte Blicke. Vico zuckte mit den Schultern.

Brobergen überlegte sich seine Antwort gut. »Ich glaube, es gibt hier keine Wahl, Johanna. Du mußt Philipp gehorchen. Im Augenblick läßt er uns nur ungeschoren, weil er alle Hände voll zu tun hat, sein Gebiet nach dem Aufstand wieder neu zu ordnen und sich gleichzeitig auf einen neuen Krieg vorzubereiten.«

»Was?« Ritter Bernburg, der inzwischen Haube und Kettenhandschuhe ausgezogen hatte, machte ein ungläubiges Gesicht und fuhr sich mit der Hand durch sein graues Haar. Er beugte sich vor, um Brobergen am anderen Ende der Wandbank schärfer ins Auge zu fassen. »Sagt das noch mal, Brobergen!«

»Philipp rüstet für einen neuen Krieg. Mit neuesten Waffen. Wußtet Ihr es nicht?«

Bernburg schüttelte entgeistert den Kopf. »Wie ich schon andeutete: Ich habe Philipps Vertrauen nicht mehr. Ich habe immer für eine gütliche Einigung und Verhandlungen zwischen ihm und der Gegenpartei plädiert. Ich war sein Mann für den Frieden. Er hat sich für den Krieg entschieden, ohne mir Gelegenheit zu geben, auch nur meine Meinung vorzubringen.« Er seufzte tief. »Heinzenburg ist Philipps Mann für den Krieg. Philipp handelt also nur konsequent, wenn er mich aus seiner unmittelbaren Umgebung fernhält.«

»Heinzenburg ist leider mehr als nur ein Ritter, der den Krieg liebt. Er ist brutal, skrupellos und verlogen«, warf Brobergen sorgenvoll ein, bevor er sich an Johanna wandte. »Solange Philipp unsere Beteiligung am Aufstand der Königsteiner mit Schweigen übergeht, läßt er sich jede Möglichkeit offen. Er kann so tun, als hätten wir gar keinen Anteil daran gehabt – er kann uns aber auch als Rädelsführer suchen lassen. Wir dürfen ihm keinen Vorwand liefern, Praun ein zweites Mal nach uns auszuschicken.«

»Ganz genau«, sagte Bernburg zustimmend.

Vico sprang so hastig auf, daß sein Hocker polternd umfiel. »Es ist unglaublich«, versetzte er böse, »wir waren so nah dran am Sieg. Nur Philipps unselige Leidenschaft zu dieser Hure hat verhindert, daß er sich geschlagen gab. Es wäre besser gewesen, Katherine auf der Stelle totzuschlagen …«

»Nur sie weiß, wo Gesche ist«, erinnerte Johanna ihn mit gequältem Gesichtsausdruck. »Wir mußten dafür sorgen, daß ihr nichts Ernstliches passierte …«

»Ja, Schwesterchen. Wir müssen uns eben damit trösten, daß Katherine einige Wochen in der Gesellschaft von Ratten hungern durfte. Welch ein Ergebnis eines Aufstandes! Es ist nicht zum Aushalten!« Vico warf ihr einen grollenden Blick zu und verließ ungestüm die Hütte.

Bernburg erhob sich. »Ich werde auch wieder gehen.«

»Was ist aus Ritter Oppenrod geworden?« erkundigte Johanna sich, als sie alle schon draußen standen. »Wie geht es ihm?«

Bernburg, der im Begriff war, in den Sattel zu steigen, drehte sich zu ihr um. »Gottlob, es geht ihm ganz gut. Er hat sich daran gewöhnt, die Medizin nach Eurer Vorschrift einzunehmen. Philipp hat ihn aus seinem Dienst entlassen, so daß sein Leben jetzt in ruhigen Bahnen verlaufen wird.«

»Und Kurt?«

»Oh, Kurt.« Bernburg lachte, schwang sich auf sein Pferd und setzte sich im Sattel zurecht. »Der ist nach Hause geeilt, um seine Hochzeit in die Wege zu leiten, und wird danach wiederkommen. Eigentlich müßte Philipp ihn zum Ritter schlagen. Verdient hat er es. Die Turbulenzen seines Lebens haben ihn nun lange genug aufgehalten, finde ich.«

»Wie schön! Dann werden wir ihn ja bald wiedersehen. Vielleicht sogar seine Schwertleite miterleben.« Johanna lächelte verloren und malte sich in Gedanken das feierliche Gelöbnis eines aufrechten und tapferen jungen Mannes aus, der mit allem gebrochen hatte, was in seinem Stand üblich war, um eine Bauerntochter zu heiraten. Sie winkte Bernburg nach, als sie Rolands skeptische Miene bemerkte. »Glaubst du, daß wir bei Kurts Schwertleite nicht anwesend sein dürfen?«

»Ich glaube nicht, daß Philipp ihn zum Ritter schlagen wird«, widersprach Brobergen. »Was er getan hat, dürfte in Philipps Augen ein unentschuldbares Vergehen darstellen. Es sei denn, es träten Umstände ein …«

»Dann will ich hoffen, daß sie eintreten«, versetzte Johanna schroff und hörte auf zu winken.

Bevor Bernburg in den Wald eintauchte, rief er ihr noch zu: »Bitte erscheint spätestens in zwei Tagen auf der Burg, Johanna. Philipp wird nicht zögern, mich vierteilen zu lassen, wenn Ihr nicht kommt. Mit seinen beiden Ratgebern Heinzenburg und Katherine wird er alle Hemmungen verlieren.«

Johanna zuckte zusammen und sah zu Brobergen hoch. »Glaubst du, daß er recht hat?«

»Ich fürchte, ja«, antwortete der bedächtig. »Es könnte sein, daß Philipp uns nur scheinbar unbehelligt läßt. Irgendwann muß der Kampf zwischen den Falkensteinern von Lich und von Butzbach entschieden werden. Mit Katherines und Heinzenburgs bösen Einflüsterungen wird es Philipp nicht darum gehen, Frieden zwischen den Familien zu schaffen, sondern Ruhe. Endgültige, tödliche Ruhe.«

»Aber dann wären wir ja in größerer Gefahr als bisher«, sagte Johanna betroffen. »Vielleicht mit Ausnahme von Gesche.«

Brobergen nickte und legte tröstend seinen Arm um ihre Schultern. »Ich werde alle Hände voll zu tun haben, um euch zu schützen. Am besten wäre, du willigst endlich ein, mich zu heiraten …«

»Davon kann überhaupt nicht die Rede sein«, schnaubte Johanna und entwand sich Brobergens Umarmung. »Außerdem hast du selbst gesagt, daß ich warten soll, bis du dich mir vor die Füße wirfst! Ich weiß allerdings nicht, was ich mit einem Ehemann anfangen sollte, der mir ständig im Weg liegt …« Sie wußte, daß sie zu scharf geantwortet hatte. Aber sie verabscheute Mitleid und Schutz. Hilfestellung war das einzige, das sie akzeptierte. Hocherhobenen Hauptes rauschte sie davon.

Zwei Tage später stand Johanna vor dem Saal der Feste Königstein. Während der Knappe zu Philipp von Falkenstein ging, um sie zu melden, begann ihr Herz gewaltig zu klopfen. Sie war ihrem Verwandten von nahem bisher nur einmal begegnet, aber damals saß sie im Zisterzienserhof von Eppstein unter einem Tisch und sah nur seine Füße. Peinlich genug, um es niemandem zu erzählen. Später hatte sie Philipp bei zwei Turnieren gesehen, und beide waren so aufregend gewesen, daß sie von ihm nur einen ungefähren Eindruck bekommen hatte.

Der Knappe, der Johanna zwischen den Tischen an den Längswänden vorbei zur hohen Tafel führte, duldete achselzuckend, daß Roland Brobergen ihr wie ein Schatten folgte. Sie war froh, ihn bei sich zu wissen, als sie verstohlen den Blick über die Ritter schweifen ließ und fast nur fremde Gesichter sah. Aber dann wäre sie vor Überraschung beinahe über einen der herumliegenden Knochen gestolpert.

Lettel, der Lehnsmann ihres Vaters, der ihr das Reiten und den Turnierkampf beigebracht hatte, befand sich im Saal. Er stand bei einer Gruppe von jungen Leuten, die noch nicht alt genug waren, um Ritter zu sein. Sie unterhielten sich lebhaft miteinander, zogen aber den alten Mann nicht ins Gespräch, vielmehr schien er sich nur als geduldet zu betrachten. Vorübergehend litt sie mit ihm, bis ihr einfiel, daß ausgerechnet er jetzt dem neuen Herrn diente. Hatte er seine frühere Verbundenheit zu ihrer Familie völlig aus dem Gedächtnis getilgt?

Die Aufmerksamkeit, die die Neuankömmlinge erweckten, veranlaßte Lettel, sich umzudrehen. Seine Miene blieb ausdruckslos, aber irgendwie vermittelte er den Eindruck, geblinzelt zu haben. Ein Gruß für sie oder eine Warnung? Oder gar eine Drohung?

Beunruhigt setzte Johanna ihren Weg fort, noch mehr auf der Hut als bisher schon. Aber sie fand keine Zeit zum Grübeln: Philipp von Falkenstein wurde plötzlich auf sie aufmerksam.

Er sah ihr mit zusammengekniffenen Augen entgegen, als ob er seinen Augen nicht traue. Johanna staunte ebenfalls. Er hatte eine imposante Figur gehabt, als sie ihn auf dem Turnierplatz gesehen hatte, aber massig wie ein schlachtreifer Ochse war er noch nicht gewesen. Seine Haare waren schütter, obwohl er keineswegs alt war, und in dem hellen Tageslicht schimmerten sie rot.

»Mein Vetter Lienhart aus Butzbach pflegt oft fremdzugehen, wie man hört«, sagte Philipp in feindlichem Ton, »aber Ihr stammt zweifelsohne von ihm.«

»Da bin ich sicher«, sagte Johanna mit hocherhobenem Kinn und versuchte vergeblich, in den sie anstarrenden wässerigblauen Augen des Burgherrn verwandtschaftliche Gefühle zu erkennen. »Obwohl ich meine roten Haare von meiner Mutter geerbt habe, nicht etwa von den Falkensteinern, wie Ihr zu glauben scheint.«

»Die Kratzbürste mit der schlechten Erziehung! Dame Katherine erwähnte es einmal. Ich erkenne, wie recht sie hat.« Philipp begann Johanna demonstrativ vom Kopf bis zu den Füßen zu mustern. »Ich erwartete Euch nicht in Knappenkleidern«, sagte er kalt. »Es gehört sich nicht für ein Edelfräulein und läßt auf fehlende Frömmigkeit schließen. Es ist unnatürlich und mindestens genau so verwerflich wie eine Hure ohne Kennzeichnung.«

»Und wie ein Priester in geschlitzter Kutte«, sagte Johanna zustimmend. »Wir beide können bestimmt noch mehr verwerfliche Dinge dieser Welt zusammentragen, wenn wir uns Mühe geben, Philipp von Falkenstein. Gewiß gehört auch das Zusammenleben mit einer verheirateten Frau dazu. Mit einer, die mit einem anderen Mann verheiratet ist, meine ich.«

Der Falkensteiner kniff die Augenlider zusammen. Er hatte sie unterschätzt und schnell gelernt.

In ihrem Rücken spürte Johanna den warnenden Druck von Brobergens Hand. Aber sie dachte nicht im Traum daran, sich fügsam zu geben. Schließlich hatte Philipp die Attacke begonnen, und außerdem war sie ihm von Geburt her ebenbürtig.

»Macht das freche Weib einen Kopf kürzer!« mischte ein Ritter sich plötzlich ein. »Sollte sie mir einmal im Wald begegnen, ich würde nicht zögern …«

Jetzt erst wurde Johanna gewahr, daß Heinzenburg neben Philipp saß. Bernburg hatte recht gehabt: Der schreckliche Kerl war zum Ratgeber Philipps aufgestiegen.

Der Hausherr wischte den Einwurf mit einem unwirschen »noch nicht« beiseite und lehnte sich in seinem Sessel zurück. Sein Mittelfinger begann rhythmisch zu trommeln, und seine Lippen spitzten sich zu einem unhörbaren Flöten.

Seine Ritter, die sich offenbar auf einen Streit wie auf den Auftritt einer Gauklertruppe gefreut hatten, lauschten verdutzt. Einer grinste; sein unter dem Tisch ausgestreckter Fuß wippte im Takt, während auch er lautlos zu flöten begann. Unterdrücktes Gelächter machte sich breit.

Johanna stand hilflos da. Vermutlich war es ein unflätiges Lied aus der Gosse, und es machte sie rasend zu bemerken, daß alle Trinkkumpane von Philipp es zu kennen schienen. Ihr war es unbekannt. Sie ballte die Fäuste.

»Jetzt weiß ich, was Bernburg mit Charakter meinte«, sagte Philipp, als auch der letzte Knappe im Saal begriffen hatte, was gespielt wurde. »Wenn nicht der Tisch wäre, würde sie auf mich losgehen. Sie ist weiter nichts als ein wildes Tier. Man muß es zähmen.«

»Was wollt Ihr von mir?« fragte Johanna grob, als sie die unwürdige Situation nicht mehr ertragen konnte. Sie war geradezu erleichtert, als die Lüsternheit in seiner Miene unverzüglich in Hohn umschlug.

»Um auf die verheiratete Frau zurückzukommen«, begann Philipp, »Katherines vorige Ehe wurde vom Heiligen Vater in Rom für ungültig erklärt. Es kann also gar keine Rede davon sein, daß ich mit einer verheirateten Frau in Sünde lebte. Außerdem lebte sie bei mir, nicht mit mir. Ich gewährte ihr Schutz vor ihren mißgünstigen Stiefkindern, die ihr nach dem Leben trachteten.«

Johanna stieß einen Laut der Verachtung aus. Es war ihr nicht klar, ob Philipp auch nur ein Wort von dem glaubte, was er behauptete.

Philipp erhob seine Stimme. »Jetzt aber, da alles geklärt ist, werde ich mit der schönen Dame Katherine Hochzeit feiern. Ich habe Euch hierhergebeten, um Euch höchstpersönlich die Einladung zu unserer Feier zu übermitteln, Johanna.«

Er machte Johanna im ersten Augenblick sprachlos. Sie hatte mit allem Möglichen gerechnet, sogar mit ihrer Gefangennahme – aber damit nicht.

»Natürlich nur in weiblicher Kleidung.« Philipp grinste schmierig, verzichtete aber wenigstens auf den Gassenhauer. »Laßt Euch in der Stadt ein Kleid anfertigen, wenn Ihr keines mehr habt. Eine Ausrede lasse ich nicht gelten.«

Genau danach suchte Johanna fieberhaft. Es war einfach ein entsetzlicher Gedanke, die Hochzeit ihrer ehemaligen Stiefmutter, die ihren Ehemann auf so schmähliche Weise ausgenutzt hatte, mitfeiern zu müssen. Dann fiel ihr etwas ein. »Wenn aber Katherine mit meinem Vater nicht verheiratet war, bin ich mit ihr nicht verwandt und sehe keinen Anlaß, zu ihrer Hochzeit zu kommen«, sagte sie fest.

»Ich lade Euch nicht als Stieftochter von Katherine ein, sondern als meine Verwandte. Es wird Zeit, daß die beiden Zweige der

Falkensteiner die verwandtschaftlichen Bindungen wieder aufleben lassen, findet Ihr nicht, Johanna? Werdet Ihr also kommen?«

Der innere Kampf schnürte Johanna förmlich den Hals zu. »Nein!« hätte sie am liebsten gerufen. Aber möglicherweise verhinderte sie damit die Freilassung ihres Vaters Lienhart aus der Gefangenschaft. Und die Rückgabe ihrer Tochter Gesche. »Ja«, preßte sie mühsam heraus. »Wenn mein Bruder und Ritter Brobergen ebenfalls eingeladen werden.«

»Das läßt sich machen! Meine Vermählung findet am Johannistag statt.« Philipp von Falkenstein begann leise Worte mit Heinzenburg zu wechseln. Er hatte das Interesse an Johanna sichtlich verloren.

Johanna schwenkte den mit Perlen besetzten, vornehmen Hut, den sie seit dem Eintritt in den Saal in der Hand hielt. »Dürfen wir uns jetzt zurückziehen?« fragte sie der Form halber und versuchte, ihre Erleichterung aus der Stimme herauszuhalten.

Philipp, der den Blick mißbilligend auf ihren Hut geheftet hatte, kehrte zu Johannas Haaren zurück. Seine Züge wurden weicher. »Nein«, sagte er.

Johanna zuckte erschrocken zusammen.

»Das war erst die eine Hälfte der Botschaft. Die zweite lautet folgendermaßen: Mein Hochzeitstag ist zugleich der letzte Tag, den Ihr verbringen werdet, wie es Euch als Tochter eines Ritters in die Wiege gelegt war. Ab dem Tag danach seid Ihr zur Strafe für Eure Vergehen vogelfrei. Ich werde es in Königstein und sämtlichen Dörfern ausrufen lassen. Jeder wird Euch ungestraft erschlagen und ausplündern dürfen, der dazu Lust verspürt. Wie findet Ihr das?«

Johanna sah ihn starr vor Entsetzen an.

Philipp grinste und winkte ungeduldig mit seiner fleischigen Hand. »Jetzt dürft Ihr Euch zurückziehen.«

Kapitel 2

Vico von Falkenstein drehte das Dokument, das ihm ein Knecht des Königsteiner Burgherrn auf dem Marktplatz übergeben hatte, um und um. Es war zweifelsohne echt; Philipps Siegel mit den drei Hechten bewies es. Und trotzdem war keiner von ihnen bereit, die Bedingung zu glauben, die Philipp für die Freilassung ihres gefangenen Vaters stellte.

»Vielleicht hat sich der Schreiber vertan. Sein Sohn hat das Kindbettfieber, und seine Ehefrau ist beim Spielen in den Teich gefallen«, murmelte Johanna bedrückt. Mit den Gedanken bei ihrem Vater Lienhart im Verlies einer ihnen unbekannten Burg, starrte sie auf die Zeilen, die die Höhe des Lösegeldes bekanntgaben. Es war einfach unfaßbar hoch.

»Entweder Philipp stellt die Forderung nur zum Schein, weil Katherine Lienhart gar nicht freigeben will«, mutmaßte Roland Brobergen nüchtern, »oder er braucht Unmengen von Geld und erpreßt jeden, der ihm dafür tauglich erscheint.«

»Wofür braucht er soviel Geld?« warf ihr Bruder ein. »Glaubst du, er will sich den Grafentitel kaufen?«

»Verflucht soll er sein«, sagte Johanna unbeherrscht. »Das Geld braucht er für Kanonen!«

»Genau. Für die Kanone«, sagte Brobergen zustimmend. »Aber dafür wird Philipp wohl noch mehr Gefangene machen müssen.«

»Vielleicht hat er genau das vor. Zum Glück würde niemand für uns zahlen«, warf Johanna ein. »Ich glaube allmählich, daß er uns auch aus diesem Grund einstweilen schont. Außerdem sind wir die einzigen, die das Lösegeld für Vater aufbringen würden.«

»Aber wie?« fragte Vico düster.

Sie sahen sich schweigend an. Johanna konnte in den Augen der beiden Männer erkennen, was sie selbst dachte: Es war unmöglich. Sie konnten es nicht schaffen. Ohne größeren Landbesitz und regelmäßige Einnahmen kam niemand an hundert Mark. »Philipp traut uns offenbar zu, daß wir ausreichend gewitzt sind.«

»Leihen ist das einzige, was mir einfällt«, murmelte Vico.

»Aber bei wem? Und gegen welche Sicherheit?«

Vicos Kiefer mahlten. »Wie wär's mit unserer netten kleinen Familienburg?«

»Sie ist nicht unsere Burg. Sie ist das rechtmäßige Erbe von Vaters älterem Bruder. Und der hat zehn Kinder.«

»Und fünf Mägde, zwanzig Kühe und eine Gänseherde. Na und? Er hat die ganze Zeit in Saus und Braus gelebt, während wir gejagt wurden.«

»Vico!« sagte Johanna energisch. »Vater würde uns nie verzeihen, wenn wir die Burg verpfänden.«

Roland Brobergen räusperte sich, als die feindliche Stille nicht mehr auszuhalten war. »Ich schlage vor«, sagte er, »daß wir nach Eppstein zur Schwertschmiedin Ennel reiten. Erstens hindert es uns, Trübsal zu blasen, zweitens haben wir im Augenblick sowieso nichts Besseres vor ...«

Johanna schielte zu Vico, der mit den Fingerspitzen auf die Tischplatte trommelte. Ein unangenehmes Geräusch. Es erinnerte sie an den scheußlichen Augenblick, in dem Philipp sie mit den Augen fast ausgezogen hatte.

Vico hörte auf zu trommeln. »Und drittens?«

Brobergen zuckte entschuldigend mit der Schulter. »Die Ennelin hat immer gute Ideen, sogar, wenn mir meine ausgehen.«

Vico verdrehte die Augen.

»Vielleicht kennt sie jemanden, der uns unbedingt Gold im Wert von fünfzig schlachtreifen Ochsen aufdrängen möchte.«

»Hinzu kommt, daß wir uns bis Sankt Johannis frei bewegen dürfen, ohne daß uns jemand behelligt«, fügte Johanna hinzu und stand entschlossen auf. »Zur Abwechslung ist es ein sehr erfreulicher Zustand, einmal nicht mit den Augen am Hinterkopf reiten zu müssen. Vielleicht hat Ennel inzwischen etwas über Gesche erfahren.«

Die Straße zwischen Königstein und Eppstein lag friedlich und einsam im Sonnenschein; immer noch mieden die Bauern die Stadt aus Furcht vor den Rittern des Burgherrn. Nur am Markttag kamen sie notgedrungen; dann aber immer mehrere zusammen mit ihren Karren oder Maultieren.

An diesem Tag hatten die Reiter freie Bahn, und Johanna nutzte die Gelegenheit zu einem forschen Jagdgalopp. Hinter sich hörte sie das Schnauben und die gleichmäßigen Huftritte von Brobergens und Vicos Pferden. Es dauerte nicht lange, bis sie die aufgestaute Wasserfläche des Fischbachs zwischen den Bäumen glänzen sah und dahinter das Osttor von Eppstein.

Johanna parierte zum Schritt durch und ließ Brobergen aufschließen. »Ich bin neugierig, wie es Ennel geht. Und dem Lehrling Claus«, meinte sie versonnen. »Ihn habe ich zuletzt gesehen, als er Astor sattelte, nachdem die Zisterzienser mich hinausgeworfen hatten. Weißt du noch? Da liefen ihm die Tränen. Er hat ein weiches Herz und ist ein lieber Junge.«

»Und sehr geschickt mit den Händen. Er zeigte mir seinen ersten eigenhändig geschmiedeten Malchus, als ich das letzte Mal dort war«, sagte Brobergen und duckte sich unter das Torgewölbe, um nicht mit dem Kopf an die Steine zu stoßen.

»Halt!« brüllte ein Wachsoldat und senkte mit wütendem Gesicht seine Helmbarte so schnell, daß Brobergens Hengst mit der Brust dagegenprallte. »Wozu, glaubt Ihr wohl, stehe ich hier, Ritter?«

»Keine Ahnung«, sagte Brobergen ehrlich und musterte ihn erstaunt. »Hast du denn einen Grund? Noch dazu mit spitzem Kriegsgerät! An deiner Stelle würde ich damit ganz vorsichtig umgehen, damit niemand zu Schaden kommt.«

»Wärt Ihr ein Bauer, würde ich Euch wegen Eurer Unverschämtheit einsperren lassen«, schnauzte der Soldat und trat aus dem Halbrund, in dem er zu stehen hatte, neben Basileus, der nervös mit dem Schweif schlug. »Sagt, wer Ihr seid und wohin Ihr wollt! Wenn Ihr Glück habt, erhaltet Ihr bald Bescheid, ob Ihr in die Stadt dürft.«

Brobergen wandte sich kopfschüttelnd an Johanna und Vico. »Hat es so etwas schon einmal in Eppstein gegeben? Man könnte meinen, wir wären ein feindliches Heer.«

Johanna lächelte nur. Ihr hitziger Bruder schickte sich bereits an, dem Wachmann den Kopf zurechtzusetzen.

Die Augenbrauen zu einem einzigen buschigen rotbraunen Strich zusammengezogen, stieß er seinem Pferd die Hacken in die Seite, bis dessen Stirn den Soldaten berührte. »Ich bin Vico von Falkenstein, Kerl, und ich bin ganz sicher, daß deine Aufgabe nicht darin besteht, vornehme Reisende zu belästigen. Ich könnte versucht sein, mich bei deinem Burghauptmann zu beschweren!«

»Ihr könntet auch beim Mainzer Erzbischof vorstellig werden, es würde Euch nichts nützen, Vico von Falkenstein. Meine Befehle lauten, jeden Fremden zu überprüfen, und das tue ich. Wer sind die anderen ...?«

Bevor Vico Gelegenheit fand, seinem Ärger noch weiter Luft zu machen, hob Brobergen beschwichtigend die Hand. »Schon gut, Wachsoldat. Wir wußten es nicht, denn bisher wurde an den

Eppsteiner Toren nie scharf kontrolliert. Wir sind hier zwei Jahre lang aus und ein gegangen, wie wir wollten. Mein Name ist Roland Brobergen, und er heißt Johann von Falkenstein.«

»Und Ihr wollt wohin?«

»Ach so. Zur Schwertfegerin Ennel«, antwortete Brobergen, auch er langsam am Ende seiner Geduld, aber noch höflich.

»Ausgerechnet zur Ennelin?« Der Wachsoldat rümpfte die Nase und überlegte. »Wartet hier«, sagte er schließlich und fügte drohend hinzu: »In Eurem eigenen Interesse.« Er drängte sich zwischen Johanna und Vico hindurch und verschwand in dem Häuschen, das sich an das Tor schmiegte. Drinnen setzte Murmeln ein.

»Sehr merkwürdig, dies alles«, sagte Brobergen leise.

»Als ich noch im Zisterzienserhof lebte, guckten die Wachen höchstens den Bauern in die Karren wegen des Zolls«, flüsterte Johanna, »für Ritter ohne Gepäck haben sie sich nie interessiert. Zum Glück. Ein gewisser Raubritter Johann hätte sonst nie in Eppstein kommen und gehen dürfen, wie es ihm beliebte.«

Brobergen lachte unterdrückt. »Das Gesicht des Hofmeisters würde ich gerne sehen, wenn du ihm eröffnetest, daß sein Stadthof für einige Zeit ein Raubritterhorst war.«

»Na ja, ganz so war es ja auch nicht«, sagte Johanna etwas geniert. »Die beiden Männer, die ich erschlug, hatten es verdient. Ich nehme an, sie schmoren jetzt in der Hölle.«

»Sei dankbar«, murmelte Brobergen, plötzlich in sich gekehrt. »Es gibt Situationen, in denen man jemanden in die Hölle befördern muß, obwohl man es gar nicht will ...«

Johanna sah ihn forschend an. Er trug sein Herz nicht auf der Zunge, sie ahnte nicht einmal, ob er jemanden Bestimmten meinte. Aber sie war ganz sicher, daß besondere Umstände vorliegen mußten, wenn er einen Feind tötete ... Roland war anders als andere Männer und ganz sicher ein Ritter mit jeder Faser seines Herzens.

»Daß wir zur Ennelin wollen, schien dem Kerl auch nicht besonders zu passen.«

Vico riß Johanna aus ihren Gedanken, gerade als der Soldat wieder aus der Wachstube trat. Sein Widerwille gegen sie schien sich noch verstärkt zu haben. »Pst«, warnte sie.

»Ihr dürft passieren«, knurrte der Soldat. »Aber wir raten Euch dringend, keine Schwerter von Ennel zu kaufen!«

»Das haben wir auch nicht vor«, versetzte Brobergen knapp und trieb seinen Hengst unverzüglich an.

Johanna und Vico folgten ihm. Jenseits des Torbogens brachte Brobergen Basileus sofort in einen schnellen Trab, so daß es Johanna unmöglich war, mit ihm über die eigenartige Anweisung zu sprechen.

Und dann standen sie auch schon vor der Schmiede, deren Tor in diesem Augenblick geöffnet wurde.

»Johann ist da, Meisterin!« brüllte Claus so begeistert, daß die Schwertschmiedin aus ihrer Werkstatt herausstürzte. Sie legte schützend die Hand über die Augen und starrte die Besucher der Reihe nach an.

Plötzlich lächelte sie breit. »Ihr seid es wirklich! Daß ich das noch erlebe«, sagte sie warmherzig. »Es hieß, sie hätten Euch alle drei wegen Ketzerei verurteilt, und einer wollte das Edelfräulein Johanna schon brennen gesehen haben. Gottlob, daß die Gerüchte schlimmer waren als die Tatsachen.«

»Ich nehme Euch Astor ab«, rief Claus dazwischen und hielt den Hengst, bis Johanna abgesprungen war. »Ich reibe sie alle drei trokken und tränke sie.«

»Fein, Claus, danke«, sagte Johanna und stellte lächelnd fest, daß Claus wie früher dahinschmolz, wenn er mit ihr sprach. Mit Verwunderung aber registrierte sie, daß Ennel zum Tor ging und den

Querbalken vorlegte, obwohl es nicht einmal Mittag war und ganz sicherlich noch Kundschaft kommen würde. »Was das Brennen betrifft, kann es dazu durchaus noch kommen. Immerhin werde ich in absehbarer Zeit für ehrlos und vogelfrei erklärt werden und darf mich nach Johannis im Gebiet des Falkensteiners nicht mehr blikken lassen.«

Ennel kehrte mit betroffener Miene zurück. »Was Ihr nicht sagt! Die Zeiten sind wirklich hart. Leider werden sie noch härter werden. Kommt mit ins Haus. Hier draußen …« Sie ging voraus zur Treppe, und Johanna schlüpfte an ihre Seite.

»Gibt es irgend etwas über meine Tochter Gesche, das Ihr möglicherweise gehört hättet?« fragte sie zögernd.

»Nichts. Gar nichts«, sagte Ennel bedauernd. »Im Augenblick reden alle nur noch über den Krieg.«

Johanna nickte beklommen. Ihre Hoffnung war nur klein gewesen, und sie war nicht besonders enttäuscht.

Als sie Platz in Ennels kleinem Geschäftsraum gefunden hatten, wo wie früher Muster von allen Waffenarten an den Wänden hingen, die in dieser Werkstatt gefertigt wurden, deutete Brobergen mit dem Daumen in den Hof. »Was ist draußen los, Ennel? Lauscher?«

Die Ennelin zuckte mit den Achseln. »Ich weiß es nicht genau. Ich befürchte es. Mag sein, daß ich schon Nachtmahre sehe, wo sich nur Wolken ballen.«

»Aber immerhin zu einem Gewitter. Wir wurden bereits vor Euch gewarnt, jedenfalls davor, bei Euch Schwerter zu kaufen.« Vico klopfte auf das Schwert, das an seinem Gürtel hing, und grinste. »Der Wachsoldat am Tor fand es wohl nicht mehr gut genug für einen gutaussehenden Ritter.«

Ennel lächelte flüchtig. »Es freut mich, daß Ihr Euren Humor noch nicht verloren habt, Ritter Vico. Meiner kommt mir allmählich endgültig abhanden. Ich wußte nicht, daß sie jetzt auch schon meine möglichen Kunden bedrohen …«

»Wer sind *sie*?« wollte Brobergen wissen.

»Das sind die Eppsteiner Herren, Roland, zu denen auch der Mainzer Erzbischof gehört, wie du weißt. Die Edeldame Johanna hatte mich kaum von dem verbrecherischen Leiter des Zisterzienserhofes befreit, da begannen die Eppsteiner Burgherren mich zu drangsalieren. Ich vermute, Philipp von Falkenstein verbündete sich umgehend mit ihnen, als Vater Gottfried seines Amtes enthoben wurde und Philipp die Unterstützung der Zisterzienser verlor. Kurz gesagt: Er versucht, sämtliche Waffen der renommierten Schmieden in die Hand zu bekommen.«

Vico begann schon wieder zu grinsen. »Man darf also die Drohung des Wachsoldaten als höchstes Lob für Eure Schmiedekunst betrachten, Meisterin Ennel! Ist es nicht so?«

»Oh, Ritter Vico«, brach Ennel aus und mußte ein Lachen unterdrücken. »Ich könnte gut ohne solche Schmeichelei auskommen. Philipp bezahlt die Schwerter ja, wenn auch grundsätzlich erst am letzten Zahltag, aber er macht den Preis, und der ist niedriger, als wenn ich ihn mache.«

»Warum lehnt Ihr nicht einfach ab«, fragte Johanna verwundert.

»Geht nicht«, sagte Ennel grimmig. »Er hat die Landesherren auf seiner Seite. Die können mich bis zur Ausweisung unter Druck setzen. Es ist das gleiche wie früher mit den Mönchen. Die Bürger müssen gehorchen, und wenn es noch so ungerecht ist …«

Das Schweigen lastete drückend auf ihnen, während Johanna an den Aufstand zurückdachte, der eben diese Ungerechtigkeit hatte beenden sollen.

Ennel unterbrach es mit einer energischen Geste und setzte eine fröhliche Miene auf. »Was führt Euch eigentlich zu mir?«

»Nichts Bestimmtes«, antwortete Brobergen ausweichend. »Ich schwatze gerne mit dir, wie du weißt ...«

Ennel nickte ungläubig. »Und weil du gerne mit mir schwatzt, kommt ihr drei hier wie ein Spähtrupp angeritten, mit Mienen, in denen die Frage liegt, ob ihr die Lanze oder besser das Schwert bereithalten sollt. Glaubwürdig, Ritter Roland. Absolut glaubwürdig!«

Brobergen lachte leise. »Du hast ja recht. Wir waren nicht darauf vorbereitet, am Stadttor wie Feinde behandelt zu werden. Davon müssen wir uns erst erholen.«

»Das glaube ich«, sagte die Schwertschmiedin und stand auf. Auf den Tisch gestützt, starrte sie Brobergen grimmig ins Gesicht. »Aber aus der Erholung wird wohl nichts werden. Kommt mit!«

Sie schob sich zwischen den Stühlen der Besucher hindurch zur Tür und stapfte die Treppe hinunter. Johanna wechselte fragende Blicke mit Roland und Vico und folgte der Schmiedin wortlos.

Zu ihrem Erstaunen verließ Ennel die Schmiede und marschierte in Richtung auf das sackartige Ende der Straße. Hier hatte es früher zwei Bauernhöfe gegeben; von der Gasse aus hatte man im Herbst Äpfel stibitzen können. Jetzt gab es eine neue, abweisende Mauer aus grauem Bruchstein, und statt der Baumäste kroch Lärm über die Mauerkrone. Die Ennelin stieß die Pforte in einem Tor von gewaltiger Breite auf und wartete ungeduldig auf ihre Besucher.

Ein solches Fauchen hatte Johanna noch nie gehört. Es war unerträglich.

Der Lärm kam von zwei Öfen, die mit Bergen von Holzkohle gefüttert wurden. Eine beträchtliche Anzahl von Männern mit geschwärzten Gesichtern und Händen schleppte sie wie ein unendlicher Lindwurm in Körben heran. Während die Klappe geöffnet wurde, blickte Johanna in eine Glut, die auch für die Hölle ausreichend sein mußte.

Die Ennelin winkte mit fragendem Gesicht einem der Handwerker zu, die sich geschäftig um eine aufrecht stehende Säule scharten, ein merkwürdiges Gebilde aus Ton, das von schrägstehenden Holzstempeln und Eisenstangen gestützt wurde. Johanna hätte sie gerne von nahem betrachtet, aber der Meister signalisierte sein Einverständnis, und Ennel zog Brobergen über den Hof mit sich in den Schutz einer Mauerecke, wo sie die Köpfe zusammenstecken konnten. Johanna kam gerade rechtzeitig, um zu hören, was Ennel sagte.

Sie deutete mit dem Daumen zu den Öfen hinüber. »Heute ist der zweite Tag«, schrie sie. »Morgen beginnen sie mit dem Guß der Kanone. Sie schmelzen gerade die Bronze.«

»Kanone«, formten Brobergens Lippen, ohne daß etwas zu hören war, aber er schien eigentlich nicht überrascht.

Johanna wußte nicht, wie Kanonen gefertigt wurden, und fand es unerhört aufregend. Offensichtlich waren die Leute dabei, eine äußere und eine innere Röhre, zwischen die das Metall gegossen werden sollte, mit viel Holz zu stabilisieren.

Ennelin ließ sie zusehen, ohne weitere Erklärungen abzugeben. Als sie Brobergen nach einer Weile am Arm packte und zum Tor deutete, war Johanna dankbar, dem Lärm und der Hitze zu entkommen.

»Mein Gott, wie kann man nur eine solche Arbeit aushalten!« stieß auch Vico aus, als sie jenseits der Mauer standen und frische Luft schöpften.

»Wie Ihr ganz richtig sagt. Für Gott, den Herrn«, versetzte die Ennelin einsilbig und trat den Rückweg an.

»Wie meint Ihr das?« fragte Vico konsterniert.

»Die Zisterzienser bezahlen die Kanone.«

»Das würde Vater Lorenz nie tun«, widersprach Johanna überzeugt.

Ennel wandte sich mit spöttischem Gesichtsausdruck um. »Vater Lorenz doch nicht! Er ist ein ganz annehmbarer Leiter des Stadthofes; mit ihm hat es noch nie Schwierigkeiten gegeben. Aber erinnert Ihr Euch an Vater Gottfried, der zur Strafe nach Salem geschickt wurde?«

»Nur zu gut«, sagte Johanna und runzelte voll böser Vorahnungen die Stirn.

»Der streckt das Geld vor. Er ist hiergewesen und hat den Ablauf des Baus und den Preis persönlich mit dem Meister abgesprochen. Der Meister ist ein Freund von mir, deshalb ...«

Brobergen rieb sich die Nase. »Ich wußte ja, Meisterin Ennel, daß du uns wieder einmal etwas Erheiterndes würdest mitteilen können. Zufällig haben Johanna und ich vor ein paar Tagen dem Transport einer Kanone durch den Wald zugesehen. Wir dachten, sie käme von weit her.«

»Nicht mehr nötig«, versetzte Ennel grimmig. »Eine Familie, die es versteht, sich einen erzbischöflichen Stuhl zu verschaffen, ist auch klug genug, im Waffenhandwerk auf dem laufenden zu bleiben. Jetzt hat sie eben einen Kanonenhof in ihrem Herrschaftsbereich.«

»Wie schön«, sagte Brobergen heiter. »Die Kanonen werden viele Menschen in Lohn und Brot bringen! Von den Köhlern und Fuhrleuten bis zum Mainzer Erzbischof dürfte über das neue Gewerbe in Eppstein helle Freude herrschen.«

Vico verzog sein Gesicht zu einer verdrossenen Grimasse.

»O ja«, sagte Ennel zustimmend. »Und ich kenne noch mehr Menschen, die begeistert sein werden. Besonders ihr drei. Deswegen habe ich euch in den Kanonenhof gebracht.«

Brobergen blieb alarmiert stehen. »Sag schon, Ennel. Wir sind dankbar für jede frohe Nachricht.«

»Kannst du es dir nicht denken, Roland? Der Käufer der zweiten Kanone ist ebenfalls Philipp von Falkenstein.«

Ein wenig später saßen sie wieder in Ennels kleinem Raum mit der Waffensammlung und sprachen dem Apfelwein zu. Die Meisterin hob ihnen den Becher entgegen und versank in Gedanken. »Alles ändert sich«, sagte sie düster nach einigen Schlucken. »Wer braucht noch Schwerter, wenn mit Kanonen geschossen wird? Ich werde dazu übergehen müssen, nur noch Löffel herzustellen.«

Brobergen schüttelte den Kopf. »So schnell wird es sich nicht wandeln, Ennel. Du und Claus, ihr werdet noch euer ganzes Leben mit dem Waffenschmieden beschäftigt sein. Aber ich gebe dir recht, daß sich die Art der Waffen ändert. Sie werden gefährlicher ...«

»Ich dachte, wir wären diesen Vater Gottfried endgültig los«, murrte Johanna zusammenhanglos. »Aber man hätte sich denken müssen, daß Philipp seine nützliche Verbindung zu den Zisterziensern nicht einfach aufgibt.«

»Bestimmt nicht. Sie sind die beste Geldquelle der Welt«, ergänzte Brobergen. »Außer Lombarden und Juden.«

»Wir hatten ja schon geahnt, warum das Lösegeld für Vater so unverschämt hoch ist«, sagte Vico. »Die Kanonen sind so unglaublich teuer.«

»Das ist die eine Sache«, sagte Brobergen nachdenklich. »Im Augenblick haben wir dafür keine Lösung. Eine ganz andere Sache ist, daß wir jetzt wissen, mit welch gefährlichen und mächtigen Partnern der Falkensteiner sich verbündet hat: mit einem Kirchenfürsten, dessen Einfluß bis nach Rom reicht, und mit einem kirchlichen Geldgeber, der, ohne mit der Wimper zu zucken, die weltlichen Fürsten des Reichs aufkaufen könnte. Ich glaube, es wird Zeit, das Lager des Kaisers zu benachrichtigen. Wenn Frankfurt und die Wetterauer Städte nicht bald eingreifen, ist die Burg Königstein für den Kaiser auf immer verloren.« Er stellte den Becher mit Nachdruck auf dem Tisch ab und erhob sich.

»Uns werden sie nicht glauben«, wandte Vico ein und schenkte sich in aller Gemütsruhe noch mal ein.

»Uns nicht. Aber Bernburg! Laß den Wein stehen und beeile dich!«

Mit klappernden Hufen trabten sie durch die Straßen. »Jetzt verstehe ich, warum die Wachleute so nervös waren«, sagte Brobergen zu Vico, der neben ihm ritt, kurz bevor sie am Stadttor anlangten. »Wahrscheinlich wittern sie in jedem Fremden einen Spion, der darauf brennt, über die Mauer des Kanonenhofes zu lugen, um sich die Technik des Bronzegusses kurz anzueignen.«

Vico grinste. »Klar. Schließlich hat jeder Ritter in seinem Hinterhof Platz genug, um niedliche kleine Kanonen zu gießen.«

»Irgendwie kann man sie verstehen. Seien wir also entgegenkommend«, sagte Brobergen gutmütig und parierte kurz vor dem Tor zum Schritt durch. »Gott zum Gruße, Wachsoldat.«

Derselbe Mann, der sie so bärbeißig in die Stadt eingelassen hatte, kam ihnen bereits entgegen. Mit keiner Regung seines Gesichts ließ er erkennen, daß er sie kannte. »Unbekannten Rittern ist die Ausfuhr von Waffen aus Eppstein derzeit verboten«, leierte er herunter. »Ich muß Euch überprüfen.«

»Oh, wir sind nicht unbekannt«, widersprach Brobergen höflich. »Wir kennen uns schon eine ganze Weile.«

Der Soldat griff, ohne auf den Scherz einzugehen, nach der Kreuzstange an Brobergens Schwert und suchte nach dem Meisterzeichen. Der Ritter ließ es sich mit grimmiger Miene gefallen.

»In Ordnung«, sagte der Wachmann und ließ los. Dann ging er um Basileus herum zu Vico.

»Oh, mein lieber Freund«, rief Vico emphatisch, »du möchtest dir Kenntnisse über Waffen aneignen? Sehr gerne! Ich, zum Beispiel, bin im Besitz eines Anderthalbhänders, wie du ihn sicher noch nie gesehen hast. Er wurde von schwedischen Künstlern gefertigt. Soll ich ihn dir hinunterreichen?«

Der Soldat wies Vicos herablassendes Angebot mit einer verächtlichen Geste ab und trat zu Johanna. Wie meistens, wenn keine besondere Gefahr zu erwarten war, trug sie nur ihren Malchus am Gürtel. Er fiel dem Wachmann sofort ins Auge. Sie legte schützend die Hand darüber. »Er ist alt«, sagte sie.

»Zweifellos. Und trägt er nicht das Meisterzeichen der Ennelin von Eppstein?« fragte der Soldat mit feinem Hohn. »Und habe ich Euch nicht ausdrücklich darauf hingewiesen, daß Ihr Waffen von ihr nicht kaufen dürft?«

»Du sagtest Schwerter«, verbesserte Johanna unerschrocken. »Ein Malchus ist kein Schwert, und außerdem ist er seit über zwei Jahren in meinem Besitz. Es kann nicht verboten sein, sich in Eppstein mit einer Waffe zu zeigen, die hier geschmiedet wurde!«

»Beweist, daß Ihr ihn nicht erst heute gekauft habt, Johann von Falkenstein«, forderte der Wachmann und drehte sich zu seinem Hauptmann um, dessen klirrende Schritte er hinter sich hörte.

Johanna rollte mit den Augen und stöhnte leise.

»Gibt es Ärger?« wollte der Hauptmann wissen.

»Noch nicht. Aber bald«, entgegnete Vico bissig. »Wenn ihr mit allen Leuten, die eine Waffe von Eppsteiner Schmieden besitzen, umgeht wie mit uns, könnt ihr anfangen, eure Schmiedefeuer zu löschen. Der Mainzer Erzbischof wird euch vor Verärgerung exkommunizieren.«

Der Hauptmann, ein kräftiger Kerl mit rosigen Pausbacken, brach in ein herzhaftes Gelächter aus. »Er ist sehr genau«, meinte er. »Er ist ein guter Soldat. Zeigt mir die Waffe, um die es geht.«

Johanna zog ihren Malchus aus der Scheide und reichte ihn hinunter.

Der Hauptmann zog die Augenbrauen zusammen. Er prüfte die

Schneide mit dem Zeigefinger und zuckte zusammen, als ein Tropfen Blut aus dem Schnitt quoll. Auf Johanna wirkte er wie ein Kater, dessen Rückenhaare sich aufzurichten beginnen. Sie hielt den Atem an, als er anfing, abwechselnd die Waffe und ihr Gesicht zu mustern.

»Vor meiner Zeit soll es in Eppstein eine Frau gegeben haben, die tagsüber bei den Zisterziensern als Magd arbeitete und nachts als Zauberin in den Wäldern ihr Unwesen trieb oder als Raubritter verkleidet fromme Menschen ausplünderte«, sagte er leise. »Ihr Markenzeichen ist ein Malchus von der Ennelin, der so gut ist, daß er sogar Mauern spalten kann, erzählt man sich.«

Johanna erstarrte vor Schreck. Sie hatte nicht gewußt, daß sie in Eppstein zur Legende geworden war.

»Ich will Euch nicht fragen, ob Ihr diese Zauberin Johanna seid«, raunte der Hauptmann warnend, bevor er ihr den Malchus zurückgab. Seine Hände bebten.

Mühsam bekam er wieder Gewalt über sich und klatschte Astor mit der flachen Hand auf die Kruppe. »Laß sie durch«, befahl er dem Wachmann, der inzwischen den Tordurchgang mit der quergestellten Helmbarte versperrt hatte, ungeachtet der Tatsache, daß auf der anderen Seite die Bauern ungeduldig murrten.

»Seid Ihr sicher?« fragte der Soldat und blieb störrisch stehen.

»Mach schon!«

Er ist nicht nur genau, sondern will seinen Kopf durchsetzen, dachte Johanna, während sie feststellte, daß ihre Knie weich wie Butter waren, völlig ungeeignet, ein Pferd anzutreiben. Aber als Basileus sich in Bewegung setzte, folgte Astor ihm ganz selbstverständlich.

Die Männer lenkten ihre Pferde zwischen den hereindrängenden Bauern hindurch am Wachmann vorbei, der die Helmbarte nur äußerst widerwillig hochgenommen hatte. Außerhalb des Tores atmete Johanna tief durch und nahm die Zügel wieder auf.

»Warum hat er dich gehen lassen, nachdem er gemerkt hatte, wer du bist?« fragte Vico, immer noch erstaunt.

»Angst«, antwortete Johanna bedrückt. »Er hatte Angst, daß ich es ihm heimzahlen würde. Als Striga würde ich ihn mindestens mit der Pest belegen, auch seine Frau und die Kinder natürlich, vielleicht sogar die Großmutter …« Sie stockte. Die Gefahr, in der sie im vergangenen Jahr gelebt hatte, war plötzlich wieder gegenwärtig. Wenn der Hauptmann auch nur mit einem Wort verraten hätte, daß er sie für die Striga Johanna hielt, hätte sein Untergebener ihm den Gehorsam verweigert. Verstohlen wischte sie die Tränen ab, die ihr die Wangen herabliefen.

»Wenn Menschen sich einmal entschlossen haben, an etwas zu glauben, ist man machtlos dagegen«, sagte Brobergen ernst. »Sie würden das Opfer ihrer Gerüchte mit ruhigem Gewissen erschlagen, um nicht zugeben zu müssen, daß die Gerüchte falsch waren.«

»Du meinst hoffentlich doch nicht, daß sie mich erschlagen werden«, sagte Johanna und bekam einen heftigen Schluckauf.

»Herr im Himmel«, rief Vico aus, »unser Leben wäre wirklich einfacher, wenn Johanna sich entschließen würde, in ihrer Kemenate Altartücher zu sticken!« Er bohrte seinem Hengst so zornig die Hacken in die Seiten, daß dieser sich aufbäumte.

Kapitel 3

»Lettel kommt«, flüsterte Johanna mit einer Mischung aus Bestürzung und Neugierde. Schickte etwa Philipp ihn mit einer unangenehmen Botschaft? Reserviert blieb sie stehen, aber als sie den jetzt fast weißhaarigen ehemaligen Lehnsmann ihres Vaters vorsichtig vom Pferd rutschen sah, lief sie zu ihm, um ihm beim Absteigen zu helfen. »Oh, Lettel. Mußtest du wirklich den Weg selber machen?« rief sie.

»Ich werde ein wenig verschnaufen«, sagte er und sank mit schiefem Grinsen auf einen Baumstumpf vor ihrer Hütte.

Was auch immer es war, das ihn herführte, er hatte Anspruch auf Respekt. Johanna rannte los, um mit einem Becher Wein zurückzukehren, den sie ihm reichte. Er trank in kleinen Schlucken und nahm dazu Brotbrocken aus Johannas Hand, die er bedächtig kaute. Allmählich kehrte die Farbe in sein Gesicht zurück. Erleichtert wischte er sich den Schweiß von der Stirn.

»Besser?« fragte Johanna.

Lettel nickte. »Es ist schon in Ordnung. Ich bin so weite Wege nicht mehr gewöhnt, weißt du? Wenn ich den jungen Knappen das Reiten beibringe, drehe ich mich nur im Kreis herum. Ich habe gottlob einen sehr begabten jungen Helfer, der ihnen vorführt, was ich sage.«

»Ja. Schön«, sagte Johanna tonlos. Sie verstand einfach nicht, warum er jetzt im Dienst ihres Feindes stand.

»Der Falkensteiner hat keinen einzigen unter seinen Rittern, der bereit wäre, die Jugend das Reiten und den Schwertkampf zu lehren. Seine Leute sind von anderer Art. Sie plündern lieber.«

»Sie plündern … Haben sie dich gegen deinen Willen von deinem Hof geholt?« fragte Johanna jäh.

»Vom Hof meines Sohnes. Er gehört jetzt ihm. Ja, gegen meinen Willen«, seufzte Lettel.

»Und dein Helfer …?«

Lettel lächelte und schüttelte den Kopf. »Er ist ein Naturtalent, wie gesagt, und ein lieber Junge dazu. Aber er ist stumm von Geburt. Ich mag ihn ausgesprochen gerne, und so macht mir das Unterrichten nach so vielen Jahren trotz allem Freude.«

Johanna sah ihn erleichtert an. Endlich verstand sie, warum er in der Burg so reserviert gewesen war. »Aber du bist nicht hergekommen, um mir das zu erzählen«, vermutete sie. »Übrigens hätte es ausgereicht, in Ritter Oppenrods Haus eine Nachricht zu hinterlassen. Er weiß, wo wir zu finden sind. Gerade heute hättest du dort möglicherweise sogar Roland Brobergen treffen können. Es wäre sicherer gewesen. Für dich.«

»Ich werde es mir merken«, versprach Lettel, gab Johanna den Becher zurück und wischte sich die Mundwinkel. »In diesem Fall allerdings hätte ich mich ohnehin auf niemanden anderen verlassen, und schon gar nicht hätte ich dich nach Königstein gebeten. Diese Sache erfordert einen rauschenden Wald ohne Lauscher und als Gegenüber ein Mitglied der Familie derer von Falkenstein-Butzbach.«

Johanna staunte. »So geheimnisvoll?«

»Ja. Ich bin auch nicht sicher, ob meine Idee gut ist. Ich war schließlich immer nur ein Gefolgsmann, der tat, was man ihm befahl. Und solange der Herr Lienhart von Falkenstein nicht entscheiden kann, müssen in seiner Vertretung seine Kinder Vico und Johanna zustimmen. Oder ablehnen. Deshalb bin ich hier.«

Johanna ließ sich zu Boden fallen und setzte sich mit gekreuzten Beinen zurecht. »Am besten fängst du ganz vorne an«, schlug sie vor.

»Eine gute Idee«, sagte Lettel lächelnd. »Ich sehe, meine Erziehung, was das Aufzäumen von Pferden betrifft, war nicht ganz erfolglos. Also: Philipp von Falkenstein rüstet sich gegenwärtig für den Krieg. Er hat eine Kanone gekauft.«

Lettel machte eine bedeutungsvolle Pause, und Johanna enttäuschte ihn sichtlich, als sie einfach nickte.

»Das Problem ist das Geld, wie immer. Kanonen sind teuer, und Philipp führt einen aufwendigen Haushalt, vor allem für diese ..., diese Frau Katherine, die er heiraten will.«

»Ich weiß.«

»Du scheinst ziemlich viel zu wissen«, staunte Lettel. »Aber weiter. Um sich das Geld für vier Kanonen leihen zu können, mußte er die Burg Königstein verpfänden. Der Geldgeber ist der Orden der Zisterzienser.«

»Was bedeutet das?« erkundigte sich Johanna mit einem Stirnrunzeln. »Wenn Philipp nicht zahlen kann, gehört die Burg den Zisterziensern?«

»Haargenau. Er muß seine Schulden bis auf den letzten Pfennig begleichen. Wenn nicht ...? Sein Pech! Und da der Orden außerordentlich mächtig ist, würde er es schaffen, Philipp auch tatsächlich aus der Burg hinauszubefördern. Notfalls würden die Mönche sich in Rom Unterstützung holen. Nicht einmal der Kaiser könnte da Einspruch erheben.«

»Daß er sich darauf eingelassen hat ...« Burg Königstein war vor mehr als einem Jahrzehnt zur Reichsburg geworden, aber davor war sie im Besitz der Falkensteiner von Lich gewesen. Daß Philipp bereit war, sie zu verpfänden, um sie halten zu können, erfullte Johanna mit Entsetzen. Sie schüttelte den Kopf.

»Er kann nicht anders. Die Wetterauer Städte haben schon vor zehn Jahren den Krieg mit einer Kanone entschieden. Wer weiß, wie viele sie jetzt aufbieten, wenn sie sich endlich entschließen, die Burg zurückzuerobern.«

»Deswegen ist Roland Brobergen heute nach Königstein geritten. Er will Bernburg bitten, in Frankfurt vorstellig zu werden. Sie müssen endlich begreifen, daß es jetzt eilt. Immerhin ist die erste Kanone schon auf der Burg.« Johanna verschwieg dem alten Ritter ihre Besorgnis. Sie wußten ja nicht einmal, ob Bernburg überhaupt einwilligen würde.

Aber Lettel fielen ihre Zweifel nicht auf. »Das ist sehr gut«, sagte er und rieb sich zufrieden die Hände. »Dann bedarf es ja nur noch einer kleinen Nachhilfe, um die Truppen zu beschleunigen.«

»Deine Idee …«

Lettel nickte. »Unter diesen Umständen ist sie wahrscheinlich besser, als ich dachte.« Er machte ein pfiffiges Gesicht. »Philipp wird in den nächsten Tagen das Geld für die erste Kanone nach Eppstein schicken.«

»Das Geld?« Johannas Wangen begannen zu glühen.

Lettel nickte.

»Es müßte also auf dem Weg verschwinden.«

»Genau«, sagte Lettel und klopfte Johanna zufrieden auf die Schulter. »Wenn die Wetterauer und der Kaiser erfahren, daß die Burg in den Besitz der Zisterzienser überzugehen droht, werden sie ihre Truppen im Laufschritt nach Königstein befehlen.« Er kicherte. »Den Schrecken gönne ich ihnen. Warum sind sie auch so saumselig?«

»Außerdem besteht dann keine Gefahr mehr, daß die zweite Kanone nach Königstein geliefert wird. Die wird der Kanonenmeister auch an jemanden anderen los. Der bezahlen kann.« Johanna unterbrach sich selbst, um kurz nachzudenken. »Warum ist eigentlich unser Zweig der Falkensteiner so wichtig für deine Idee?« fragte sie, plötzlich argwöhnisch.

»Weil ihr die Verwandten von Philipp seid. Sollte der Herrgott sich entschließen, die Licher auszurotten – was man ihm durchaus nahelegen sollte –, würde der Anspruch auf die Burg Königstein an euch Butzbacher fallen. Nur ihr könnt entscheiden, ob man das Risiko eingehen darf. Darum.«

»Na ja. Das ist so unwahrscheinlich, daß weder mein Vater noch Vico und ich jemals auf diese Idee gekommen wären«, sagte Johanna lächelnd. »Ich glaube eher, daß du etwas anderes im Sinn hast, Lettel.«

»Und das wäre?« fragte der alte Ritter mit unschuldigem Gesicht.

»Du denkst an die Raubritter zum Buchenblatt! Du hast uns ausersehen, das Geld zu rauben.«

Wenig später kam Vico aus dem Wald zurück. Er umarmte Lettel wie einen alten Freund. Auch er hatte bei ihm reiten, kämpfen und jagen gelernt, und er hatte Johannas Verdacht gegen ihn in Bausch und Bogen für Unsinn erklärt. Als er von Lettels Plan erfuhr, war er sofort Feuer und Flamme.

Es war nicht anders zu erwarten gewesen. Johanna aber wußte noch nicht, ob sie dafür oder dagegen war.

»Das wird ein Spaß werden, Lettel«, sagte Vico. »Gut, daß Vater sich immer noch auf seine treuen Leute von früher verlassen kann. Und wir brauchen uns keine Sorgen mehr um das Lösegeld zu machen. Wir werden Vater im Handumdrehen freigekauft haben ...«

Je mehr sich Vico dafür erwärmte, desto mehr kamen bei Johanna Bedenken auf. »Wir sind aber nur zu dritt«, wandte sie ein. »Um das Geld zu schützen, wird Philipp sicher eine große Wachmannschaft mitschicken, womöglich sämtliche Burgknechte. Wie groß wird sie sein, Lettel?«

Auf dem Gesicht des alten Ritters erschienen nachdenkliche Falten, und er fuhr sich mit zerstreuter Geste durch den Bart, den er im Gegensatz zu den meisten jüngeren Rittern trug. »Ich weiß es nicht genau«, sagte er schließlich. »Sie machen ein Geheimnis darum, und trotz all meiner vorsichtigen Erkundigungen ist es mir nicht gelungen, es ganz sicher in Erfahrung zu bringen. Der Aufstand der Königsteiner im vergangenen Jahr hat Philipp großen Respekt eingejagt, mag er ihn auch noch so gleichgültig abtun. Es scheint, er setzt nicht mehr nur auf Stärke, sondern auch auf List. Offenbar will Philipp zwei Mannschaften losschicken, und erst im letzten Augenblick wird er entscheiden, wem das Gold mitgegeben wird.«

»Du meine Güte, das macht es aber schwierig«, sagte Johanna betroffen.

»Ach was, Schwesterchen, wir werden es schon meistern«, warf Vico sorglos ein. »Wahrscheinlich hat Lettel sich überlegt, wie er uns rechtzeitig benachrichtigen kann, wenn er erst weiß, welcher der richtige ist. Und dann: Auf sie mit Gebrüll!«

Lettel nickte und lächelte nachsichtig.

Johanna aber wünschte sich innig, daß Roland Brobergen bald aus Königstein zurückkehren möge. Vom Kriegshandwerk verstand er mehr als jeder von ihnen. Vielleicht würde er sogar ganz und gar abraten.

Roland Brobergen kam erst bei Dunkelheit. Die Nachrichten, die er mitbrachte, machten sogar Vico nachdenklich.

Bernburg hatte sich nur schwer dazu durchgerungen, als Vermittler ohne offiziellen Auftrag tätig zu werden. Allein die zufällige Entdeckung, daß Burghauptmann Praun sich am frühen Morgen des kommenden Tages mit seinen schwerbewaffneten Burgknechten auf den Weg nach Eppstein machen würde, um das Geld zu überbringen und gleichzeitig drei weitere Kanonen in Auftrag zu geben, hatte ihn überzeugt.

»Für Ritter Bernburg gaben die drei Kanonen den Ausschlag, nach Frankfurt zu reiten«, berichtete Brobergen. »Er fürchtet ein Blutvergießen unter der Bevölkerung, je mehr Kanonen, desto größer.«

»Morgen schon! Und der zweite Trupp? Wer führt den an?« erkundigte Vico sich.

Brobergen zog überrascht die Augenbrauen in die Höhe. »Das weiß ich nicht. Bernburg sprach nur von Praun.«

»Lettel meint, daß sie versuchen werden, Verwirrung zu stiften, indem sie zwei Mannschaften losschicken.«

»Ja, wirklich«, bestätigte Lettel.

»Ich kann das eigentlich kaum glauben«, meinte Johanna zweifelnd. »Wer würde es denn wagen, gegen die Burgknechte die Hand zu erheben?«

»Doch«, widersprach Brobergen. »Das ist nichts Ungewöhnliches. Tollkühne gibt es auf der Welt genug.«

Vico grinste breit. »Uns, zum Beispiel. Das Geld kommt uns wie gerufen.«

»So schwer sind die Zusammenhänge zwischen dem Transport einer Kanone und ihrer Bezahlung ja auch nicht zu verstehen«, fuhr Brobergen spöttisch fort. »Ihr seid bestimmt nicht die einzigen, die ein Auge auf das Gold werfen.«

»Aber die einzigen, die es für einen guten Zweck tun würden«, sagte Johanna hitzig. Es gefiel ihr nicht, mit gewöhnlichen Dieben in einen Topf geworfen zu werden.

»Für zwei gute Zwecke«, verbesserte Vico. »Schließlich bekommen wir Vater damit auch noch frei.«

Brobergen brummelte dazu eine Antwort und wechselte das Thema. »Wir werden uns Praun und seine Leute morgen ansehen«, sagte er. »Vielleicht verbreiten sie die Gerüchte, um Rauber abzuschrecken. Vielleicht stimmt alles gar nicht. Wir werden sehen.«

»Wieso hast du mit Bernburg überhaupt über das Geld gesprochen?« erkundigte sich Johanna.

»Vier Kanonen! Weißt du überhaupt, wie viel Geld dafür aufzubringen ist, Johanna? Für Bernburg ist es jedenfalls ein unehrlicher

Kampf, wenn er mit so viel Geld ausgetragen wird. Er ist aufgebracht darüber, daß die Zisterzienser sich an ihm beteiligen. Es hat schon mehrfach einen Kampf zwischen dem Papst und den deutschen Kaisern um die weltliche Herrschaft gegeben, und Bernburg fürchtet, daß es sich wiederholt. Und da kann ich ihm nur beipflichten. Wir denken, daß die Mönche Philipp dazu benutzen werden, den Kaiser zu schwächen und zu stürzen. Und der Himmel bewahre uns davor, plötzlich einen Papst zu haben, der der eigentliche Kaiser des Heiligen Römischen Reiches Deutscher Nation ist.«

»Etwas mehr Frömmigkeit stünde Euch gut zu Gesicht, Ritter. Ich hätte nichts gegen den Herrn im Himmel als obersten Lehnsherrn.«

Große Achtung hatte Brobergen sich in Lettels Augen wohl noch nicht erworben. Johanna war dankbar, daß Roland dem alten Ritter eine scharfe Antwort ersparte. Er erhob sich mit undurchdringlichem Gesicht und ging zu seinem Pferd hinüber.

Nachdenklich begann sie in der Erde vor ihren Füßen zu graben. Sie staunte, sich so tief in die Angelegenheiten des Reiches verwikkelt zu sehen. Dabei ging es doch eigentlich nur darum, ihren Vater wieder zum Burgmann einer Reichsfeste zu machen.

Brobergen kam mit einem großen, in geöltes Tuch verpackten Gegenstand zurück, den er aus Königstein mitgebracht hatte, und begann ihn auszuwickeln.

Johanna schüttelte ihre Beklemmung ab und kauerte sich neben ihn auf die Erde, während Lettel und Vico sich vor die Hütte setzten und von früheren Zeiten schwatzten. Von Zeit zu Zeit erklang ihr Lachen; gottlob hatte Lettel sich wieder vollständig erholt.

Der Gegenstand sah unhandlich aus und reichte Brobergen bis zur Brust, obwohl er ein großer Mann war. Als die letzte Hülle fiel, sperrte Johanna den Mund auf. »Eine Kriegsarmbrust«, rief sie aus.

»Was willst du denn damit? Du bist doch kein Armbrustschütze. Du bist Ritter!«

»Im Krieg ist man nicht dies oder jenes«, sagte Brobergen nüchtern. »Einen Krieg will man gewinnen. Philipp hat Kanonen. Die werden dorthin gerichtet, wo sie den größten Schaden anrichten – und wenn es Frauen und Kinder sind. Die Soldaten, die den Geldtransport sichern, werden schwer bewaffnet sein. Glaubst du, es hätte einen Sinn, mit dem Malchus auf ihre Rüstungen loszugehen?«

»Du hast schon in Königstein geplant, das Geld an dich zu bringen«, sagte Johanna staunend.

»Natürlich. Ich sagte ja, daß ihr nicht die einzigen seid.« Brobergen fuhr mit dem Finger an den Seilen entlang, überprüfte den richtigen Sitz der Doppelhaken und begann die Sehne mit der Winde zu spannen. Das ratschende Geräusch machte Vico und Lettel aufmerksam.

Vico war mit wenigen langen Schritten neben Brobergen, während Lettel hinterhergehinkt kam. »Großartig, Roland«, sagte Vico launig. »Konntest du uns nicht auch noch eine Kanone besorgen?«

Lettel verschränkte die Arme vor der Brust und schüttelte mißbilligend den Kopf. »Kriegsarmbrüste. Kanonen. Und Ihr wollt ein Ritter sein, Brobergen?«

Brobergen ließ die Winde ruhen und sah den alten Mann respektvoll an. »Ich habe den Ritterschlag vor einigen Jahren erhalten. Seitdem tue ich das, was der Auftrag jedes Ritters ist: Ich kämpfe für die Schwachen und gegen das Unrecht. Die allermeisten Gefolgsleute großer Herren, die zum Ritter ernannt werden, tragen dieses Ideal nur auf den Lippen; sie benutzen weder Kanonen noch Armbrüste, das gebe ich zu – sie fahren mit ihren Schwertern zwischen die Armen und begehen Unrecht. Ist es nicht so, Ritter Lettel?«

»Nein, so ist es nicht! Nicht immer«, knarzte der alte Mann.

»Und wenn, so weiß doch jeder, daß sie Unrecht begehen, und verachtet ihre Handlungsweise!«

»Es ist keine Heldentat, sich mit dem Wissen zu begnügen, daß man das Unrecht durchschaut. Man muß versuchen, es zu beenden.« Brobergen ließ sich keine Ungeduld anmerken, aber Johanna, die seine Finger wieder an der Kurbel entlangtasten sah, spürte sie.

Sie legte behutsam einen Arm um Lettels Schulter. »Und genau darum bist du doch zu uns gekommen, Lettel. Weil auch du dich gegen einen unrechtmäßigen Herrn auflehnst. Wir sind sehr dankbar für deine Hilfe.«

»Wenn du es so sehen willst«, murmelte Lettel, nicht ganz überzeugt. »Aber wenn ihr es schafft, Philipp von der Burg zu vertreiben, ziehe ich mich endgültig auf mein Altenteil zurück. Ich bin zu alt, um eine Jugend zu unterrichten, die darauf brennt, Kanonen zu bedienen. Die Turnierlanze hat ausgedient. Lebt wohl.«

»Ich begleite dich ein Stück, Lettel«, sagte Vico in munterem Ton, und Johanna gelang es, ihm unbemerkt einen dankbaren Blick zuzuwerfen.

Der alte und der junge Ritter verschwanden im gemächlichen Schritt auf dem Pfad, der in den Wald führte.

Brobergen sah Johanna an und stieß einen tiefen Seufzer aus. »Die Welt ändert sich viel schneller, als Männer wie Lettel ahnen. Was hätte er wohl gesagt, wenn ich mit einem der neuen Handrohre angekommen wäre? Die alte Kriegstechnik, die er gelernt hat, kann man mitsamt den Waffen und dem Wort Ritterlichkeit begraben. Waffen mit Fernwirkung, wie die Langbögen der Engländer, die Kriegsarmbrüste, Kanonen und Handrohre werden die Männer, die sie bedienen, hemmungslos machen. Sie sehen ja nicht mehr, wie ihr Feind sich in seinem Blut wälzt, und sie hören seine Schreie nicht. Es wird auch nicht mehr auf Tapferkeit ankommen. Der Mann, der eine Lunte unter das Pulver hält, braucht nicht tapfer zu sein.«

Johanna hörte ihm mit großen Augen zu.

»Wir erleben den Beginn eines neuen Zeitalters, Johanna«, fügte Brobergen bedrückt hinzu. »Aber wer sich den neuen Methoden verweigert, geht mit den alten unter. Wir haben keine Wahl.«

Im Morgengrauen lagen Brobergen, Vico und Johanna schon auf der Lauer. Da sie die Strecke zwischen Königstein und Eppstein ausgezeichnet kannten, hatten sie keinen Zweifel gehabt, welche Stelle sie wählen sollten. Kummer machte ihnen, daß Lettel keine weitere Nachricht über den zweiten Trupp geschickt hatte. Aber mit der Zeit packte sie das Jagdfieber; selbst Johanna beschloß, sich einstweilen darüber keine Sorgen zu machen. Mit einem Blick über Brobergens Schulter hinweg vergewisserte sie sich, daß die Armbrust gespannt war.

Brobergen hatte sie mit Sorgfalt auf den Weg ausgerichtet; es war alles in Ordnung.

Das Schnauben vieler Pferde im Arbeitstempo war zu hören, bevor sie in Sicht kamen. Es waren mindestens fünfzehn Mann, die von Praun angeführt wurden. Mit ihnen ritten zwei vom Scheitel bis zur Sohle gepanzerte Ritter, von denen einer ein mit Satteltaschen beladenes Handpferd führte. Die Knechte achteten sichtlich sorgsam darauf, ihn nach allen Seiten abzuschirmen. Der zweite Ritter war ein unruhiger Geist; er ließ seinen Hengst um die Gruppe herumtänzeln, war stets selbst auf dem Pferderücken in Bewegung und hätte keinem Angreifer ein sicheres Ziel geboten.

Johanna behielt ihn im Auge. Irgendwie fühlte sie sich durch den Reitstil des Ritters an ein fernes Ereignis erinnert.

Vico stieß Roland an und deutete mit dem Kinn auf den Ritter in der Mitte. »Der mit dem Handpferd ist es«, flüsterte er aufgeregt.

Brobergen schüttelte unschlüssig den Kopf und blieb ruhig. Er hatte ja recht, sie konnten es unmöglich mit diesen vielen Männern aufnehmen.

Außerdem wußte Johanna plötzlich, was sie beunruhigte. Sie beugte sich zu Roland hinüber. »Der Ritter, der so ungeheuer gut reitet, war noch im vorigen Sommer Knappe. Im großen Turnier waren die Zuschauer über seine Reitkunst so begeistert, daß Philipp ihn mit dem Ritterschlag belohnte.«

»Wirklich?« Brobergens blaue Augen blitzten auf. Johanna spürte, daß er eine Entscheidung traf, während er die beiden Ritter nochmals einer sorgfältigen Überprüfung unterzog. Er brachte seinen Mund an ihr Ohr. »Der andere muß ebenfalls ein ganz junger Mann sein. Ganz bestimmt vertraut Philipp nicht zwei Rittern ohne Erfahrung das Gold an. Ich schätze, wir haben es mit den falschen Leuten zu tun.«

Die Burgwache zog vorbei.

Vico hob den Kopf über die Armbrust und signalisierte energisch, daß Brobergen sich beeilen sollte.

Brobergen schüttelte bedächtig den Kopf.

Er wird doch nicht selber schießen, dachte Johanna und hielt den Atem an, während sie zu ihrem Bruder hinüberspähte. Einen Augenblick lang sah es so aus, aber dann ließ Vico den Kopf auf seine Arme sinken und stöhnte ergeben.

»Sie waren es nicht«, versicherte Brobergen, als sie wieder laut reden konnten.

»Und sie waren es doch!« murrte Vico und sprang auf. »Na ja, es gibt ja ein nächstes Mal. Da kommen ja noch mehr Kanonen.«

»Warte einen Augenblick«, befahl Brobergen.

Mürrisch setzte Vico sich wieder und begann zwischen seinen Schuhen Gras zu zupfen. »Was soll das?« fragte er nach einer Weile. »Laß uns zur Hütte reiten und auf den Mißerfolg trinken. Es ist ja nicht so schlimm, wie wir alle wissen …«

»Es wäre nett, wenn du den gönnerhaften Ton lassen würdest«, versetzte Brobergen scharf.

Johanna zuckte zusammen. Ganz sicher war Roland sich nicht, sonst hätte er nicht so ungewöhnlich empfindlich reagiert. Sie war dankbar, daß Vico sich stillschweigend auf den Bauch rollte und endlich den Mund hielt.

In den lichtgrünen Büschen, hinter denen sie sich versteckten, und zwischen den gelben Löwenzahnblüten am Weg summten die Bienen. Ein Sonnenstrahl fiel zwischen den Zweigen hindurch und wärmte Johannas Hüfte. Sie ließ den Kopf auf die Arme sinken und träumte sich auf die Königsteiner Burg zurück, wie sie gewesen war, als ihre Stiefmutter Katherine noch nicht das Leben von Lienhart und seinen Kindern beherrscht hatte.

Ein Stoß in die Seite weckte Johanna. Sie fuhr in die Höhe, sank wieder zurück und starrte schlaftrunken auf eine kleine Gruppe von Reitern, die aus Richtung Königstein kam.

Sie rieb sich die Augen. Sie glaubte Thomas zu sehen, ihren und Vicos Halbbruder, Bankert ihres Vaters, der Mönch geworden war. Auf seinem Maultier war er ein gutes Stück kleiner als der stattliche Ritter, mit dem er sich freundschaftlich unterhielt, obwohl er selbst eine beträchtliche Länge besaß. Ein zweites Maultier mit offenbar leichtem Gepäck zog Thomas hinter sich her. Begleitet wurden die beiden von drei Knechten, die trotz ihrer Bewaffnung unscheinbar und harmlos wirkten.

Alles in allem schien es sich um eine Gruppe von zusammengewürfelten Leuten zu handeln, wie viele tagtäglich die Straßen des Landes bevölkerten. Ein Ritter mit einer Botschaft für eine andere Burg, beispielsweise, und ein Mönch, der sich ihm angeschlossen hatte.

»Heinzenburg!« signalisierten Brobergens Lippen, bevor er sich ein Tuch vor den Mund band.

Heilige Mutter Gottes! Johanna griff hastig nach ihrem eigenen Tuch. Ihre Gedanken begannen zu rasen. Heinzenburg, der neue Berater des Burgherrn, in Begleitung eines Zisterziensers, des Ordens, dem Philipp das Geld schuldete. Das mußte eine Bedeutung haben.

Und trotzdem hätte sie um nichts in der Welt die Entscheidung zu schießen treffen mögen. Es konnte sein, daß Brobergen gleich einen Mann tötete, der nichts mit dem Gold zu tun hatte. Zwar hatte Heinzenburg den Tod redlich verdient, aber ein offener Kampf wäre Johanna lieber gewesen.

Ihrem Bruder auch. Anfänglich hatte er sich sogar gegen das Tuch gewehrt, das sie unkenntlich machen sollte. Er wollte als Ritter leben. Und sterben, hatte Brobergen hinzugefügt. Johanna seufzte tief und zog ihr Tuch über dem Nasenrücken herunter. Sie war sofort dafür gewesen, als Roland erklärt hatte, daß sie andernfalls die gesamte Wachmannschaft töten müßten, um nicht später erkannt zu werden.

Roland forderte Vico mit Gesten auf, sich zu beeilen, und griff nach dem Abzug. Während er kaltblütig darauf wartete, daß Heinzenburg in die richtige Position kam, ging Vico sprungbereit in die Hocke, das Schwert in der Hand.

Der Bolzen schnellte von der Sehne. Im gleichen Augenblick, in dem die Knechte darauf aufmerksam wurden, daß hinter ihrem Rücken etwas vorging, stak er bereits im Halsschutz des Ritters. Der Mann gab ein ächzendes Geräusch von sich und sackte nach vorne auf die Mähne seines Hengstes, von wo er langsam zu Boden rutschte. Thomas riß sein Maultier auf der Hinterhand herum.

Vico und Brobergen sprangen auf und stürzten sich auf die Knechte. Es waren gut geschulte Männer, die unerschrocken ihre kurzen Schwerter zogen. Johanna erkannte sofort, daß sie trotzdem unterliegen würden. Weisungsgemäß begann sie die Straße zu beobachten, damit sie nicht überrascht würden.

Aber Thomas, der mit flatterndem Mantel und weit ausholenden Beinen zurück zur Stadt jagte, hatte die Straße für sich. Der Strick seines Packtieres war ihm schon anfangs entglitten; es war hinter dem ritterlichen Pferd stehengeblieben.

Es dauerte nicht lange, bis zwei der Männer verwundet waren und aufgaben. Brobergen senkte die Spitze seines Schwertes zu Boden, worauf auch Vico den Kampf einstellte.

Brobergens Daumen wies nach Königstein.

»Ihr laßt uns wirklich laufen?« vergewisserte sich der unverletzte Knecht ungläubig und griff nach den heruntergefallenen Waffen und den Zügeln der Reitpferde.

Währenddessen öffnete Vico mit raschem Griff das Visier des liegenden Ritters und betrachtete ihn, bevor er nachdrücklich zu Brobergen hinübernickte. Johanna fiel ein Stein vom Herzen. Wenigstens war kein Unschuldiger das erste Opfer dieses Krieges.

Vico packte Heinzenburgs Hengst beim Zügel und führte ihn beiseite. Das Maultier trippelte mit schleifendem Führstrick hinterher; es war mit einem dünnen Strick an Heinzenburgs Sattel befestigt.

»Wir danken Euch, Ihr Herren«, murmelte der Knecht mit tief gesenktem Kopf, als sie an Brobergen in langsamem Schritt vorbeiritten. Die Sommerhitze, der Kampf und die Scham hatten sein Gesicht tiefrot werden lassen.

»In deren Haut möchte ich jetzt nicht stecken«, sagte Johanna leise, als sie fort waren. »Ihr nacktes Leben haben sie gerettet. Aber vielleicht wäre die andere Richtung für sie die bessere.«

Vico riß sich das Tuch vom Mund und atmete durch. »Dazu sind Knechte schließlich da«, meinte er und trat mit erwartungsvollen Augen neben das Maultier. Er öffnete die Packtaschen und griff hinein. Gleich darauf zog er die Hände wieder heraus und hob triumphierend zwei Lederbeutel über seinen Kopf. »Das Gold für die Kanone.«

Kapitel 4

»Eintausendsechshundert dicke Silberpfennige«, sagte Vico ehrfürchtig und nahm endlich den Blick von einem Berg von Münzen auf dem Tisch in der Hütte. »Macht genau hundert Mark für unseren Vater.«

»Wir sollten dazu besser die ausländischen Florins und Gulden verwenden«, riet Brobergen und sah auf den übrigen Teil der Beute. »Auf dem Markt von Königstein können wir damit nichts anfangen.«

»Aber nicht sofort! Der Himmel bewahre uns jetzt vor Fehlern! Wir müssen auf jeden Fall warten, bis Gras über diesen Diebstahl gewachsen ist«, forderte Johanna.

»Darüber wächst kein Gras.« Vico begann die alltäglichen Münzen mit den kleineren Werten auszulesen. »Schließlich haben wir die Sache geplant als den Beginn eines Krieges, der die Kaiserlichen wieder in den Besitz der Burg Königstein bringen soll. Das muß jetzt alles so schnell wie möglich gehen. Deswegen muß Brobergen nach Frankfurt reiten und Bernburg ausfindig machen, während Johanna und ich als die legitimen Vertreter unseres Vaters das Lösegeld auf die Burg bringen.«

»Du würdest die Herkunft des Geldes nicht erklären können, wenn sie dich fragen«, warf Brobergen ein. »Ich schlage deshalb vor, daß wir alle drei nach Frankfurt reiten, was den Vorteil bietet, daß wir gewissermaßen aus dem Wege sind – denn ihr glaubt doch nicht, daß sie nach den Räubern nicht suchen werden –, und anschließend auf die Burg. Dort werdet ihr beide dann das Geld abliefern, das ihr vom Geldverleiher geliehen habt.«

»Welchem Geldverleiher?« fragte Vico begriffsstutzig.

Johanna begann zu lachen. »Natürlich von einem Frankfurter Geldverleiher. Um das Geld zu besorgen, reiten wir doch nach Frankfurt.«

In Philipps Herrschaftsbereich deutete nichts auf einen bevorstehenden Krieg. Unbehelligt erreichten sie die Grenze. Nach einigen Stunden scharfen Ritts lag Frankfurt vor ihnen.

Im Abendlicht schimmerten die Kirchtürme in goldenen und grünlichen Farben. Ein einzelnes Glöckchen schlug an, sein abgerissenes Bimmeln wehte zu ihnen herüber. Sie mußten sich beeilen, um die Stadt vor dem Schließen der Tore zu erreichen.

»Das schaffen wir«, bemerkte Brobergen und blickte über seine Schulter zur Sonne zurück. »Jetzt bist du dran, Johanna. Viel Glück!«

Johanna nickte stumm und hob sich in den Steigbügeln, um die vor ihnen liegende Zollstelle einsehen zu können. Eine Gruppe von Menschen ballte sich auf der Niddabrücke, in ihrer Mitte eine hochgewachsene Frau mit altertümlichem Gebende, auf dem ein grünes Abzeichen aufgenäht war und das sie als Beauftragte der Stadt auswies. Johanna sank erleichtert in den Sattel zurück und drehte sich flüchtig zu Roland um. »Die Wegegelderin! Welch ein Glück, daß sie Dienst tut.«

Dann ritt sie los. Die Leute vor ihnen waren abgefertigt, und hinter Roland und Vico war die Straße leer; dieser Augenblick war genau richtig für ihren Plan.

Vor der Brücke ließ Johanna sich schwerfällig von Astor herabgleiten, ordnete flüchtig die Falten ihres Kleides, das sie in einem Gebüsch kurz vor der Stadt gegen ihre Reitkleidung eingetauscht hatte, und trat steifbeinig auf die Wegegelderin zu.

Diese betrachtete Johanna ein wenig belustigt, aber nicht unfreundlich.

»Grüß Gott«, murmelte Johanna in gequältem Ton, »was macht das für uns drei?«

»Anderthalb Pfennige. Geht es Euch nicht gut?«

»Ich bin wundgeritten; ich bin nur Zelter gewöhnt«, bekannte Johanna und stöhnte verhalten. »Könntest du mir wohl eine Auskunft geben, Wegegelderin?« Sie zauberte einen weiteren Pfennig in ihre hohle Hand.

»Sprecht nur.«

»Ich bin … meinem Mann weggelaufen. Er schlug mich über Gebühr«, begann Johanna stockend und erzählte dann zunehmend flüssiger. Sie drehte sich halbwegs um, um mit dem Kinn verstohlen auf ihre Begleiter zu deuten. »Die Ritter dort waren so freundlich, mir auf dem Weg Schutz zu geben. In Frankfurt brauche ich ein Quartier und, wenn ich mich erholt habe, andere Kleidung. Kannst du mir einen Altkleiderhändler empfehlen, der nicht versuchen wird, mich übers Ohr zu hauen?«

Die Wegegelderin schützte ihre Augen gegen die tiefstehende Sonne und musterte nacheinander Vico und Brobergen. »Wer es sich leisten kann wegzulaufen, soll es tun, das ist meine Meinung. Ich schätze, der Lange mit der aschblonden Locke und dem kühnen Gesicht ist Euer Liebhaber, stimmt's?«

Es fiel Johanna nicht schwer zu erröten. Sie nickte verschämt.

»Und Euer Name ist?«

»Johanna von Falkenstein.«

Mit der Preisgabe ihres Namens hatte Johanna endgültig das Wohlwollen der Wegegelderin gewonnen. »Ihr werdet sehen, es kommt alles in Ordnung«, sagte sie gönnerhaft und rieb sich das Kinn. »Also, in der Nähe des Weckmarktes gibt es die Fynckin, die bei der Stadtpfeiferin wohnt. An die wendet Euch mit einem schönen Gruß von der Wegegelderin an der Niddabrücke. Wenn Ihr allein wärt, würde ich Euch für die Nacht das Katharinenkloster empfehlen, aber ich glaube nicht, daß Ihr es wirklich wollt … Er sieht ja auch zu gut aus!«

»Oh, ganz herzlichen Dank«, sagte Johanna erleichtert und schenkte ihr ein strahlendes Lächeln. »Noch eine kleine Bitte habe ich: Sollte mein Ehemann oder einer seiner Knechte sich nach mir erkundigen, dann sei so gut und sage, ich sei am vergangenen Samstag hier durchgekommen. Er weiß dann schon selber, daß er nach mir nicht mehr zu suchen braucht. Es ist eine lange Geschichte … Du tätest mir einen persönlichen Gefallen.«

Die Wegegelderin runzelte die Stirn und betrachtete abwesend den träge fließenden Strom jenseits der Steinbrüstung. Anscheinend half ihr das Wasser, einen Entschluß zu fassen. Als sie sich Johanna wieder zuwandte, war ihr Wohlwollen nüchterner geschäftsmäßiger Überlegung gewichen. »Für einen zweiten Pfennig verzichte ich darauf, die lange Geschichte anzuhören.«

Johanna reichte ihr den zweiten Pfennig, ohne zu handeln.

»Am Samstag also, Johanna von Falkenstein, vor vier Tagen«, bestätigte die Frau und lächelte zufrieden. »Und die lange Geschichte, die ich nicht zu hören bekam, lasse ich beiseite, wenn wer fragt.«

»Genau so soll es sein«, sagte Johanna, einigermaßen zuversichtlich, daß sie, aus welchen Gründen auch immer, eine Komplizin gegen einen harten Ehemann gefunden hatte, und verabschiedete sich mit einem höflichen Neigen ihres Kopfes.

Auf dem Weg zum Brückenende überdachte sie das Ganze noch mal und war ganz zufrieden mit sich. Die Wegegelderin war nicht dumm; sie hatte begriffen, daß der zweite Teil der Geschichte wichtiger war als der erste. Es war zu hoffen, daß sie ihren Teil der Vereinbarung einhielt.

Johanna ergriff den Zügel ihres Hengstes, der von Roland gehalten worden war, zog ihn zum Aufsteigestein und kletterte mit unbeholfenen Bewegungen in den Sattel. Astor spielte verwundert mit den Ohren, bis sie jenseits der Brücke die Schauspielerei einstellen konnte.

»Hat sie dir die Geschichte abgenommen, Schwesterchen?«

»Ungefähr«, antwortete Johanna zerstreut. »Vor allem aber Geld.«

»Mich hat sie so streng angesehen, als wäre ich der Mann, vor dem du davonläufst«, meldete sich Brobergen von hinten.

Johanna tat, als hätte sie es nicht gehört. Im Gegenteil, dachte sie und bekämpfte mit aller Gewalt ihre Sehnsucht nach ihm.

Vico und Roland einigten sich auf ein besseres Gasthaus in der Fährgasse, wo sie zwei kleine Räume für drei nicht übermäßig begüterte Ritter auf dem Weg zum Reichstag mieteten. Johanna blieb im Stall bei den Pferden. Erst bei beginnender Dunkelheit wagte sie, nach oben zu schlüpfen, wo sie sich wieder in Johann verwandelte.

Als sie später in einer Weinschenke saßen und sich von Frauen aufspielen ließen, die Lauten und Zimbeln schlugen, begannen Johannas Gedanken ganz ungewohnte Wege zu wandern.

Verstohlen blickte sie an sich hinunter, während Rolands und Vicos leises Gespräch an ihren Ohren vorbeiplätscherte. Hier in Frankfurt, wo sie schon während des Rittes bis zum Gasthaus so viele gut angezogene Frauen gesehen hatte, fand sie ihre Knappenkleidung nicht mehr angemessen. In den Wäldern des Taunus war sie ein Schutz, aber hier …

Plötzlich wünschte sie sich ein Kleid, eines, das für sie angefertigt war. Im Grunde hatte sie als erwachsene junge Frau nie eines besessen. Sie hatte die abgelegten und umgeänderten Kleider ihrer Stiefmutter Katherine tragen müssen, und ihre besondere Abneigung kam daher, daß deren Näherin die Kleider mit unpassenden Stoffen verlängert hatte – als besondere Schikane vermutlich. Irgendwie war jetzt alles anders …

Die Handwerker am Nachbartisch schienen besonders sie aufs Korn zu nehmen. Merkte man in der großen Stadt etwa, daß sie eine Frau war? Ihr wurde ganz unbehaglich zumute. Vielleicht waren sie alle drei zu naiv gewesen.

»Gibt's das jetzt auch schon? Weiber im Rittergewand?« fragte einer der Männer so laut, daß das Schwatzen in der Schenke verstummte. »Nicht genug, daß sie die Männergugel aufsetzen – nein, jetzt muß es schon die Ritterwürde sein. Unerhört!«

Johanna sah ihn verdattert an und erschrak noch mehr, als Roland plötzlich mit seiner Faust auf den Tisch donnerte, daß ihre Bierkrüge tanzten.

»Beleidigt Johanna von Falkenstein nicht«, brüllte er.

Sie kroch vor Schreck in sich zusammen. Es war ihr nicht recht, Aufsehen zu erregen. Und sie verstand Roland nicht. Was fiel ihm nur ein?

»Falkensteiner!« flüsterte jemand abfällig.

»Jawohl«, bestätigte Brobergen dem Mann. »Johanna fiel es schwer genug, ihrem Verwandten Philipp von Falkenstein zu entkommen, nachdem sie die Königsteiner Bürger im letzten Jahr zum Aufstand gegen ihn geführt hat. Ihr könnt Euch sicher denken, daß sie sich als Mann verkleiden mußte, um das zu bewerkstelligen.«

Johanna sah ihn betroffen an, bis ihr aufging, daß er ein Schauspiel aufführte.

»Wir sind vor einigen Tagen hier angekommen«, fügte Brobergen gemäßigter hinzu. »In der freien Reichsstadt Frankfurt kann man sich als Philipps Gegner wahrscheinlich sicher fühlen.«

»Alle Wetter!« rief der eine Handwerker, sprang auf und stürzte auf Johanna zu, um ihr ausgiebig die Hand zu schütteln. *»Tod allen Reichen!*, nicht wahr? Es hat sich bis hierher herumgesprochen. Simon Eberlein hat Euch in höchsten Tönen gelobt. Darf ich Euch zu einer Runde vom Besten des Hauses einladen?«

Johanna nickte verlegen. Während sich mehrere Männer an ihren Tisch drängten und einige auf den schmalen Bänken bei ihnen noch Platz fanden, warf sie Roland verstohlen einen wütenden Blick zu. Er tat, als bemerke er es nicht, sondern rückte bereitwillig für die Neuankömmlinge beiseite und winkte dem Schankwirt. Vico schob mit etwas ratloser Miene ihre Krüge zurecht.

»Erzählt, Ritter!« forderte der freundliche Handwerker, und vom Wirt, der neben ihm stand: »Den goldenen Seckbacher. Für alle! Heute ist ein besonderer Tag! Warum ist es Euch nicht gelungen, den Falkensteiner Philipp fortzujagen, Ritter? Es stand doch gut, oder nicht?«

»Doch, es stand gut«, bestätigte Brobergen. »Aber in dem Augenblick, als die Frankfurter und die Wetterauer mit ihren Truppen hätten zur Stelle sein sollen, um dem Falkensteiner den Rest zu geben ...«

»Was war da?« rief einer begierig.

»Sie kamen nicht«, sagte Brobergen und schloß einen tiefen Seufzer an. »Wir haben so sehr auf Unterstützung gehofft. Und die Königsteiner Bürger erst!«

»Arme Schweine«, knurrte einer. »Was immer der Frankfurter Stadtrat macht: es ist zu wenig und zu spät.«

Die Männer nickten tiefsinnig und versanken offenbar in trübe Gedanken über ihre Stadtväter, während sie die gefüllten Zinnbecher, die der Wirt abstellte, zu verteilen begannen.

»Ihr seid doch alles gestandene Männer«, hob Brobergen an, nachdem sie sich zugetrunken hatten. »Meister zum Teil, wie ich sehe. Soviel ich weiß, sind mehrere Zunftmeister Mitglieder des Stadtrates. Können die nichts ausrichten?«

»Die Mehrheit stellen die Kaufleute«, entgegnete ihm ein älterer Mann, der gut betucht schien und mit besonderer Achtung behandelt wurde. »Die ziehen die Geldkatzen zu, wenn es darum geht,

Soldaten anzuwerben. Seitdem wir Frankfurter unsere Kanone versehentlich gesprengt haben, haben wir nicht einmal die, und die Kaufleute weigern sich, eine neue zu kaufen. Wir drängen schon lange darauf, zu unserem eigenen Schutz.«

Johanna stockte der Atem. Ein verwegener Gedanke schoß ihr durch den Kopf. Sie spürte Rolands intensiven Blick und hatte das Gefühl, daß er dasselbe dachte.

»Und wenn ihr eine hättet?« erkundigte sich Brobergen gleichmütig.

Die Handwerker blieben einen Moment still und brachen dann in brüllendes Gelächter aus. Johanna fragte sich, was daran so witzig war.

»Unwahrscheinlich«, sagte ein junger Mann am Bankende. »Eher erhält mein *Wächter* den Ritterschlag.« Die große hellbraune Dogge, die neben ihm saß, schien zu wissen, daß von ihr die Rede war. Sie legte die feuchten Lefzen auf die Tischkante und äugte verständig umher. Ihr Herr tätschelte sie liebevoll.

Wieder kam Gelächter auf. Johanna stimmte wider Willen mit ein. Die Handwerker waren ein lustiges Volk, ganz anders als die Männer auf der Burg. Sie fühlte sich bei ihnen wohl.

Plötzlich stand Brobergen auf, langte an seine Seite und zog das Schwert aus dem Gehänge. Die Handwerker hörten auf zu lachen und beobachteten ihn mißtrauisch, während er über die Bank kletterte.

Sie machten Roland Platz, als er mit erhobenem Schwert zum Ende des Tisches schritt, vor der Dogge Aufstellung nahm und ihr mit der Spitze der Waffe auf die Schulter tippte. »Möge die ritterliche Dogge ein guter Helfer ihres Herrn und des Heiligen Petrus sein!« sprach er feierlich die abgewandelte Formel.

Im Schankraum war es still geworden. Nur das Hecheln des Hundes war zu hören.

Johanna hielt den Atem an. Erstmals verstand sie Roland überhaupt nicht.

»Ihr seid in Ordnung, Ritter! Nehmt Euch und Euresgleichen nicht so wichtig!« brüllte der Mann neben Johanna. Er war angetrunken und hatte sich im Gegensatz zu den übrigen nicht beeindrucken lassen. Er löste ihren Bann, und sie begannen miteinander zu schwatzen.

Der Meister, auf den alle hörten, brachte die Männer mit einer Handbewegung zum Schweigen. Er war stocknüchtern geblieben und hatte sich von der allgemeinen Heiterkeit bisher kaum anstekken lassen. »Ich halte Euch nicht für einen Gaukler, Ritter. Wollt Ihr damit andeuten, daß Ihr uns eine Kanone beschaffen könnt?«

Brobergen strich sich mit der Hand über sein sauber rasiertes Kinn. »Ja, ich glaube, das könnte ich, wenn Ihr sie wollt.«

»Und wer bezahlt?«

»Wir. Jedenfalls den größten Teil des Geldes. Ihr Frankfurter habt nicht viel zuzulegen. Sagen wir, zweihundert Mark.«

Johanna rechnete schnell nach. Das Lösegeld für ihren Vater betrug hundert Mark, dann blieb ihnen noch eine Reserve von weiteren hundert Mark, falls die Kanone nicht teurer geworden war.

Der Handwerker streckte Brobergen quer über den Tisch die Hand hin. »Topp. Der Handel gilt. Ich bin der Zunftmeister der Bauhütte und sitze im Stadtrat.«

Brobergen schlug ein.

»Mann«, sagte einer ehrfürchtig, »wenn wir Handwerker eine eigene Kanone stellen können, werden die Kaufleute es nicht mehr wagen, unsere Wünsche zu übergehen.«

Der Zunftmeister der Bauhütte erhob sich, klopfte mit den Fingerknöcheln auf die Tischplatte und wartete. Johanna betrachtete ihn verstohlen. Er war zweifellos ein kluger Mann, der schnell entschlossen eine Chance ergriff. Und da hier nicht nur Handwerker mit Zirkel und Kelle im Abzeichen saßen, erstreckte sich seine Autorität offenbar auch über Mitglieder anderer Zünfte.

Es wurde ein zweites Mal so still, daß man die Mäuse in den Binsen auf dem Fußboden knuspern hören konnte. »Das ist nicht das Entscheidende«, sagte der Bauhüttenmeister. »Das wirklich Wichtige ist, daß eine Kanone mehr zählt als Stimmen im Rat. Wir sind damit den Kaufleuten ebenbürtig. Wenn wir Handwerker beschließen sollten, den tapferen Königsteinern gegen ihre ungeliebte Herrschaft zu helfen, werden die Kaufleute nicht anders können, als uns zu folgen!«

Die Handwerker nickten und begannen mit den Handflächen auf den Tisch zu klopfen, bis die Krüge tanzten und das Holz dröhnte. Schließlich gab noch die Dogge mit einem tiefen Bellen ihr Einverständnis.

Johanna ließ ihre Augen zu Roland hinüberwandern, um ihm ihre Dankbarkeit zu signalisieren. Daß sie, ohne es geplant zu haben, plötzlich die Frankfurter Zünfte als Verbündete gewonnen hatten, war ganz allein ihm zu verdanken.

Er bemerkte ihren Blick und lächelte sie etwas gespannt an. Johanna wußte, daß er wachsam bleiben und seinen Erfolg erst in der Abgeschiedenheit ihrer gemieteten Räume genießen würde.

»Bist du denn jetzt von allen guten Geistern verlassen?« fragte Vico, als sie später allein zusammensaßen, um die Lage zu besprechen.

Brobergen sah ihn verständnislos an. »Wieso? Die zweite Kanone wird fertiggestellt. Daß Philipp das Geld für den Kauf nicht mehr aufbringen kann, steht fest. Daß die Frankfurter Handwerker die Zisterzienser überbieten werden, auch, denn dafür werden wir sorgen. Für ein um dreißig Mark höheres Angebot wird der Eppsteiner Kanonengießer den Frankfurtern die Kanone mit Handkuß überlassen. Ein ganz einfacher Plan. Ich sehe nicht, was dich daran so aufregt.«

»Der Plan ist einfach schwachsinnig. Das klappt nie! Was sagst du dazu, Johanna?«

Johanna schrak auf. Sie fuhr sich mit der Zunge über die Lippen und versuchte, Interesse an der Kanone zu heucheln. »Ja, eine Kanone ist gut«, murmelte sie und sah sofort, daß es die falsche Antwort war.

»Worüber denkst du nach, Johanna?« fragte Roland und legte behutsam die Hand auf ihr Knie.

Sie gab sich einen Ruck. »Roland, ich brauche ein Kleid für Philipps Hochzeit. Ich werde es mir hier nähen lassen. Es wird ein weiteres Beweisstück unserer Anwesenheit in Frankfurt sein.«

»Um solche Spuren braucht ihr euch nach dem Auftritt vorhin wirklich nicht mehr zu sorgen«, warf Vico wütend ein. »Ihr habt eine Schneise geschlagen, so breit wie von einem Jahrhundertsturm im Wald. Den Ritterschlag für einen Hund werden sie dir auf Burg Königstein nicht verzeihen, Brobergen.«

»Ist es das, was du suchst?« fragte Brobergen verwundert. »Die Anerkennung ausgerechnet von Philipp und seinen Mannen? Ich denke vielmehr, daß es um die Bürger von Königstein geht. Sie müssen sich erneut erinnern, wogegen sie sich gewehrt haben. Sie haben schon wieder resigniert. Jetzt haben sie etwas zu lachen und werden aufwachen.«

»Roland«, sagte Johanna bestimmt, »während ihr morgen zum Schein zu einem Geldverleiher geht, werde ich Frau Eberlein einen Besuch abstatten. Mit der Mutter des Zunftmeisters der Riegelmacher unter vier Augen zu sprechen, kann sehr nützlich sein. Ich werde ihr auf jeden Fall von der Kanone erzählen.«

»Man kann sicher sein, daß sich die alte Frau brennend für Kanonen interessiert«, warf Vico mürrisch ein.

»Oh, eher als ihr Sohn Simon«, sagte Brobergen. »Schließlich war sie es, die die Frauen von Königstein zum Widerstand gegen die neuen Herren sammelte. In ihrer Jugend war sie bestimmt feurig wie eine Wildkatze. Und was willst du darüber hinaus noch bei Frau Eberlein, Johanna? Im Augenblick interessierst nicht einmal du dich für Kanonen.«

Johanna biß die Zähne zusammen. Im Gegensatz zu ihrem gefühllosen Bruder entging Roland nicht viel, und manchmal hatte sie Angst, daß er ihre Gefühle wie ein Messer in Einzelteile zerlegen konnte. Sie bemühte sich, so kühl und gleichmütig wie möglich zu antworten. »Natürlich den Namen einer vertrauenswürdigen Näherin erfahren. Schließlich soll Katherine nicht über die arme Verwandtschaft spotten dürfen.«

Im Morgengrauen erhob sich ein höllischer Lärm auf der Straße unter Johannas Fenster. Sie zog den mit dünner Haut bespannten Rahmen heraus und beugte sich vor, um hinauszusehen. Sie vermutete Krieg, Überfall und Aufstand, alles Dinge, auf die sich ein harmloser Besucher einer Reichsstadt wahrscheinlich tagtäglich gefaßt machen mußte.

Jedoch ratterten dort unten nur Ochsenkarren vom Main herauf, Lehrlinge in Kittel und Schürze klapperten auf Holzpantinen vorbei, und Priester in Schnabelschuhen verschafften sich mit predigtgewohnten Stimmen Bahn im Gewühl.

Also ein ganz gewöhnlicher Morgen. Johanna lachte in sich hinein, während sie das ungewohnte Bild noch einen Augenblick genoß. Sie freute sich auf den Besuch bei Frau Eberlein. Sie würden eine Menge zu schwatzen haben: Schließlich waren es aufregende Zeiten gewesen, als sie beide als angebliche Strigae in den Verliesen der Feste Königstein gefangengehalten wurden. Heute konnte sie sich in all dem Grauen, das sie erlebt hatte, auch schon an einige komische Momente erinnern.

Nebenan rührten sich die Männer. Johanna klopfte und erkundigte sich, ob ihr Bruder zur Frühmesse mitgehen würde, aber er brummelte nur abweisend. Da Brobergen der Besuch von Kirchen untersagt war, brauchte sie ihn gar nicht erst zu fragen. Also machte sie sich allein auf den Weg zum Dom, dessen Türme am oberen Ende der Gasse zu sehen waren.

Geistig gestärkt, setzte Johanna sich nach der Messe zum Frühmahl, das aus geröstetem Star, Flecksuppe und einer Birnenlatwerge bestand. Zu ihrer Freude hatten die beiden Männer auf sie gewartet, Vico löffelte die Suppe allerdings schlechtgelaunt und tief über den Teller gebeugt in sich hinein.

So recht wollte kein Gespräch aufkommen.

Johanna konnte sich ungestört der Latwerge widmen, um so mehr, als Roland honigsüße Speisen nicht mochte und darauf verzichtete. Dummerweise hatte der Wirt die Wasserschale vergessen, und sie mußte sich die klebrigen Finger ablecken. Als sie aufsah, merkte sie, daß Brobergen ihr erheitert zuschaute. »Was ist?« fragte sie.

»Sie benutzen neuerdings in vornehmen Häusern Instrumente mit zwei Spießen für den Nachtisch«, sagte er. »Man nennt sie Gabeln, und sie sind sehr praktisch, finde ich. Aber die Kirche sieht sie als Werkzeug des Teufels an. Für uns beide wären Gabeln sehr passende Eßwerkzeuge, findest du nicht?«

Johanna ließ die Hände mit gespreizten Fingern auf die Tischkante sinken. Die Messe im Dom hatte sie die Macht der Kirche wieder spüren lassen, aber anders als in Königstein waren die Priester, die die Messe zelebrierten, von Geist durchdrungen gewesen. Sie hatte sich nicht bevormundet, sondern von der Macht des Herrn beschützt gefühlt.

Brobergen war es gelungen, den Morgen zu entzaubern. Sie sah ihn erbittert an. »Noch bin ich nicht exkommuniziert. Wenn es dir auch nichts auszumachen scheint, außerhalb der Gnade der Kirche zu leben, Roland: Sie haben einfach kein Recht, mich auszustoßen, und deshalb werde ich mich mit aller Macht dagegen wehren.«

Brobergen legte seine Hand auf ihre und preßte sie kurz. »Es ist schwer, mit der Kirche zu leben«, murmelte er. »Und gegen sie auch. Manchmal denke ich, es wäre besser, wenn es sie gar nicht gäbe.«

Johanna schluckte schwer, als er das Zimmer ohne ein weiteres Wort verließ. So eine Äußerung hätte sich nicht einmal ihre Mutter erlaubt.

Vico starrte Roland über den Tellerrand nach.

Kapitel 5

In frischem Tempo machte Johanna sich zum Haus des Ratsmitgliedes Eberlein in der Hirschgasse auf. Es war leicht zu finden, weil es von allen Häusern der Straße den stattlichsten Misthaufen mit einer fetten wühlenden und grunzenden Muttersau besaß, um die sie einen großen Bogen machte.

Die Tür öffnete eine Magd, die Johanna ehrfürchtig anstarrte. Sie lief auf klappernden Sohlen fort, um die alte Hausherrin zu holen. Ganz alltäglich waren Personen im Kettenhemd hier wohl nicht. Während sie wartete, sah Johanna sich um. Das Haus atmete Wohlstand und war gepflegt, einem Zunftmeister durchaus angemessen.

»Johanna von Falkenstein!« rief Frau Eberlein aufgeräumt, als sie sie erkannte, und streckte ihr die Hände entgegen. »Daß Ihr mich besucht! Wie schön! Oder seid Ihr irgendwie in Not?« fügte sie mit plötzlicher Bestürzung hinzu.

»Nein, höchstens in Kleidernot«, beschwichtigte Johanna umgehend ihre Furcht und behielt sie vorsorglich im Auge. Schließlich war sie ja schon älter …

»Ich sehe es«, sagte Frau Eberlein und ließ ihre Blicke ein wenig zweifelnd an Johannas Knappenkleidung hinabgleiten.

»So nicht. Das Kettenhemd schützt mich noch immer. Jedenfalls gelegentlich«, verbesserte Johanna sich selbst rasch, als die Handwerker in der Schankstube ihr einfielen. »Nein, ich bin zur Hochzeit von Philipp von Falkenstein geladen und muß mir ein Kleid nähen lassen.«

»Nicht zu glauben!« Die Handwerkerfrau schüttelte ungläubig den Kopf. »Vor kurzem wollte Katherine Yss Euch noch zum Tode befördern lassen – jetzt sollt Ihr mit ihr das wichtigste Sakrament feiern.«

»Die Beförderung ist einstweilen verschoben worden. Wahrscheinlich ist Philipp sich mit Katherine nicht einig darüber, ob sie mich in die Hölle oder in den Himmel schicken werden. Erst nach ihrer Hochzeit soll ich vogelfrei sein …«

Frau Eberlein schüttelte den Kopf und zog Johannas Arm unter ihren. Sie klopfte ihr tröstend auf den Handrücken, während sie auf eine Tür mit geschnitzter Laibung zusteuerte. »Das Weib ist wirklich eine rabiate Person! Würde es Euch irgendwie helfen können, wenn Ihr den Ort besichtigt, an dem Katherine ihren Aufstieg von der Hure zur Gräfin begann?«

Johanna stutzte und dachte einen Augenblick nach. »Wer weiß«, meinte sie. »Schaden kann es eigentlich nicht. Ist es denn nicht gefährlich, sich in die Gilergasse zu wagen, wenn man nicht als Kunde kommt?«

»Überlaßt das nur mir«, sagte Frau Eberlein und zwinkerte Johanna zu, die sich sofort wieder in den Wald bei Eppstein versetzt fühlte. Die alte Frau hatte es immer noch faustdick hinter den Ohren, und daß Aufregungen ihr aufs Herz schlugen, war wohl doch nicht zu befürchten.

»Was habt Ihr auf einmal?«

Johanna brach in Lachen aus. »Nein, nichts. Ich mußte an den Überfall bei Eppstein denken. Da habt Ihr mir auch so zugezwinkert.«

»Ja. Ich war so überrascht, als ich merkte, wer da vor mir stand.«

»Wer …?«

»Eine junge Frau im Kettenhemd.«

Johanna sperrte vor Schreck den Mund auf. »Ihr habt es gewußt?«

»Natürlich, Kind«, sagte Frau Eberlein und tätschelte Johannas Hand wieder. »Außerdem kenne ich keine Männer, die pfiffige Ideen haben. Nun, was ist Euch wichtiger? Das Kleid oder Katherine?«

»Katherine, natürlich.«

»Ich dachte es mir.« Frau Eberlein blieb vor der Tür stehen, hinter die Johanna gar zu gern einen Blick geworfen hätte. »Dann gehen wir zuerst dort hin, und danach werdet Ihr Euch mit meiner Näherin, die eine der besten der Stadt ist, über Euer Kleid beraten.«

Johanna nickte strahlend und lauschte den resoluten Anordnungen, die Frau Eberlein umgehend einer Magd erteilte. In der letzten Zeit hatte sie nicht viel Gelegenheit gehabt, ihre Abenteuerlust auszuleben. Dieses war nach ihrem Geschmack.

Kurze Zeit später saßen sie schon in einem Wagen, begleitet von zwei stämmigen bewaffneten Knechten mit grimmigen Gesichtern. »Mein Sohn legt seit unseren Erlebnissen im Taunus größeren Wert auf Wehrhaftigkeit als früher«, bemerkte Frau Eberlein, als sie Johannas stille Prüfung der Beschützer bemerkte.

»Dazu hat er allen Grund«, sagte Johanna lebhaft, »bei uns werden nämlich jetzt Kanonen modern.«

Und ganz im Gegensatz zu Vicos spöttischer Vermutung interessierte sich Frau Eberlein brennend für die Kanone, und Johanna mußte eine Fülle von Fragen beantworten.

Als sie alles erschöpfend geklärt hatte, lenkte der Fuhrknecht den zweirädrigen Karren gerade in eine schmale, krumme Gasse hinein, die wenig einladend wirkte.

»Wir sind gleich da«, sagte Frau Eberlein. »Das beste ist, Ihr haltet den Mund, Johanna.«

Der Befehl wurmte Johanna nicht wenig. Aber schon wenige Häuser weiter erkannte sie, daß Frau Eberlein in der Gasse der Huren und Zuhälter bekannt war und sich nicht zu fürchten brauchte. Dagegen hätte sie allein, als wenig begüterter Knappe, wohl mindestens spöttische Bemerkungen aushalten müssen.

»Woher kennt man Euch denn?« flüsterte sie Frau Eberlein zu, als mehrere halbnackte Kinder mit aufgequollenen Bäuchen ihr zuwinkten.

»Eine Katherine Yss bin ich nicht. Ich habe einigen Frauen unter die Arme gegriffen, als die Not groß war«, antwortete Frau Eberlein knapp.

Johanna nickte und begnügte sich damit, das Elend zu beobachten, das immer größer wurde, je weiter sie in die Gasse eindrangen.

Ein Bettler ohne Beine, der auf einem Brett lag und sich mühsam mit den Fingerknöcheln vorwärts stieß, streckte Frau Eberlein seine aufgerissene blutige Hand entgegen. Sie ließ eine Münze hineingleiten. »Vergelt's Gott, Ratsfrau«, murmelte er.

Die Knechte machten vor einem sehr schmalen, schäbigen Häuschen halt und besetzten geübt den Eingang wie die Wachposten der Burg, während der Karren zum Stehen kam. Johanna folgte Frau Eberlein zögernd in den einzigen Raum, in dem eine junge Frau saß und spann. Sie hob den Kopf und drehte sich zum Eingang um.

Ihr Gesicht ähnelte in bestürzender Weise dem von Katherine.

»Seid Ihr es, Frau Eberlein?« erkundigte sich die Hausfrau nach einer Weile. »Ich rieche den guten Duft, der Euch immer umgibt.«

»Jawohl, Elsbeth. Ich habe jemanden mitgebracht, der dich kennenlernen möchte.«

»Einen jungen Mann? Er ist leichtfüßig und bewaffnet, aber friedlichen Sinnes.«

Johanna schüttelte verwundert den Kopf. Die Frau war blind, aber sie wußte schon mehr von ihrem unbekannten Besucher, als mancher Sehende gemerkt hätte.

»Sie ist eine junge vornehme Frau, Elsbeth, in der Kleidung eines Knappen. Sie ist ein Opfer deiner Schwester. Ich glaube, es könnte ihr helfen, wenn sie sieht, wo Katherine aufgewachsen ist.«

Elsbeth verzog den Mund zu einem bitteren Lächeln. »Sie mag sich gerne umsehen. Kann sie auch sprechen?«

Frau Eberlein nickte Johanna aufmunternd zu.

»Gewiß kann ich sprechen, Elsbeth«, sagte Johanna beklommen.

»Was hat Euch meine Schwester angetan?« fragte Elsbeth gelassen.

Johanna atmete durch. »Als Ehefrau des Lienhart von Falkenstein wurde sie meine Stiefmutter. Sie hat mich in voller Absicht ihrem Knappen ausgeliefert, der mir Gewalt antat. Als ich ein Kind von ihm erwartete, ließ sie mich in einen klösterlichen Arbeitshof einsperren. Meine kleine Tochter hat sie mir abgenommen, um sie als Handelsobjekt von vornehmer Geburt für ihre Pläne zu nutzen. Vermutlich soll meine Gesche eine Rolle in Katherines Leben mit Philipp von Falkenstein spielen, an dessen Seite sie Gräfin werden wird.«

»Katherine wird kein gutes Ende nehmen«, sagte die Blinde traurig. »Sie will zu hoch hinaus. Der Herr wird sie für ihren Ehrgeiz bestrafen.«

»Vielleicht könnte man dem Herrn in den Arm fallen«, sagte Frau Eberlein behutsam. »Dann fällt die Strafe möglicherweise weniger hart aus.«

»Meint Ihr wirklich? Aber ich wüßte keinen Weg.« Elsbeth ließ die Wolle stetig und geübt aus ihren Fingern gleiten.

Johanna hatte noch nie einen so gleichmäßigen und feinen Faden gesehen. Ein solches Spinnrad auch nicht. Es war auf wunderliche Weise zusammengesetzt aus älteren und neueren Bestandteilen. Kein einziger von ihnen schien seinen Weg in einem Spinnrad begonnen zu haben.

Sie zuckte zusammen, als Frau Eberlein ihr einen Stoß mit dem

Ellenbogen versetzte. »Doch«, widersprach Johanna hastig. »Man muß Philipp von Falkenstein nur daran hindern, Katherine zu heiraten.«

»Wie wäre das möglich?«

»Ich müßte einen Beweis haben«, antwortete Johanna zögernd, »daß sie aus der Gilergaß kommt und nicht aus einem kleinen Lehnshof, wie Philipp glaubt.«

Elsbeth lachte wie über einen guten Witz.

»Warum lachst du?« fragte Johanna verwirrt.

»Weil Katherines Sohn auch Philipp heißt.«

»Sie hat einen Sohn?«

»Ja, Ihr könnt ihn sehen, er sitzt draußen im Staub und baut nützliche Dinge aus Abfall. Ihr könnt auch mit ihm sprechen, wenn Ihr wollt.«

Johanna schüttelte den Kopf, während Elsbeth überlegte. Sie hatte ganz gewiß nicht das Bedürfnis, mit einer kleinen Ausgabe von Katherine zu reden.

»Ich könnte Euch etwas mitgeben, das Katherine wohl nicht verleugnen wird.«

»Ja?« Johanna zitterte plötzlich vor Spannung.

»Ja. Ihren gelben Schleier, den sie als Hure trug. Sie hat ein kleines Loch mit ungewöhnlich feinen Stichen ausgebessert, die ich fühlen kann, und man sagt mir, der Faden sei blau.«

»Blau.« Johanna staunte wieder.

»Ja, blau. Sie wollte immer höher hinaus, auf jeden Fall fort von der Gilergasse. Der Scharfrichter kannte sie; sie durfte es nicht wagen, das Haus ohne den gelben Kruseler zu verlassen. Aber er konnte sie nicht zwingen, den blauen Klecks umzufärben. Es gibt keine Vorschriften, wie gelb gelbe Hurenschleier sein müssen. Katherine hat sich immer wieder vor Lachen darüber ausgeschüttet. Möchtet Ihr ihn haben?«

»Ja. Ja, ich möchte ihn gerne haben«, sagte Johanna entschlossen.

Elsbeth stand auf. Sie bewegte sich mit leichten Schritten durch den Raum, ohne irgendwo anzustoßen, und fand den Schleier mit einem Griff.

Der blaue, sehr fein gestickte Fleck war nicht zu übersehen. Katherine hatte auch in der Kemenate oft gestickt; man konnte ihr Geschicklichkeit nicht absprechen. »Wie kann ich dir danken?« fragte Johanna mit einem Gefühl des Unbehagens. Schließlich sollte es nicht wie der Kauf eines Beweisstückes aussehen.

»Es ist nicht nötig. Ich habe alles, was ich brauche«, sagte Elsbeth.

Frau Eberlein stieß die Tür auf und machte einem der Knechte ein Zeichen, der kurz darauf den großen Korb hereinbrachte, über den Johanna sich schon gewundert hatte.

»Ich habe dir Wolle mitgebracht, Elsbeth«, sagte Frau Eberlein. »Wir nehmen die gesponnene mit. Der Herr sei mit dir.« Sie wartete, bis der Knecht die lose Wolle gegen die gesponnene ausgetauscht und auf einem Wandbord Brot und einen Käselaib deponiert hatte, und schob dann Johanna auf die Straße hinaus.

Johanna starrte wie benommen auf den gelben Schleier und fand erst allmählich in die Wirklichkeit zurück. Jetzt erst roch sie den ekelerregenden Gestank, der mit der zunehmenden Tageswärme aus dem Abfall und den Kadavern von Mäusen und Ratten in der Mitte der Gasse aufstieg. Sie sah auf.

Im Schatten der Hütte gegenüber saß ein Junge von sieben oder acht Jahren. Er ließ einen Kasten, der möglicherweise eine Rattenfalle werden sollte, auf die mageren nackten Beine sinken. Sein schwerer Buckel hinderte ihn nicht daran, Johanna mit wachen Augen zu mustern, die an Katherine erinnerten.

Kapitel 6

Vico drängte darauf, das Lösegeld auf die Burg zu bringen, kaum daß sie wohlbehalten in ihre Hütte zurückgekehrt waren. Als erstes hatte er das Versteck überprüft, es war unberührt. Aber der Herr mochte wissen, wie lange sie es geheimhalten konnten.

Roland Brobergen zuckte mit unbehaglicher Miene die Schultern, aber er widersprach nicht.

»Was hast du, Roland?« wollte Johanna wissen. »Glaubst du, daß sie uns übertölpeln werden? Uns das Geld abnehmen, ohne Vater herauszugeben?«

»Eigentlich nicht«, meinte Brobergen zögernd. »Philipp steht mit seinem Wort für einen rechtmäßigen Handel ein. Daß er den Burgmann Lienhart gefangenhält, ist weithin bekannt. Nein, ich glaube nicht an Betrug.«

»Was ist es dann?«

»Wenn ich es wüßte, könnte ich versuchen, euch zu schützen«, sagte Brobergen. »Nein, es ist einfach ein Gefühl, daß wir etwas übersehen haben.«

»Komm doch einfach mit«, schlug Johanna vor. »Dann siehst du der Gefahr wenigstens ins Auge und mußt dich nicht hier sorgen.«

Ausnahmsweise war sogar Vico mit ihrem Vorschlag einverstanden.

Philipp von Falkenstein weilte auf der Burg, als sie kamen. Im Gegensatz zu Katherine machte er sich nicht die Mühe, ihnen ihre Unwichtigkeit zu demonstrieren. Offensichtlich war er gerade in der

Laune, Besucher zu empfangen. Der Knecht winkte ihnen barsch, ihm auf der Stelle zu folgen.

Wahrscheinlich brauchte er auch nur, so schnell es ging, möglichst viel Geld, dachte Johanna ahnungsvoll, als sie den von Genußsucht gezeichneten Burgherrn im Schutz von Vicos Rücken verstohlen betrachtete. Katherine war nicht zu sehen, bedauerlicherweise. In Philipps Gegenwart wäre es vielleicht einfacher gewesen, eine Auskunft über Gesche zu bekommen, die nicht in einem Haßausbruch endete.

»Ihr wärt gut beraten, höfische Umgangsformen an den Tag zu legen«, sagte Philipp feindlich. »Ihr kommt als Bittsteller, Vico von Falkenstein, vergeßt es nicht.«

Vico gab ein unterdrücktes Grunzen von sich und sank auf ein Knie. Johanna fühlte ihre Wangen heiß werden. Allmählich begann sie diesen Mann zu hassen. Aber bevor sie es ihrem Bruder nachtun konnte, sagte Philipp: »Bleibt, wo Ihr seid, Johanna. Maßt Euch nicht die Gepflogenheiten von Rittern an. Bringt Euer Anliegen vor, Vico!«

»Ich will meinen Vater auslösen«, sagte Vico knapp und unhöflich. »Wie schnell kann er hergebracht werden? Eure Dame Katherine behauptete, er sei auf einer Eurer anderen Burgen. Oder ist er inzwischen schon hier?«

Philipp kratzte sich seinen behaarten Handrücken und sah seinen Verwandten neugierig an. »Könnt Ihr wirklich die ganze Summe aufbringen? Das will ich sehen!«

Vico nickte und zeigte auf die Beutel, die neben Brobergens Füßen abgestellt waren.

Der Burgherr stemmte sich in die Höhe und eilte trotz seiner Fettleibigkeit mit beschwingten Schritten um den Tisch herum. »Öffnet!« befahl er.

Johanna trat zurück. Philipp brachte einen Schwall von Weindunst und Bratengeruch mit sich, und ein hochbeiniger brauner Jagdhund folgte ihm, der seine Nase nicht von dem fleckigen Wams des Hausherrn lassen konnte.

Vico sprang auf, knüpfte die Bänder beider Säcke auf und schlug die Ränder herunter.

Philipp starrte stumm auf die Münzen. »Was meint Ihr? Können es hundert Mark sein?« fragte er die ihn inzwischen umringenden Ritter seines Hofes, ohne sich an jemanden Bestimmten zu wenden.

Ein kleiner Kerl in brauner Kutte mit einem hageren bräunlichen Gesicht drängte sich durch die neugierigen Männer hindurch. Gleichgültig schob er Johanna beiseite. Unhöflicher Kerl, dachte sie, wollte zurücktreten und verhakte sich in einem Schuh mit hochgebundener Spitze.

Bevor sie umfallen konnte, spürte sie zwei kräftige Hände an ihren Brüsten. Johanna schnellte herum, entdeckte einen jungen Mann hinter sich und traf mit der Faust seine Schamkapsel. Er unterdrückte einen Schmerzenslaut, und sie lächelte ihn grimmig an, bis die Stimme von Philipp sie aus ihrer Genugtuung herausriß.

»Ihr provoziert durch Eure Kleidung, Johanna, und müßt Euch nicht wundern. Es steht Euch nicht zu, meine Ritter auf diese Weise zeugungsunfähig zu machen …«

»Es gibt wirkungsvollere Arten, ich weiß«, antwortete Johanna kühl bis ins Herz. »Bei manchen Eurer Ritter solltet Ihr sie anwenden, Philipp von Falkenstein.«

Philipp kräuselte nur die Lippen. Der Franziskaner, der offenbar die Aufgabe hatte, sich um seine Schatulle zu kümmern, kniete neben den Säcken und rührte die Münzen so heftig mit der Hand um, daß er die Aufmerksamkeit des Hausherrn einfing. Philipp nickte ihm zu.

»Es könnten hundert Mark sein, Herr. Die Frage ist nur, wieso

Herr Vico imstande ist, eine solch stattliche Summe beizubringen, ausgerechnet nachdem wir selbst ..., hm, eigene schwerwiegende Verluste ...«

»Was meint Ihr damit, Bruder?« fragte Vico polternd, mit einer Spur von Empörung, genau der richtigen Mischung nach Johannas Meinung, und ohne den Mönch eigentlich zu beachten. Statt dessen wandte er sich an Philipp. »Ihr habt uns vor kurzem erst die Forderung geschickt, und wir haben uns die Summe geliehen. Leider habt Ihr sehr lange gebraucht ...«

»Ihr besitzt nichts, das man beleihen könnte«, entgegnete der Mönch, immer noch aus der Hocke.

Er schien sich gut vorbereitet zu haben. Philipp verließ sich offenbar ganz auf ihn, er hörte der Diskussion gespannt zu, ohne sich zu beteiligen.

Johanna betrachtete beide mit Mißtrauen. Dummerweise saßen sie jetzt in der Patsche. Vico würde die Burg des Onkels als Sicherheit anführen müssen, und da bestand die Gefahr, daß Philipp mehr über diese wußte als sie selbst.

»Fürwahr, nicht bei Zisterziensern, Bruder«, sagte Vico kühl. »Wir würden das Geld von frommen Menschen nicht verwenden, um es gegen Zins in kriegerische Handlungen zu stecken. Wir haben Freunde in Frankfurt, die uns um Christi willen Geld leihen.«

Der Mönch besaß nicht den Anstand zu erröten. Aber er ahnte offenbar, daß Philipp dieses Thema nicht zu vertiefen wünschte. Nach einem Blick auf ihn federte er hoch und verschwand zwischen den Rittern.

Philipp von Falkenstein gab sich zufrieden. »Mein geschätzter Verwandter Lienhart ist nicht hier, Ritter Vico. Aber binnen drei Stunden kann er eintreffen. Sofern er noch reiten kann.«

»Habt Ihr ihn gequält?« fuhr Johanna ihn an.

Philipp wandte sich um und betrachtete sie mit leicht geöffnetem

Mund und vorstehenden blaßblauen Augen. Es war dieselbe Gier, die Johanna bereits bei ihrem ersten Besuch an ihm beobachtet hatte, und sie bereute heftig, sich mit ihm auf die Auseinandersetzung über die Zeugungsunfähigkeit seiner Ritter eingelassen zu haben.

»Habt Ihr Euch ein angemessenes Kleid zu meiner Hochzeit besorgt?« wollte er wissen. »Grün würde Euch ausgezeichnet stehen, Johanna.«

»Mein Kleid wird grün sein«, fauchte Johanna ärgerlich. »Ich habe es mir gerade bei einer der besten Näherinnen Frankfurts anmessen lassen.«

»Eines aus Königsteiner Nadel war dir wohl nicht gut genug«, sagte eine schnippische Stimme.

Johanna fuhr herum. Katherine! Ihr blieb aber auch nichts erspart. Mühsam versuchte sie sich gegen die Schwierigkeiten zu wappnen, die ihnen in den Weg zu legen Katherine ganz gewiß gekommen war.

Anders als die Ritter und Burgmannen zur Zeit ihres Vaters sprangen Philipps Männer nicht beiseite, um für sie eine Gasse freizumachen. Es dauerte einen Augenblick, bis Johanna die kleinen Hände ihrer ehemaligen Stiefmutter zu Gesicht bekam, die sich einen Weg zwischen Kettenhemden und bunten Waffenröcken bahnen mußte. An Pracht fehlte es an diesem Hof wahrlich nicht, aber er war ein Ort für Männer, an dem Katherine fehl am Platze wirkte.

»Was geht es Euch überhaupt an?« antwortete Johanna bissig, bevor ihr einfiel, daß sie den derzeitigen Hausherrn jetzt wirklich nicht weiter verärgern sollte.

»Eine Menge. Jede Braut sollte darauf achten, daß dem Hochzeitspaar nicht etwa im Vergleich mit den Gästen Geiz nachgeflüstert werden kann.«

»Ihr werdet bestimmt die Schönste sein, meine Liebe«, sagte

Philipp zärtlich und kniff seiner zukünftigen Frau vor aller Augen in den wie immer hochgeschnürten Busen, der nicht einmal von einem Schleier bedeckt war.

Geschieht dir ganz recht, dachte Johanna und bemerkte mit Erstaunen, daß Katherine diese Vertraulichkeit vor den Rittern anscheinend gewöhnt war. »Habt Ihr Lienhart gequält?« brachte sie sich wieder in Erinnerung.

»Zieht Euch eine Weile zurück, ihr Herren«, befahl Philipp und wartete ab, bis sich seine Ritter schlurfend in eine Saalecke zurückgezogen hatten, bevor er sich mit einem Lächeln an Johanna wandte. »Einen Mann, der zwei Jahre nur sitzen oder liegen kann, braucht man nicht zu quälen. Aber macht Euch keine Gedanken, Johanna. Er ist hart im Nehmen, wie man es von einem Falkensteiner erwarten darf.«

»So?« sagte Johanna und kniff die Lippen zusammen.

»Ich rate davon ab, Lienhart freizugeben«, sagte Katherine plötzlich. »Er wird nicht ruhen, bis er die gegnerische Seite davon überzeugt hat, daß sie die Burg zurückerobern muß. Seine Bindungen an die Feste Königstein unterscheiden ihn von den übrigen kaiserlichen Burgmannen, wie Ihr sehr wohl wißt, Philipp.«

»Ihr müßt mich nicht belehren, Katherine«, sagte Philipp, immer noch zärtlich, aber Johanna meinte, eine leise Drohung herauszuhören. Er quetschte die kleine Frau förmlich zwischen Arm und Brustkorb ein.

Katherine befreite sich mit einem mahnenden Klopfen ihres Fingers auf seine gezaddelte Ärmelstulpe. Philipp ließ sie sofort los, und Katherine trat einen Schritt vor, ihre ganze Aufmerksamkeit auf Vico gerichtet. »Mein gewesener Stiefsohn vereinigt eine seltsame Mischung aus gelegentlicher Vernunft und häufigerer Tollheit in sich«, fuhr sie mit haßerfüllter Stimme fort. »Durchaus möglich, daß er seinen Vater anstachelt, sich gegen die neuen Besitzverhältnisse, die gleichzeitig die alten sind, aufzulehnen. Nein, Ihr solltet Lienhart nicht freigeben.«

»Katherine!« herrschte Philipp sie an. »Hier geht es um Dinge, von denen Ihr nichts versteht, vor allem um die Ehre Eures Ritters und zukünftigen Gemahls! Ich habe die Höhe des Lösegeldes festgesetzt, und wenn es bezahlt werden kann, kommt Lienhart frei. Sollte es Euch nicht passen, steht es Euch frei, Eure Kemenate aufzusuchen.«

Katherine preßt ihre Lippen, die ohnehin nicht dick waren, zu einem schmalen blassen Strich zusammen. Sie schäumte vor Wut, schien aber gleichzeitig zu merken, daß sie an ihre Grenzen gelangt war.

Wunderbar, dachte Johanna entzückt. Darauf, daß Katherine und Philipp sich in ihrer Gegenwart streiten würden, wäre sie nie gekommen. Wenn jemals, würde sie jetzt auf Philipps Mitleid mit einer verzweifelten Mutter hoffen dürfen. Sie räusperte sich, um seine Aufmerksamkeit wiederzugewinnen. »Jetzt, da Vater freikommt«, sagte sie in bewußt kläglichem Ton, »wäre es da nicht angemessen, auch meine Tochter zurückzugeben? Ein Kind muß bei seiner Mutter aufwachsen! Es ist grausam, ihm die leibliche Mutter vorzuenthalten.«

Philipp runzelte erstaunt die Stirn. »Ihr wollt doch nicht etwa behaupten ... Nein, das könnt Ihr nicht meinen. Euer Vater hat Euch nie verheiratet. Das wäre mir zu Ohren gekommen.«

Noch bevor Johanna richtig begriffen hatte, daß er überhaupt nichts von Gesche wußte, merkte sie, daß Katherine zu einer Antwort ausholte.

»Welches Kind, Johanna?« flötete sie zuckersüß. »Ist es wieder Maria, die dir nicht aus dem Sinn gehen will? Manchmal denke ich, daß sich deine Sinne bei den Zisterziensern noch mehr verwirrt haben, obwohl wir doch alle auf Besserung in der Umgebung der frommen Männer hofften.«

»Geht es wieder um diesen Bankert von Lienhart?« mischte Philipp sich ein, ohne seinen Überdruß über einen anscheinend öfter besprochenen Gegenstand zu verbergen. »Ich dachte, es sei alles geklärt.«

»Gewiß, Philipp«, sagte Katherine beruhigend, »es ist geklärt. Der Himmel wird es Euch und mir als frommes Werk anrechnen, daß wir uns eines Würmchens annehmen, dessen Vater im Verlies sitzt und dessen Mutter im Elend starb. Daß Lienhart sich um seine illegitimen Sprößlinge nicht kümmert, ist hinreichend bekannt. Ihr werdet Euch an Vater Thomas erinnern, dessen sich die Zisterzienser annahmen, wofür ich ihnen von Herzen dankbar bin … Erst vor einigen Tagen hat er Euch einen außerordentlich wichtigen Dienst erwiesen.«

Johanna hörte sie reden und versuchte, diese infame Entstellung der Tatsachen zu verdauen.

»Ein Ritter mehr, dessen Dankbarkeit Ihr Euch sichern könnt, indem Ihr ihm eine Ehefrau aus der Familie derer von Falkenstein gebt«, lockte Katherine, ließ ihr Händchen auf Philipps Handgelenk sinken und die Finger zwischen den Zaddeln verschwinden. »Sie ist immerhin rund vier Jahre älter, als unsere erste eigene Tochter es sein könnte.«

Philipp drückte einen Kuß auf Katherines von grüner Seide eingehüllten Unterarm. Als er sich wieder aufgerichtet hatte, lief ein versonnenes Lächeln über sein Gesicht. »Ihr werdet mir Töchter und Söhne schenken, das weiß ich. Und was wir nicht erobern können, werden wir erheiraten. Maria sollte uns den Weg nach Süden sichern können. Darmstadt ist wichtig für uns …«

Endlich erwachte Johanna aus ihrer Starre. »Gesche ist mein Kind!« schrie sie, ohne sich beherrschen zu können. »Katherine hat sie entführt!«

»Das Kind heißt Maria«, verbesserte Katherine geduldig und

wandte sich dann mit einem kleinen Achselzucken an Philipp. »Es wird schlimmer mit Johanna; ich hatte es schon befürchtet. Aber ich sehe dennoch meine Fürsorgepflicht für sie als beendet an. Sie kann sich keinesfalls auf eine Ketzerin erstrecken, auch wenn Ihr Johanna durch Eure Milde zu einem Leben als Vogelfreie begnadigt habt.«

»Schade um sie, eigentlich«, meinte Philipp und betrachtete Johanna mit milder Besinnlichkeit. »Ich hätte für sie einen Lehnsmann gehabt, der eine Falkensteinerin auch ohne üppige Mitgift zu schätzen gewußt hätte. Allein der Name hat einen beträchtlichen Wert …«

»Sie ist eine Ketzerin und Sünderin vor dem Herrn, Philipp!« Katherine war seiner wieder sicher genug, um scharf zu werden.

Noch ätzender wurde Johanna. Sie hatte inzwischen den Plan durchschaut. »Meine Tochter heißt Gesche, und es gibt Zeugen ihrer Geburt in der Grangie der Zisterzienser bei Eppstein!«

Philipp lächelte Johanna mit einem schmerzlich verzogenen Gesicht an, das er wahrscheinlich für eine Verrückte als angemessen ansah. Dazu nickte er betrübt. »Wirklich schade um Euch. Weist mir einfach die Eintragung des angeblichen Kindes Gesche in ein Taufregister nach. Ich sehe keinen Sinn darin, fromme und fleißige Mönche zu beleidigen, indem ich behaupte, sie versteckten gebärende Frauen in ihren Arbeitshöfen.«

»Von einem erdachten Kind gibt es nun mal keine Eintragungen«, warf Katherine mit einem kleinen verächtlichen Lachen ein. »Damit habt Ihr Johanna endgültig den Wind aus den Segeln genommen, Philipp. Dagegen kann jedermann überprüfen, daß eine Maria, Tochter einer niedrigen Magd aus der Stadt und des Lienhart von Falkenstein, im Taufregister der Marienkirche von Königstein eingetragen wurde. Lienhart hat sie anerkannt.«

Johanna verstummte vor Entsetzen. Weder Vico noch Roland

hatten ihre Tochter jemals gesehen. Niemand konnte beschwören, daß sie eine Tochter hatte. Großmutter Niesgin, die ihr bei der Geburt geholfen hatte, war auf Betreiben des Zellerars hingerichtet worden. Die Frauen in seiner Grangie würden von nichts wissen, denn der Zellerar würde alles abstreiten.

»Gewährt mir einige Worte unter vier Augen, mein Gemahl«, bat Katherine leise. Als sie untergehakt, ihren Kopf an Philipps Schulter, mit ihm davonging, standen Johanna, Brobergen und Vico mitten im Saal der Königsteiner Burg plötzlich allein.

Vico kaute auf der Innenseite seiner Wange, starrte auf seine Fußspitzen und harrte der Dinge, die da kommen würden. Johanna sah Roland mit großen ratlosen Augen an und erkannte, daß er im Augenblick auch nicht weiterwußte.

Johanna schrak zusammen. Das Gelächter, das aus der Gruppe der Ritter kam, paßte nicht zu den ernsten Dingen, um die hier gerungen wurde. Sie wunderte sich, daß niemand den Mann tadelte.

Verstohlen blickte sie hinüber. Lettel fing ihren Blick auf. Sie ließ die Augen umherwandern. Es sah nicht so aus, als ob einer der Knappen gewagt hatte zu lachen. Offenbar aber hatte Lettel es für nötig gehalten, sie auf seine Anwesenheit aufmerksam zu machen.

Ihr Magen krampfte sich zusammen. Lettel befürchtete etwas. Vorsichtig signalisierte sie Brobergen, ihn im Auge zu behalten.

Er verstand.

Katherine hatte Philipp nicht viel zu sagen, aber es sah aus, als ob sie ihn überzeugen konnte. Er nickte und winkte dem Mönch, um ihm Anweisungen zu geben. Danach kamen sie Arm in Arm und unter vertraulichem Flüstern zu Vico zurück, der weiterhin die Geldsäcke bewachte und sich nicht vom Fleck gerührt hatte.

Die Ritter, die den Saal noch nicht verlassen hatten, folgten dem Burgherrn und seiner Dame.

Philipp hatte jetzt nichts gegen Zuschauer einzuwenden. »Labanus wird das Geld nachzählen«, sagte er zu Vico.

»Traut Ihr uns nicht?« Spott stand in Vicos Gesicht, den er besser unterlassen hätte. Sie waren hier nicht in der Stellung, die ihnen dergleichen erlaubte. Johanna warf ihm einen langen Blick zu. Seit Katherines Eröffnung hatte sie nur noch den Wunsch, hier herauszukommen.

Vico wurde zum Glück keiner Antwort für würdig befunden. Er zuckte mit den Schultern und forderte den Mönch mit einer Geste auf anzufangen. Labanus umschloß einen der Säcke mit seinen kurzen Armen und schleppte ihn zum Tisch. Als er den Sack ausgeschüttet hatte und begann, die Münzen zu sortieren, nahm sein Gesicht einen fast zärtlichen Ausdruck an.

Johanna blieb neben ihrem Bruder stehen, der sich demonstrativ hinter den Mönch stellte, um ihn zu bewachen. Roland Brobergen setzte leise den zweiten Sack auf dem Tisch ab. Ihre Blicke kreuzten sich kurz. Ihm war ebenso unbehaglich wie ihr.

Die Zählerei würde einige Zeit dauern, was sie ja aus eigener Erfahrung wußten. Philipps Ritter setzten sich an den Tisch, sahen einen Augenblick zu und begannen dann, miteinander über andere Dinge zu schwatzen.

Philipp zeigte sich wenig interessiert. Er spazierte Arm in Arm mit Katherine an der Längswand des Saales entlang. Sie führten ein lebhaftes Gespräch miteinander, das hauptsächlich Katherine bestritt.

Als Johanna nach einiger Zeit wieder einen Blick zum Burgherrn und seiner künftigen Ehefrau warf, standen sie dicht an der kleinen Nebentür, die die Wandbank unterbrach. Katherine, von der außer ihren Händen nichts zu sehen war, zerrte so heftig an Philipps Wams, daß es sich über seinem Rücken spannte. Philipp spreizte die Beine und begann rhythmisch auf den Fußsohlen zu wippen.

Johanna errötete und wandte den Kopf ab. Sie begegnete den eindringlichen grauen Augen von Lettel. Er war der einzige von Philipps Rittern, der es sich nicht bequem gemacht hatte. Gestützt auf sein Schwert, war er mitten im Saal stehengeblieben.

Die Münzhaufen auf dem Tisch wuchsen in die Höhe. Bruder Labanus arbeitete flink und mit Sachverstand. Plötzlich stieß er einen kurzen Schrei aus und hob eine der goldenen Münzen in die Höhe, um sie im Sonnenlicht besser betrachten zu können.

Die Ritter legten die Arme auf den Tisch und rückten näher. »Ist was?« fragte einer, aber der Mönch antwortete nicht.

Johanna war beunruhigt, ohne zu wissen, warum. Sie überzeugte sich mit einem Seitenblick, daß Philipp nichts gemerkt hatte. Seine Kleidung war vollständig in Unordnung geraten; zwischen ihm und Katherine konnte es nur noch wenig Stoff geben.

Lettel machte eine verstohlene Kopfbewegung zu den beiden, die Johanna nicht verstand. Sie sah es ja selbst, was sollte der Hinweis?

»Wie ich es mir dachte«, sagte Labanus mit einer so schrillen Stimme, daß Philipp endlich von Katherine abließ und den Blick zu seinem Geldverwalter umwandte.

»Was dachtet Ihr?« fragte er grollend.

»Ein venezianischer Gulden. Sie sind häufig gefälscht. Deshalb habe ich ihn geprüft. Hier seht Ihr meine Bißspuren, edler Herr.«

Philipp verlor augenblicklich die Beherrschung. Er spuckte voll Verachtung ins Stroh, mit dem der Fußboden bedeckt war. »Das ist Eure Aufgabe!« schrie er. »Was in aller Welt ist daran so merkwürdig, Bruder Labanus, daß Ihr mich mitten in einem vertraulichen Gespräch stören müßt?«

Der Mönch ließ sich nicht aus der Ruhe bringen. Wie eine kostbare Reliquie hielt er Philipp die Münze entgegen. »In diesen Gulden habe ich gebissen, als ich das Geld für die Kanone abzählte, Herr.«

»Praun!« brüllte jemand.

Lettel winkte mit dem ganzen Arm, als ob er Johanna zu sich heranschaufeln wollte. Und endlich begriff sie, daß es ihm die ganze Zeit um die Nebentür gegangen war, nicht um den geilen Burgherrn.

Johanna packte Vico am Wams und zog ihn mit sich, während Brobergen schon selbst die Situation durchschaut hatte und von der anderen Seite des Tisches her den Saal mit langen Schritten durchmaß.

Philipp versperrte mit einem verständnislosen Ausdruck auf dem Gesicht die Tür. Eine von Katherines Händen ruhte in den Tiefen seines Gewandes. Brobergen schlug Katherine die Füße fort, so daß sie hinfiel und Philipp mitriß, der sie unter sich begrub. Lettel stieß die Tür auf, schob Johanna und Vico hindurch und ließ Brobergen an sich vorbei, bevor er selbst hinterherschlüpfte.

Johanna war unschlüssig im Dunkeln stehengeblieben und hörte die gedämpften Rufe nach Praun im Saal. Anscheinend hielt man den Burghauptmann für nötig, um die Flüchtenden aufzuhalten. Irgend jemand rüttelte an der kleinen Pforte. Aber dem Geräusch nach drückten die Männer von innen zwei Querstangen in ihre Halterungen.

Danach drängte Lettel an Johanna vorbei. »Mir nach«, sagte er und übernahm die Führung. Seine Stimme wurde von den Wänden des engen Ganges verschluckt.

Johanna hatte von diesem Gang nichts gewußt. Früher war das Türchen in einem Wandschrank verborgen gewesen, anscheinend ohne besonderen Sinn. Dabei mußte der Gang uralt sein, jedenfalls war es die dumpfe und stickige Luft. Blind tappte sie hinter Lettel her.

Licht hatten sie nicht. Aber Lettel kannte sich aus. Irgendwo bog er im rechten Winkel von dem Gang ab, in dem sie sich befanden, wobei er sorgsam darauf achtete, keinen von ihnen zu verlieren. Es wurde noch enger, stickiger und ging stetig nach unten.

»Ich glaube«, sagte Brobergen von hinten, »in dieser Hölle waren wir schon mal.«

Johanna nickte. Ihre Kehle war wie zugeschnürt. Der modrige Staub legte sich auf ihre Lippen, und den widerwärtigen Geruch kannte sie noch aus der Zeit ihrer Gefangenschaft. Hoffentlich beabsichtigte Lettel nicht, sie im Stall ans Tageslicht zu bringen, wo der unterirdische Gang zu den Verliesen mündete! Selbst die Knechte, die dort Dienst taten, würden einen Abgang von Gästen des Burgherrn aus diesem finsteren Loch nicht für normal halten.

Der niedrige Gang führte weiterhin abwärts.

Nach einem endlosen, schweigsamen Marsch machte Lettel halt. Johanna drückte sich an die Wand, weil Brobergen sich auf Anweisung von Lettel an ihr vorbeischob, um Vico zu helfen. Sie konnte nicht sehen, was sie machten.

Nachdem die Männer sich eine Weile abgemüht hatten, sah Johanna einen schmalen Spalt Tageslicht, der sich rasch verbreiterte, bis sie eine Art hölzerner Luke vollends beiseite geschoben hatten. Köstliche frische Luft drang herein, und belaubte Zweige bogen sich in die Öffnung, die groß genug war, um einen erwachsenen Mann hindurchzulassen.

Lettel kicherte leise. »Diesen Gang hier habe ich entdeckt, als die Knechte die Schäden des letzten Krieges zu beseitigen hatten. Die früheren Besitzer der Burg müssen ein reges unterirdisches Leben geführt haben.«

»Einen Teil davon haben wir auf Einladung von Katherine kennengelernt«, sagte Brobergen.

»Die Verliese. Ich weiß.« Er kicherte wieder und kletterte hinaus ins Freie.

Als Johanna als letzte hinausgekrochen war, stieß sie einen tiefen Seufzer der Erleichterung aus. Unterhalb des verborgenen Schlupfloches sah sie die Brücke über den Bach, durch den sie bereits einmal geflohen war. Über ihr ragten die Mauern der Burganlage auf; kein Soldat war zu sehen, nur die Falken zogen in der Sonne ihre Kreise.

Kapitel 7

»Hört es denn nie auf?« fragte Johanna verzweifelt, als sie ihre Waldhütte auf Umwegen und nach einem langen nächtlichen Marsch erreicht hatten. Sie sank auf das Bänkchen vor der Tür und rieb sich die Füße. Die Ledersohlen ihrer Schuhe waren zum Reiten, aber nicht zum Wandern geeignet. »Wir können doch nicht in alle Ewigkeit ein Leben auf der Flucht führen!«

»Vom Geld gar nicht zu reden!« Vico trat gegen die hölzerne Wand, daß es dröhnte. »Wir hätten nicht mit Gold und Silber, sondern mit Bergen von Pfennigen bezahlen sollen.«

»Jetzt wissen wir es.« Brobergen blieb ruhig.

Johanna spürte, daß er sich Vorwürfe machte. Aber dazu hatte er nicht mehr Grund als Vico oder sie. Schließlich hätte jeder darauf kommen können, daß einzelne Münzen geprüft waren.

»Lebt ihr hier die ganze Zeit? Auch während des Aufstandes in Königstein?« fragte Lettel und sah sich neugierig um, nachdem Brobergen Licht geschlagen hatte und mit der Kerze herauskam.

Johanna folgte Lettels Blicken. Es handelte sich um eine aufgegebene Hütte in einem einsamen Tal des Taunus, nichts Ungewöhnliches. Überall in diesen Tälern gab es Überreste von früheren winzigen Ansiedlungen. Nach der großen Pest waren die Bewohner entweder tot oder in die entvölkerten Städte gezogen, um dort ein besseres Leben zu suchen.

»Nein, damals lebten wir woanders«, antwortete Roland Brobergen. »Und auch jetzt werden wir wohl umherziehen müssen, bis die Truppen aus Frankfurt kommen.« Er seufzte.

»Wenn sie kommen. Und dann noch zu Fuß!«

»Du bist doch sonst nicht so pessimistisch, Vico.« Johanna ärgerte sich, daß er ihnen die Hoffnung auf die Truppen auch noch zu nehmen versuchte.

Lettel ließ seine Augen zwischen Johanna und Vico hin- und herwandern. »Es ist eine gemütliche Hütte«, sagte er versöhnlich. »Ich werde bei euch bleiben.« Er humpelte zu einem Baumstumpf und ließ sich niedersinken.

»Werdet Ihr das schaffen, Ritter?« fragte Brobergen besorgt. »Wir müssen unaufhörlich unseren Standort verändern. Ohne Pferde, wie Vico sagt. Philipp wird alles in Bewegung setzen, um den Rest des Geldes zu bekommen. Ohne Geld keine Kanone, das weiß er. Und wir müssen nach Eppstein, um uns um die Kanone zu kümmern.

»Noch liege ich nicht im Grab, Brobergen!« Lettels Art war es nicht, so aufzubrausen, aber Johanna sah doch, daß er gekränkt war, auch wenn er sich gleich drauf bemühte, sich zu mäßigen. »Wüßtet Ihr einen Ausweg? Ich kann nicht zu meinem Sohn auf den Hof. Dort würden sie mich als erstes suchen. Ich hoffe, sie werden ihm glauben, daß er völlig ahnungslos ist, und ihn nicht foltern, um meinen Aufenthaltsort herauszubekommen. Ich werde ihn jedenfalls nicht benachrichtigen.«

»Roland«, sagte Johanna, der eine Idee kam. »Noch wissen sie nicht, wo wir gegenwärtig leben. Einige Tage haben wir schon Zeit, denke ich. Was hältst du davon, wenn wir Lettel zu Ritter Oppenrod bringen. Sie hätten keinen Grund, ihn ausgerechnet dort zu suchen.«

Brobergen runzelte die Stirn und dachte einen Augenblick nach, bevor er sich an Vico wandte. »Die Kanone muß schnellstens bezahlt werden, jedenfalls der Teil, der auf uns kommt. Dann muß sie bewacht werden, bis die Frankfurter mit dem Rest des Geldes anlangen. Kannst du das übernehmen, während ich Ritter Lettel und Johanna nach Königstein begleite?«

»Das kann ich doch allein«, fuhr Johanna ihn an.

»Gewiß. Aber wahrscheinlich schickt Philipp seine Männer in kleinen Trupps umher, damit sie die Leute befragen. Ritter Lettels Chancen, Königstein zu erreichen, sind größer, je mehr wir sind.«

»Ich würde aber …«

»Nein!« beendete Brobergen die Diskussion entschlossen. »Es ist zu gefährlich, Johanna! Ich verstehe gar nicht, warum du dich so sehr gegen meine Begleitung sträubst.«

Johanna preßte mürrisch die Lippen zusammen, ohne zu antworten.

Vico grinste. Im flackernden Licht schimmerten seine Zähne. »Ich könnte mir schon denken, was los ist«, sagte er, ohne Johanna aus den Augen zu lassen. »Du störst, Roland.«

»Das Gefühl habe ich allmählich auch.«

Brobergen schien verletzt. Vico zeigte ausnahmsweise einmal menschliche Regungen. »Nicht, was du denkst, Roland«, sagte er in beruhigendem Ton. »Einen Liebhaber hat sie in Königstein nicht. Ich vermute, Johanna plant, das Taufbuch der Marienkirche zu stehlen oder dergleichen.«

»Einen Liebhaber!« schnaubte Johanna und überspielte ihr Erschrecken, weil Vico ungefähr richtig geraten hatte. Katherines Behauptung ließ ihr keine Ruhe, und sie wollte gern allein sein, wenn sie das Taufbuch einsah. »Ich hatte noch nie einen Liebhaber!«

Brobergen lächelte sie beruhigend an.

»Und sie will dich natürlich davor bewahren, von der Flut ihrer Tränen hinweggeschwemmt zu werden, wenn sie entdeckt, daß sie tatsächlich keine Tochter mehr hat.«

»Du Ungeheuer!« stieß Johanna aus und war jetzt schon nicht mehr imstande, ihre Tränen zurückzuhalten.

Während Vico sich am nächsten Morgen nach Eppstein aufmachte, wanderten die anderen drei am Nachmittag nach Königstein, so daß sie am frühen Abend vor der Stadt eintreffen mußten. In die Stadt zu gelangen, ohne an den Toren kontrolliert zu werden, war nicht weiter schwierig. Sowohl Johanna als auch Lettel kannten mehrere Schleichwege.

Naß von der Durchquerung des Baches, standen sie lange vor Anbruch der Dämmerung vor Ritter Oppenrods Haus. Es schien sich nichts verändert zu haben, seitdem sie während des Königsteiner Aufstandes hier Zuflucht gesucht hatten.

Selbst der Knecht, der ihnen auf ihr Klopfen hin öffnete, war noch der gleiche. »Werden wir wieder einen Aufstand haben?« fragte er erschrocken.

»Ganz so schlimm ist es nicht«, antwortete Brobergen und fuhr mit unschuldiger Miene fort: »Wir haben im Gegenteil einen Ritter ausfindig gemacht, der bereit wäre, deinem Herrn Gesellschaft zu leisten. Ihm ist bestimmt langweilig, seitdem er nicht mehr reiten und kämpfen darf.«

»Schon«, sagte der Knecht und beäugte Lettel mißtrauisch. »Aber wo Ihr beteiligt seid, Herr Roland, weiß man nie so genau, ob es auch stimmt, was Ihr sagt ... Mit Verlaub.«

»Wer ist da, Heinrich?« Der Hausherr befand sich im oberen Stockwerk. Es hörte sich an, als ob er Verdruß erwartete.

»Ritter Brobergen, Herr Michel. Die Edeldame Johanna. Und ein alter Rittersmann, der stille Flüche ausstößt und auf den Füßen trampelt, als hätte er Blasen an den Hacken. Ich glaube, sie sind ohne Pferde gekommen. Alles in allem sehen sie wieder einmal nach Flucht aus, schmutzig, durchnäßt, durstig und hungrig.«

»Dann schick sie nach oben und sieh dich unauffällig draußen um, ob sie verfolgt werden«, ertönte Oppenrods Stimme wieder.

Jetzt hörte sie sich fröhlich und tatendurstig an. »Und sag in der Küche Bescheid.«

Johanna fiel ein Stein vom Herzen.

Sie saßen bis weit in die Nacht zusammen und schwatzten über frühere Zeiten. Sie waren müde, aber zugleich aufgekratzt. Johanna war ganz sicher, daß sie sich in einem Bett nur herumgewälzt hätte. Und der Hausherr gierte so sichtlich nach Neuigkeiten und nach Gesprächen unter Freunden, daß sie ihn nicht enttäuschen mochten.

»Und Ihr habt also unserer tapferen Johanna das Reiten und Kämpfen beigebracht?« fragte Oppenrod und richtete seine forschenden braunen Augen auf Lettel.

»Ja«, sagte Lettel und rührte sich unbehaglich. »Allerdings weiß ich manchmal nicht, ob es gut war. Seither steckt sie nur in Schwierigkeiten.«

»Sollte ich etwa den ganzen Tag sticken und fromme Sprüche lesen?« fuhr Johanna gereizt dazwischen. »Sei sicher, ich hätte den armen Mägden unentwegt die Hölle heiß gemacht.«

Lettel nickte. »Das befürchtete deine Mutter auch. Du warst ein wildes Kind, viel wilder als Vico.«

»Und jetzt bringt Ihr Philipps Knappen dasselbe bei?« setzte Oppenrod sein Verhör fort.

»Ja.« Lettel seufzte. »Ich schulde ihm Dank. Er hat mir nach der Eroberung meinen Hof gelassen, den jetzt mein Sohn bewirtschaftet. Ich mußte es tun.«

»Nur, jetzt hat Philipp erkannt, daß Ihr seinen Feinden helft ...«

»Feinde ...« Der alte Ritter zuckte die Schultern. »Lienhart und seine Kinder haben mehr Anspruch auf meine Treue als Philipp auf meinen Dank. Ich mußte mich entscheiden.«

»Obwohl Euer Sohn den Hof jetzt verlieren wird ...«

»Das wird er wohl. Aber er wird auch verstehen. Wenn nicht, kann ich ihm nicht helfen.«

Johanna starrte Lettel erschrocken an. An solche weitreichenden Konsequenzen hatte sie nicht gedacht. »Es tut mir so leid, Lettel«, murmelte sie.

»Schon gut. Das Leben ist so.«

Nein, nicht für alle, dachte Johanna. Es gab so viele Männer, die ihren Nutzen aus der Redlichkeit anderer zogen. Und dann fiel ihr siedendheiß ein, daß sie drauf und dran war, Ritter Oppenrod in die gleiche Situation wie Lettel zu bringen. Sie konnten ihn überhaupt nicht um Hilfe bitten.

Voller Sorge um die Zukunft aller, die Lienharts Sache vertraten, stand Johanna auf und wünschte eine gute Nacht.

Ihre war weniger gut. Sie sah keinen Weg, was mit Lettel werden sollte. Ziemlich unausgeschlafen erschien sie am nächsten Morgen am großen Tisch, wo der Hausherr, Roland und Lettel schon beim Morgenmahl saßen. Ihr stilles Dankgebet bewältigte Johanna in rasender Eile, während sie fast gierig auf den dampfenden Brei starrte, den die Magd ihr vorsetzte.

»Ist Ritter Bernburg eigentlich auf der Burg?« fragte sie irgendwann und bemühte sich zu verbergen, wie beklommen ihr war beim Gedanken an ihn. Genaugenommen hatten sie ihn durch ihre Bitte, mit der Botschaft nach Frankfurt zu reiten, zum Verrat an seinem Lehnsherrn aufgefordert, und das machte ihr Kummer. Aber er war sich mit Brobergen einig gewesen, daß es galt, das unendliche Blutvergießen zu verhindern, das die Folge eines Krieges mit vielen Kanonen auf beiden Seiten sein mußte, vor allem, wenn die Geschütze von der Burg auf die Stadt gerichtet wurden. Aber es war eine Begründung, die ihm Philipp, dem er Treue, ganz gleich unter welchen Umständen, schuldete, nicht abnehmen würde. Roland hatte recht. Die Kanonen veränderten die Welt. Sie war schwieriger geworden.

Auch Oppenrod hing seinen Gedanken nach. Er säuberte seinen Löffel und verwahrte ihn im Besteckköcher, bevor er nach einiger Zeit antwortete. »Da ist er nicht mehr«, sagte er. »Es kamen beunruhigende Gerüchte aus Frankfurt, und so ist er nochmals hingeritten. Er wollte versuchen, so schnell wie möglich zurückzukehren, und wird dann selbstverständlich gleich herkommen.«

»Das wäre schön«, sagte Johanna weich. »Hoffentlich schafft er es, bevor wir aufbrechen müssen. Habt Ihr auch Nachricht von Kurt?«

Ritter Oppenrod lächelte versonnen. »Oh, ja. Es geht ihm gut. Seiner Frau und seinem Sohn auch. Nur der Mutter nicht. Der Zorn darüber, daß er allen ritterlichen und vor allem ihren Idealen abtrünnig wurde, schlug ihr aufs Herz. Sie starb, und Kurt erbte die kleine Burg. Er wurde unverzüglich zum Ritter geschlagen. Er ist jetzt der Herr von Fürstenberg und Philipps Lehnsmann.«

»Du meine Güte«, sagte Johanna beeindruckt. »Unser Kurt ist Burgherr! Und wir haben seine Schwertleite verpaßt. Siehst du, Roland, du hast zu schwarz gesehen.«

Brobergen zuckte die Achseln.

»Ja, manchmal geht es schnell«, antwortete Oppenrod. »Ich gönne es ihm. Ohne meine Krankheit hätte er den Ritterschlag früher erhalten. Allerdings habe ich den Verdacht, daß er ihn immer noch nicht erhalten hätte, wenn die Burg Fürstenberg günstiger gelegen wäre und einer von Philipps Gefolgsleuten sie hätte haben wollen.«

»Warum?« erkundigte sich Johanna betroffen.

»In Philipps Augen hat Kurt seinen Stand mißachtet. Das verzeiht er ihm nicht.« In Oppenrods Worte fiel ein hartes Klopfen an der Haustür.

Es ersparte Johanna, ihren Irrtum zuzugeben. »Das ist gewiß Ritter Bernburg«, sagte sie erwartungsvoll.

Oppenrod schüttelte kurz und bestimmt den Kopf. Als Brobergen seine plötzlich gespannte Haltung bemerkte, sprang er auf und zog sein Schwert aus dem Gehänge, das er abgelegt hatte. Unten zog Heinrich hörbar die Tür auf, und dann folgte eine beängstigende Stille.

Brobergen nahm mit gezücktem Schwert hinter der Tür Aufstellung.

Eine junge Frau mit einem schlafenden Kind auf dem Arm betrat die Stube und sah sich müde, aber beherzt um. »Das sind sie«, verkündete hinter ihnen eine Stimme, der Stolz anzuhören war.

»Kurt!« riefen Johanna und Oppenrod wie aus einem Mund.

Den jungen Mann, der seine Frau hereinschob, erkannte Johanna kaum wieder. Die Verantwortung, oder was immer es war, hatte ihn verändert. Er schien über Gebühr ernst. Und deutlich stand ihm seine auffallende Liebe zu allen ritterlichen Idealen ins Gesicht geschrieben.

»Kommst du mich besuchen, Kurt?« fragte Oppenrod staunend.

»Nein, Herr«, antwortete Kurt mit einem kleinen Seufzer und beugte vor ihm das Knie wie früher. »Ich wollte Euch bitten, meine Frau und meinen Sohn für ein paar Tage aufzunehmen. Wir sind geflohen, nachdem meine Burg angegriffen wurde. Sie ist jetzt in der Hand von Verbündeten der Wetterauer Städte. Ich muß auf die Burg zu Philipp, heute noch. Im Norden brodelt es, und er muß es erfahren.«

»Steh auf«, sagte Oppenrod leise. »Ein Herr kniet nicht vor einem anderen gleichen Ranges. Selbstverständlich dürfen deine Lieben bei mir bleiben. Willkommen in meinem Hause, edle Frau. Willkommen … Wie heißt dein Sohn, Kurt?«

»Michel, Ritter«, antwortete Kurt und konnte nicht verhindern, daß er genauso errötete wie seine Frau, die ein einfaches Bauernmädchen war, aber tapfer versuchte, Haltung zu zeigen.

»Ein schöner Name«, sagte Johanna unbefangen, um die Rührung des Ritters Oppenrod und Kurts Verlegenheit zu überspielen. Sie legte den Arm um die junge Frau und drückte sie herzhaft, wofür sie ein dankbares Lächeln erhielt. »Für dich tut es mir leid, Kurt«, setzte sie betrübt fort. »Andererseits bedeutet es, daß Philipps Gegner jetzt Ernst machen.«

»Und als erstes suchen sie sich dazu den jüngsten Burgherrn mit der geringsten Erfahrung aus.« Oppenrod schüttelte verärgert den Kopf. »Zu ängstlich, um gegen einen Mann vorzugehen, den viele schon längst gerne losgeworden wären, aber …«

»So ist es«, stimmte schon auf der Treppe Ritter Bernburg zu, bevor er zu Johannas Überraschung ebenfalls in der Tür erschien. Er hatte einen Krug in der Hand und etwas Schaum an den Lippen. Wahrscheinlich war er geritten wie der Wind und hatte den ersten Durst in der Küche gestillt. »Es gibt noch mehr Nachrichten, die zu Besorgnis Anlaß geben.«

»Welche?« fragte Brobergen und kniff die Lippen zusammen.

»Der Frankfurter Stadtrat hat sich wegen der Kanone entzweit. Der Streit wurde so erbittert geführt, daß Zweifel bestehen, ob sie überhaupt an einem Krieg gegen die Königsteiner teilnehmen werden.«

»Die Frankfurter sind aber wichtig!« rief Johanna hitzig, nachdem sie sich vom ersten Schreck erholt hatte. »Außerdem hatten wir alles meisterhaft eingefädelt! Sie müssen kommen!«

Bernburg hockte sich auf eine Truhe, während Kurt für seine Frau einen bequemen Sessel holte, in den sie erschöpft sank. Der kleine Michel merkte von all dem nichts und schlief weiter.

»Erzählt«, bat Brobergen.

Der Ritter ließ sich nicht lange bitten. »Die Frankfurter sind in zwei Parteien zerfallen: die Kaufleute auf der einen Seite – die Handwerkermeister auf der anderen. Die Kaufleute sind geradezu bestürzt über die Erkenntnis, daß die Handwerkergilden sich nach eigenem Gutdünken bewaffnen. Sie halten es für anmaßend, daß die Zünfte eine Kanone kaufen wollen. Und sie stellen die Mehrheit.«

»Soll das heißen, daß die Handwerker die Kanone möglicherweise gar nicht …« Brobergens Stimme wurde immer leiser und verstummte schließlich ganz.

»Das soll es heißen.«

»Oje, dann könnte es ja sein, daß wir plötzlich Besitzer einer Kanone sind«, sagte Johanna düster. »Geächtet, exkommuniziert und ohne Heim – aber im Besitz einer eigenen niedlichen Kanone. Ich glaube, das war schon immer mein Traum.«

Brobergen starrte auf seine gefalteten Hände. »Oder aber wir sind das Geld los, das Vico inzwischen bereits abgeliefert haben wird. Und die Kanone bekommen wir auch nicht. Wenn Vico nämlich dem Meister des Kanonenhofes glaubhaft berichten kann, daß er die Anzahlung im Namen der Frankfurter überbringt, und kurz danach schon der Streit des Stadtrates ruchbar wird, wird der Meister sich wohl als erstes Rat bei den Zisterziensern holen. Und die werden als allererstes verhindern, daß die Kanone ausgeliefert wird. Dann werden sie sich Gedanken um mögliche Zusammenhänge mit dem Diebstahl von Philipps Geld machen. Zumal Lienharts ganze Sippschaft bei ihnen nicht beliebt ist, wenn ich es mal so frei äußern darf.«

»Darfst du. Mich hassen sie aus tiefstem Herzen«, verbesserte Johanna unglücklich, »vor allem Vater Gottfried von Salem, aber immerhin ist der ja nicht hier. Um Vico steht es auch nicht viel besser. Die Zisterzienser würden jederzeit begierig sein, uns eins auszuwischen.«

Brobergen nickte. »Der Meister des Kanonenhofes scheint ein aufrechter Mann zu sein, andernfalls wäre die Ennelin nicht mit ihm befreundet – nur wird uns das nicht viel helfen.«

»Wollt Ihr mit all dem andeuten, Ihr hättet den Überfall auf Heinzenburg und sein Gefolge begangen?« fragte Oppenrod und beugte sich erwartungsvoll vor. »Nicht, daß es um ihn schade wäre! Und er hatte wirklich das Schatzkistchen bei sich? Woher wußtet Ihr?«

»Eins nach dem anderen. Ja, Heinzenburg hatte das Geld bei sich. Der Diebstahl war der einzige Weg, die Zisterzienser daran zu hindern, Philipp noch mehr zu leihen. Es tut mir leid, daß ich dafür einen Mann töten mußte, aber nicht sonderlich um Heinzenburg. Und trotzdem, wenn ich einen Weg gewußt hätte, hätte ich ihn laufenlassen …«

»Heinzenburg – an Eurer Stelle – hätte weder den Mönch noch die Knechte am Leben gelassen«, versetzte Bernburg trocken. »Wahrscheinlich nicht einmal Prauns Wachmannschaft. Grämt Euch nicht. Außer Philipp werden an seinem Hof alle froh sein. Ihr habt der Welt einen Dienst erwiesen.«

Kurts Frau, die versonnen die Wange ihres Sohnes gestreichelt hatte, sah auf. »Ist Heinzenburg dieser Mann, der die Knappen vergewaltigte?«

Kurt umfing sie und seinen Sohn mit einem liebevollen Blick. »Das ist er. Er hat seinen Tod hundertfach verdient.«

»Davon wußte ich ja gar nichts«, sagte Bernburg betroffen.

»Natürlich nicht«, bestätigte Kurt. »Ritter wie Ihr und Ritter Oppenrod und Ritter Brobergen würden es nie erfahren. Aber ich habe manchmal die kleinen Jungs gefunden und getröstet, gewissermaßen …«

Wer ihn kannte, wußte, daß es stimmte. Kurt war so. Johanna betrachtete ihn nachdenklich.

»Hast du denn kein Vertrauen zu mir gehabt?«

»Jede Menge, Ritter! Das wißt Ihr selbst, denke ich«, erwiderte Kurt. »Aber sie lassen einen immer schwören, daß man nichts sagt. Alle haben sie Angst, und die ist berechtigt. Überall lauern tödliche Gefahren für unvorsichtige Knappen …«

»Auf allen Burgen gibt es solche Männer«, sagte Roland Brobergen ruhig. »Kurt hat völlig recht. Es erfordert außergewöhnlichen Mut, um sich gegen einen älteren Ritter zur Wehr zu setzen, der öffentlich die Burgherrin minnt und sich heimlich an den Knappen schadlos hält. Das mindeste, was einen mutigen Knappen erwartet, ist der Hinauswurf. Und wenn er dann nach Hause geht – wohin sollte er sonst? –, können manche Eltern die Schande nicht ertragen …«

Johanna hörte ihm mit aufgerissenen Augen zu. Sie hatte nicht gewußt, daß es manchen Knappen nicht besser als damals ihr erging. Und schuld war nur die Minne, die an den Nerven der Männer zerrte und nie ihre Erfüllung fand, höchstens Opfer. »Wißt ihr was«, sagte sie mit einem Seufzer, der von Herzen kam, »ich würde dem Ritterstand keine Träne nachweinen. Wenn es jetzt mit dem Aufkommen von Kanonen mit ihm zu Ende geht: nur zu! Ich glaube, die Heinzenburgs dieser Welt sind noch schlimmer als niedliche kleine Kanonen!«

Oppenrod blinzelte Lettel zu. »Lassen wir die jungen Leute zu ihren Kanonen gehen. Wir halten es mehr mit den alten Idealen, auch wenn sie nicht immer verwirklicht wurden. Wollt Ihr mir das Vergnügen bereiten, bei mir zu bleiben?«

Lettel grinste und hielt dem Hausherrn seinen Becher entgegen. In das tönerne Klingen der Becher hinein sagte er: »Wir werden uns viel zu erzählen haben.«

Kapitel 8

Johanna war aus tiefstem Herzen erleichtert, daß Lettel bei Ritter Oppenrod Zuflucht gefunden hatte. Um Vico machte sie sich wenig Sorgen. Er würde die Situation meistern, selbst wenn sie für ihn unangenehm werden würde. Das Schlimmste, das ihm in Eppstein widerfahren konnte, war das Fehlschlagen seiner Mission. Dann mußten sie eben warten, bis der Meister die nächste Kanone gießen konnte.

Für Johanna gab es daher keinen Grund, ihren Plan zu ändern. Sie würde zum Pfarrer der Marienkirche gehen. Roland Brobergen bestand hartnäckig darauf, sie zu begleiten. Als sie sich fertig angezogen im kleinen Flur vor der Haustür trafen, stockte Johanna im ersten Augenblick der Atem.

Der Ritter war ebenso wie sie selbst von Oppenrod mit vornehmer bürgerlicher Kleidung ausstaffiert worden, und sie sah ihn zum ersten Mal im Leibrock, mit Mantel und Spangenschuhen. Seine blauen Augen leuchteten klar und aufrichtig, und er betrachtete sie mit der gleichen Neugierde wie sie ihn.

»Wir sehen ganz bestimmt aus wie ein Paar, das sich von Herzen liebt und sich in Eintracht zur Frühmesse begibt«, sagte Roland heiter.

Johanna schüttelte stumm den Kopf, von plötzlicher Verzweiflung ergriffen. Er wußte, daß sie ihn nicht heiraten würde, bevor sie Gesche gefunden hatte. Und so wie die Dinge nun mal standen, würden sie überhaupt nicht heiraten. Er war exkommuniziert … Und irgendwann würde Philipp es für zweckmäßig halten, auch sie den Inquisitoren der Dominikaner auszuliefern. Ihnen entkam niemand. »Auf jeden Fall wird niemand uns erkennen«, stellte sie fest, als sie sich ihrer Stimme wieder sicher fühlte.

Brobergen nickte und machte sich mit schnellem Schritt auf den Weg. Die Gassen waren zu dieser Stunde nicht besonders bevölkert, was ihnen nur recht war.

Gerade als Brobergen nach der bronzenen Türklinke der Marienkirche greifen wollte, schlug die Pforte auf, und die Gläubigen begannen herauszuströmen. Johanna wurde von Roland getrennt. Als sie sich etwas rüde hinter ihm herkämpfte, stieß sie an einen umfangreichen Bauch.

»Na, wenn das nicht das Edelfräulein Johanna ist«, sagte eine Stimme, und Johanna fühlte ihr Kinn von weichen Fingern umschlossen und angehoben. »Tatsächlich, das ist sie.«

Johanna starrte in die braunen Augen von Kaufmann Wasserfaß. Er war genauso erstaunt wie sie. Sie spürte das dringende Verlangen wegzulaufen, aber sie war zwischen den Messebesuchern eingeklemmt. »Ich hoffe, Ihr ruft jetzt nicht nach der Wache, Kaufmann«, sagte sie nervös.

Wasserfaß lächelte hintergründig. »Wohl nicht«, meinte er. »Ich habe gegenwärtig andere Interessen, als nach einem bestimmten kleinen Kind zu suchen, müßt Ihr wissen. Außerdem pflege ich mich nicht in die Angelegenheiten anderer einzumischen.«

Johanna nagte an ihrer Unterlippe. Offensichtlich hatte er vergessen, daß er noch vor einiger Zeit den Burgherrn und die Zisterzienser bei der Suche nach angeblichen Zauberinnen unterstützt hatte.

Wasserfaß schmatzte gedankenverloren. Er wirkte nicht angriffslustig. Trotzdem sah Johanna sich verstohlen nach Roland um. Aber er war nirgends zu sehen.

»Ich glaube jetzt nicht mehr ernstlich, daß Ihr eine Striga seid«, sagte Wasserfaß freundlich. »Eine Dame, die sich der Aufmerksamkeit eines künftigen Grafen erfreut, kann einfach keine Striga sein. Vielleicht sehen wir uns bei seiner Hochzeit!« Er lupfte zum Abschied seine gelb und grün karierte Samtkappe und stieß sich dank seines Bauches behende zwischen den Umstehenden hindurch.

Gott behüte, die Hochzeit stand ja auch noch bevor! Versonnen blickte Johanna dem Kaufmann nach und bemerkte jetzt erst die kleine Frau von kugeliger Gestalt, die zu ihm zu gehören schien. Seine fleischige Hand mit den vielen Goldringen schwebte besitzergreifend und zugleich schützend über ihrer Schulter.

Vor Wasserfaß brauchte sie keine Angst mehr zu haben.

Die Menge lichtete sich. Johanna sah Roland winken.

»Der Pfarrer wartet auf uns in der Sakristei«, sagte er, als sie bei ihm anlangte. »Wir sollen außen um die Kirche herumgehen.«

Hochwürden hatte sich gerade umgezogen und stand im schwarzen Gewand vor ihnen. Als das Licht auf sein junges Gesicht fiel, blieb Johanna betroffen stehen. Sie kannte ihn nicht.

»Ich bin neu hier, meine Tochter«, erklärte er nachsichtig. »Gewiß kehrt Ihr gerade von einer längeren Reise zurück, wenn Euch nicht bekannt ist, daß Vater Josef gestorben ist.«

»Ja, oder vielmehr nein, ich lebe nicht mehr in Königstein«, bekannte Johanna, während sie ihren Plan änderte. Dieser Priester konnte nichts davon wissen, daß zwischen den Falkensteinern ihres Familienzweigs und den Königsteiner Geistlichen ein gespanntes Verhältnis herrschte. Auch kannte er Roland Brobergen nicht, der exkommuniziert und deshalb auf der Schwelle stehengeblieben war.

Sie schenkte dem Priester ein flüchtiges Lächeln. »Ich wollte gerne in das Taufbuch Einblick nehmen, wenn Ihr es gestattet, Vater. Ich suche nach einer Verwandten von mir, deren Spur ich verloren habe.«

Er musterte sie überrascht und mit einer Spur Skepsis. »Ihr könnt also lesen. Wer seid Ihr?«

Wie üblich, dachte Johanna verärgert und zupfte ihren Goller über der Brust zurecht, um ihn ihre Augen nicht sehen zu lassen. Kaum konnte eine Frau lesen, machte sie sich in den Augen eines Geistlichen schon verdächtig. »Ja, ich kann lesen. Mein Name ist Johanna von Falkenstein«, sagte sie stolz.

Der Pater schloß die Augen und dachte nach. Er hatte ein feingeschnittenes dunkles Gesicht. Er sah weder fanatisch noch streng aus. Aber Johanna hatte gelernt, vor allen Männern der Kirche auf der Hut zu sein.

»Johanna von Falkenstein«, murmelte er tonlos. »Verdächtig der Zauberei und der Ketzerei, aber ohne Folter verhört und darum nicht geständig. Nach den Regeln der Kirche dürft Ihr das Haus Gottes nicht betreten.«

Johanna spürte, wie ihr das Blut aus dem Gesicht wich. Ihre böse Vorahnung hatte sie nicht getäuscht. Wie alle Kirchenmänner kannte er auf die Fragen des Lebens nur eine Antwort: die Gesetze der Kirche. Sie machten den Menschen damit das Leben zur Hölle! »Haben die Juden unseren Herrn Jesus Christus nicht beschuldigt, einen Umsturz zu planen? Und sah sich nicht dadurch der römische Statthalter gezwungen, ihn ans Kreuz schlagen zu lassen?« fragte sie seidenweich.

Der Priester schlug die Augen auf. Sie waren im Dämmerlicht der Sakristei fast schwarz und ließen keinen Einblick in seine Seele zu.

Aber auch sie ist schwarz, dachte Johanna verdrossen.

»Sie haben ihn beschuldigt, ja.«

»Und, war er's?« Versehentlich ließ Johanna alle Ehrerbietung fahren, sicher der größte Fehler, den sie machen konnte. Sie ballte die Fäuste hinter ihrem Rücken. Sie hatte diese Verstellung satt, diese ewigen Widrigkeiten.

»Nein, Jesus Christus war kein Umstürzler. Die Rabbis, die Gelehrten der Juden, vermuteten es nur«, antwortete er geduldig.

Johanna sah ihn erstaunt an. Sie hatte erwartet, daß er über die Hebräer herziehen würde. »Von mir vermuten einige Menschen, ich sei eine Striga. Sie glauben es, weil eine bestimmte Frau es behauptet, die mich brennen sehen möchte.«

»Haltet Ihr es für angemessen, unseren Herrn Jesus Christus und Euch selber in irgendeiner Weise zu vergleichen?«

Johanna zuckte die Schultern. Wenn das sein einziger Kommentar blieb, hatte sie ihn überschätzt.

Der Priester faltete die Hände und legte sie an seine Lippen. Nach längerer Zeit sagte er: »Ich würde nicht wagen, jüdische Gelehrte zu beurteilen, warum sie so und nicht anders entschieden. Ich möchte auch diese bestimmte Frau nicht beurteilen. Ich möchte überhaupt kein Urteil über andere Menschen fällen. Das ist allein Gott, dem Herrn, vorbehalten. Ich gestatte Euch deshalb, Einblick in das Kirchenbuch zu nehmen. Ich werde es holen.«

Johanna spürte den Druck von Rolands Hand in ihrem Rücken und lächelte ihn triumphierend an. Es war ein kleiner Sieg, aber es war ein Sieg.

Johannas Finger glitt über die Zeilen des Kirchenbuches, das der Priester auf die Bank gelegt hatte. Sie kniete davor und fühlte Rolands Atem, der sich über sie beugte, in ihrem Nacken. Was sie wohl mit ihm machen würden, wenn sie ihn erwischten? Ihr Zeigefinger traf auf eine Maria, Tochter einer Tuchschererin und eines Webers, getauft an Sankt Michel im Jahre 1389. Nur der September stimmte.

Ohne Hast prüfte Johanna sorgfältig alle Eintragungen des Jahres 1389. Es gab keine weitere Maria. »Hat Sankt Marien noch ein zweites Kirchenbuch für den gleichen Zeitraum, Hochwürden?« fragte sie und sah mit gerunzelter Stirn zu ihm hoch.

Der Pater schüttelte ernst den Kopf. »Nein, meine Tochter, gewiß nicht. Wir gehen überaus sorgfältig mit Kirchenbüchern um. Noch in tausend Jahren wird man nachlesen können, wer dereinst in des Herrn Reich eingehen darf.«

»Vielleicht ist der Eintrag in ein falsches Jahr gerutscht«, sagte Brobergen in besänftigendem Ton. »Oder auf eine falsche Seite.«

Johanna holte tief Luft und begann die Suche aufs neue. In der Sakristei war es still, nur das Rascheln der Pergamentblätter war zu hören, die Johanna umblätterte. Plötzlich versteinerte sie und stieß einen Schrei aus.

Sie legte ihren Finger auf die Zeile.

Roland las laut vor. »Maria, Tochter der nicht verehelichten Baderin Gertrude in Königstein, die zusammen mit ihrem Vater wegen Diebstahls öffentlich hingerichtet wurde, und des Lienhart von Falkenstein, Burgmann auf Burg Königstein. Gegeben im Juni Anno 1391.«

Der Priester schaute sie abwechselnd an. »Es tut mir leid«, sagte er behutsam, »wenn Ihr nun entdecken müßt, daß Euer Vater ein Kind mit einer Diebin gezeugt hat. Denn das seid Ihr doch: eine Tochter des inhaftierten Lienhart? Ihr sucht nach Eurer Halbschwester.«

Johanna schüttelte mühsam den Kopf, das Atmen fiel ihr unter dem Tonnengewölbe der Sakristei plötzlich so schwer. »Roland, erinnerst du dich noch an den Tag, als der Bader und seine Tochter hingerichtet wurden? Es war im vergangenen Jahr. Du hast uns im Wald überholt. Aber zwischen den Wiesen hatten die Apfelbäume neben dem Weg an den unteren Zweigen ihre ersten Blüten geöffnet. Sie dufteten so schön, die Bienen summten, und ich träumte, daß alles wieder gut wäre.«

»Es war April, Johanna, ich weiß«, antwortete Brobergen. »Die Baderin starb im April, und das Taufdatum ist der folgende Juni.«

»Es ist nichts Außergewöhnliches, daß eine Sünderin ihr Kind nicht zur rechten Zeit taufen lassen kann«, sagte der Priester milde. »Die Hauptsache ist, daß es jetzt im Herrn aufgezogen wird.«

»Das ist es nicht, worauf es ankommt, Vater«, widersprach Johanna bedrückt und verfiel wieder in ein stummes Grübeln.

»Es kommt ausschließlich auf ein Leben im Herrn an. Möglicherweise ist die Beurteilung Eurer Person durch andere doch gar nicht so verkehrt«, murmelte der Pfarrer mit einem Anflug von Gereiztheit.

»Hochwürden«, sagte Brobergen mit entschlossener Miene. »Ich will versuchen, es Euch zu erklären.«

»Wer seid Ihr eigentlich? Steht Ihr in verwandtschaftlicher Beziehung mit Johanna von Falkenstein?«

»Nein, glücklicherweise nicht«, antwortete Brobergen, was ihm einen abweisenden Blick des Pfarrers eintrug, um den er sich nicht scherte. »Laßt mich also erklären: Die Taufpatin Katherine von Falkenstein hat einer hingerichteten Frau eine Tochter untergeschoben. Weder ist Gertrude die Mutter noch Lienhart der Vater. Aber Gertrude ist nicht in der Lage zu widersprechen, ihr Vater ebensowenig, und der Rest der Familie – sofern es einen gibt – wird nicht für die unehrlich gewordenen Verwandten eintreten. Und Lienhart weiß mit Sicherheit nichts von dieser Eintragung.«

»Und Maria heißt das Mädchen auch nicht«, ergänzte Johanna und schlug die Hände vor das Gesicht. »Wie kann man die Eintragung rückgängig machen?«

»Was soll das heißen? Ich habe Euch gerade erklärt, wie außerordentlich wichtig ein Kirchenbuch ist! Ich dachte, Ihr hättet es verstanden!« Der Priester war jetzt mißtrauisch geworden und in höchstem Grade aufgebracht. Er zog das Kirchenbuch an sich.

Johanna versuchte, es festzuhalten, damit sie die Eintragung auswendig lernen konnte. »Aber sie ist doch falsch«, jammerte sie.

»Wollt Ihr die Güte haben, das Buch loszulassen!«

Widerwillig gab Johanna nach, während der Pfarrer das Buch mit einem Knall zuschlug und es zwischen den Armen an seiner Brust barg. Er zog sich in die Tür zum Kirchenschiff zurück. Sein eisiger Blick forderte sie stumm auf zu gehen.

Johanna erhob sich, blieb aber unschlüssig stehen.

»Wollt Ihr die Dokumente der Heiligen Mutter Kirche anzweifeln? Ich glaube, es ist besser, Ihr entfernt Euch auf der Stelle! Wir wollen vergessen, daß eine zwielichtige Person, wie Ihr es seid, heute dieses Gotteshaus betreten hat. Ich werde dem Herrn auf Knien danken, daß er mich davor bewahrte, aus Mitleid einem verworfenen Weib den Zutritt zu seinem Heiligsten zu gestatten.«

»Und möge Er Euch diese Dankbarkeit vergeben, Hochwürden«, versetzte Brobergen und zog Johanna mit sich hinaus, wo sie wieder frei atmen konnten.

Kapitel 9

»Meines Wissens gibt es keine Möglichkeit, eine falsche Eintragung in ein Taufregister rückgängig zu machen«, stellte Oppenrod bedauernd fest, als Johanna ihn um seine Meinung bat.

Sie hockte vor ihm auf einer Stuhlkante. Ihr war elend zumute. Ungelöste Probleme und Sorgen, wohin sie schaute, und das Schlimmste daran war, daß es ihr nicht gelingen wollte, sich auch nur ein einziges davon endlich vom Halse zu schaffen. Es war ja nicht nur Gesche; die Zukunft der Burg, der Stadt und der übrigen Familie war mehr denn je ungeklärt.

»Sind Bernburg und Kurt noch nicht von der Burg zurück?« fragte Brobergen, der neben ihr stand.

Oppenrod schaute hinaus ins Freie und schüttelte den Kopf. »Dabei ist der Vormittag schon vorüber. Ich mache mir langsam Sorgen.«

Johanna war immer noch mit ihren eigenen Schwierigkeiten befaßt. »Wenn es irgendeinen Weg gäbe, würde ich ihn gehen«, sagte sie heftig. »Immerhin habe ich während meines Aufenthalts bei den Zisterziensern gelernt, daß es keine Sünde sein kann, Urkunden zu fälschen. Aber jetzt, nachdem der Pfarrer von St. Marien so eindrucksvoll darauf aufmerksam gemacht wurde, was es mit der angeblichen Patentochter von Katherine auf sich hat, kann ich jeden Gedanken daran aufgeben. Ich muß dankbar sein, wenn er nicht zu ihr geht …«

»Er ist zu klug, um Dinge anzusprechen, die dadurch erst zum Problem werden würden«, sagte Oppenrod. »Ihr könnt sicher sein, daß er Eure Anklagen in seinem Herzen verschließt. Notfalls würde er behaupten, daß es seine Aufgabe sei, Euch trotz Eurer üblen Nachrede vor Euch selber zu schützen.«

»Klug!« schnaubte Johanna. »Ich sage Heuchler zu solchen Männern. Sie verstecken sich hinter irgend etwas oder irgendwem, nur um nichts tun zu müssen. Ekelhaft! Männer!«

Oppenrod ließ ihr das letzte Wort, suchte sich eine neue bequeme Stellung in seinem Sessel und lauschte versonnen den Kirchenglocken.

Kurze Zeit später polterten die Füße von mehreren Männern auf der Treppe nach oben. Es hörte sich nach Hast und Aufregung an, und Kurt glühte, als er ins Zimmer schoß.

»Es geht auch hier los!« rief er.

»Langsam, Kurt. Setz dich erst einmal.«

»Wo ist meine Frau?« fragte er unruhig und blieb stehen. »Sie wird doch nicht irgendwo in der Stadt umherlaufen?«

»Sie füttert gerade Michel«, sagte Johanna und nahm seine Hand, um ihn zu beruhigen. »Es ist alles in Ordnung, Kurt, wenigstens das. Geh nach unten in die Küche und setz dich zu ihr.«

»Ach so. Ja«, sagte er schüchtern und verschwand hinter Brobergen und Bernburg, der im Stehen sein Schwertgehänge abschnallte.

»Philipp beginnt jetzt ernstlich zu rüsten«, berichtete Bernburg. »Die Kämpfe im Norden lassen ihm gar keine Wahl. Dort ziehen seine Feinde alle kampffähigen Männer zusammen. Außerdem hat sich herumgesprochen, daß die Frankfurter wahrscheinlich mit mehreren Kanonen anrücken werden.«

»Ja, tun sie es denn?« fragte Johanna, einigermaßen verwirrt wegen der widersprüchlichen Gerüchte.

»Uns könnte wirklich wohler sein, wenn es so wäre«, antwortete Brobergen und setzte sich neben Johanna.

»Aber noch ist keine Nachricht aus Frankfurt gekommen«, ergänzte Bernburg. »Wir wissen nichts, was wir gestern nicht auch wußten. Ich rate deshalb, die Hoffnung nicht auf viele Kanonen zu setzen. Am Ende ist es keine einzige …«

»Alles in allem wird es also nötig sein, daß ihr euch sofort auf den Weg nach Eppstein macht, um euch um Johannas kleine Kanone zu kümmern«, riet Oppenrod. »Wir wollen doch nicht, daß sie dieses Kleinod auch noch verliert …«

Johanna lächelte trübe. Es war lieb von dem alten Ritter, daß er sie aufzuheitern versuchte. Er besaß von allen Männern im Raum das größte Verständnis für ihren Verlust.

»Hat jemand auf der Burg uns erwähnt, Bernburg? Suchen sie nach uns?« erkundigte sich Brobergen.

Bernburg schüttelte den Kopf. »Gottlob nicht. Von euch war überhaupt nicht die Rede. Philipp hat jetzt andere Dinge im Kopf. Und jeder Mann wird gebraucht. Ich glaube, Ihr könnt sorglos reiten.«

»Ich habe vergessen, mich um Pferde für uns zu kümmern«, fiel Brobergen ein. Er sprang auf und ergriff sein Schwert. »Tut mir leid.«

»Setzt Euch wieder«, sagte Oppenrod leutselig. »Ihr werdet Euch erst für den Weg stärken, vorher lasse ich niemanden gehen. Heinrich hat Pferde für Euch besorgt, und Ritter Lettel hat bestätigt, daß sie tauglich sind. Ich vermute, vor allem Johanna wird sich freuen.«

Johanna zog die Augenbrauen hoch und schaute ihn fragend an.

»Ein Fuchs namens Astor wartet auf Euch.«

»Mein Astor?« fragte Johanna ungläubig.

Oppenrod nickte milde. »Auf verschlungenen Pfaden, die nur ihm bekannt sind, ist es Heinrich gelungen, überzählige Pferde von der Burg zu kaufen. In knappen Zeiten sind sie nicht daran interessiert, mehr Mäuler als notwendig durchzufüttern. Und Astor ist sowieso nur für eine junge Dame geeignet, die keinen Wert auf den Paßgang legt, sagt Lettel.«

»Oh, ein schwergerüsteter achtjähriger Prinz könnte ihn auch reiten«, sagte Brobergen lächelnd. »Astor ist kriegsschulmäßig ausgebildet.«

»Den hätten die Falkensteiner wohl höchstens am kaiserlichen Hof gefunden«, sagte Oppenrod und blinzelte ihm zu. Dann stemmte er sich hoch. »Das Essen dürfte inzwischen gerichtet sein. Es ist ein wenig früh für ein Nachtmahl, zugegeben. Aber wer weiß, wann ihr wieder etwas bekommt.«

Kurt steckte die Nase zur Tür herein. »Der Befehlshaber Heinrich schickt mich, um euch zu Tisch zu bitten.«

Ritter Oppenrod reichte Johanna galant den Arm. »Eilen wir nach unten. Heinrich kann ungnädig werden, wenn man seine Planung durchkreuzt. In dieser Hinsicht ist er genau wie Kurt. Deshalb haben sie sich auch immer so gut verstanden.«

Der Abschied war herzlich. Sie wußten nicht, ob sie einander wiedersehen würden. Im Krieg, der nun offenbar nicht mehr zu verhindern war, würden sie auf verschiedenen Seiten stehen.

Brobergen und Johanna verließen Königstein unbeachtet, ein beliebiger Bürger mit einem halbwüchsigen Sohn, wie es viele gab. Ihre Rüstungen und Waffen waren gut unter Sackleinwand verborgen auf Vicos Pferd festgebunden.

Außerhalb der Stadt setzten sie die Pferde in Galopp. Johanna überwand sich, wenigstens für die Strecke nach Eppstein ihre Sorgen zu vergessen. Es war so unglaublich schön, Astor wiederzuhaben. Ganz sicher ging es Roland mit Basileus nicht anders. Sie lächelten einander zu und galoppierten nebeneinander unter den Apfelbäumen die Straße entlang.

Lange vor Sonnenuntergang erreichten sie das Fischbachtaler Tor von Eppstein. Der Wachmann stand dieses Mal sogar schon vor dem Tor.

»Was ist, wenn sie noch strenger als neulich sind?« raunte Johanna Brobergen zu, als es schon zu spät war umzukehren. Die schräge Sonne fiel auf sie, und der Soldat mußte sie längst gesehen haben. An solche Widrigkeiten hatte sie angesichts der augenblicklichen Gefahr überhaupt nicht mehr gedacht.

»Nur Mut«, sagte Brobergen aus dem Mundwinkel. »Wir sind Bürger, vergiß das nicht.«

Johanna erkannte, während sie zum Schritt durchparierten, daß sie es mit einem sehr jungen Soldaten zu tun hatten. Also wird er seinen Vorgesetzten holen müssen, dachte sie besorgt, während Brobergen schon seine samtene Kappe vom Kopf zog, um sie sich sofort wieder überzustülpen.

»Guten Abend, junger Freund«, sagte er. »Wißt Ihr wohl, ob der Burgherr noch auf der Burg weilt? Ich wurde von seinem Sekretär hergebeten, aber auf Eppsteiner Gebiet wurden wir durch den schlechten Zustand der Straße über Gebühr aufgehalten. Und weit und breit niemand, der uns etwa vor Gesindel geschützt hätte.«

»Das tut mir leid«, sagte der Wachmann mit einer Spur Erschrekken. »Eigentlich hätte da jemand sein müssen. Und über die fürstliche Familie informiert man mich nicht, Herr ...«

»Bechelnheim«, half Brobergen aus. »Aus Darmstadt. Ich bin hier wegen der Münzstempel, die möglicherweise für die Stadt Eppstein in Frage kommen.«

Die Augen des Soldaten weiteten sich. »Oh, Ihr seid Goldschmied«, sagte er ehrfürchtig und winkte ihnen, ihm durch das Tor zu folgen. »Seht Ihr die Burg, Herr? Gleich dahinter biegt Ihr rechts ein und folgt der Mauer bis zu der Rampe, die nach oben führt. Ganz einfach, Herr, Ihr werdet keine Mühe haben.«

»Danke Euch«, sagte Brobergen freundlich und setzte sich in Bewegung.

»Eine Frage noch. Ich bin verpflichtet nachzuprüfen. Euer Packpferd. Was trägt es? Keine Waffen, hoffe ich.«

Johanna hielt den Atem an.

Brobergen drehte sich zu ihm um. »Druckstöcke und Werkzeuge. Für einen Goldschmied ist das Feingefühl in den Fingern so lebensnotwendig wie für den Vorkoster die Zunge. Waffen kommen für mich und meinen Lehrling nicht in Frage. Wir reisen mit Gottvertrauen.«

Der Soldat beendete sein Befragung, indem er die Helmbarte neben seinen Stiefeln auf den Boden knallte und den Kopf zurückwarf. Brobergen verneigte sich etwas steif und ritt an.

Sein Abgang war genau richtig für einen Bürger, der in hohem Ansehen stand und der sich trotz seiner Eile bei einem einfachen Soldaten höflich für eine respektvolle Auskunft bedankt. Johanna verzichtete schweren Herzens darauf, dem Wachmann die Zunge herauszustrecken, denn das gehörte sich für den Lehrling eines Goldschmiedes wirklich nicht.

Aber als sie hinter der Burg und außer Sicht des Wachmanns waren, wollte Johanna sich vor Lachen ausschütten. Auf einmal war ihr wunderbar leicht zumute.

Roland Brobergen stimmte nicht ein. Mit besorgtem Gesicht ging er wieder in den Trab, trotz der Passanten, die noch auf der Gasse unterwegs waren. Johanna seufzte leise, preßte ihrem nun auch schon müden Astor die Hacken in die Seiten und war dankbar, als sie das Anwesen der Ennelin, in Abendsonne getaucht, vor sich sah.

Die Schmiedeglocke hatte bestimmt längst geläutet, denn das Tor war zu. Aber das Klappern ihrer Hufe lockte jemanden an die Tür, der sich am Riegel zu schaffen machte.

Claus schaute heraus. »Juchhu!« schrie er, klapperte auf seinen Holzpantinen davon, kündigte der Meisterin lauthals die Besucher an und kehrte wieder zurück, um ihnen das große Tor zu öffnen.

Vico tauchte in einer Tür auf, grinsend bis zu den Ohren. Er hielt Johannas Pferd, während sie aus dem Sattel rutschte. »Alles in Ordnung«, sagte er. »Die Kanone gehört uns. Den Rest des Geldes stundet uns der Meister des Kanonenhofes. Er hat es auf seine eigene Kappe genommen. Die Mönche müssen es nicht erfahren; er kann sie auch nicht leiden.«

»Hast du gehört, Roland? Die Kanone gehört uns!« Johanna drückte die Stirn an Astors staubiges Fell und hätte am liebsten geweint vor Erleichterung. Endlich lief einmal etwas so, wie es sollte.

Aber dann dachte sie daran, wie albern es aussähe, wenn ein Raubritter, der gegenwärtig ein Goldschmiedelehrling war, scheinbar ohne Grund in Tränen ausbrach, und riß sich zusammen. Und dann kam schon Claus, um seinen Liebling Astor abzuholen, und sein fröhliches Gesicht vertrieb auch den letzten Rest ihrer Schwäche.

Später drängten sie sich im Raum mit den Musterwaffen zusammen, um die Lage zu besprechen. Die Meisterin Ennel war natürlich mit im Bunde, und Claus war vertrauenswürdig genug, um alles hören zu dürfen, während er den großen Apfelweinbembel herbeischleppte und einschenkte.

»Die Lage ist folgendermaßen«, berichtete Vico: »Anfangs ging es nur darum, daß die Mönche das Geld für die Kanone vorstrekken, bis Philipp es aufbringen kann. Die erste Hälfte der Summe haben sie gebracht, die zweite Hälfte fehlte, trotz der wiederholten Mahnungen des Meisters, endlich zu zahlen.

Dann kam ich mit einem großen Teil der Kaufsumme. Plötzlich merkten die Mönche, daß Kanonen verkauft werden können wie Stiefel. Vater Lorenz stand mit leeren Händen da und wiederholte die Versprechungen, die dem Meister schon zu den Ohren herauskamen. Er hatte genug davon und akzeptierte unser Kaufangebot.«

»Wie nahm Vater Lorenz es auf?« erkundigte sich Johanna.

»Oh, er nahm es wie ein Mann, hatte die Runde eben verloren. Er ist ehrlich bis auf die Knochen, schätze ich, nicht so verschlagen, wie man es allgemein von den Zisterziensermönchen kennt. Er bekam den Anteil des Ordens zurück. So einfach war das.«

»So einfach war das«, wiederholte Johanna glücklich.

»Es bedeutet aber«, gab Brobergen zu bedenken, »daß der Handel erst abgeschlossen ist, wenn die ganze Summe bezahlt ist. Noch könnte jemand anders kommen und uns die Kanone abkaufen. Genauer gesagt, wieder abnehmen, stimmt's?«

Vico zuckte mit den Achseln.

»Steht die Kanone noch auf dem Kanonenhof?«

»Blitzblank poliert und zum Abfahren bereit. Es fehlt nur noch der Wagen.«

Dann wollen wir hoffen, dachte Johanna inbrünstig, daß die Frankfurter bald kommen, mit Geld und Wagen und Männern, um eine Kanone abzuholen, die dabei war, zum begehrtesten Gegenstand der Taunusberge zu werden. Ganz abgesehen davon, daß das schmucke Ding eigentlich ihr zugesprochen war.

»Die entscheidende Frage ist«, murmelte Brobergen in seinen Becher, »ob die Frankfurter Handwerker mitmachen oder nicht. Wenn wir in zwei Tagen noch keine Nachricht von ihnen haben, geben wir die Kanone wieder zurück, Vico. Wir werden die Freundlichkeit des Meisters nicht mit Unehrlichkeit vergelten.«

Ennel nickte ihm zu. »Mein Leumund steht auch auf dem Spiel. Der Meister hat sich darauf verlassen, daß ich euch kenne. Ganz abgesehen davon, daß er die Mönche nicht mag, ist er geschäftlich von ihnen abhängig.«

»So war auch meine Abmachung mit dem Meister. Es wird

schon gutgehen«, meinte Vico zuversichtlich und hielt Claus seinen Becher hin. »Schenk noch mal nach, Junge! Der Apfelwein der Mönche ist wirklich gut. Sie sollten dabei bleiben und die Hände von Kanonen lassen.«

Die Kanone war ein Prachtexemplar. Ihre Bronze glänzte in der Morgensonne wie dunkles Gold. Brobergen und Johanna umrundeten sie mehrmals, während Vico, der sie ja schon besichtigt hatte, mit den Gesellen schwatzte.

»Ein Wunder der Technik«, meinte Brobergen.

Die Augen des Meisters glitzerten zufrieden, und er rieb sich den Bart. »Man gibt sich Mühe.«

»Könnt Ihr auch Bombarden machen?«

»Eiserne Bombarden. Natürlich.«

»Und warum …?«

»Tja, Ihr müßt wissen, daß die größeren Kanonen eine bessere Durchschlagskraft haben«, sagte der Meister und wippte auf den Zehenspitzen vor und zurück. Seine Miene lud Roland geradezu zum Fragen ein.

Johanna schlenderte herbei. Sie krauste die Stirn. »Aber, um von der Burg herunter Soldaten und Pferde zu treffen, wird doch sicher auch eine kleine Bombarde ausreichen. Oder nicht?«

Der Meister lächelte überlegen. »Sicher«, sagte er. »Die Bombarde reicht sogar aus, um die Häuser der Königsteiner innerhalb der konstruktionsmäßig gegebenen Reichweite zu zerschlagen, sofern sie nicht aus Stein gebaut sind. Aber sollte Herr Philipp die Burg verlieren, kann er sie nur mit Hilfe der Kanone zurückerobern. Dafür reicht die Bombarde nicht aus – die würde höchstens Löcher in die Mauern schlagen.«

»Philipp bereitet sich also auch auf eine Niederlage vor«, sagte Brobergen nachdenklich.

»Wie alle guten Feldherren.«

»Das ist wohl wahr.« Brobergen nickte.

»Aber was meintet Ihr mit den Häusern der Einwohner?« fragte Johanna irritiert. »Was haben die mit dem Krieg zwischen zwei Feldherren zu tun?«

»Wenn Philipp den Krieg verliert, wird er die Stadt zerstören, bevor er sich in Sicherheit bringt«, antwortete der Meister. »Das ist normal, auch dafür sind Kanonen da, nicht nur, um Burgmauern zu Fall zu bringen. Man brennt nicht mehr nur die Felder ab, damit der Feind hungert, man zerstört auch seine Städte, damit er verarmt. Es fällt ihm dann schwerer, ein neues Heer aufzustellen.«

Johanna starrte den Meister mit großen Augen an. Von solchen Dingen hatte sie noch nie gehört. Die Zeit der ritterlichen Austragung von Streitigkeiten war wahrhaftig vorbei. Wenn es sie jemals gegeben hatte. Sie wandte sich an Brobergen. »Schön ist sie ja, eure Kanone, ein Meisterwerk der Technik, wie ihr alle findet. Aber sie gefällt mir nun nicht mehr. Ihr Männer dürft sie behalten. Ich will sie nicht haben!«

Am stets verschlossenen Tor des Kanonenhofes klopfte es hart und fordernd, gerade als Johanna, Brobergen und Vico gehen wollten. Einer der Lehrlinge lief hin. Als er nachgesehen hatte, wer draußen war, zog er den großen Torflügel auf und sank auf die Knie.

Herein drängte eine Gruppe von Mönchen. Einer reichte dem jungen Burschen seine Hand zum Kuß.

Johanna ließ ihren Blick von dem umfangreichen roten Ring des Mönchs hinauf zu seinem Gesicht wandern. »Vater Gottfried!« stieß sie tonlos aus.

Der Zisterziensermönch, dem sie Urkundenfälschung nachgewiesen und zu einer untergeordneten Tätigkeit im Salzhandel des

Klosters von Salem verholfen hatte, ging gemessenen Schrittes auf Johanna zu.

Sie übersah seine ausgestreckte Hand. Vor ihm würde sie nie mehr knien. In ihren Augen war er unwürdig, das Wort des Herrn zu vertreten.

»Wo es Verdruß gibt, ist das Weib Johanna nicht weit«, sagte Gottfried vernehmlich und verschränkte seine fetten Hände ineinander. »Es war zu vermuten.«

Die Mönche, die ihm auf den Hacken gefolgt waren, starrten ungläubig auf Johannas Männerkleidung. Einige senkten die Augen und schlugen verstohlen das Kreuz.

»Wo Bürger geschunden werden, ist Vater Gottfried nicht weit. Da es ihm nicht paßt, wenn man ihm auf die Finger schaut, klagt er über Verdruß«, gab Johanna unerschrocken zurück. »Wenn nicht über Schlimmeres!«

Sie strafte die übrigen Mönche mit Verachtung. Ihr Gegner war seit jeher Gottfried. Schnell war ihr klargeworden, daß er sie gesucht hatte. Wahrscheinlich auch die Konfrontation, um seine Rechnung mit ihr zu begleichen. Wenn es etwas gab, das er nicht kannte, so war es christliche Vergebung.

»Sie ist des Teufels«, schrie ein verhutzeltes Männchen aufgebracht, das verspätet im Hof angelangt war. Er drängte sich aus der letzten Reihe nach vorn an Gottfrieds Seite und hob sich auf die Zehenspitzen, um ihm etwas ins Ohr zu flüstern.

»So ist es, Bruder Tobias«, bestätigte Gottfried und schob ihn von sich, um selbst so dicht vor Johanna zu rücken, daß sein weißer Mantel sie berührte. »Das hat Zeit. Sag es mir später.«

Er versprühte bereits wieder Spucketröpfchen, wie immer, wenn er sich aufregte. Demonstrativ wischte Johanna Gottfrieds Speichel von ihrer Wange und putze ihre Hand an seinem Habit ab.

Brobergen griff nach dem Arm des Mönches und zog ihn mit

einem Ruck von Johanna fort. »Gemach, Vater Gottfried. Fangt nur nicht an, mit dem Scheiterhaufen für Ketzer und ähnlich unappetitlichen Strafen zu drohen. Wir wissen, daß die römische Kirche sie freigiebig verteilt, aber im allgemeinen konstruiert sie wenigstens ein Verbrechen, das der Anklage zugrunde liegen soll. Die Mühe müßt Ihr Euch schon machen, bevor Ihr vor aller Welt behauptet, daß Johanna des Teufels ist!«

Wie aus einem Mund stießen die Mönche Seufzer des Entsetzens aus. Einigen blieb der Mund offenstehen.

»Sie hat unsere Kanone gestohlen«, zischte Gottfried und riß sich von Brobergen los. »Impertinenter Ritter, der Ihr seid!«

»Daher weht also der Wind«, sagte Brobergen gelassen. »Und Ihr seid ganz sicher, daß die Kongregation der Zisterzienser geltend machen möchte, sie habe eine Kanone gekauft?«

»Sie ist nicht für uns«, geiferte Gottfried.

»Nicht? Ihr tätigt also Waffengeschäfte?« fragte Brobergen gespielt ungläubig. »Abgesehen davon, daß Ihr Partei ergreift. Weiß man in Salem und Cîteaux, daß sich der deutschsprachige Teil des Ordens gegen den Kaiser stellt? Riskiert Salem dann nicht einen Bruch mit dem Mutterhaus? Oder arbeitet Ihr auf eigene Faust, und Euer Abt in Salem weiß gar nicht, daß Ihr Kanonen kauft und verkauft?«

Vater Gottfried war nahe daran, die Beherrschung zu verlieren. Der Meister des Kanonenhofes stand inmitten seiner Leute, die Hände vor der Lederschürze gefaltet, und hörte mit wachsamer Miene zu. Johanna las in seinem Gesicht auch Bewunderung.

»Ich denke, Eure zur Schau getragene Rechtschaffenheit, was den Anspruch auf die Kanone betrifft«, fuhr Brobergen gleichmütig fort, »zerschmilzt wie Wachs in der Sonne, wenn man ihn genau betrachtet. Hier geht es darum, daß der Orden den vollen Kaufpreis nicht entrichten konnte, während wir sogar mehr geboten haben. Deshalb gehört die Kanone uns.«

Vater Gottfried keuchte leise und wischte sich sein schweißüberströmtes Gesicht mit dem Ärmel ab.

Bruder Tobias zupfte hartnäckig an seinem anderen Ärmel. Endlich gelang es ihm, die Aufmerksamkeit des Subpriors auf sich zu lenken. Er drehte Johanna den Rücken zu und flüsterte lange und eindringlich mit Tobias.

Als Vater Gottfried sich wieder umdrehte, zeigte seine Miene dieselbe feiste Selbstgefälligkeit, die er früher schon an den Tag gelegt hatte, wenn er sich im Vorteil sah. Johanna blickte sich vorsichtig um. Auf dem Hof hatte sich nichts geändert, und das Tor war geschlossen.

»Die Kanone gehört also Euch, Raubritter Brobergen? Ist es nicht vielmehr so, daß Ihr mit geraubtem Geld bezahlt habt?« fragte Vater Gottfried und kostete jedes Wort aus.

»Ihr spielt auf etwas an, das uns inzwischen auch zu Ohren gekommen ist«, sagte Brobergen kühl. »Wir haben es nicht nötig, jemandem über unser Geld Rechenschaft abzulegen. Aber ich will es Euch trotzdem erklären, damit Ihr das Gerücht nicht etwa aus Bosheit weiterverbreitet ...«

»Unverschämtheit!« zischte Gottfried.

»Wir haben unser Geld in Frankfurt geliehen«, fuhr Brobergen fort. »Dafür gibt es Zeugen. Daß gestohlenes Geld schnellstens zu den Geldwechslern von Frankfurt befördert wird, wundert mich nicht. Unser Pech, daß man es ausgerechnet an uns weitergereicht hat.«

»So, so.« Gottfrieds Augen verschwanden fast in den Speckfalten seines Gesichts, als er hämisch lächelte. »Immerhin seid Ihr aus dem Saal der Feste geflüchtet wie die Ratte in ihren Bau.«

Brobergen verzichtete darauf zu erklären, daß vorher schon nach Praun gerufen worden war und daß es nicht tunlich gewesen wäre zu warten. Johanna wagte nicht, seine Taktik zu stören, aber sie wunderte sich etwas.

»Und haben wir nicht möglicherweise die gestohlene Summe für die Kanone um ein Lösegeld für den ungetreuen Lienhart und um den Kaufpreis eines Hochzeitskleides für seine Hure von Tochter vermindert?« Vater Gottfrieds Stimme troff vor Hohn. »Für Johanna, die sich hier vor unseren Augen als Mann ausgibt?«

Betroffenes Schweigen machte sich unter den Arbeitern des Kanonenhofes breit. Vorher waren sie und der Meister auf ihrer Seite gewesen, aber die Stimmung schlug mit der Unbarmherzigkeit eines Bergrutsches um. Johanna sah Feindschaft in manchen Augen, bevor sie ihrem Blick auswichen.

»Das Geld ist geliehen!« sagte Brobergen beharrlich. »Und obwohl das Lösegeld gezahlt wurde, ist Lienhart nicht frei, was jedermann nachprüfen kann.«

»Und hier steht ein Mönch, der unrechtmäßig Grundstücke an sich gebracht hat und dafür zur Strafe in Salem Salzscheiben herstellen mußte.«

Aber ihre Verteidigung erreichte den Meister nicht mehr. Er begann die von Brandflecken geschwärzte Schürze zu groben Wülsten zu kneten und starrte auf seine Pantinen hinunter.

»Habt Ihr die zwischen mir und Euch vereinbarte Kaufsumme für die Kanone von Vico von Falkenstein erhalten, ja oder nein?« fragte Gottfried scharf. »Schwört bei der Heiligen Mutter Gottes von Einsiedeln.«

Der Meister erblaßte und rang nach Worten. »Das kann ich nicht«, sagte er schließlich. »Ich habe den größten Teil von einer Kaufsumme erhalten, die um etliches höher liegt als die, die Herr Philipp zahlen wird. Aber noch ist nicht alles bezahlt.«

Gottfried nickte befriedigt und winkte seinen Mönchen. Zwei von ihnen schleppten vier bis zum Rand gefüllte Säckchen heran, die sie bei ihm abstellten. »Zählt es nach, Meister! Zweihundert Mark, wie vereinbart.«

»Die Vereinbarung wurde hinfällig, weil das Geld nicht zur verabredeten Zeit gezahlt wurde«, sagte der Meister standhaft. »Deshalb war ich frei, eine andere Vereinbarung mit anderen Interessenten zu treffen.« Sein Kinn wies auf Vico.

»Unsinn!« schleuderte Gottfried hervor. »Ich habe die Kanone gekauft, und hier ist das Geld!« Seine Hand scheuchte seine jungen Mönche wieder hoch, die auf klappernden Sandalen herbeirannten, um die Geldsäcke zum Meister hinüberzuschaffen.

Einen Augenblick nur starrte dieser verwundert darauf, dann ließ er plötzlich seine Schürze in Ruhe und wandte sich an Brobergen. »Ritter Lienhart ist nicht frei?«

Roland schüttelte bedächtig den Kopf.

»Vater Gottfried«, sagte der Meister verhalten. »Mit Euren Gerüchten kann ich nichts anfangen. Bei mir zählt allein das Wort, das einer mir gibt und das ich jemandem gebe. Die Abmachung, die ich zuletzt traf, ist noch zwei Tage gültig, und diese Frist warte ich ab. Wenn Vico von Falkenstein bis dahin nicht zahlt, können wir über Euer Geld reden.«

Gott sei Dank, dachte Johanna erleichtert, während sie bemerkte, daß Gottfried schon wieder nahe daran war, die Beherrschung zu verlieren.

»Überdies«, setzte der Meister seine ernste Erklärung fort, »habt Ihr, Vater, den Preis für die Kanone so weit nach unten gedrückt, daß ich abgelehnt hätte, wenn Ihr nicht damit gedroht hättet, dafür zu sorgen, daß ich die Kohle, die ich dringend benötige, nicht mehr kaufen kann.«

Johanna wechselte einen Blick mit Brobergen, der dem alten, mutigen Mann mit Hochachtung und Zuneigung zugehört hatte.

»Aber«, sagte dieser in die Stille hinein, »Ritter Vico hat mir dreißig Mark mehr geboten als die Mönche. Das ist ein guter Preis, und davon können wir ein halbes Jahr ohne Sorgen leben. Die Kohle kann ich aus anderer Quelle bekommen, wie ich inzwischen in Erfahrung gebracht habe.«

Gottfried bebte vor Zorn.

»Ich bin sicher, Ihr wolltet den Gewinn zum Nutzen und Frommen des Herrn verwenden. Ich verstehe das. Aber mich hat der Herr an diese Stelle gestellt, damit ich meine Männer und ihre Familien, meine eigene natürlich eingeschlossen, anständig ernähre. Ich gebe deshalb Käufern wie diesen Rittern den Vorzug. Ich meine, das solltet Ihr verstehen, Vater Gottfried.«

Gottfried sah eher aus, als würde er an seinem Zorn ersticken. Er beendete die Verhandlung mit einer brüsken Geste und zog sich in die Mitte seiner Mönche zurück.

Währenddessen brach auf dem Hof fast ein Tumult aus. Die Gesellen und Arbeiter brüllten begeisterte Hochrufe und klatschten Beifall. Einige liefen zu ihrem Meister, stemmten ihn auf ihre Schultern und trugen ihn im Kreis um die Kanone herum. Während sich die übrigen anschlossen, stimmte einer ein Arbeitslied an. Plötzlich fiel eine Flöte ein.

Johanna fuhr sich über die Augen und bekam ganz weiche Knie. Als sie aufsah, kam gerade Claus mit der Flöte an den Lippen im Hüpfschritt des Liedrhythmus an ihr vorbei. Und im offenen Tor stand eine lachende Ennel, die Fäuste in die Seite gestemmt, wie sie es immer tat, und sah zu.

Um die verärgerten Mönche in der Hofecke scherte sich niemand. Ihnen stand es frei, zu gehen oder mitzumachen. Den Respekt, den sie sich sonst zu verschaffen verstanden, hatten sie auf diesem Hof bis zum jüngsten Lehrling verloren.

Roland legte behutsam seinen Arm über Johannas Schulter, und zusammen genossen sie den seltenen Anblick von Menschen, die einfach nur fröhlich waren.

Kapitel 10

»Wenn sie nur einen Boten schicken würden«, rief Vico aufgebracht. »Sie müssen doch wissen, daß wir uns Sorgen wegen der Gerüchte machen.«

Johanna stimmte ihm stillschweigend zu und wich dem Gesellen von Ennel aus, der mit einem schweren Schmiedehammer durch die Werkstatt stapfte. Dieses Warten machte sie alle gereizt. Ganz abgesehen davon, daß sie Ennels Leute bei der Arbeit störten, weil sie ihre Nasen unentwegt über die Ambosse hielten und zuschauen wollten, wie die Blankwaffen geschmiedet wurden. Beim Gedanken daran schnaubte sie leise. Hieb- und Stichwaffen, als ob es keine Kanonen auf der Welt gäbe!

»Vico, kannst du den Frankfurtern nicht entgegenreiten?« schlug sie vor. »Es wäre doch sehr beruhigend zu erfahren, daß sie unterwegs sind. Am Ende wissen sie nicht einmal, wie sehr es eilt.«

»Doch, das wissen sie sehr wohl«, widersprach Brobergen, der auf einer unbenutzten Werkbank saß. »Als du bei Frau Eberlein warst, habe ich mich mit dem Meister der Bauhütte getroffen und alles genau durchgesprochen. Es kann keine Unklarheiten geben.«

Johanna, die von Claus gerade ein Messer, das er geschmiedet hatte, vorgelegt bekam, um es gehörig zu bewundern, sah zu Brobergen hinüber. »Die Mönche könnten versuchen, sie am Betreten von Eppstein zu hindern.«

Brobergen rutschte mit einem Seufzer von der Arbeitsfläche. »Ich weiß, wie unnachgiebig du sein kannst, Johanna. Vico, wir tun besser, was sie sagt.«

Vico grinste über beide Ohren. »Wir tun, was wir denken, Roland. Aber es freut mich, daß du endlich gemerkt hast, was für eine Pest sie sein kann.«

Brobergen streifte gerade sein Kettenhemd über, das er von einem Haken an der Wand geholt hatte. Als sein Kopf wieder erschien, blinzelte er Johanna zu. »Aber nicht nur«, sagte er einschränkend. »Hast du gemerkt, wie gut ihr Einfall wegen des Hochzeitskleides war? Wer weiß, ob sie die Wegegelderin ausgefragt haben – die Näherin haben sie jedenfalls gefunden.«

»Ja, durch Gottfrieds Beschuldigung wissen wir jetzt mit Sicherheit, daß sie überprüft haben, ob unsere Angaben stimmen.«

»Und die Mönche stehen offenbar in ständiger Verbindung mit Philipp«, grübelte Brobergen. »Dieser Bruder Tobias muß vor dem Tor auf einen Boten gewartet haben. Mit Sicherheit informiert Gottfried Philipp, daß die Frankfurter die Kanone holen wollen.«

»Aber sie werden nicht so dumm sein, durch das Gebiet des Falkensteiners zu fahren«, mutmaßte Vico und zupfte sich sein Hemd zurecht. »Sie werden durch das Lorsbachtal kommen, und dort haben Philipps Leute kein Recht zu irgendwelchen Übergriffen.«

»Vermutlich hast du recht.«

»Also, auf zum Goldbachtor!«

»Ich komme mit«, entschied Johanna. »Ohne Vicos Sticheleien wäre es mir langweilig. Außerdem haben wir in der Schmiede lange genug gestört.«

Die Ennelin, die gerade eine Klinge in einen Bottich stieß, worauf das Wasser leise zischte, lächelte, ohne aufzusehen. Johanna winkte Claus zu und verließ hinter den Männern die Werkstatt.

Frommer Gesang erscholl in der Straße, aber er kam nicht aus der Talkirche. Diese machte im Gegenteil einen verlassenen Eindruck.

»Irgendwo findet eine Prozession statt«, vermutete Vico, während er an Johanna vorbeitrabte. »Vielleicht eine Bittprozession zum Heiligen der Waffenschmiede, daß er dem Heiligen der Kanonengießer den Hals umdrehen möge. Wie heißt der überhaupt?«

»Keine Ahnung«, sagte Johanna. »Aber während einer Prozession wären die Kirchentore offen.«

Brobergen, der vor Johanna und Vico ritt, legte an Tempo zu. Der Gesang wurde lauter, je näher sie dem Stadttor kamen. Brobergen bog um die Ecke und parierte so abrupt durch, daß Astors Kopf sich auf die Kruppe von Basileus schob. Vor lauter Überraschung konnte Johanna ihren Hengst nicht schnell genug anhalten.

Im Schatten des Stadttores feierten die Mönche, die sie am Vortag in Vater Gottfrieds Begleitung gesehen hatten, eine Messe. Offenbar vertrat Bruder Tobias den Subprior, der nicht zu sehen war.

Die Torflügel waren geschlossen worden und durch einen kräftigen Querbalken versperrt. Beide Männer der Stadtwache knieten mit andächtigen Gesichtern auf dem Boden des Torhauses. Bei ihnen befanden sich einige Bauern, die offensichtlich noch vor Beginn der Messe hereingelassen worden waren. Aus den Körben, die neben ihnen standen, drang mißgelauntes Geschnatter von Gänsen.

Brobergen ließ Basileus am langen Zügel langsam vorwärts gehen, bis er vor den Mönchen in der letzten Reihe haltmachte. »Mindestens zwanzig«, sagte er in mißbilligendem Ton zu Johanna, nachdem er die Anzahl überschlagen hatte. »Das haben sie ja wirklich schlau angestellt.«

Sein Basileus schüttelte den Kopf und schnaubte laut. Der auffallend große Mönch, der direkt vor dem Pferd kniete, putzte sich unwillig den Nacken. »Pst!« zischte er und sah auf.

»Vater Thomas! Welch freudige Überraschung«, grüßte Vico höhnisch, während es Johanna eher den Atem verschlug, ihn jetzt hier vorzufinden.

Thomas musterte seinen Halbbruder kalt und wandte sich wieder ab.

Es hatte nicht den Anschein, als ob die Mönche beabsichtigten, ihren Gesang so bald zu beenden. Johanna stieg vom Pferd. Sie mußten warten, obwohl sie vor Ungeduld brannten.

Im Gegensatz zu ihnen waren die Eppsteiner Bürger, die die Stadt durch das Südtor verlassen wollten, ahnungslos und geduldig. Immer mehr Menschen mit gefalteten Händen versammelten sich vor dem Tor.

Endlich ging der Wechsel aus Gesang und lateinischen Worten seinem Ende entgegen. Die Frommen erhoben sich, klopften ihre Kleider aus und versuchten unauffällig dem Sammelbeutel zu entkommen.

»So, und jetzt öffnet endlich die Tore«, befahl Brobergen, kaum daß der Segen von Vater Tobias verhallt war. »Ihr habt kein Recht, Reisende aufzuhalten, die es eilig haben.«

Das Torhaus warf seine Worte zurück, und mancher Eppsteiner nickte einverständlich und richtete dann einen unsicheren Blick auf die Mönche, die keine Anstalten machten, den Weg freizugeben.

»So reist denn in Euren sicheren Tod, Ritter!« Vater Tobias' ausgestreckter Zeigefinger wies zu den verschlossenen Türen. »Dort draußen lauert der Pesttod, und wenn das Tor geöffnet wird, schlüpft er in die Stadt. Der Herr erbarme sich unser!«

Wie mit einer Kehle holten die erschrockenen Menschen Luft. »Der Herr erbarme sich unser«, wiederholten einzelne Stimmen.

»Ihr lügt! Von Pest ist augenblicklich nichts bekannt. In der ganzen Gegend nicht.« Vico bestieg sein Pferd und lenkte es zwischen den Mönchen zum Tor durch.

»Des Herrn Wege sind unergründlich«, schrie Vater Tobias schrill. »Dem Subprior von Salem hat geträumt, daß der Pesttod mit seinen knochigen Fingern nach Frankfurt greift, und Frankfurt ist nicht weit.«

»Das Tor bleibt zu«, donnerte der Wachmann, der am Tor die Aufsicht führte.

Johanna sah mit Entsetzen, daß ihr Bruder die Hand an das Schwert legte und sein Pferd auf den Soldaten zutrieb. Die Mönche und Bauern wichen widerwillig beiseite.

»Roland«, flüsterte sie, während sie Astor über die Hinterhand wendete, so daß er mit dem Schweif zum Tor stand, »erkennst du den Wachmann wieder? Mit ihm hatten wir die Auseinandersetzung. Wenn Vico gegen ihn die Hand erhebt, landen wir in den Verliesen der Burg Eppstein. Die Stimmung würde ihm recht geben. Und Verliese habe ich wirklich satt, abgesehen von allem anderen.«

Brobergen sah genauer hin. »Vico«, rief er gedämpft. »Komm zurück! Wenn ein so frommer Mann wie der Subprior eines berühmten Klosters eine Warnung dieser Art erhält, ist das mehr als ein Fingerzeig des Herrn. Nichts liegt uns ferner, als ihm in den Arm fallen zu wollen.«

»Was?« fragte Vico mit verblüffter Miene und drehte sich um.

Aber es war schon zu spät. »Seid Ihr nicht einer der Ritter, die mit der Schmiedin Ennelin so gut bekannt waren?« fragte der Soldat mißtrauisch. »Und jetzt, wo wir … gewisse Schwierigkeiten haben, seid Ihr schon wieder hier. Und wenn mich nicht alles täuscht, auch der Knappe mit dem Malchus. Aufrührer seid Ihr …«

Brobergen ließ ihn nicht ausreden. Er hob seine stahlbwehrten Hände in die Höhe, blickte zum Himmel und rief klagend: »Die Pest! Der Herr erbarme sich unser!«

»Kyrieleis!« antwortete Vater Tobias prompt. Er sank erneut auf die Knie und schlug seine ganze Gemeinde mit einem inbrünstigen Gebet in seinen Bann.

Brobergen rief Johanna und Vico mit einer Kopfbewegung zu

sich. Mit ihm an der Spitze bahnten sie sich ihren Weg durch die kniende Menschenmenge.

Als endlich die menschenleere Gasse vor ihnen lag, sah sich Johanna nochmals um. Der Wachmann starrte ihnen mißvergnügt nach, aber er wagte nicht, die fromme Handlung zu stören. Thomas dagegen stieg rücksichtslos, so schnell er konnte, über die Knienden hinweg, um sich zu Vater Tobias hinunterzubeugen.

Es mußte etwas sehr Wichtiges sein, das er ihm mitten in einem Gebet mitzuteilen hatte.

»Wie lange werden sie das Tor wohl besetzt halten?« fragte Vico auf dem Rückweg zum Hof der Schwertschmiedin.

»Bis morgen abend. Bei Sonnenuntergang läuft die Frist ab, und du kannst Gift darauf nehmen, daß sie bis dahin beten und fasten werden. Und wenn dann die Pest – die in diesem Jahr überhaupt noch nirgends aufgetreten ist – nicht kommt, werden sie den Subprior Gottfried preisen, und er wird einige Vermächtnisse für Salem kassieren.« Brobergen ließ seinem Abscheu freien Lauf. »Sie sind Betrüger, und das Schlimme ist, daß nur wenige von ihnen sich dessen überhaupt bewußt sind. Die anderen glauben blind, was sie selber sagen, ohne das geringste Bedürfnis zu haben, es auch nur ein einziges Mal zu überdenken. So einer wie dieser Vater Tobias, zum Beispiel. Er ist dumm und ein Fanatiker. Alle Fanatiker sind dumm. Sie sind es, die die Welt zugrunde richten werden.«

»Bei Gott, das war scharf geschossen«, bemerkte Vico bewundernd. »Wenn du das vor anderen Menschen geäußert hättest, wäre dir dafür der Scheiterhaufen sicher gewesen. Aber Mutter würdest du gefallen …«

»Roland«, setzte Johanna all diesen Gedanken, die ganz bestimmt richtig waren, aber zur unpassenden Zeit kamen, ein Ende. »Wir müssen feststellen, ob sie das Tor zum Fischbachtal auch besetzt halten. Mir scheint zwar, daß alle Mönche, die im Kanonenhof waren, am Goldbachtor versammelt sind, aber schließlich muß Gottfried ja auch irgendwo sein … Was macht er wohl?«

Vico nahm die Zügel seines Pferdes wieder auf und grinste anzüglich. »Gottfried ist fett genug, das Fischbachtor allein zu verschließen. Wie ein Korken in der Flasche …«

Johanna brach in Lachen aus und steckte die beiden Männer damit an. Es tat gut, trotz der Sorgen einmal von Herzen zu lachen …

»Was gibt es denn da?« fragte Vico und unterbrach seinen Heiterkeitsausbruch, um mit der Hand am Ohr zu lauschen. »Schießt da jemand? Laßt uns mal nachsehen, wer auf wen schießt. Könnte ja sein, daß wir uns beteiligen sollten.«

Die Geräusche kamen vom Fischbachtaler Tor. »Hören sich Kanonen so an?« fragte Johanna erstaunt. »Ich wußte nicht, daß sie so dumpf rumpeln.«

Sie setzten ihre Pferde in Trab.

Als sie an der Burg vorbeigeritten waren, die wehrhaft aus dem Tal emporragte, kam ihnen ein Ungetüm von Wagen entgegen, der von sechs zottigen Pferden gezogen wurde und annähernd die Breite der Straße einnahm.

Rolands Gesicht war zu einem breiten Lachen verzogen, als er sich im Sattel zu Johanna umdrehte. »Der Transportwagen für die Kanone«, rief er erleichtert. »Die Frankfurter sind da.«

Der Zunftmeister der Bauhütte führte seine Männer auf einem kräftigen braunen Hengst an. »Schön, daß Ihr uns selbst entgegenkommt«, sagte er gemütlich. »Die Leute hier in Eppstein sind wohl etwas nervös wegen ihrer Waffenschmieden. Sie wollten uns nicht mit Waffen in die Stadt lassen.«

»Mußtet Ihr sie etwa abliefern?« fragte Brobergen erheitert.

»Klar, was denn sonst? Aber sie haben nichts dagegen, daß wir die Stadt morgen mit einer Kanone verlassen werden.« Der Meister stimmte ein schmetterndes Lachen an, das von Vico unterbrochen wurde.

»Es hat sich wohl herumgesprochen, daß Philipp kein Geld mehr hat. Ihr bekommt die Kanone auch nur ausgeliefert, wenn Ihr das Geld bei Euch habt.«

Johanna nickte still und preßte die Hände so fest um die Zügel, daß sich die Kettenglieder der Handschuhe schmerzhaft in ihre Handflächen drückten. Die Frankfurter wußten ja nichts davon, daß der Handel auf Messers Schneide stand. Gottfried würde jeden Vorwand benutzen, um den Handel zu verhindern. Hoffentlich erfüllen sie den Vertrag, wie es abgesprochen war, dachte sie inbrünstig.

Der Bauhüttenmeister schüttelte den Kopf.

»Gott bewahre«, murmelte Brobergen entsetzt.

Doch dann mußte der Mann ihren Gesichtern angesehen haben, welche Bestürzung er hervorrief. Er grinste breit; sein Daumen deutete auf einen Reiter hinter dem Wagen.

Dieser Mann hatte keine Augen für seine Umgebung, nur für die Ladefläche. Er war umringt von zahlreichen Handwerkern zu Fuß, alle von stämmiger Statur, mit zuverlässigen Gesichtern und versehen mit Wanderstöcken, wie Gesellen sie benutzten.

»Meister Simon Eberlein!« rief Brobergen erstaunt.

Der Riegelmacher hob sein Kinn für einen kurzen Moment. »Oh, ich habe Euch gar nicht bemerkt, Ritter. Bin beschäftigt. Aber jetzt seid Ihr ja da, alle drei sogar. Gottlob. Es ist eine große Verantwortung, auf so viel Geld aufzupassen.«

»Zweifellos, Meister. Vor allem, wenn man dabei mitten durch die Höhle des Löwen wandert … Ihr seid zu bewundern.« Vico drängte seinen Hengst zwischen den Handwerkern durch und setzte sich neben ihn.

Meister Simon, der Vico nicht sehr gut kannte und daher nicht wissen konnte, daß dieser zu Ironie oder Sarkasmus neigte, nickte ernsthaft. »Die Bruderschaft der Bettler von Frankfurt hat einige sehr gewiefte Kundschafter in ihren Reihen. Wir baten sie auszuschwärmen und sich umzusehen. Sie brachten uns die Nachricht, daß Philipp von Falkenstein seine Leute im Lorsbachtal stehen hat. Natürlich nicht seine Burgwache, die kein Recht auf fremdem Gebiet besitzt. Aber doch genügend junge Ritter, die zu seinen Anhängern zählen und die dort ohne rechten Grund herumlungerten. Wir wollten es nicht darauf ankommen lassen, uns mit ihnen anzulegen.«

»Donnerwetter«, sagte Brobergen mit ehrlicher Anerkennung. »Euch muß man wirklich zu Eurer Umsicht gratulieren. Die letzte Barriere, auf die Ihr gestoßen wärt, ist ein Haufen frommer Leute, die unter Führung der Zisterzienser das Stadttor verschlossen halten.«

»Seht Ihr, was ich sage«, antwortete der Handwerker zufrieden. »Übrigens läßt meine Mutter die Edeldame Johanna herzlich grüßen. Ich soll bestellen, daß das Kleid fertig ist. Sie freut sich auf Euren Besuch, wenn Ihr es holen kommt.«

»Ich …« Johanna schluckte und unterbrach sich. Sie konnte ihm beim besten Willen nicht mitteilen, daß es für sie keine Hochzeit geben würde. Nach all der Mühe, die sich Frau Eberlein mit ihr gegeben hatte. »Ich komme, sobald ich kann«, sagte sie statt dessen und sandte einen stillen Hilferuf an Roland.

»Wir hörten vom Streit im Frankfurter Stadtrat«, warf Brobergen ein, »und fürchteten, daß Ihr Eure Pläne ändern würdet.«

Simon Eberlein schmunzelte vor sich hin. »Wir hatten Streitigkeiten«, gab er zu. »Aber wir haben sie gelöst. Die Kaufleute haben nun beschlossen, sich zwei Kanonen zuzulegen.«

»Man könnte beinahe meinen, Eure Frau Mutter säße im Stadtrat«, sagte Johanna, ohne lange zu überlegen. »Eine solche Idee ist zu pfiffig für behäbige Ratsleute, jedenfalls für die Kaufleute, die ich kenne.«

Eberlein dankte für ihr Kompliment mit einer höflichen Verneigung. »Ich werde es meiner Mutter mitteilen«, sagte er. »Sie wird sich freuen, so viel Anerkennung für ihre Anregung zu ernten.«

Johanna begann zu lachen.

Sie mußten die breitesten Straßen zum Kanonenhof nehmen, und auch die bereiteten dem geschickten Lenker einige Mühe. Aber endlich standen sie vor dem Hof und warteten darauf, daß die Flügel des Hoftors zurückgeschlagen wurden.

Zwei Knechte rollten dicke Steine davor, während Brobergen und Johanna hineinritten.

Der Meister war zum Glück anwesend. Neben ihm stand Vater Gottfried, der offenbar gerade mit dem Meister ins Gespräch vertieft gewesen war. Er warf die Hände in die Höhe und ließ sie ohnmächtig wieder sinken, als er hinter den Reitern die schweren Zugpferde entdeckte, die an kurzen Zügeln und mit Schaum vor dem Mund in den Hof einbogen.

»All Eure Finten haben nichts bewirkt«, sagte Vico zu ihm, während er vom Pferd stieg, »der Herr ist auf unserer Seite, wie Ihr seht, Vater. Unsere Gebete gefielen Ihm wohl besser, weil sie aufrichtiger waren.«

Vater Gottfried streifte Vico mit einem verächtlichen Blick. »Wir sprechen uns noch«, sagte er zum Kanonenmeister und watschelte behäbig in Richtung auf die hinteren Gebäude des Hofes davon.

»Jawohl«, sagte der Meister des Hofes seufzend und sah ihm nach. Dann gab er einem Mann, der aus der Werkstatt herauslugte, einen Wink.

Kurz danach liefen von allen Seiten die Arbeiter herbei und

begannen mit den Vorbereitungen zum Aufladen der Kanone. Der Meister zog Brobergen und Johanna an die Seite, damit sie nicht im Wege waren.

»Gibt Vater Gottfried immer noch nicht auf?« wollte Brobergen wissen.

»Ach, wo denkt Ihr hin! Jetzt hofft er, daß wenigstens ein Pfennig an der Summe fehlt. Er hat sich ausbedungen dabeizusein, wenn die Frankfurter mir das Geld aushändigen.«

»Und das laßt Ihr Euch gefallen?«

»Muß ich. Die Mönche brauchen dem Erzbischof in Mainz nur einen Wink zu geben, dann bekomme ich weder Eisen noch Kohle noch Arbeiter für meinen Hof. Die geistlichen Herren sind sehr rigoros, wenn sie gleichzeitig weltliche Herren sind.«

»Ach, auch ohne das«, murmelte Johanna.

Der Meister beruhigte sich wieder und lächelte Johanna zu. »Es scheint, Ihr habt Eure eigenen Erfahrungen. Das nimmt mich sehr für Euch ein. Die meisten Menschen fügen sich so schnell, daß sie gar nicht merken, wie gefährlich diese Burschen sein können. Mönche!« Er spie auf den Boden. »Ich gönn's diesem Vater Gottfried, ansehen zu müssen, daß der Vertrag von Eurer Seite bis aufs Tüpfelchen eingehalten wird. An Eurer Stelle würde ich gut auf die Säcke mit dem Geld aufpassen.«

Johanna sah dem Meister erschrocken nach, der sie verließ, um das Beladen des Wagens zu beaufsichtigen.

»Er hat recht. Wir sollten aufpassen. Wer weiß, was sich die Mönche noch einfallen lassen. Sie haben bis heute nachmittag Zeit«, sagte Brobergen.

Vico begann bereits sich argwöhnisch umzusehen. »Gescheiter wäre es ja, die Frankfurter würden ihm das Geld einfach übergeben, aber das ist dem Meister zu würdelos. So habe ich ihn jedenfalls verstanden. Er möchte einen Vertrag mit Siegel und allem Drum und Dran.«

»Es ist in Ordnung«, meinte Brobergen. »Eine Kanone läßt sich nicht mit einem Bund Zwiebeln vergleichen. Eine Kanone ist in Bronze gegossene Kunst.«

Die Arbeiter rollten regelmäßig abgerundete Baumstämme über den Hof, während die Gesellen dabei waren, drei mächtige Holzstempel mit Ketten zu einem Dreibein zusammenzufügen. Johanna sah sich nach den Handwerkern aus Frankfurt um, aber die waren verschwunden.

Allerdings hörten sie Gelächter und fröhliche Stimmen aus der großen Werkhalle. Johanna folgte Brobergen, der sich wortlos dorthin aufmachte. Sie sah ihm über die Schulter, als er in der Tür stehenblieb.

Die Handwerker hatten sich auf alles verteilt, was man zum Sitzen benutzen konnte. Bierkrüge machten die Runde. In ihrer Mitte saß Simon Eberlein, die dicken Lederbänder, mit denen die Geldsäcke verschnürt waren, um ein Handgelenk geknotet. Johanna beschloß bei sich, die Säcke ebenfalls nicht mehr aus den Augen zu lassen. Die Warnung des Meisters hatte sie in Unruhe versetzt.

Johanna gab den Humpen, der auch zu ihr wanderte, unwirsch weiter, ohne zu trinken, obwohl sie Durst hatte. Sie wußte, daß sie von Bier müde werden würde. Es wäre wirklich gescheiter gewesen, wenn es bis zum Geschäftsabschluß nur Apfelsaft oder Kamillensud gegeben hätte, dachte sie. Höchstens Dünnbier. Aber dieses hier war schwarz und stark und duftete würzig.

Einigen Männern war das Kinn schon auf die Brust gesackt, und sie hielten die Augen nur noch mit Mühe offen. Natürlich, sie hatten einen weiten Weg gehabt. Trotzdem! Am Abend konnten sie sich ja besaufen.

Johanna suchte Brobergens Blick, der von ihr aus gesehen hinter Eberlein saß. Aufmerksam wie ein Wachhund, reckte er sofort den Kopf in die Höhe, und Vico begann sich umzuschauen. Sie signalisierte, daß nichts los war, und beide sanken wieder in die unauffällige Wachsamkeit zurück, in der sie sich vorher befunden hatten.

Hoffentlich verzögerte nicht Gottfried sein Erscheinen, bis die Handwerker betrunken waren. Konnte das möglicherweise seine Taktik sein? Johanna sah aus der Fensteröffnung auf die Sonne, die bereits ein Stück gewandert war, seitdem sie hier saß. Wenn alles lief, wie verabredet, mußte es jetzt bald soweit sein.

Eher zufällig folgten ihre Augen einem Arbeiter, der aus dem Gebäude kam, das Gottfried vor einiger Zeit betreten hatte. Wo war der überhaupt abgeblieben? Johanna bemerkte, daß sie ihn seit ihrer Ankunft nicht mehr gesehen hatte.

Offensichtlich wurde der Arbeiter mit einem Auftrag in die Stadt geschickt; er warf sich einen Leinensack über die Schulter, um mit beiden Händen die Verriegelung der kleinen Pforte im großen Tor zu öffnen.

Sie waren zu dritt. Die Ritter wischten den Arbeiter gleichgültig beiseite und rückten mit gezogenen Schwertern und sich gegenseitig deckend zügig über den Hof vor. Ihr Ziel war die Werkhalle.

Johanna stieß einen Schrei aus. Roland und Vico schossen in die Höhe, die Schwerter in den Händen. Johanna zog den Malchus und sprang auf ihrem Weg zur Tür über Beine und Leiber. Die Frankfurter Handwerker wurden von trunkenem Gelächter geschüttelt und versuchten, ihr ein Bein zu stellen.

Lediglich Simon Eberlein, der nüchtern geblieben war, begriff, was los war. Er rutschte vom Hocker herunter auf die Säcke, breitete seinen weiten Mantel rings um sich aus, griff nach einem der herumliegenden Humpen und schien in ihm zu versinken.

Johanna sah seine kluge Reaktion aus dem Augenwinkel, während sie sich immer noch durch die Beine kämpfte. Dann hatte sie endlich hinter Roland und Vico die Tür erreicht.

Die ritterlichen Angreifer kümmerten sich nicht um die verängstigten Arbeiter des Kanonenhofes, die sich in einer Hofecke zusammendrängten. Johanna sah ihre harten, entschlossenen Gesichter und wußte, daß es ein tödlicher Kampf werden würde. Und sie hatte nichts als ihren Malchus. Sie war blind gewesen. Schließlich hatten sie das Geld als erste gestohlen.

»Ich schätze, der Meister wird heute keinen Vertrag mit euch machen«, sagte der Anführer zu Brobergen. Seine Stimme war noch jung, aber sehr selbstbewußt. »Die Kanone gehört Philipp von Falkenstein. Ihr glaubt doch nicht etwa, ihr könntet uns überlisten, ihr Dreckskerle!«

»Disputiere nicht lange herum, Robert«, mahnte der Mann, der an seiner linken Seite stand und das Schwert auch links führte. »Laß uns die Sache schnell erledigen. Zehn Mark für jeden von uns ist kein Pappenstiel. Der Vertrag, und dann nichts wie weg!«

»Der Vertrag, die dreißig und die hundertsiebzig«, verbesserte der dritte.

Brobergen machte einen Ausfall, und sein Gegner parierte gewandt. Sie umkreisten einander und gingen wieder aufeinander los. Vico versuchte, den Linkshänder in einen eigenen Kampf zu verwickeln.

In das Klirren ihrer Klingen hinein ertönte ein scharfer Knall, der die Mauern des Kanonenhofes erzittern ließ. Johanna wäre fast der Malchus aus der Hand gerutscht.

Dem Anführer fiel das Schwert tatsächlich aus der Hand. Einen Augenblick später sank er mit verwundertem Gesichtsausdruck zu Boden und war tot.

Johanna sah sich suchend um, bis sie den Meister des Kanonenhofes entdeckte, der gerade eine rauchende Hakenbüchse auf den

Boden legte und sich nach einer zweiten bückte, die er auf den Transportwagen für die Kanone aufstützte. Sie hatte eine solche Waffe noch nie gehört, geschweige denn, im Einsatz gesehen. Dem Lehrling, der neben dem Meister stand und in einer Zange ein glühendes Kohlenstück bereithielt, ging es anscheinend genauso. Seine Hände bebten.

»Packt den Räuber in Ritterrüstung ein und verschwindet«, befahl der Meister. »Wenn ich dieses Stück Kohle an das Zündkraut halte, stirbt der nächste.«

Die jungen Männer, die herumgefahern waren, starrten seine Büchsen mit offenen Mündern an. In diesem Augenblick rutschte dem Lehrling die Kohle aus der Zange. Johanna hielt den Atem an. Wenn die Räuber sich jetzt auf den Meister stürzten …

Doch der gefährliche Augenblick ging vorüber. Der linkshändige Ritter verwahrte sein Schwert mit unsicheren Bewegungen. »Los, wir hauen ab«, bellte er.

Der Meister war die Ruhe selbst. Er nahm seinem Lehrling die Zange aus der Hand und schaute streng über die Büchse hinweg. »Teilt Eurem Herrn Philipp mit, daß er selbstverständlich eine Kanone kaufen kann, wenn er eine haben will. Mit Vertrag, Geld und ohne Mittelsmänner, die den Preis drücken. Vielleicht beim nächsten Mal …?«

Die Ritter würdigten ihn keiner Antwort. Sie nahmen ihren toten Anführer bei den Armen und schleiften ihn zum Tor, dessen einen Flügel ein Arbeiter schnell öffnete.

Als es wieder verschlossen war, sagte der Meister zu Brobergen: »Laßt uns den Vertrag auf der Stelle machen. Ich glaube zwar nicht, daß sie es ein zweites Mal versuchen werden, aber ich möchte nichts riskieren. Meine zweite Büchse schießt leider im Bogen; man weiß nie, wo die Kugel hinwill. Manchmal denke ich, sie könnte am Ende mich selbst treffen …«

Der halbe Nachmittag war erst vorüber, als der Vertrag ausgefertigt, das Geld gezählt und übergeben war. Nun konnte nichts mehr passieren. Die Handwerker würden die Kanone durch das Lorsbachtal nach Frankfurt bringen, und ein so großes und auffälliges Stück auf feindlichem Gebiet zu erbeuten, durfte selbst Philipp ungestraft nicht wagen.

Johanna fühlte sich erleichtert und zufrieden. Etwas abwesend starrte sie auf den mit Sand abgestreuten Blutfleck, während sie auf Roland und Vico wartete, die beide verschwunden waren. Woher hatten Philipps Ritter eigentlich die Summe gekannt, die die Handwerker aufzubringen hatten? Das war ihr weniger klar, als wer sie benachrichtigt hatte. Natürlich Thomas. Er war der Mittelsmann zwischen Philipp und Gottfried.

Dann kam Vico zurück. Er schleppte eine Holzplanke, die er über zwei große Steine legte. »Ich bin dafür, daß wir hier feiern«, sagte er. »Im Anblick der Kanone, die uns einige Tage gehörte.«

Johanna zuckte zusammen, als sich plötzlich Rolands Hände auf ihre Schultern legten. »Ich bin froh, daß wir sie los sind«, seufzte er befreit.

Vico drehte sich um, um das Ungetüm, das inzwischen schon aufgeladen war, zu betrachten. »Ich fand sie ganz nett«, meinte er. »Man könnte sich ja für den Hausgebrauch eine kleinere zulegen. Aber erst einmal werde ich uns einen Krug Wein besorgen. Welschen Roten vom Besten. Aus dem Zisterzienserhof, damit Vater Gottfried Bescheid weiß.«

»Der weiß es längst«, sagte Brobergen, setzte sich und zog Johanna neben sich. Er legte den Kopf träumerisch an die Wand der Werkhalle. »Aber die Idee mit dem Wein ist gut. Frag die Mönche auch, ob es Gottfried war, der das Bier hierher liefern ließ.«

Kapitel 11

»Trotz aller Unstimmigkeiten zwischen ihm und uns erwartet Philipp uns zu seiner Hochzeit«, sagte Johanna verblüfft und ließ das Schreiben auf ihre Knie sinken. »Er verdächtigt uns nicht mehr. Unsere Beweise haben ihn wohl überzeugt.«

»Ich dachte, er würde uns gnadenlos suchen lassen, sobald er Zeit für uns erübrigen könnte«, brummte Brobergen im Halbschlaf und warf sich herum. Die Sonne beschien seine Beine, und er grunzte wohlig.

»Ob ich mein entzückendes grünes Festgewand etwa nicht ausführen wolle, fragt er an.« Johanna schüttelte den Kopf. »Nein, ich will es wirklich nicht auf Burg Königstein tragen. Ich habe es ja noch nicht einmal.«

Von Brobergen kam leises Schnarchen.

»Roland?«

Er antwortete nicht.

Johanna riß einen Grashalm aus und kitzelte ihm damit die Nase. »Roland? Wollen wir nicht doch auf die Hochzeit gehen?«

Brummen.

»Ich hätte möglicherweise eine Idee ...«

»Ach, du liebe Zeit. Wenn Schwesterchen eine Idee hat, bekommen wir Arbeit«, sagte Vico aufgeräumt und schlenderte näher, um Brobergen mit dem Fuß unsanft anzustoßen. »Roland, wach auf! Ich habe ein wenig über die neuen Handrohre und Büchsen nachgedacht. Wenn wir davon fünf Stück hätten und Johanna laden ließen, könnten wir ein ganzes Heer ersetzen.«

»Die Gefahr besteht«, murmelte Brobergen. »Ihr seid nicht nur lästig, sondern für gewisse Leute lebensgefährlich. Man merkt, daß ihr Geschwister seid.«

»Mit mir nicht«, antwortete Johanna ihrem Bruder entschieden. »Mit Feuerstöcken will ich nichts zu tun haben.«

»Nanu?« Vico zog die Augenbrauen bis an die Haarwurzeln hoch. »Du bist doch sonst so gewalttätig.«

Johanna fühlte, wie sie errötete. Widersprechen konnte sie nicht, immerhin hatte es da ja einige Fälle gegeben …

»Im Augenblick trägt sie sich mehr mit Gedanken an Hochzeiten«, sagte Brobergen und setzte sich auf.

»Ach ja? Und wen will sie heiraten?«

»Ich doch nicht!« fauchte Johanna. »Es geht um Philipps Hochzeit. Er lädt uns trotz allem ein, und ich finde, wir sollten hingehen.«

Vico grinste. »Du bist ja ausgesprochen empfindlich, was Hochzeiten betrifft. Magst du sie nicht?«

Johanna blickte ihn so wild an, daß er es vorzog, sich zu verziehen. Als er außer Hörweite war, griff sie nach Rolands Arm und zwang ihn, sie anzusehen. »Hör zu«, sagte sie. »Es ist eine gute Idee!«

Nur Brobergen begleitete Johanna nach Frankfurt. Vico hatte weder Lust auf den langen Ritt, noch war seine Anwesenheit als vorübergehendes Familienoberhaupt nötig wie damals für die angebliche Geldaufnahme.

»Obwohl«, sagte Johanna achselzuckend, »Vater wahrscheinlich Feuer spucken würde, wenn er wüßte, mit welcher Beharrlichkeit ich gegen sämtliche Regeln der Gesellschaft verstoße. Eine Rittertochter in ritterlicher Bekleidung allein mit einem Ritter, mit dem ich nicht verwandt bin.« Sie kicherte ausgelassen.

»Es ist alles eine unabwendbare Folge dessen, was deine ehemalige Stiefmutter angezettelt hat«, erwiderte Brobergen. »Oder nicht?«

»Sicher. Aber ich glaube nicht, daß mein Vater nach Gründen fragt. Und die meisten Menschen würden behaupten, daß mein Schicksal mir vom Herrn auferlegt wurde, und würden erwarten, daß ich meine Strafe für ritterliche Hochnäsigkeit in Demut auf mich nehme.«

Brobergen lachte so sehr, daß er sich fast verschluckte. »Wer das behauptet, kennt dich nicht.«

»Wer kennt schon einen anderen Menschen?«

Der Ritter wurde wieder ernst. »Das stimmt. Ich habe auch darüber nachgedacht, wie gut du Philipp kennst. Könnte es sein, daß er euch beiden nur zeigen will, wer der Herr im Hause Falkenstein ist, und er seine Drohung, dich für vogelfrei zu erklären, nach der Hochzeit zurücknimmt?«

»Ich kenne ihn eigentlich gar nicht.« Johanna dachte einen Augenblick nach. »Ich glaube nicht, daß er irgend etwas aus Gnade oder Freundlichkeit zurücknimmt. Er müßte sich schon einen Nutzen ausrechnen. Das weiß ich, weil Ritter Bernburg bei den Friedensverhandlungen mit den Frankfurtern sehr offen über Philipp sprach, um sie davor zu bewahren, ihn falsch einzuschätzen. Nein, man muß ihn zwingen. Deswegen bin ich auch zu dem Schluß gekommen, daß wir ein schlagendes Argument benötigen, gewissermaßen ...«

»Dann müssen wir hoffen, daß deine Trumpfkarte sticht«, murmelte Brobergen. Er wirkte so besorgt, daß auch Johanna himmelangst wurde, ihr Plan könnte fehlschlagen.

Aber er war trotzdem der einzige Notnagel, den sie hatten.

Der Besuch bei Frau Eberlein war wie ein Atemholen an einem sonnigen Frühlingstag. Sie verloren kein einziges Wort über den bevorstehenden Krieg. Statt dessen erzählte die alte Handwerkerfrau über die Freuden, die sie mit ihren Enkeln erlebte, die nun auch schon größer waren. Eine Amme brauchte das Jüngste nicht mehr. »Habt Ihr eigentlich Nachricht über Eure Tochter?« fragte sie irgendwann mit zartfühlender Stimme.

Johanna biß die Zähne zusammen und sah auf ihre geballten Fäuste. »Es ist noch schlimmer«, sagte sie gequält. »Ich habe keine Tochter mehr. Ich habe nie eine gehabt. Katherine hat es verstanden, Gesche als illegitime Tochter ihres ehemaligen Ehemannes auszugeben. Mit dem Namen Falkenstein-Butzbach kann sie ihr Mündel nutzbringend verheiraten. Sie kann sich an Gesche aber auch für all das rächen, was man ihr selbst als Kind angetan hat.«

Die alte Frau schlug die Hände zusammen. »Das ist ja furchtbar! Ich hatte gemeint, Katherine Yss sei so von ihrem Aufstieg zur Gräfin in Anspruch genommen, daß sie alles andere hinter sich gelassen hätte. Aber es stimmt schon: Elsbeth schildert sie als penibel wie einen Zunftmeister in Verfolgung ihrer Pläne. Und das arme Kind gehört also dazu ...«

»Frau Eberlein«, sagte Brobergen leise, »wir wissen nur einen Weg, Katherine möglicherweise aufzuhalten, und würden Euch deshalb gerne um einen Gefallen bitten. Würdet Ihr mit uns zu Katherines Schwester gehen und ein gutes Wort für uns einlegen?«

»Was habt Ihr vor?« Die Handwerkerfrau sah von einem zum anderen.

»Wir möchten Katherines Sohn für eine Weile ausleihen.«

»Ob Ihr damit weiterkommt?« fragte Frau Eberlein zweifelnd. »Aber Ihr müßt selber wissen, was Ihr tut. Es wird ihm doch nichts passieren? Elsbeth hängt an ihm.«

Brobergen schüttelte den Kopf. »Es wird ihm nichts passieren, und wir bringen ihn zurück. Wenn Ihr wollt, bin ich bereit zu schwören.«

»Wißt Ihr«, sagte Frau Eberlein, »entweder ein Mensch hält sein Wort oder nicht. Kein Schwur kann ihn wahrhaftiger machen.«

»Handwerker sind grundvernünftige Menschen«, stellte Brobergen lobend fest, als sie sich auf dem Rückweg in den Taunus befanden. »Geht's noch, Philipp?« erkundigte er sich bei dem Jungen.

Johanna drehte sich um und betrachtete Philipp forschend, der zwei Pferdelängen zurückgefallen war. Er hielt tapfer auf dem gemieteten Maultier aus, obwohl er in seinem ganzen Leben vorher noch nicht geritten war. Außerdem machte ihm das schwere Gewicht seines Rückens zu schaffen, und er mußte die linke Schulter hochziehen, um es auszugleichen.

»Doch, Herr, es geht schon.«

Johanna lächelte vor sich hin. Sie wunderte sich immer noch, daß Philipp sofort bereit gewesen war mitzugehen, obwohl er Elsbeth liebte und Katherine in seinem Leben gar keine Rolle mehr spielte. Er hatte sie schlichtweg vergessen. Den Ausschlag hatte gegeben, daß Roland Brobergen ihm in Aussicht gestellt hatte, er würde eine Kanone besichtigen dürfen. Zweifellos war Philipp wißbegierig. Ein wenig erinnerte er Johanna an ihren Halbbruder Thomas. »Du meinst Frau Eberlein?« fragte sie.

»Genau. Sie ist ohne Dünkel. Das macht es leicht, mit ihr zu reden.«

»Du bist auch ohne Dünkel, Roland. Wie man in den Wald hineinruft, schallt es heraus. Aber ich erinnere mich, daß wir sie am Anfang für unnahbar hielten.«

»Gibt es Handwerker, die nicht vernünftig sind?« Philipp schlug mit seinen Beinen heftig gegen die Flanken des Maultiers, eifrig bemüht, zu ihnen aufzuschließen. Er drängte sich ohne Scheu zwischen sie, und Brobergen wich zur Seite aus.

»Grafen und Burgritter haben in der letzten Zeit Anlaß, so etwas zu behaupten.«

»Ihr nicht, Ritter?«

»Nein, ich nicht, Philipp. Ich habe auf der Seite der Handwerker gegen andere Ritter gekämpft. In Königstein, wo wir jetzt hinreiten.«

Der Junge machte große Augen. »Gibt es das auch? Handwerker … zusammen mit Rittern, meine ich.«

»O ja. Es gibt Handwerker, die es sogar mit dem König gegen die Grafen halten, in Frankreich, zum Beispiel.«

»Ich würde gerne ein Handwerk lernen«, sagte Philipp wehmütig. »Aber ich darf nicht. Wißt Ihr, ich bin unehrlich geboren.«

Brobergen, der dem Jungen teilnahmsvoll lauschte, verzog ungehalten den Mund und nickte.

»Ich muß Giler werden. Im nächsten Jahr werden sie mir den Buckel aufschneiden, damit ich erbärmlicher aussehe, und mich zum Betteln anlernen.«

Johanna wechselte einen entsetzten Blick mit Roland. Sie hatte davon gehört, daß Bettler sich selbst Verstümmlungen beibrachten. Aber er war doch ein Kind und hatte keine Ahnung von den Schmerzen, die sie ihm zufügen wollten! Wer mochte auf eine so abscheuliche Idee gekommen sein?

Lettel nahm sich des Jungen an, ohne zu fragen. Er schien sogar froh, jetzt eine Aufgabe im Haus des Ritters Oppenrod bekommen zu haben, die nicht eine Handreichung war, auf die man auch hätte verzichten können. Als Johanna und Brobergen später von ihrem Gang auf den Gänsemarkt zurückkamen, um sich von Oppenrod und Lettel zu verabschieden, hatte dieser bereits saubere Kleidung für Philipp besorgt. Der Junge war in besten Händen, und sie konnten sich um ihre Aufgaben kümmern, die hauptsächlich darin bestanden, Vico zur Teilnahme an der Hochzeit zu überreden.

»Warum bleibt Ihr nicht hier, Johanna?« fragte Ritter Oppenrod.

»Roland Brobergen ist Manns genug, Ritter Vico auch ohne Euch zu überzeugen.«

Johanna sah Roland an. »Was meinst du?«

Brobergen grinste. »Ich weiß, du magst Hochzeiten nicht ... Aber es gibt eine Menge zu sehen: Fremde, Gäste, Bettler, Diebe, Verkaufsbuden ... Philipps Hochzeit wirft seine Schatten voraus. Die Vorbereitungen der Bürger haben auch schon begonnen.«

»Mit Widerwillen«, ergänzte Oppenrod. »Die Bürger sehen sich mehr oder weniger genötigt ...«

»Na gut«, gab Brobergen ihm recht. »Aber für gewöhnlich würde jedermann solche Vorbereitungen als unterhaltsam ansehen. Vor allem jemand, der anschließend gebannt und gejagt werden wird. Möglicherweise wirst du nie mehr das Leben führen können, das dir in die Wiege gelegt wurde. Ich würde Ritter Oppenrods Angebot annehmen ...«

»Du hast eine Art, mir meine Zukunft vor Augen zu führen ...«, murmelte Johanna tonlos, »die schon an Grausamkeit grenzt.«

Philipp zupfte an ihrer Hand und sah aus seinen dunkelbraunen Augen zu ihr hoch. »Dann geht es Euch ja schlechter als mir in Frankfurt. Soll ich Euch helfen?«

Brobergen zauste ihm die Haare. »Deswegen haben wir dich hergebracht, Philipp.«

Johanna nahm Philipp auf ihren Streifzug durch Königstein absichtlich nicht mit, obwohl sie ihm ansah, daß er für sein Leben gern mitgegangen wäre. Als er erfuhr, daß er nicht einmal allein in Königstein herumlaufen durfte, verschwand er blitzartig, um sich irgendwo im Haus zu verstecken.

Sie zuckte die Schultern und machte sich zum Ausgang bereit. Philipps Anwesenheit sollte nicht vorzeitig bekannt werden; allein sein Aussehen war geeignet, jedermann, vom Burghauptmann bis zum Goldgräber, aufmerksam zu machen. Er würde es schon verstehen; Sorgen brauchte man sich da wirklich nicht zu machen.

Johanna legte ihre Knappenkleidung an, ein gutes ledernes Wams und die dazugehörige Kappe, rückte ihren Malchus an die Seite und verließ gutgelaunt Oppenrods Haus, um ziellos durch die Gassen zu schlendern.

In der Hauptstraße zwischen Vorburg und Stadttor wurden bereits Girlanden mit Blumen an den Häusern befestigt. »Ich hau' ihm auf den Kopf, juchhe«, sang ein Lehrling, der rittlings auf einer Leiter hockte und mit leidenschaftlichen Schlägen einen langen Nagel in den geschwärzten Balken trieb.

»Halt lieber dein Maul«, befahl ein älterer Mann, der die Leiter hielt, und nahm unter all den Leuten, die unterwegs waren, ausgerechnet Johanna aufs Korn. »Es sind schon die ersten Neugierigen in der Stadt. Und Gäste, versteht sich.«

Der Junge fischte einen zweiten Nagel aus seiner Schürzentasche. Während er nach unten blickte, arbeiteten seine Wangen. Er spuckte und verfehlte Johanna um Haaresbreite, die so verdattert war, daß sie sich nicht gerührt hatte. »Der ist kein Gast. Der ist nur neugierig. Und außerdem spreche ich von einem Nagel, nicht etwa von einem Ritter, der Graf werden möchte.«

Johanna machte eine erzürnte Geste, die bei ihm lediglich Gelächter hervorrief, und wanderte mit den Händen auf dem Rücken weiter.

»Tandaradei, der Ritter sprang entzwei«, hörte sie hinter sich. Anscheinend hätte niemand etwas dagegen gehabt, Philipp zerspringen zu sehen, Oppenrod hatte recht.

Auch ohne die Hochzeit wäre der Johannistag der letzte Festtag gewesen, bevor der Sommer begann. Solange Johanna denken konnte, wurde in dieser Nacht ausgelassen gefeiert, denn bis zum Erntedankfest an Michaelis würde es nur noch harte Arbeit geben.

Aber es sah wahrhaftig nirgends nach einem Freudenfest aus. Die Magd, die mit einer Forke den Misthaufen ihrer Herrschaft von der Gasse in einen Karren lud, machte ihr nur mit mürrischer Miene Platz, und Johanna befürchtete schon, sie würde ihr einen Fladen auf die Schuhe werfen.

Erst als die Gefahr vorüber war und Johanna der Magd über die Schulter ins Gesicht blickte, änderte sich deren Verhalten urplötzlich.

Sie stützte das Kinn auf den Forkenstiel und sah Johanna bewundernd an. »Ein Diamant im Mist«, sagte sie werbend. »Ihr seid fremd hier. Habt Ihr Lust, mich zum Tanz zu führen, wenn unser hoher Herr feiert? Und hinterher …« Sie leckte sich verheißungsvoll die Lippen.

»Danke«, sagte Johanna ernsthaft und machte mit ihrem Kopf eine Bewegung zur Burg. »Ich muß meinem weniger hohen Herrn aufwarten.«

»Wieder Mist!« brach die Magd aus vollem Herzen aus. »Warum konnte er seine verdammte Hochzeit nicht auf einen anderen Tag legen? Uns verdirbt er das schönste Fest des Jahres! Und Euer Herr ist sowieso stinkbesoffen. Schickt einen anderen, das merkt er nicht.«

»Doch, das merkt er«, widersprach Johanna. »Und rat einmal, mit welchen Worten er mich aus seinem Dienst entlassen würde: du stinkender Misthaufen! Er ackert noch selber, wenn er zu Hause ist.«

»Manchmal glaube ich, zwischen denen und uns ist überhaupt kein Unterschied«, versetzte die Magd kurz angebunden und holte wütend aus, um die letzten Fladen zusammenzukratzen. Ihr Interesse an Johanna war erloschen.

Ganz unrecht hast du nicht, dachte Johanna und setzte ihren Weg fort.

»Stellt Euch vor, ein Bär ist zu Besuch auf der Burg«, berichtete Philipp aufgeregt, als sie zurückkam.

»Was?« fragte Johanna erstaunt.

»Die Gaukler sind eingetroffen, und sie erhalten Unterkunft auf der Burg wie früher«, ergänzte Lettel, der hinzukam und Johanna eine Rolle überreichte. »Und du sollst auch hinaufgehen. Philipp bittet um deinen Besuch. Es steht hier drin.«

»Will er mich schon wieder mahnen, zur Hochzeit zu kommen?« Johanna sah zweifelnd auf die Nachricht. »Oder zum Bären in den Zwinger setzen?«

»Nein, er will dich sprechen. Jetzt. Sofort.« Lettels Bestimmtheit schwand mit dem letzten Wort, und er machte eine verlegene Miene. *»Wie der Herr Euch schuf, sollt Ihr kommen,* sagte sein Knecht. Aber ich glaube, er hat die Botschaft falsch verstanden. Er meinte sicher, daß du im Kleid kommen sollst und nicht im Knappenwams.«

Johanna rollte mit den Augen und brach das Schreiben auf. »Wenn wenigstens Roland oder Brobergen hier wären ...«

»Soll ich mitgehen?« fragte Philipp hoffnungsfroh. »Mein Buckel ist eine starke Waffe, keiner von meinen Freunden traut sich, sich an ihm zu vergreifen. Sie haben Angst vor ihm.«

Lettel legte ihm die Hände auf die Schultern. »Weißt du, Johanna will doch dem Philipp von der Burg keine Angst machen. Deswegen ist es besser, du bleibst hier bei mir.«

»Ach so«, sagte Philipp verständig.

»Ich muß wohl gehen. Ich finde beim besten Willen keine Ausrede. Ich werde ihm erzählen, wie unbeliebt er sich in der Stadt gemacht hat.« Johanna seufzte tief und ging sich umziehen.

»Ah, meine junge Verwandte«, hörte Johanna Philipps Stimme in leutseligem Ton, und einen Augenblick später wurde sie schon von einem Knappen in den Saal geführt.

Der Burgherr war allein. Johanna erschrak ein wenig. Immerhin war auch Katherine nicht anwesend. Es hätte also durchaus noch schlimmer sein können.

»Setzt Euch neben mich.« Philipp lud sie mit einer Geste ein, der sie kaum widersprechen konnte, und so ging Johanna um den Tisch herum zu ihm, bemüht, sich ihren Widerwillen nicht anmerken zu lassen. Er sprang auf und rückte den Sessel mit erhöhter Lehne für sie zurecht, auf dem in zwei Tagen während des Hochzeitsmahls Katherine thronen würde.

Es war Johanna sehr unangenehm. Die Abwesenheit der Knappen, wenn sie auch ganz zufällig sein mochte, stimmte sie sehr bedenklich. »Ihr habt mich rufen lassen«, murmelte sie.

»Eingeladen, Johanna. Eingeladen.« Philipp warf sich in die Ecke seines eigenen hochlehnigen Sessels, daß das Holz knackte, und betrachtete Johanna unter halb geschlossenen Augen. »Wunderschön. Ihr seid wunderschön. Ich nehme an, es gibt jemanden, der es Euch öfter sagt. Ist Euer Kleid wirklich grün?«

Johanna holte tief Luft. »Es ist grün.«

Philipp beugte sich vor und ergriff ihre linke Hand, um sie an seine dicken feuchten Lippen zu führen.

Johanna wagte einfach nicht, sie ihm zu entziehen, aber sie spannte ihre Muskeln an, bereit aufzuspringen.

»Ich muß Euch selbst fragen. Die Näherin weigerte sich nämlich, meinen Männern Auskunft zu geben«, sagte er und schloß die Augen. »Närrin!«

»Wieso?« stammelte Johanna. Ganz von dem kleinen Philipp mit seinem drolligen Wesen in Anspruch genommen, hatte sie Frau Eberleins auffallend kurzen Hinweis auf die Unabkömmlichkeit der Näherin hingenommen und nicht weiter darüber nachgedacht. Das Kleid hatte ja perfekt gepaßt und keiner Änderung bedurft. Jetzt erst wurde ihr bewußt, daß daran etwas Merkwürdiges gewesen war.

»Ich weiß nicht, wieso«, antwortete Philipp sanft. »Wenn ich Männer herumschicke, pflegen sie zu tun, was ich sage. Und sie bekommen immer Auskunft, wenn sie fragen. Die kleine Näherin kannte meine Spielregeln nicht. Als sie sie endlich verstanden hatte, war es zu spät«, fügte er bedauernd hinzu. »Ritter sind zuweilen ungeduldig.«

Johanna spürte in ihrem Magen einen Eisklumpen hin und her rollen. Eigentlich hatte sie fragen wollen, wieso er ihr seine Leute nachschickte, aber sie ließ es bleiben, weil sie natürlich die Antwort kannte. »Nur solche wie Konrad oder Heinzenburg«, brachte sie in ihrer Ratlosigkeit heraus.

»Ach, richtig. Ihr kanntet sie ja beide. Ja, sie waren meine besten Männer. Schade um sie. Beide sind auf ungewöhnliche Weise zu Tode gekommen. Wußtet Ihr das?«

Den Hinweis hätte sie besser gelassen, dachte Johanna entsetzt und schüttelte den Kopf, wobei sie entdeckte, daß Philipp sie aus rotgeäderten Augenlidern intensiv musterte. Zwischen ihren Schulterblättern liefen Schweißtropfen hinunter und kitzelten sie. Aber sie wagte sich nicht zu rühren.

Philipp begann plötzlich mit den Fingern auf die Tischplatte zu trommeln. »Mit der Wegegelderin war es anders«, sagte er. »Die war so gesprächig, daß kein Anlaß bestand nachzuhelfen. Leider wußte sie nicht viel mehr, als daß es ein Samstag gewesen war. Vor dem Raub des Geldes am Montag.«

Darum ging es ihm also. Aber die Wegegelderin hatte ein ehrliches Spiel gespielt. Johanna faßte sich und probierte es mit einer Mischung aus Gekränktheit und Aufrichtigkeit. »Wir haben das Geld wirklich geliehen«, sagte sie.

»Wir haben keinen Geldverleiher gefunden. Wie heißt er?« Philipp setzte sich mit einem Ruck auf und klatschte mit seiner flachen Hand so heftig auf den Tisch, daß Johanna zusammenzuckte.

Inzwischen hatte sie begriffen, daß es Philipp nur um Auskünfte ging, nicht um einen Übergriff auf ihre Person, wie Konrad damals. Johannas Gedanken arbeiteten jetzt äußerst präzise. »Ist die Näherin wirklich tot?« erkundigte sie sich ängstlich.

»So tot wie eine Wurst im Rauchfang«, antwortete Philipp. »Der Name des Mannes!«

»Ich kann ihn nicht nennen! Ich will nicht, daß er stirbt!« Philipp würde Widerstand erwarten, und sie lieferte ihn.

»Die Wegegelderin sprach und starb nicht«, sagte Philipp gleichmütig.

»Aber ein guter Geldverleiher gibt den Namen seiner Kunden nicht preis! Wenn er das täte, könnte er sein Geschäft aufgeben«, wandte Johanna mit einem Appell an seine Vernunft ein.

»Sein Pech. Der Name also.«

Johanna legte mit Absicht eine Pause ein, während sie in aller Schnelligkeit erwog, wen von allen, die in Frage kamen, sie nennen sollte. Am wenigsten brauchbar waren die Zisterzienser, denn zu ihnen waren Philipps Verbindungen besonders gut. Lombarden kannte sie nicht. Schließlich nannte sie zögernd einen Namen, den sie zufällig einmal gehört hatte. »Mosche bar Jacob.«

»Mosche bar Jacob«, wiederholte Philipp verächtlich. »Ein Hebräer. Was ist ein solches Leben schon wert?«

Der Mann war an der Pest gestorben, hatte es geheißen. Hoffentlich gibt es keinen Sohn von ihm mit dem gleichen Namen, dachte Johanna und fühlte sich zunehmend verunsichert, als ihr aufging, daß Philipps Männer vielleicht nicht einmal haltmachen würden, wenn sie darauf stießen, daß es diesen Geldverleiher nicht gab. Sie würden sich am nächstbesten schadlos halten.

»Ihr könnt gehen«, sagte Philipp kalt. »Bei den Hochzeitsfeierlichkeiten sehen wir uns. Ihr werdet in unserer Nähe sitzen.«

»Ich werde beizeiten in der Kirche sein«, versprach Johanna resigniert und stand mit weichen Knien auf.

»Das auch, das auch. Aber vorher werdet Ihr mit uns den Polterabend feiern, und der wird mindestens genauso unterhaltsam wie das Bankett. Sie werden ein mächtiges Charivari veranstalten.« Philipp strahlte über das ganze Gesicht und hatte anscheinend vergessen, wie sehr er Johanna eben noch unter Druck gesetzt hatte.

»Was werden sie veranstalten?«

»Ein Charivari. So nennen wir den Maskenaufzug beim Polterabend.«

Johanna nickte schwach.

»Bis morgen abend also.«

Johanna schaffte es mit Mühe, aufrecht aus dem Saal zu gehen. Sie hatte nicht gewußt, daß die Einladung den Polterabend einschloß. Vico und Roland auch nicht, und obendrein hatten sie nicht den geringsten Anlaß, vor dem Tag des Kirchganges in die Stadt zu kommen.

Sie bekam allmählich eine Todesangst vor diesen Hochzeitsfeierlichkeiten.

Kapitel 12

Der Lärm, den die Burgbewohner und alle, die alltäglich mit der Burg zu tun hatten, beim Charivari veranstalteten, war bereits in der Stadt zu hören, als Johanna ihren Gang nach oben antrat. Sie hatte ihn hinausgezögert, so lange, wie sie konnte. Aber Roland und Vico waren noch nicht zurückgekommen.

Da es schon dunkel wurde, begleitete Lettel sie bis zur Vorburg, wo Ritter Bernburg sie in Empfang nehmen würde. Die Männer hatten sich anscheinend verschworen, sie zu bewachen, während Brobergen fort war.

Johanna seufzte vernehmlich. Erst der Polterabend, und nun wurde sie auch noch überwacht, was sie nicht ausstehen konnte. Lettel wußte es. Da zählte das Argument, daß sie im geliehenen Surkot nicht bewaffnet sein konnte, überhaupt nichts.

»Mach doch ein fröhlicheres Gesicht, Johanna!« sagte Lettel. »Die lassen dich sonst nicht hinein!«

»Das wäre mir das liebste«, versetzte Johanna kurz angebunden. »Wenn nicht, sollte ich mir eine Maske besorgen, hinter der ich heulen kann, so laut ich will. Das wird bei all dem Lärm überhaupt nicht auffallen.«

Lettel schüttelte mild den Kopf und ließ Johanna die letzten Schritte über den kleinen Platz vor dem Tor allein gehen. Sie hob schweigend die Hand zum Abschied und ging auf Ritter Bernburg zu, der schon auf sie wartete.

Ihnen kam auf halber Höhe zur Burg der Maskenaufzug entgegen, der jetzt erst einmal die Bewohner der Vorburg beglücken würde. Der Lärm, den die Leute mit Töpfen, Waffeleisen, Tonkrügen, hölzernen Küchengeräten, Flöten und Trommeln machten, war so höllisch, daß man sich nicht verständigen konnte. Johanna und Bernburg traten ins Gras, um den Zug an sich vorbeizulassen.

»Ein Glück«, murrte Johanna, als die letzten Masken an ihnen vorbeigeklappert waren. »Vermutlich kann man oben in der Burg wenigstens für eine Weile ein paar Worte wechseln. Obwohl ich nicht vorhabe, viel mit den Hochzeitern zu reden.«

»Warum seid Ihr eigentlich so schlecht gelaunt, Johanna?« forschte Bernburg. »Ist es die Sorge, weil Ihr nach der Hochzeit vogelfrei sein werdet? Bisher wart Ihr doch dadurch nicht niedergedrückt. Ich hatte immer den Eindruck, Ihr glaubt nicht daran, daß es wirklich dazu kommt.«

»Das letzte stimmt«, antwortete Johanna. »Ich glaube fest daran, daß wir die Burg Königstein zurückerobern werden. Bis dahin werde ich es im Wald noch aushalten. Aber schlecht gelaunt bin ich nicht.«

»Was also plagt Euch?«

Johanna holte Luft. »Wenn Philipp erst einmal mit Katherine vermählt ist, wird sie nie Ruhe geben. Sie wird um jeden Preis Gräfin werden wollen; es wird immer wieder Streit um die Feste Königstein geben, und die beiden Familienzweige werden auf ewig Krieg miteinander führen.«

Bernburg blieb stehen. »Mit anderen Worten, Ihr wollt versuchen, die Hochzeit zu verhindern?«

»Ich bin es der Familie schuldig.« Johanna war sich des Erfolges aber weit weniger sicher, als sie sich den Anschein zu geben versuchte.

»Seid vorsichtig«, warnte Bernburg.

Im äußeren Burghof waren für das Gesinde Bänke und als Tische Holzplanken auf Böcken aufgestellt worden. Die Knechte, die vor dem Pferdestall einen Hirsch am Spieß drehten, stammten offenbar aus der Stadt, jedenfalls gehörten sie nicht zu der Mannschaft des Burghauptmanns Praun. Ihren trägen Stimmen war anzuhören, daß sie sich fleißig am Bier gütlich taten.

Johanna atmete tief durch und strebte zum Eingang in die innere Burg, ohne die Leute weiter zu beachten. Stimmengewirr und der quäkende Ton einer Fiedel hallten ihnen im Burgtor entgegen. Die geladenen Gäste hatten sich schon in den großen Saal begeben. Vor dem Turmaufgang wachte ein Knecht, oder er lehnte vielmehr mit glasigen Augen an der Mauer.

»Der ist hinüber«, sagte Bernburg spöttisch hinter Johanna, und so stiegen sie nach oben, ohne überprüft worden zu sein.

Im Saal bot sich ihr das Bild, das Johanna gefürchtet hatte: Ritter und ihre Damen aus der gesamten Umgebung. Viele kannte sie flüchtig von früher. Im Unterschied zu früher, als die Besatzung der Reichsburg, die hauptsächlich für den Geleitdienst zu sorgen hatte, weitgehend unter sich geblieben war, gehörten zu einem von Philipp ausgerichteten Fest offenbar auch Kaufleute und Geistliche. Möglicherweise war sie jetzt drauf und dran, ihrem Vater mehr zu schaden als zu nützen.

Trotzdem würde sie tun, was sie sich vorgenommen hatte.

Johanna drehte sich zu Ritter Bernburg um. »Entfernt Euch von mir, seid so gut, und kommt mir ja nicht nach«, flüsterte sie ihm verstohlen zu.

Bevor ihr überraschter Begleiter reagieren konnte, zog Johanna Katherines gallegelben Schleier aus der Gürteltasche und warf ihn sich über ihr rotes Haar.

In Johannas Nähe verstummten die Gespräche. Entsetzte Blicke trafen sie. Wer mit dem Rücken zu ihr stand, drehte sich um. Allmählich bildete sich ein Spalier von Damen und Herren und öffnete eine breite Gasse, die sich bis zum Tisch des Hausherrn erstreckte.

Johanna warf ihren Kopf zurück, um ihren Kopfputz auch noch für die Fiedler in der hintersten Ecke zur Schau zu stellen, und stolzierte mit wiegenden Hüften durch den totenstillen Saal, direkt auf Philipp zu. Neben ihm stand starr wie eine römische Säule Katherine.

»Pater noster, dominus …«, hauchte ein Priester.

Mit einer Handbewegung hinderte Philipp die Knechte einzugreifen. Er schaute Johanna amüsiert entgegen.

»Nicht wahr, Katherine Yss, so macht man es doch, um sich einen Freier zu verschaffen?« fragte Johanna. »Das Hochschnüren der Brust beherrsche ich leider nicht wie du. Aber ich nehme an, daß ich aus deiner Erfahrung als Hure in der Gilergaß schöpfen darf …«

»Johanna, laßt um Himmels willen die Posse«, rief Ritter Bernburg mit befehlsgewohnter Stimme vom anderen Ende des Saals, wo er stehengeblieben war.

»Du hast hart dafür gearbeitet, mich von der Seite meines Vaters, des Burgmanns Lienhart, bis in die Flammen eines Ketzerfeuers zu befördern«, setzte Johanna mit erhöhter Lautstärke fort. »Das hast du nicht geschafft – aber mein Leben als Verfemte im Wald wird bestimmt erniedrigend genug sein, um dich zu erfreuen. Von dort plane ich den Aufstieg in die Gilergaß … Wirst du mir helfen?«

Katherine, immer noch starr und eisig wie ein Gletscher, erholte sich nur langsam von ihrer Überraschung.

Der Hausherr nahm es mit einem breiten Grinsen. »Meine junge Verwandte Johanna! Mit einem Fastnachtsspiel anläßlich meines Polterabends. Apart und nicht ohne Witz!« Er brach in ein schallendes Gelächter aus, bei dem ihm seine Gäste nicht recht folgen wollten.

»Nein, Philipp von Falkenstein«, widersprach Johanna, als die dünnen Lacher im Saal verstummt waren, »ich pflege weder mich selber noch andere auf Kosten Dritter zu amüsieren. Ich wollte Euch lediglich vorführen, welches Bild in den Köpfen wachgerufen werden könnte, die sich heute abend über Katherines Hand beugen. Ganz sicher ist Eure künftige Gemahlin, als sie noch in der Gilergaß lebte, mit ihrem Leib auch Gästen zu Diensten gewesen, die sich hier im Saal befinden.«

Philipps Gesicht wurde weinrot wie der Burgunder in dem Pokal, den er mit der Hand beinahe zerdrückte. Katherine riß ihn an sich und schüttete Johanna den Wein ins Gesicht.

Johanna brachte es fertig, sie anzulächeln, ohne zurückzuweichen.

»Das ist gelogen«, sagte Philipp mit belegter Stimme.

»Ich kann es Euch beweisen.« Johanna zog sich den Schleier vom Kopf. Er war feucht und fleckig rot. Sie schob ein paar Schüsseln beiseite und breitete den Schleier auf der Tafel aus. Die ausgebesserte Stelle war zufällig trocken geblieben; das leuchtende Blau war nicht zu übersehen. Selbst die Damen und Herren am Tischende, die sich von ihren Plätzen erhoben, mußten sie erkennen können.

»Katherine hat sich mit der blauen Stickerei den Spaß gemacht, den Scharfrichter zu ärgern«, erklärte Johanna den neugierigen Gesichtern. »Eins der Dinge, die Katherine beherrscht, ist Sticken, wie jeder weiß. Katherines Schwester Elsbeth, die noch in der Gilergasse in Frankfurt wohnt, hat mir den Schleier ausgehändigt. Eure Männer, Philipp, sind mir gewiß auch dorthin gefolgt und können es bestätigen ...«

Philipp, der den Schleier mit Mißachtung strafte, griff nach Katherines Arm und zog ihn unter seinen eigenen. »Ich erkenne immer mehr, wie zerrüttet Euer Gemüt ist, Johanna, und daß der Aufenthalt bei den Zisterziensern Euch nicht hat bessern können.

Katherine hat recht. Aber daß Ihr es fertigbringt, Euren eigenen Schleier für so einen Auftritt zu mißbrauchen, ausgerechnet noch einen gelben … Aber auch das sieht Euch ähnlich. Ich bedauere es zutiefst, weil Ihr meine Verwandte seid.«

»Hier sind sicherlich einige, die noch wissen, daß ich im Turnierkampf und bei der Jagd gut bin, aber kaum sticken kann«, erwiderte Johanna spöttisch und drehte sich mit einer auffordernden Geste zu den Gästen um.

Niemand rührte sich. Die blassen und abweisenden Gesichter der Damen, die von Katherine oft Klagen über den unglaublichen Mangel ihrer Stieftochter in sämtlichen weiblichen Künsten zu hören bekommen hatten, schienen jetzt davon nichts mehr zu wissen. Johannas Blick begegnete allenfalls erstaunt in die Höhe gezogenen schmal gezupften Augenbrauen.

Keiner von diesen Gästen würde jemals Zeugnis ablegen für einen Gegner des Gastgebers und künftigen Grafen, das wurde Johanna in diesem Augenblick erschreckend klar. Ihre Handflächen wurden plötzlich naß. Auf einmal spürte sie Furcht.

»Aber so eng seid Ihr gottlob mit dem wenig edlen Fräulein Johanna gar nicht verwandt, Philipp«, sagte endlich ein Ritter an der hohen Tafel, den Johanna nicht kannte. »Auf Eure Kinder wird die Narrheit einer entfernten Verwandten nicht durchschlagen. Laßt Euch also den Tag nicht von ihr verderben.«

Ein befreiendes Gelächter ging durch den Saal. Philipps Gesicht hellte sich auf. Er ließ sich einen frisch gefüllten Pokal reichen, erhob sich schwankend und trank seinen Gästen zu. »Eine Posse, wie Ritter Bernburg schon sagte. Euch, Ritter Bernburg, verbannen wir zur Strafe für Eure Beteiligung daran von unserem Hof. Eure Burg fällt mit dem heutigen Tag an uns zurück.«

Dieses Ende hatte Johanna sich im Traum nicht vorgestellt. Sie hätte heulen können, als sie am späten Vormittag des Hochzeitstages in Oppenrods Haus beisammensaßen und sie auf die berechtigten Vorwürfe der anderen wartete.

Brobergen und Vico waren eingetroffen und hörten sich Johannas Bericht stumm an. Oppenrod streichelte abwesend seinen alten Jagdhund, den er nach dem Tod seiner Frau als Gefährten ins Haus genommen hatte.

»Und dich hat er nicht auf der Stelle verbannt?« erkundigte sich Vico nach einer Weile. »Warum nicht? Eine bessere Gelegenheit, aller Welt deutlich zu machen, warum du ausgestoßen wirst, hatte er doch nie!«

Johanna schüttelte den Kopf. »Er empfindet trotz allem die Verwandtschaft mit uns. Mehr als wir mit ihm. Die Strafe verhängt er über andere, wie man sieht …«

»Na ja, der eine Tag! Nach der Hochzeit bist du ja sowieso verbannt. Zu blöde! Den Anblick seines Glücks hätte er uns wirklich ersparen können. Aber er läßt wohl keine Folter aus.«

Johanna warf Vico einen vernichtenden Blick zu. Sie hatten wirklich größere Probleme als seinen persönlichen Widerwillen, an Philipps Hochzeitstafel zu sitzen. »Es tut mir so leid, Ritter Bernburg«, sagte sie weich. »Der Sturz vom Berater des künftigen Grafen zum Verlust des Lehens ist tief – und alles durch meine Schuld.«

Bernburg schüttelte betrübt den Kopf. »Nichts davon ist Eure Schuld. An der Seite eines niederträchtigen Mannes zu stehen ist stets ein gewagtes Spiel, es sei denn, man ist bereit, mit gleicher Münze zu antworten. Selbst dann bleibt es gefährlich. Viel wichtiger ist, daß ich Euch mein Leben verdanke, also bleibt die Summe positiv, was auch immer Ihr sagen mögt.«

Roland Brobergen beugte sich vor und kraulte den Hund hinter dem Ohr. »Aber es ist schlimm, in den Augen anderer plötzlich als

Mann ohne Ehre dazustehen. Ich weiß es aus eigener Erfahrung. Man darf nicht aufgeben, sondern muß mit allen Mitteln kämpfen.«

»Kämpfen wir also«, sagte Bernburg zustimmend und lächelte ein wenig. »Aber ob mit allen Mitteln? Das weiß ich noch nicht.«

Brobergen grinste. »Für den Augenblick reicht es. Johanna, bleibt es bei deinem Plan?«

Sie nickte beklommen. »Jetzt erst recht. Aber ... Aber es wäre gut, wenn wir vorher zur Beichte gingen. Nach allem, was gewesen ist, glaube ich nicht, daß wir mit dem Leben davonkommen.«

»Daß ich heute fasten muß, hättest du aber eher sagen sollen«, warf Vico verärgert ein. »Wir haben zum Frühmahl Eichhörnchen gehabt!«

Roland grinste. »Aber sie waren so mager, daß sie gut als Fastenspeise durchgehen können. Und jetzt komm, Vico. Wir haben mit Lettel einiges zu besprechen. Wenn sie uns hingerichtet haben, sollen sie uns nicht obendrein vorwerfen können, wir seien unfähig gewesen, ordentlich zu planen.«

Das Kleid für die Hochzeitsfeier war ein Traum aus grüner Seide, abgesetzt mit kostbarem gestutztem Winterfell von Eichhörnchen, und Johanna hätte es brennend gern bei ihrer eigenen Vermählung getragen. Ihre Kehle war wie zugeschnürt, als sie sich Roland zum ersten Mal darin präsentierte.

Er umfing sie mit zärtlichen Blicken wie eine Geliebte. Johannas Herz raste. In dem Augenblick, als sie ihm überwältigt die Hände reichen wollte, wandte er sich ab.

Er zog sein Kettenhemd an, das Katherines Sohn mit Inbrunst den ganzen Nachmittag geputzt hatte. »Philipp ist sehr geschickt mit den Händen«, sagte er mit belegter Stimme.

»Kein Wunder«, schluchzte Johanna, die sich von ihm grundlos zurückgestoßen fühlte. Wenigstens hätte er eine einzige Bemerkung über ihr Aussehen machen können. Ihnen blieb nicht mehr viel Zeit. »Seine Mutter stickt … wirklich gut.«

»Hast du etwas?« fragte Brobergen brüsk.

»Nein.« Johanna brachte kaum ein Murmeln heraus.

»Philipp könnte gut Taschenmacher werden, glaube ich, wenn ein Meister bereit wäre, einen Jungen von unehrlicher Geburt anzunehmen. Oder Seidenmacher, oder Schneider.«

»Oder Wappensticker! Hör von Philipp auf! Ich ertrage es nicht, den Namen so oft zu hören!« Johanna rauschte hinaus und stieg die Treppe hinunter.

»Ganz entzückend, unsere Verwandte! Nicht wahr, Katherine, ganz entzückend!« Philipp begrüßte Johanna an diesem Abend, an dessen Ende er in der Burgkapelle Katherine Yss die Hand zum Ehebund reichen würde, so freundlich, als hätte es den Zwischenfall am vorigen Abend überhaupt nicht gegeben.

Johanna dankte ihm für das Kompliment mit einem unverbindlichen Lächeln und tat einen Schritt zu Katherine, die neben dem Burgherrn stand.

Katherine hielt ihr die Hand entgegen, die von einem karottenroten Ärmel bedeckt war. »Von Eurem Geld, Philipp. Da seid sicher. Schließlich haben diese drei, die Ihr aus gutem Grund aus der Gesellschaft ausstoßt, auch schon früher Eure Bürger ausgeplündert. Als Raubritter zum Buchenblatt, wie Ihr sehr wohl wißt.«

»Laßt es gut sein, Katherine, heute ist ein Freudentag«, sagte Philipp in ungewohnt milder Stimmung.

»Wir haben Freunde, von denen Ihr nichts ahnt«, entgegnete Johanna unbeeindruckt und musterte ihre ehemalige Stiefmutter eindringlich. Katherines Gesichtszüge waren angespannt und wirkten unter der Schminke so steif wie Hechtkopf in Sülze. Die ehemalige Hure aus der Gilergaß erschien ausgerechnet an diesem Abend älter als sonst. Und das Kleid stand ihr überhaupt nicht. Johanna mußte dem Drang zu lachen ganz energisch Einhalt gebieten.

Als Roland Johanna sacht am Ellenbogen weiterschob, um den nächsten Gästen Platz zu machen, ruhte der Blick des Hausherrn immer noch auf ihr. Er schien ähnliche Überlegungen anzustellen wie sie selbst.

Noch war er nicht betrunken, und die Gier, mit der er sie in Gegenwart seiner künftigen Ehefrau zu verschlingen begann, erschreckte Johanna. »Darf ich mich jetzt zurückziehen, Philipp von Falkenstein?« fragte sie betreten.

»Für den Augenblick gewiß, meine Liebe.« Philipp lächelte liebenswürdig. »Später werdet Ihr zusammen mit Euren Begleitern an unserem Tisch sitzen.«

Brobergen brachte Johanna endgültig aus Philipps Reichweite. »Gleich frißt er dich mit Haut und Haar«, murmelte er an ihrem Ohr.

Wenigstens ist er eifersüchtig, dachte Johanna versöhnt. Aber der winzige Augenblick von Unbeschwertheit und Freude war vergangen, als sie fühlte, wie Brobergen sich straffte. Er hatte recht. Es war soweit.

Seite an Seite und unbekümmert plaudernd wie viele Paare im Saal, bewegten sich Johanna und Roland zielstrebig auf das Türchen zu, durch das sie vor einiger Zeit geflohen waren. Zuweilen blieben sie stehen, um jemanden zu begrüßen und mit ihm einige Worte zu wechseln. Auffallend war die Hartnäckigkeit, mit der alle den Zwischenfall am Polterabend übergingen. Auch die Gefangenschaft ihres Vaters fand kein einziges Mal Erwähnung. Die Gäste spielten ihre Rollen wie die Figuren in einem Totentanz. Johanna wurde ganz steif vor Empörung und Ablehnung.

Aber Brobergen zog sie weiter. Während Johanna sich auf die

Wandbank sinken ließ und dort auffällig an der Spange ihres Schuhes zu nesteln begann, stand er mit dem Rücken an der Pforte und schaute gelangweilt über den Saal.

»Dort ist ja Vico«, sagte Brobergen entzückt, als Johanna die Spange schon drei Mal auf- und wieder zugemacht hatte und es allmählich leid war, in so unbequemer Haltung zu warten.

»Wie schön«, flötete sie, sprang auf und reichte ihm ihren Arm.

Während sie sich den Weg zu ihrem Bruder bahnten, beugte sich Brobergen zu ihr herab. »Sie haben tatsächlich zwei Knebel angebracht. Sie gehen kein Risiko mehr ein.«

»Und wenn sie wieder zufallen?« fragte Johanna besorgt.

»Unmöglich. Ich habe sie mit den Nägeln ausgegraben. Um ein Haar hätte ich die Zähne zu Hilfe nehmen müssen. Oder dich.«

Johanna lächelte. Sie würden glücklich in den Tod gehen.

Noch hatten sie allerdings darauf zu warten. Vorher waren die Reigen zu absolvieren, denn so hatte der Hausherr den Ablauf des Abends festgelegt. Johanna reichte Roland die Fingerspitzen, und er führte sie zierlich und ebenso unbeteiligt wie sie zur Flötenmusik im Kreise herum.

Vor und zurück, zur Seite und zurück, weiter zum nächsten Tänzer und von vorne. Als Johanna endlich wieder vor Roland angekommen war, klatschte der Hausherr in die Hände.

»Ich denke, jetzt ist es genug, und wir sind alle hungrig geworden. Ich bitte zu Tisch.«

Während die meisten Gäste stehend darauf warten mußten, daß ihre Tische aufgeschlagen wurden, wurden Johanna, Roland und Vico von einem Knappen abgeholt und zu ihren Plätzen an der hohen Tafel geführt. Unter den Augen des Burgherrn gingen die bereitstehenden Pagen besonders behutsam mit ihnen um.

Die Aufmerksamkeit, die man ihnen entgegenbrachte, war auffallend. Als Philipp seinem Haushofmeister signalisierte, mit dem Auftragen zu beginnen, und für einen kurzen Augenblick abgelenkt war, stieß Johanna Roland an. Er nickte unmerklich. Er war nicht weniger alarmiert als sie.

Als die ersten Schüsseln in ihrer Reichweite abgestellt wurden, griffen die Gäste rechts und links von ihnen zu. Brobergen wartete höflich. In Gedanken versunken, drehte er sein Eßmesser zwischen den Fingern.

»Extra geschärft?« fragte Philipp und lächelte hinterhältig. »Das wäre nicht nötig gewesen. Wir haben auf zartes Fleisch an meinem Tisch geachtet; heute besonders zart, könnte man sagen. Ihr werdet schon sehen.«

Brobergen runzelte die Stirn und betrachtete ausgiebig den winzigen Schnitt an seinem Finger, bevor er das Blut ableckte. Schräg gegenüber hockte der Hausherr wie ein lebender Fleischberg und lauerte auf seine Reaktion, die ausblieb.

Johanna spürte, wie ihre eigene Unruhe wuchs, vor allem, als sie bemerkte, daß Katherine verschwunden war. Irgend etwas ging hinter dem nur scheinbar normalen Beginn des Banketts vor.

»Ah, meine Herzensdame«, sagte Philipp vernehmlich und lenkte die Blicke aller auf Katherine. »Ich glaube, sie hat jemanden mitgebracht.«

Johanna seufzte leise und betrachtete gelangweilt ihre Fingernägel. Natürlich würde Katherine die Gelegenheit nutzen, um sich vor der illustren Gesellschaft in Szene zu setzen. Schließlich liebte sie Auftritte, und gestern hatte sie, Johanna, ihr zweifellos die Schau gestohlen.

Ein leises Geräusch von leichten, kleinen Füßen ließ Johanna aufschauen. An Katherines Hand trippelte artig und ernsthaft ein kleines Mädchen mit rot schimmernden blonden Haaren.

Johanna fuhr in die Höhe. »Gesche«, stammelte sie.

»Ich möchte den Damen und Herren, die uns heute die Ehre erweisen, mein Mündel vorstellen«, sagte Katherine. »Meine kleine Ziehtochter Maria.«

Johanna sank in sich zusammen. Roland Brobergens Hand lastete schwer auf ihrem Arm und verhinderte, daß sie etwas Unüberlegtes tat.

Sie konnte ihre Augen nicht von Gesche abwenden. Katherine hielt sie fest, bis ein Knappe mit mehreren Kissen herbeieilte und den Stuhl, der Johanna gegenüberstand, damit ausgepolstert hatte. Dann ergriff der junge Mann Gesche unter den Achseln und hob sie schwungvoll auf ihren Platz.

Gesche war wie ein Edelfräulein gekleidet und kämpfte mit den langen seidenen Ärmeln, die ihre Hände bis zu den Fingerspitzen bedeckten. Aber sie gab sich Mühe, damit fertig zu werden, und es wirkte nicht ungeschickt, nur ungewohnt. Sie vergaß nicht einmal, dem Knappen ihren Dank zuzunicken.

»Ich glaube gar, Ihr könnt meine Ziehtochter gut leiden, Johanna«, sagte nach einer Weile Katherine, die sich inzwischen an Philipps Seite begeben hatte. »Das wird Maria freuen, denn sie genießt Aufmerksamkeit, wann immer sie welche bekommt. Sie ist ein eitles Kind.«

Johanna konnte nichts finden, das auf besondere Eitelkeit schließen ließ.

»Leider ist sie im Kopf etwas zurückgeblieben«, fuhr Katherine fort.

Johanna fiel von einem Entsetzen in das nächste. Nur Brobergens eiserner Griff hinderte sie daran, aufzuspringen und mit Gesche die Flucht zu ergreifen. Verzweifelt suchte sie in Gesches blauen Augen, die noch etwas dunkler als ihre eigenen schienen, nach einem Zeichen des Wiedererkennens, obwohl ihr bewußt war, daß es zuviel verlangt war.

Gesche blickte ernsthaft zurück.

»Was meint Ihr damit, daß sie zurückgeblieben ist?« fragte Roland Brobergen.

»Sie kann nicht sprechen.« Katherine verzog ihre dürren Lippen zu einer Grimasse, die sich mehr an Johanna als an den Ritter richtete.

Johanna beugte sich über den Tisch. »Stimmt das, Gesche? Kannst du nicht sprechen?«

Das kleine Mädchen blinzelte einen Moment irritiert und preßte die Lippen fest zusammen.

»Seht Ihr«, sagte Katherine mit einer Siegermiene, die Johanna ins Herz schnitt. »Aber es macht nichts. Derjenige, dem sie einst vermählt werden wird, kann auf diese Weise sicher sein, daß sie nicht dauernd widerspricht.«

Philipp antwortete mit einem dröhnenden Lachen. »Man muß allem etwas Gutes abgewinnen können. Ich schätze den scharfen Geist meiner Dame Katherine.«

»Ja, nicht wahr, noch vor zwei Jahren war es die Schönheit der Edeldame, die alle ihre anderen Qualitäten überstrahlte.« Brobergen kippte den Oberkörper in einer kleinen galanten Verbeugung vor Katherine nach vorne.

Katherine verfärbte sich, und Philipp schien mit den Zähnen zu knirschen.

Johanna war zu aufgewühlt, um sich an einem Wortwechsel zu beteiligen, der ihr sonst Spaß gemacht hätte. Jede Regung ihres Töchterchens war ihr wichtiger.

Gesche durfte ein paar Happen zu sich nehmen und einen Schluck stark verdünnten Weines. Kurze Zeit später wurde sie von einem anderen Knappen abgeholt, der sie sich kurzerhand unter den Arm klemmte, als sie sich weigerte, ihre dicke Brotscheibe mit der krossgebratenen Fasanenbrust loszulassen. Offensichtlich bekam sie ihre Speisen sonst nicht von der hohen Tafel. Sie war nur hergebracht worden, um Johanna so tief wie möglich zu verletzen.

Das letzte, das Johanna von Gesche sehen konnte, waren ihre verschmierten Hände, die aus Leibeskräften auf den Rücken des Knappen trommelten.

Als die Saaltür sich hinter Gesche geschlossen hatte, machte Johanna sich für den von ihr selbst geplanten Teil der Hochzeitsfeier bereit. Alle Bedenken, die sie jemals gehabt hatte, waren fortgewischt.

Kapitel 13

An der hohen Tafel wurde nach und nach alles aufgetischt, was bunt, selten und teuer war. Johanna war so nervös, daß sie überhaupt nichts gegessen hätte, wenn Brobergen ihr nicht beharrlich vorgelegt hätte. Schon, um den Hausherrn oder Katherine nicht argwöhnisch zu machen, mußte sie einige Bissen herunterbringen. Aber selbst ein giftgrüner Gelee, der ein schwabbeliges Etwas umhüllte, wäre ihr fast im Halse steckengeblieben.

Sie hatte ihr Eßmesser längst an den Gürtel gehängt, als die einfacheren Gäste an den Längstischen sich noch an Bergen von Fleisch gütlich taten und immer noch Brei in den geschwärzten Kochkesseln aus der Küche herbeigeschleppt wurde.

Aber endlich ging das Eßgelage seinem Ende entgegen. Die Gäste an der hohen Tafel waren gesättigt, und im Hintergrund erschien eine Magd mit Katherines Mantel für den Gang zur Kapelle.

Johanna gab Vico, der schon seit einiger Zeit auf der Wandbank neben der Fluchtpforte saß und scheinbar für sich allein zechte, das verabredete Zeichen. Er stieß die Tür auf und verdrückte sich unauffällig.

Der kleine Philipp sprang heraus, landete sicher auf beiden Beinen und stand still, um sich umzusehen.

Viele Hände hoben sich, um in Erwartung einer Vorführung zu klatschen. Der Burgherr tat es ihnen träge nach, dann ließ er mit nachdenklichem Gesicht die Hände in den Schoß sinken.

»Entzückend«, riefen einige Damen wie aus einem Mund. »Welch gelungene Überraschung! Zeig deine Kunststücke, kleiner Krüppel! Nur Mut!«

Johanna beobachtete verstohlen Katherine. Philipp durfte nicht zu Schaden kommen, aber es hätte ihr nichts ausgemacht, wenn Katherine zusammengebrochen wäre.

Katherines Gesicht war kreidebleich geworden. Sie erhob sich mühsam und stützte sich mit gespreizten Fingern auf dem Tisch ab. »Philipp«, sagte sie.

»Mutter!« rief Philipp, lächelte verlegen und tat ein paar Schritte auf sie zu. Dann blieb er stehen. »Es sollte eine Überraschung zum Hochzeitstag sein«, setzte er bedächtig hinzu.

Der Burgherr, dessen Augen noch weiter als sonst aus seinem Kopf hervortraten, musterte abwechselnd Katherine und ihren Sohn. Dann fuhr er sich mit dem Ärmel seines seidenen Surkots über das Gesicht.

»Nein!« kreischte Katherine. Ihre Finger glitten über die Tischplatte, zwischen verschüttetem Wein, aufgeweichtem Weißbrot und halb abgenagten Knochen hin und her, als ob sie dort Halt finden könnten.

»Es gehört sich, daß Verwandte zur Hochzeit kommen. Hast du das vergessen, Mutter?« fragte Philipp und umrundete Katherines Sessel, so daß er ihr im Schein der Fackel voll ins Gesicht sehen konnte.

Unter den Gästen, die spätestens jetzt erkannten, daß der Junge vom Herrn gezeichnet war, erhob sich aufgeregtes Geflüster.

»Ist es nicht eine Freude für Euch, außer der Ziehtochter auch den eigenen Sohn zu präsentieren?« fragte Brobergen vernehmlich.

»Nein! Nein!« Katherine war nahe daran, die Nerven zu verlieren. Sie sank in ihren Sessel und schlug die Hände vor das Gesicht. Krümel und Feuchtigkeit vermischten sich mit der Schminke.

Die anfängliche Verständnislosigkeit im Gesicht des Hausherrn wich dem Ausdruck maßloser Wut. Während er auf die Füße kam, warf er einen vernichtenden Blick auf Katherine, um sich gleich darauf Johanna zuzuwenden. »Erst zu Euch, Dame Johanna«, sagte er gepreßt. »Ihr habt noch viel mehr Sinn für Possen, als ich gestern vermeinte. Daß Ihr aber die kleinen Ungeheuer, die Ihr zu Gauklern macht, sogar in der Familie aufzieht, wußte ich noch nicht. Ich bedauere sehr, daß Ihr den Namen Falkenstein so in den Schmutz zieht.«

»Erklärt mir, was Ihr damit meint!« Johanna ahnte es, war sich aber nicht ganz sicher.

Philipp zuckte mit den Schultern. »Was gibt es da schon zu erklären. Einer von Lienharts älteren Söhnen hat einen Klumpfuß, wie ich gut weiß, weil er mir öfter zu Diensten ist. Dieser hier hat also einen Buckel. Und der nächste? Habe ich noch ein Gebrechen vergessen?«

Johanna schenkte dem kleinen Philipp ein blitzschnelles, beruhigendes Lächeln und war dankbar, daß er ihr zublinzelte. Sie zeigte auf ihn. »Er ist nicht Lienharts Sohn. Mein Vater und Katherine haben vor vier Jahren geheiratet. Der Junge ist acht Jahre alt.«

Der Burgherr fuhr zurück. »Stimmt das?« erkundigte er sich bei Katherine.

Sie wagte nicht, es zu leugnen.

»Du verfluchtes Weib unterstehst dich, mich zu betrügen!« stammelte Philipp mit tiefem Groll.

»Ich kann es Euch erklären«, rief Katherine schrill. Und dennoch fiel ihre Maske vor aller Augen; die Schminke konnte nicht mehr verbergen, was sie war: eine alternde Hure, die kurz vor Erreichen ihres zu hoch gesteckten Lebensziels entlarvt worden war und es nicht wahrhaben wollte.

Selbst der kleine Philipp zuckte zurück und strich sich mit verlegenem Gesicht seinen frischen neuen Kittel glatt.

»Komm«, flüsterte Johanna und zog ihn in ihre Arme.

Die Bewegung lenkte die Aufmerksamkeit des Burgherrn auf ihn. »Deine Mutter ist von niedrigster Geburt und eine Hure?« fragte er in tiefer Verachtung.

»Wie bringt Ihr es übers Herz, ein Kind, das vor Jahren von seiner Mutter verlassen wurde, so etwas zu fragen, Philipp von Falkenstein!« mischte Johanna sich empört ein. »Er hat keinen Anteil an dem, was Katherine tut.«

Der Falkensteiner warf den Arm in einer höhnischen Geste nach oben. Trotzdem mäßigte er seine Lautstärke. »Wo wohnst du, Junge?«

»In der Gilergaß von Frankfurt, Herr.«

»Die man auch die Hurengaß nennt.« Die wulstigen Lippen des Burgherrn verschoben sich vor Ärger, während er sich unter seinen Nachbarn nach der Wirkung umsah, die seine gute Kenntnis der Örtlichkeit hervorrief.

Aber die Herren behielten ihre versteinerten Gesichter bei. Johanna hatte keinen Zweifel daran, daß die meisten sie so gut wie der Burgherr kannten. Frau Eberlein hatte sie ausführlich über diese zweigeteilte Gasse unterrichtet, und auch darüber, daß in ihrem hinteren Ende regelmäßig nicht nur Frankfurter Kaufleute und Geistliche, sondern auch durchreisende Gäste aus aller Welt verkehrten.

»Dein Name, Bub!«

»Philipp, Herr. Philipp Yss.«

»Was?« Der Burgherr ließ seine fette Faust auf den Tisch niederkrachen.

»Philipp Yss, Herr.« In Johannas Arm hatte Philipp keine Angst.

»Auch das noch! Willst du mich zum Gespött der Leute machen?« fuhr Philipp an Katherine gewandt fort, sprühend vor Zorn. »Sie werden behaupten, daß ich endlich meinen Sohn aus früheren Ausschweifungen anerkannt habe! Genau das war dein Plan, stimmt's?« Er ließ sich fallen, und dem vor Angst schwitzenden Knappen gelang es mit knapper Not, den Sessel unter sein ausladendes Hinterteil zu schieben.

In dem Sessel an seiner rechten Seite war nur noch ein Bündel karottenroter Seide zu erkennen. Katherine war zwischen die Kissen gerutscht, auf denen sie zu sitzen pflegte, und hatte ihr Gesicht zwischen den Armen auf dem Tisch vergraben. Johanna betrachtete sie mitleidslos.

Philipp von Falkenstein nahm keine Notiz von seiner Braut. »Die Vermählung findet nicht statt«, sagte er kalt und winkte einem Wachmann an der Saaltür.

Eine Fanfare wurde geblasen.

Mehrere mit kurzen Spießen bewaffnete Knechte trabten durch den Mittelgang zur hohen Tafel, zum Schluß ging ihr Hauptmann Praun. »Herr?« fragte er und nahm Haltung an.

»Nehmt diese Betrügerin fest und sperrt sie ins Verlies, bis ich entscheide, wie sie bestraft werden soll!« Philipp griff nach dem nächsten Weinpokal und trank ihn in einem Zuge leer. Er sank mit glasigen Augen nach hinten, während der kostbare Becher klirrend auf den Fliesen zersprang.

Praun ließ seine Leute mit einer kantigen Kopfbewegung auf Katherine Yss los. Sie schrie gellend und strampelte mit den Beinen. Der Saal brodelte vor Aufregung.

Schließlich gelang es der Wache, Katherine hinauszubringen. Die Gäste, die längst aufgesprungen waren und zur Tür drängten, wichen auseinander, als sei sie aussätzig, und bedachten sie mit verächtlichen Blicken.

Johanna schloß die Arme fest um Philipp und flüsterte mit ihm. Er nickte zu ihren Erklärungen, eher höflich als dankbar, und Johanna merkte, daß er überhaupt nicht erschrocken war, sondern den Vorgängen im Saal mit Neugier folgte. Erleichtert schob sie ihn zu Vico, der sich den Jungen über die Schulter warf und gegen den Strom der letzten Gäste kämpfend den Tisch umrundete.

Kein Mensch kümmerte sich um sie, als sie durch das Wandtürchen schlüpften. Johanna warf einen letzten Blick auf den Burgherrn, der wie ein Mehlsack in seinem Sessel ruhte.

Der junge Knappe stand steif und mit zitternden Lippen hinter ihm und sicherte seinen Schlaf. Aber Philipp konnte durchaus auch tot sein. Der Knappe jedenfalls schien zu glauben, daß man ihn dafür verantwortlich machen würde.

»Na, junger Mann«, sagte Lettel und nahm Philipp bei der Hand, nachdem Vico ihn im Gang hinter der Tür abgesetzt hatte, »war der Saal so groß, wie ich dir erzählt habe?«

»Ich meine, noch um einiges größer«, sagte Philipp beeindruckt. »Aber was fängt der Burgherr mit ihm an, wenn alle wieder fort sind? Mit den Steinen für eine solche Burg könnte man viele Wohnhäuser bauen.«

»Also«, begann Roland Brobergen mit feierlicher Stimme, »ich sehe schon, es gibt nicht nur grundvernünftige Handwerker. Es gibt auch achtjährige Jungen, die grundvernünftig sind. Besonders die aus der Gilergasse.«

»Meint Ihr wirklich, Ritter?«

Im Schein von Lettels Fackel sah Johanna Philipps strahlendes Gesicht, als er sich umdrehte.

»Bestimmt«, beteuerte Roland.

Ich glaube, er hat keinen Schaden genommen, dachte Johanna dankbar. Vermutlich hatte die warmherzige Fürsorge der blinden

Elsbeth ihn besser auf das Leben vorbereitet, als jede Klosterschule es gekonnt hätte. Philipp war in sich gefestigt.

»Vielleicht könnte ich ja doch ein Handwerk lernen. Jetzt, wo Ihr mir schon so viel beigebracht habt. Was meint Ihr dazu, Ritter?«

Johanna lächelte über das unbeschwerte Gespräch der beiden, bis Gesche sich wieder in ihre Gedanken drängte. Dieser Junge konnte trotz aller Widrigkeiten vielleicht seinen Weg machen. Aber Gesche würde rettungslos verloren sein, wenn sie sie nicht fand.

Für Philipp von Falkenstein besaß sie keinerlei Bedeutung und für Katherine ohne den Ehemann von vornehmem Geblüt keinen Wert. Sie würde Gesche als sprachloses Monster in der Gosse verkommen lassen. Bestenfalls würde Katherine sie zur Hure erziehen und zum Gelderwerb benutzen.

Johanna begann zu rennen, als ob sie den Lauf dieses schrecklichen Schicksals dadurch aufhalten könnte.

Kapitel 14

Zwei Tage lang blieb die Stadt nach der skandalösen Hochzeitsfeier auffallend ruhig. Erst mit dem Markttag, der wie gewöhnlich stattfand, kehrte die Normalität zurück. Heinrich, der keinen Grund hatte, vorsichtig zu sein, begleitete die Magd zum Einkaufen und brachte die Nachricht mit, daß Philipp von Falkenstein nicht tot, sondern unpäßlich gewesen sei. Aber inzwischen sei er wieder auf den Beinen.

»Total besoffen war er«, äußerte Vico dazu respektlos.

»Wenn er nüchtern ist, muß ich zu ihm«, sagte Johanna entschlossen.

»Darf ich mit?« fragte Philipp, der sich in Lettels Obhut wohl fühlte und keine Neigung zeigte, schon zu Elsbeth zurückzukehren.

Johanna sah den kleinen Kerl an. Stillschweigend hatten sie beschlossen, daß er bleiben durfte, bis sich eine günstige Gelegenheit ergab, ihn nach Frankfurt zu bringen.

»Ich würde mir so gerne die Kanone ansehen, wie Ihr mir versprochen habt … Ritter Lettel sagt, er hätte sie auf dem Burghof stehen sehen.«

»Versprechen muß man halten, das ist richtig.« Brobergen legte Philipp die Hand auf die Schulter und drehte ihn zu sich herum. »Du mußt dich noch ein Weilchen gedulden, Philipp. Weißt du, der Burgherr ist im Augenblick nicht so gut auf deine Mutter zu sprechen. Aber wenn er die Burg verläßt, sprechen wir mit Burghauptmann Praun. Der wird es erlauben.«

»Das ist in Ordnung«, sagte Philipp und ging mit Lettel in den Stall zur Muttersau, die ganz junge Ferkel hatte.

»Sollten sie wirklich die Kanone schon in Stellung gebracht haben?« fragte Vico nachdenklich.

Brobergen zuckte die Schulter. »Ich gebe zu, daß ich gestern hauptsächlich auf die Gäste geachtet habe. Ein Fehler, den ich gutmachen werde. Ich begleite Johanna auf die Burg.«

»Bitte komm, Roland.« Johanna war ungeduldig. Sie fand es vollkommen überflüssig, wenn nicht sogar rücksichtslos von ihm, ihren Besuch bei Philipp durch sein spätes Interesse an der Kanone aufzuhalten.

Sie war an der Südseite der Burg aufgestellt worden, die über den Weiden der Bürger lag. Dort, wo sich ein feindliches Heer versammeln würde. Aber Johanna hatte derzeit nur die eigenen Feinde im Sinn.

»Warte, Johanna! Es ist möglicherweise das letzte Mal, daß wir sie so nah zu sehen bekommen. Sie ist erheblich kleiner als unsere eigene, siehst du das?«

»Und wenn schon? Gefährlich ist sie trotzdem«, sagte Johanna ärgerlich.

»Ja, eben.« Brobergen ging von der einen Seite der Kanone auf die andere, betrachtete nachdenklich die schmale Lücke in den Zinnen, die bei ihrem Bau für Bogenschützen berechnet worden war, und ließ seinen Blick schließlich länger auf den Keilen unter den Rädern des Wagens ruhen. »Vielleicht geht es«, murmelte er.

Johanna antwortete nicht. Die Wachleute schauten bereits argwöhnisch, und sie ging mit raschen Schritten zum inneren Tor. Brobergen blieb nichts anderes übrig, als ihr zu folgen.

Sie mußten nur einen Augenblick warten, bevor Philipp sie bitten ließ. Man konnte daraus immerhin schließen, dachte Johanna, daß derzeit weder ihr Leben noch ihre Freiheit gefährdet war.

Der Burgherr saß am Tisch und stierte ihnen mürrisch entgegen. Als Johanna näher getreten war, erkannte sie, daß Philipps Gesichtshaut grau war und seine Züge schlaff. Seine Augen begannen trotz der frühen Morgenstunde zu verschwimmen; er ertränkte offensichtlich seinen Kummer und seine Wut im Burgunder, der vor ihm stand.

»Gnädiger Herr«, rang Johanna sich ab, »Philipp von Falkenstein! Habt Erbarmen mit einer Mutter, der man das Kind fortgenommen hat! Das Mädchen, das Katherine Euch als ihre Ziehtochter Maria präsentiert hat, ist meine Tochter Gesche.«

Philipps Augen quollen noch mehr als gewöhnlich aus dem Kopf hervor, aber er begnügte sich damit, ein Schlückchen Wein zu nehmen und Johanna anzustarren.

»Erinnert Ihr Euch, daß ich es Euch früher schon sagte?« Johanna unterdrückte mit aller Gewalt das Zittern, das sich immer wieder in ihre Stimme schleichen wollte. »Katherine nahm sie mir fort und versteckte sie. Jetzt, da Katherine im Verlies sitzt, ist das Kind allein, irgendwo eingesperrt, und niemand weiß, wo …« Es war ein Alptraum, den sie bereits einmal erlebt hatte. Aber die Wiederholung minderte das Entsetzen nicht, das sie empfand.

»Der Wechselbalg interessiert mich nicht. Nehmt ihn Euch! Mir ist es gleichgültig. Mit dem Butzbacher Teil der Familie bin ich endgültig fertig.« Philipps Handbewegung schien die ganze Burg zu umfassen.

Und trotzdem tasteten seine unsicheren Blicke Johanna wieder ab wie damals, als sie mit ihm allein gewesen war. Ihre Vorsichtsmaßnahme, von den drei Kleidern der Frau Oppenrod ein sehr lokker sitzendes gewählt zu haben und außerdem den Brustausschnitt mit einem dichtgewebten, dunklen Brusttüchlein zu verbergen, hielt ihn nicht ab. Sie zog sich ein wenig zurück.

Brobergens ausgestreckter Arm hielt Johanna auf, bevor der

Hausherr ihre Bewegung als brüskes Beenden seiner Audienz auffassen konnte.

Philipp grinste Brobergen schmierig an und bediente sich mit ungenauen Bewegungen aus einem hohen blauglasierten Krug, dessen Inhalt schon zur Neige ging.

»Meint Ihr damit, Philipp von Falkenstein«, erkundigte sich Roland Brobergen, »daß wir Gesche-Maria ungestört suchen und notfalls Katherine im Verlies befragen dürfen?«

»Sie sitzt nicht im Verlies«, schnaubte Philipp. Die Adern an seinen Schläfen schwollen an, und auf seine Stirn traten Schweißtropfen.

»Nicht im Verlies?« fragte Johanna erschrocken. »Wo denn?«

»Nicht mehr«, verbesserte Philipp. »Eine Frau wie Katherine würde in meinen Verliesen nach wenigen Tagen im Wahn enden. Ich will dort unten kein irres Geschrei. Sie befindet sich irgendwo in einer der oberirdischen Kammern der Burg. Wendet Euch an Praun, der kann Euch zu ihr bringen.«

»Danke, Philipp von Falkenstein«, sagte Johanna. Eine Welle von Dankbarkeit und Erleichterung durchlief sie. Einen Augenblick starrte sie ihren Verwandten unschlüssig an, dann gab sie ihrer mitleidigen Regung nach. »Solltet Ihr ein Kraut gegen Eure Beschwerden benötigen, Burgherr … Ich könnte Euch möglicherweise helfen.«

Vorübergehend schwand der trunkene Ausdruck in Philipps Gesicht. »Ich habe schon gehört, daß Ihr meinen alternden Ritter Oppenrod behandelt«, murmelte er. »Aber ich bin nicht krank.«

»Wie Ihr meint«, sagte Johanna nachgiebig.

Philipp nickte gnädig, und sie durften sich zurückziehen.

Als sie an der Tür waren, klirrte es hinter ihnen. Philipp von Falkenstein hatte den kostbaren Pokal mit großer Wucht an die Wand geschmettert. Einzelne Glassplitter landeten im Stroh zu ihren Füßen.

»Meister Hans Praun«, sagte Johanna im Befehlston, »wir haben von meinem Verwandten Philipp von Falkenstein die Erlaubnis, mit Katherine zu sprechen und in der Burg nach meiner Tochter zu suchen. Ihr sollt uns hinbringen.«

Der Hauptmann, den sie in seinem Wachstübchen gefunden hatten, sah erstaunt auf. »Ihr seid wie eine Katze mit sieben Leben«, sagte er. »Jedes Mal, wenn man meint, jetzt haben sie Euch, kommt Ihr wieder auf die Füße.«

»Man könnte meinen, Ihr hättet etwas dagegen«, versetzte Johanna und blähte die Nasenflügel.

»Nein, gewiß nicht«, beeilte Praun sich zu versichern. »Es ist nur so: Wenn sie unsereinen haben, landen wir am Pranger und von dort schnell auf dem Block.« Er machte keine Miene, sich zu erheben.

Brobergen drängte sich an Johanna vorbei in den Wachraum. Er hatte eine Hand am Schwert. »Immerhin saßen wir beide mehrere Wochen im Verlies, während Ihr wechselnden Herren dientet, Praun, ohne daß Euch ein Haar gekrümmt wurde.«

Der Burghauptmann langte nach seinem Gehänge mit der Waffe und stand träge auf. »Gehen wir also«, sagte er. »Vergeßt nicht, daß ich Euch befreit habe. Von dem Kind weiß ich nichts.«

»Nein?« Johanna starrte ihn mit großen bestürzten Augen an. »Sie war hier, am Abend der Hochzeit.«

Er wich ihrem Blick aus und zuckte mit der Achsel. Dann führte er sie einen Treppenturm hinunter und durch Gänge, die zunehmend verwinkelter, schmaler und dunkler wurden.

Katherine hockte mit verkrampften Händen auf einer Truhe in einer der Kammern, die sonst den jüngsten Knappen als Schlafquartier zu dienen hatten. Ein schmaler Schlitz in der unglaublich dicken Wand ließ ein wenig Licht vom Burghof hereinsickern.

»Ich warte draußen«, sagte Praun. »Aber macht nicht zu lange. Meine Leute haben den Befehl, mit ihr auf keinen Fall zu reden. Für das Weib ist das eine Strafe.«

Katherines sprühender Zorn hätte einen anderen Menschen durch den Raum schleudern können.

Aber der Burghauptmann ließ sich von ihr nicht mehr schikanieren. Er grinste sie hämisch an. »Ich werde dich mit Vergnügen zum Galgen führen, du Luder«, sagte er genießerisch.

Johanna erschrak. Was, wenn sie Gesche nicht fanden und Katherine das Geheimnis mit in den Tod nahm? »Ich will Gesche haben«, sagte sie fest.

»Ich auch.« Katherines Gesicht war ausdruckslos geworden.

»Wozu? Sie kann dir doch nichts mehr nützen. Oder machst du dir immer noch Hoffnungen auf Philipp?« Johanna sah, daß sie richtig geraten hatte. Unglaublich, dachte sie, während sie an Brobergens Miene ablas, daß er Katherine für ihren eisernen Willen zu bewundern begann. »Das schlag dir aus dem Kopf! Gesche ist sogar ein Klotz an deinem Bein«, fügte sie schärfer hinzu, als angemessen war.

»Philipp ist ein Schwächling und dem Trunk ergeben«, versetzte Katherine verächtlich. »Maria läßt sich dagegen gut verwenden. Sie ist das Pfand für mein Leben.«

Johanna suchte nach einem Halt an der Wand. »Du würdest ein kleines unschuldiges Mädchen sterben lassen, wenn Katherine Yss für ihre Betrügereien bestraft wird?«

»Natürlich«, sagte Katherine, ohne zu zögern.

Johanna fühlte sich am Ende ihrer Überredungskünste. Roland Brobergen hatte einmal gesagt, daß man bei Katherine nur etwas erreichen konnte, indem man feilschte. Der Kaufpreis würde allerdings hoch sein, das wußte Johanna. Sie fuhr sich über die Augen und sah ihn bittend an.

Er nickte. »Wir haben deinen Sohn Philipp, wie du weißt, Katherine. Wir könnten ihn verschwinden lassen. Ich schlage deshalb vor, wir tauschen die Kinder aus. Zug um Zug, gewissermaßen.«

Katherine sah zu Brobergen hoch. Ihre anfänglich ungläubige Miene löste sich in einem gellenden Lachen auf. »Wißt Ihr was, edler Ritter, Galan meiner ehemaligen Stieftochter? Behaltet Philipp und macht mit ihm, was Ihr wollt. Meinetwegen laßt ihn auch verschwinden. Er interessiert mich nicht. Er ist mir egal! Versteht Ihr mich?« schrie sie plötzlich.

»Sie sind unsere Kinder«, stammelte Johanna. Sie spürte, wie ihr das Blut aus dem Kopf wich, und hielt sich an Roland fest.

»Außer daß sie Kinder sind, haben sie nichts gemein. Maria ist eine von Falkenstein. Philipp ist ein Nichts! Wer wird mir wohl wichtiger sein, die künftige Dame oder der Giler?« Katherine triumphierte.

Johanna weigerte sich, ihr zu glauben. Sie versuchte es noch einmal. »Philipp ist ein liebenswerter Junge. Bringst du es wirklich übers Herz, ihn aufzugeben?«

»In der Gesellschaft, in der ich aufwuchs, bringt man alles fertig, um sich am Leben zu halten«, antwortete Katherine. »Sollte ich jemals dorthin zurückkehren müssen, würde ich Philipp dazu abrichten, mich zu ernähren. Es gibt genügend Leute, deren Mitleid sich mit Hilfe bestimmter Maßnahmen hervorlocken läßt. Will sagen, den Geldbeutel öffnen. Ich muß an mein Alter denken.«

Johanna versuchte an Katherines Gesicht abzulesen, was sie meinte. Aber beim besten Willen, sie verstand es nicht.

Die zur Schau getragene Verachtung über Johannas Naivität machte Katherine älter. Neben ihrer Nase und den herabgebogenen Lippen kamen tiefe Falten zutage, die Johanna früher nie bemerkt hatte. Von der Schönheit, mit der sie sich Männer wie Lienhart und Philipp gefügig gemacht hatte, war nichts mehr übriggeblieben.

»Genug gesehen?« fragte Katherine gehässig, um sofort fortzufahren: »Aber nichts begriffen, wie mir scheint. Das Gewächs auf Philipps Rücken läßt sich leicht noch abstoßender machen. Ein scharfer Schnitt … Man muß das Blut täglich zum Fließen bringen. Ich habe mich bei einem Mann erkundigt, dessen Gewerbe solche Sachen sind …«

Johanna hörte stumm vor Entsetzen zu. Philipps eigene Mutter hatte diesen verruchten Plan gefaßt, den er angedeutet hatte, als sei es normal …

Unterdessen plauderte Katherine weiter. Sie schien völlig vergessen zu haben, wer ihre Zuhörer waren und daß all ihre Pläne gegenstandslos waren, weil sie eingekerkert war. Und es hoffentlich auch bleiben würde. Über Johannas Rücken lief ein Schauder.

»Außerdem sollte er hinken … wie der Gottseibeiuns persönlich. Man könnte auch sagen, wie ein gewisser Verwandter von Euch, Johanna. Zudem müßte er seinen Mund halten können; auf den Kopf ist er nicht gerade gefallen. Also stumm sein: Man könnte auch sagen, wie eine gewisse andere Verwandte von Euch.« Katherine stieß erneut ein Gelächter aus, das sich an der Wand brach und in schauriger Weise von allen Seiten auf Johanna eindrang.

Sie hielt sich die Ohren zu, während Praun die Tür aufriß und hereinspähte. »Alles in Ordnung?«

Nein, dachte Johanna zu Tode erschrocken, sie ist im Kopf krank.

»Nichts ist in Ordnung!« antwortete Katherine abfällig, ohne Johanna aus den Augen zu lassen.

Der Burghauptmann schlug die Tür mit einem Knall zu.

»Die Leute werden geben, um sich von Philipps Anblick zu befreien. Glaubt mir, ich weiß, wovon ich spreche.« Allmählich verlor sich Katherines scheußliche Planung für die Zukunft ihres Sohnes in einem Murmeln. Sie legte den Kopf an die Wand und begann mit offenen Augen zu träumen.

Johanna wechselte einen Blick mit Brobergen. »Ich halte es nicht mehr aus«, sagte sie tonlos. »Ich muß an die frische Luft.«

»Übrigens«, sagte Katherine in einem hohen, monotonen Ton, der Johanna herumfahren ließ, »spart Euch die Mühe, Maria hier in der Burg zu suchen. Ich kenne mich zwar nicht ganz so gut in den unterirdischen Gängen aus wie Ihr, aber ich wüßte durchaus sichere Verstecke. Trotzdem habe ich auf sie verzichtet. Ich vertraue mehr auf den Herrn und seine Diener.«

»Wir werden Gesche finden«, sagte Brobergen überzeugt, klopfte an die Tür und schob Johanna hinaus, als Praun geöffnet hatte.

»Das glaube ich nicht. Ich habe einen Mittelsmann, der für sie gesorgt hat. Haß ist ein verläßlicher Antrieb für viele Taten.«

Ihr hohes Kichern ließ Johanna wieder frösteln; es verging nicht einmal, als sie draußen in der Sonne standen.

»Habt Ihr nicht Befehle von Philipp bekommen, die uns betreffen, Praun?« Johanna wunderte sich ein wenig, als der Hauptmann sie mitten im Hof stehenließ und seinen Weg zu den Ställen fortsetzen wollte.

Er drehte sich um. »Daß ich Euch durch die Verliese führen darf, ja, doch. Aber ich verstand Euch so, daß Ihr darauf verzichtet.«

Johanna holte tief Luft. »Das meine ich nicht. Philipp von Falkenstein duldet uns nicht mehr in seinem Gebiet. Und ich bin schon so daran gewöhnt, gejagt zu werden, daß es für mich ein normaler Zustand ist. Ich möchte nur wissen, auf was ich mich einzustellen habe: auf Euch allein, auf Eure Knechte, auf die Hundemeute …?«

Praun schüttelte den Kopf und kam langsam zurück. »Ich habe keinerlei Befehle bekommen.«

»Aber Johannis ist vorbei! Was meinst du, Roland?«

Brobergen leckte sich nachdenklich die Lippen. »Philipp knüpfte seine Drohung an den Hochzeitstermin, wenn ich mich recht erinnere.«

»Soll das heißen, daß sein Befehl, mich fortzujagen, hinfällig ist? Daß er mich hier dulden wird?« Johanna packte in der Aufregung Brobergens Ärmel. »Glaubst du das wirklich? Dann können wir uns ja doch wieder auf die Suche nach Gesche machen! Gottlob!«

»Ich würde davon ausgehen, daß er das Interesse an Eurer Bestrafung verloren hat, Edeldame«, antwortete Praun förmlich. »Und ich habe nichts mit dem Verschwinden Eurer Tochter zu tun, glaubt mir. Katherine Yss muß einen Vertrauten haben, den sie gut bezahlt. Aber ich weiß nicht, wer er ist.«

»Sie hat Geld?« Brobergen schleuderte seine Frage so heftig heraus, daß Praun einen Finger über die Lippen legte und sich umsah.

»Ihr bringt mich in Teufels Küche, Ritter, wenn Ihr so laut redet«, sagte er ärgerlich. »Es stimmt. Katherine erhielt gestern früh mit dem Morgenmahl ihr kleines Gebetbuch und ein Lederbeutelchen mit Gold. Ich weiß nicht, wieviel es enthielt. Aber ich bekam von Philipp persönlich den Befehl, der Magd, die es brachte, einen Wachmann mitzugeben. Ich hatte mit meinem Kopf dafür zu haften, daß der gesamte Inhalt des Korbes bei dem Weib anlangte. Vermutlich könnte unsereiner ein Jahr davon seine Familie ernähren.«

»Gütiger Herr im Himmel. Philipp ist Katherine Yss immer noch hörig!« Roland Brobergen und Johanna starrten einander entsetzt an.

Ritter Bernburg empfing sie mit einer aufregenden Botschaft, die er gerade erhalten hatte: Die Wetterauer Kreise und die Frankfurter waren dabei, ihre Truppen zu sammeln.

»Ha!« brüllte Vico. »Endlich! Dann geht es jetzt bald los!« Er stemmte Philipp an den ausgestreckten Armen hoch und tanzte mit ihm durch die Stube.

»Darf ich mit in den Krieg?« fragte Philipp.

»Krieg ist nichts für kleine Jungen«, sagte Brobergen.

Philipp strampelte und wurde von Vico wieder abgesetzt. Er stellte sich vor Brobergen und sah an dem langen Mann nach oben. »Ich werde mir Mühe geben, ganz schnell zu wachsen. Bitte, Ritter Roland.«

»Wir könnten versuchen, ihn mit einer zuverlässigen Begleitung nach Frankfurt zurückzuschicken, bevor die Truppen losmarschieren«, schlug Oppenrod vor. »In Frankfurt ist er in Sicherheit.«

»Ich will nicht in die Gilergasse zurück! Und ich will die Kanone sehen!«

Man brauchte sich nur vorzustellen, Katherine käme frei! Mit Philipps Geld würde sie ohne Mühe in die Gilergasse zurückkehren können. Johanna wechselte mit Roland einen langen Blick. »Ritter Oppenrod«, sagte sie, »es gibt Gründe, die es nicht ratsam erscheinen lassen, Philipp jetzt zurückzuschicken. Ich erkläre es Euch später.«

Der Hausherr lächelte und nickte. »Auch gut. Ich habe mich an Philipp und seine bohrenden Fragen schon gewöhnt. Er kann gerne hierbleiben.«

Der kleine Junge flitzte um den Tisch herum und fiel neben Oppenrods Sessel auf die Knie, wo er dessen Hand ergriff und einen schallenden Schmatzer darauf drückte. »Danke, edler Herr Oppenrod«, flüsterte er ergriffen.

»Da das nun geklärt ist, sollten wir uns selbst auf den Krieg vorbereiten«, schlug Vico vor. »Ich zum Beispiel werde mich um meine Waffen kümmern. Ich muß zur Schwertfegerin nach Eppstein. Wer kommt mit?«

»Ich«, schrie Philipp begeistert.

Ein befreiendes Gelächter füllte den Raum. Nur Philipp sah erstaunt von einem zum anderen.

»Heute geht es nicht«, sagte Brobergen lächelnd. »Aber ich verspreche dir, dich einmal mitzunehmen. Erst zur Schwertschmiedin, dann in den Kanonenhof. Was meinst du dazu?«

Philipp unterdrückte seine Enttäuschung und nickte tapfer. Als Lettel seine Hand nach ihm ausstreckte, ergriff er sie sofort. »Aber nicht in den Stall«, bat er hastig. »Die Sau kenne ich ja schon. Könnt Ihr mir jetzt Lesen beibringen, wie Ihr versprochen habt?«

Am Nachmittag schon befanden sie sich auf der Straße nach Eppstein. Johanna achtete nicht weiter auf den Weg, sondern dachte über eine Bemerkung nach, die Katherine gemacht und der sie anfänglich wenig Aufmerksamkeit geschenkt hatte.

»Erinnerst du dich, daß Katherine im Zusammenhang mit Gesches Versteck sagte, sie verließe sich auf die Diener des Herrn, Roland? Sie war immer fromm, zeitweise hatte sie einen eigenen Kaplan. Und mit den Zisterziensern stand sie auf besonders gutem Fuß …«

»Und daraus folgt?« fragte Brobergen.

»Ich werde zu Vater Lorenz in den Stadthof gehen und mit ihm sprechen. Vielleicht weiß er irgend etwas darüber, und wenn es nur eine Andeutung ist. Er ist ein anständiger Mensch …«

»Abgesehen davon, daß er dich für eine Striga hält, vergiß das nicht.«

»Ja, damals, als alle Welt von den Strigae von Königstein sprach. Aber inzwischen ist die Zeit darüber hinweggegangen, glaube ich. Als Philipp aus Rom zurückgekehrt war, dachte ich, er hätte zunächst Wichtigeres im Kopf und daher keine Zeit, um sich die beschuldigten Frauen vorführen zu lassen. Sie waren ja alle namentlich bekannt … Aber es scheint, als wolle er sich um die ganze Angelegenheit überhaupt nicht mehr kümmern.«

»Philipp hatte vermutlich kein eigenes Interesse an Strigae. Und die beiden Mönche, die mit Leidenschaft versuchten, Frauen als Zauberinnen zu verfolgen, bekamen etwas anderes zu tun«, sagte Brobergen spöttisch. »Es muß immer jemanden geben, der solche Dinge mit Nachdruck vorantreibt. Wenn Haß nicht gezielt geschürt wird, sucht er sich ein neues Opfer.«

Johanna richtete sich mit solchem Nachdruck im Sattel auf, daß Astor in Galopp fiel. Sie parierte wieder durch und wartete auf Brobergen. »Wer sprach in letzter Zeit von Haß?«

»Katherine. Jemand, der dich haßt, sorgt für Gesche. Zumindest habe ich sie so verstanden.«

»Wäre das wirklich möglich?« fragte Johanna beunruhigt. »Der einzige außer Katherine, der mich haßt, ist Thomas.«

»Und er ist Zisterzienser«, ergänzte Brobergen düster.

In das Rauschen der Bäume mischten sich das Murmeln des Fischbachs und das gedämpfte Schnauben der Pferde. Rolands Hinweis auf Thomas gab Johanna so viel zu denken, daß sie in Schweigen verfiel. Sie war nicht böse darüber, daß Brobergen zu ihrem Bruder aufschloß und mit ihm ein leises Gespräch begann.

Feuchte Luft stieg angenehm vom Bach hoch, aber den Staub, den die acht Hufe vor ihr aufwirbelten, konnte sie nicht binden. Johanna schüttelte den Kopf, um ihm zu entgehen und die Fliegen zu verscheuchen.

Thomas mochte sich an ihr rächen, vielleicht, denn er war ein Fanatiker in jeder Hinsicht. Aber konnte ein kleines stummes Mädchen sich bei ihm wirklich in echter Gefahr befinden? Nein, entschied sie sich, er war trotz allem nicht solcher Gemeinheiten fähig wie Katherine.

Johanna bemerkte, daß sich die Männer plötzlich im Sattel zu ihr umdrehten. »Ich bin hier. Ich muß ein wenig für mich allein nachdenken«, sagte sie verlegen. »Was habt ihr?«

Rolands Blick ging über sie hinaus zwischen die Bäume. »Achtung, Johanna!« brüllte er und riß seinen Hengst auf den Hinterbeinen herum.

Aber noch bevor er sie erreicht hatte, spürte Johanna einen bohrenden Schmerz in der Schulter. In rasender Geschwindigkeit türmte er sich zu einer Woge auf, die über ihrem Kopf zusammenschlug und bis hinunter in die Zehenspitzen flutete. Nur vage nahm sie wahr, daß Brobergen Astor am Zügel packte und mit ihm davonjagte.

Es kam ihr vor, als ob er sich von ihr entfernte. Trotzdem dröhnten Astors Hufe in ihrem Kopf wie Schläge, die mit jedem Schritt heftiger wurden.

Kapitel 15

»Was ist passiert?« murmelte Johanna, als sie wieder zu sich kam. Der feste Griff an ihrem Rücken lockerte sich, eine Hand schob sich unter ihre Achsel und half ihr, sich aufzusetzen. Die Wunde an der Schulter brannte wie Feuer, aber ihr Kopf war wieder klar. Eine sanfte feuchte Brise kühlte ihre Wangen. Die Pferde traten auf der Stelle.

»Wir sind beschossen worden«, antwortete Roland Brobergens ruhige Stimme. »Wir wissen nicht, von wem und ob es speziell dir galt. Vico hat niemanden finden können; im Unterholz wurde es schon dunkel.«

»Wie weit ist es denn noch?« Johannas Augenlider sanken immer wieder nach unten. Um sie herum war Schwärze, und sie fühlte sich ungeheuer müde.

»Wir warten gerade am Tor von Eppstein darauf, daß sie sich endlich entschließen, uns in die Stadt zu lassen«, verkündete Vico verärgert. »Demnächst wird man seine Waffen im Sack verschnürt und versiegelt zum Schärfen schicken müssen.«

»Johann braucht vor allem einen Verband«, sagte Brobergen beunruhigt. Und zu ihr: »Jetzt kommst du schneller zu Vater Lorenz, als du vorhattest. Ich bringe dich sofort in den Stadthof der Mönche.«

Johanna war es gleich. Sie schrak erst wieder hoch, als sie eine Stimme hörte, die sie als unangenehm in Erinnerung hatte. Sie konnte sich nur nicht darauf besinnen, wem sie gehörte.

»Johann! Das da ist die Frau mit dem Malchus, die sich als Ritter ausgibt, Hauptmann. Und alle drei zusammen werden sie die Raubritter zum Buchenblatt genannt.«

Malchus. Aha, sie war gemeint. Mit Mühe riß Johanna die Augen auf. Den Soldaten, der sie so neugierig betrachtete, hatte sie schon einmal gesehen.

Ein Geräusch lenkte ihn ab, und Johanna sank erneut in sich zusammen. Ihr größter Wunsch war, sich hinlegen zu dürfen.

»Verflucht, der ist uns entkommen«, sagte der Wachmann. »Soll ich ihm nachreiten?«

Der Genaue. Jetzt fiel Johanna wieder ein, wer er war.

»Laß es. Wir wissen, wer er ist. Vico von Falkenstein.«

»Wir müssen in die Stadt«, drängte Brobergen. »Sie kann nicht länger im Sattel sitzen bleiben. Sie verliert zu viel Blut.«

»Nur die Ruhe. Ihr kommt schon noch hinein. Mit Geleit sogar.«

Einen Augenblick später setzte Astor sich in Bewegung. Sein Hufschlag wurde zurückgeworfen, und Johanna wußte, daß sie sich nun im Tordurchgang befanden. Endlich.

»Aber ob ihr es euch so vorgestellt habt, steht auf einem anderen Blatt.«

Die Häme im Lachen des Eppsteiner Burghauptmanns war unverkennbar, aber mehr noch schmerzte das Geräusch, das in Johannas Ohren wie Donnerhall tönte. Oder war es Kanonendonner?

»Ihr werdet auf der Stelle Eure Waffen abgeben, Ritter! Nur dann lassen wir Euch in den Stadthof der Mönche. Wenn Ihr es nicht freiwillig tut, stecken wir Euch in die Gefängniszelle der Burg.«

Das Klirren seiner Waffen mischte sich mit Brobergens tröstlichem Murmeln direkt an Johannas Ohr. Sie fühlte seinen Arm im Rücken und die Hand an ihrer Schulter und lehnte sich gegen ihn.

Das letzte, was ihr durch den Kopf ging, war, daß Eppstein merkwürdig nach Weihrauch roch. Der strenge Geruch brachte sie zum Husten.

Das Gesicht über ihr lächelte so sehr, daß Johanna erst nach einer Weile merkte, daß es zu Roland gehörte. Und neben ihm erkannte sie Vater Lorenz.

»Wo kommt Ihr denn her, Vater?« fragte sie verwirrt.

»Ich bin hier zu Hause. Und du warst es längere Zeit auch, meine Tochter«, antwortete er bekümmert.

Johanna drehte vorsichtig ihren Kopf und schaute weiße Wände an und eine Fensteröffnung, die gleichmäßiges graues Licht durch die dünngeschabte Ochsenhaut hindurchließ. Über ihr hing das Heiligenbild, das ein fremdländischer Mönch auf Holz gemalt und dem Zisterzienserhof zum Dank geschenkt hatte. Der Konverse Jörg hatte eine Schnur angebracht, und sie selbst hatte es an die Wand des einzigen Raumes für vornehme weibliche Gäste gehängt.

»Dann habt Ihr mich behandelt?« fragte sie staunend. »Mir geht es besser, glaube ich. Ich habe Hunger.«

»Gottlob!« rief der Mönch dankbar, »ich werde sofort für eine gute Brühe zu deiner Kräftigung sorgen.« Er rannte auf klappernden Sandalen hinaus.

»Sie haben einen Mönch, der sich auf Wunden versteht«, stellte Brobergen richtig, »Vater Lorenz ist es nicht.«

»Dann ist da wohl jemand, der meine Aufgaben übernommen hat«, sagte Johanna gleichgültig. Sie war müde und hatte keine Lust, viel zu sprechen, aber sie wußte, daß es eine gute Müdigkeit war. Ihre Kräfte waren von der Heilung so in Anspruch genommen, daß es für die Zunge nicht mehr reichte.

»Wo ist Vico?« fragte Johanna, als sie das nächste Mal aufwachte. Roland Brobergen saß immer noch oder schon wieder auf einem Hocker neben ihrem Bett.

Roland rieb sich die Augen und blinzelte ihr aufmunternd zu. »Er ist geflohen, als wir merkten, daß es eine Falle war. Wir hatten es so abgesprochen für den Fall …«

»Eine Falle?« staunte Johanna und stemmte sich hoch, was sie schon ganz gut schaffte, sofern sie sich auf die gesunde Schulter verließ. »Und für welchen Fall?«

»Die Wachleute haben uns erwartet, glaube ich. Sie wußten, daß wir kommen. Und daß wir Waffen hatten, spielte überhaupt keine Rolle. Sie hätten uns kassiert, auch wenn wir nur unsere Eßmesser am Gürtel gehabt hätten.«

»Aber wenn das stimmt: Warum haben sie uns dann nicht in die Burgverliese gesperrt?«

Brobergen schüttelte den Kopf und nagte an seiner Unterlippe. »Die Burgherren haben gar nichts damit zu tun. Vermutlich wissen sie nicht einmal von unserer Existenz. Die Wachen haben unsere Gefangennahme auf die eigene Kappe genommen.«

»Doch nicht der Genaue und sein Hauptmann, der Angst vor Strigae hat!«

Der Ritter lächelte flüchtig und nahm Johannas schmal gewordene Hand zwischen seine breiten Hände. »Nennst du ihn so? Du hast bestimmt recht. Ich nehme jedenfalls an, daß er genau nachgerechnet hat, ob es sich lohnt, jemandem eine Gefälligkeit zu erweisen. Der Preis muß gestimmt haben.«

Johanna stieß ein lautes, erschrockenes Keuchen aus. »Glaubst du das wirklich? Es macht doch keinen Sinn, uns dann sofort wieder freizulassen!«

»Das stimmt.« Brobergen verzog sein Gesicht zu einer Grimasse und ließ Johanna Zeit zum Nachdenken.

»Nein«, sagte sie nach einer Weile und brachte es fertig, ihren Kopf schon ein wenig zu schütteln. »Das kann dein Ernst nicht sein!«

»Doch, es ist mein Ernst«, widersprach Roland. »Wir sind Gefangene der Mönche.«

»Kannst du deine Heilung hinauszögern?« flüsterte Roland Johanna ins Ohr. »Ich meine, ist es möglich, den Mönch einige Tage zu täuschen? Solange sie denken, daß du zu schwach zum Laufen bist, werden sie mich nicht allzu genau beobachten.«

»Sie wissen, daß du freiwillig in die Gefangenschaft gegangen bist. Ich danke dir«, sagte Johanna weich und beachtete seine protestierende Miene nicht, weil ihr etwas anderes einfiel. »Stell dir nur vor, wir hätten Philipp mitgenommen. Womöglich wäre er getroffen worden!«

Brobergen wiegte den Kopf. »Kaum. Sie meinten dich. Ich hatte inzwischen genug Zeit, darüber nachzudenken. Ich glaube auch nicht, daß Philipp die Jagd auf uns eröffnet hat. Heinzenburg und Konrad wären diejenigen gewesen, die er damit beauftragt hätte. Seitdem sie tot sind, hat Philipp nur noch einfältige Trunkenbolde um sich.«

»Katherine also«, meinte Johanna. »Aber irgendwann geht ihr das Geld aus, mit dem sie die Leute bezahlen muß.«

Vor der Tür hörte sie ein Geräusch, und sie verstummte und sah dem Mönch entgegen, der mit frischen Binden und Wasser kam. Sie lächelte ihn dankbar an, aber er gab mit keiner Regung seines Gesichts zu erkennen, daß er es wahrgenommen hatte. Vielleicht ließ seine Sehkraft zu wünschen übrig. Sie versuchte es anders. »Ich danke Euch für Eure Fürsorge, Vater«, sagte sie.

»Dankt dem Herrn dort oben«, sagte er knapp und begann den Verband zu entfernen. »Und Bruder Lorenz, von dem ich meine Anweisungen erhalte. Freiwillig behandele ich keine Feinde des Herrn.«

»Du sollst deine Feinde lieben wie dich selbst«, versetzte Johanna und erhielt einen vorsichtigen Stoß von Brobergen. Still sollte sie sein.

Na gut. Sie nickte. Sie konnten sich einen offenen Streit mit den

Mönchen wohl wirklich nicht erlauben. Es war damit zu rechnen, daß sie ihre Gefangenen dann sehr viel strenger überwachen würden. Roland war bisher lediglich auf die strikte Weigerung des Pförtners gestoßen, ihn aus dem Anwesen zu lassen. Er hatte auf einen gewaltsamen Ausbruch nur verzichtet, weil sie hier lag ... Sie besann sich auf seine Bitte.

Als der Mönch ihre Wunde mit den Fingern berührte, zuckte sie stärker zusammen, als sie es sich sonst erlaubt hätte, und stöhnte leise.

»Der Herr ist gerecht. Er straft Euch hart. Ihr solltet Ihm danken.«

Es war nicht der Herr! Es war ein gedungener Mörder! Es fiel Johanna unendlich schwer zu schweigen, aber sie biß die Zähne zusammen.

»Wir werden Ihm in der Kapelle eine Kerze anzünden«, versprach Brobergen friedfertig.

»Ich bin sicher, Bruder Lorenz wird Euch Kerzen verkaufen. So, fertig!«

Bevor er den Raum verließ, gelang es Johanna noch, ihm einen Ohnmachtsanfall vorzuspielen. Eine ihrer Hände hing schlaff bis auf den Boden hinunter, und ihre Lippen öffneten sich leicht. Sie war sehr zufrieden mit ihrer Pose. Wahrscheinlich hatte sie mehr Fälle von Bewußtlosigkeit erlebt als der Mönch. Trotzdem war sie erleichtert, daß er sich nicht mehr um sie kümmerte. Sie hörte seine Sandalen sich entfernen.

»Gut gemacht«, lobte Roland zufrieden.

»Du bist noch ziemlich geschwächt, wurde mir gesagt.« Vor Johannas Lager stand Vater Lorenz und schaute forschend auf sie herab.

Johanna nickte matt.

»Vater Lorenz«, sagte Brobergen ernst, »ich habe den Eindruck gewonnen, daß Ihr uns hier festhaltet und daß wir nicht gehen dürften, selbst wenn Johanna schon wieder auf den Beinen wäre. Ist das richtig?«

Die schmalen, blassen Lippen des alternden Mönchs zuckten, als ob der Leiter des Zisterzienserhofes dazu einiges zu sagen hätte, dann aber brummelte er nur unbestimmt und zog einen Hocker herbei, auf den er sich setzte.

»Ist mein Eindruck richtig?« wiederholte der Ritter hartnäckig, während Johanna sich damit begnügte, den Mönch aus halbgeschlossenen Augen zu beobachten.

»Ja«, gab Lorenz schließlich zu. Es war ihm unangenehm.

»Warum, Vater Lorenz?« begehrte Johanna auf. »Ihr habt mich schließlich selbst hinausgeworfen, weil Ihr mich verdächtigt habt, eine Striga zu sein. Es kann für Euch nicht angenehmer sein, mich hier zu haben, als für mich.«

»Ich vermute, ich habe dir damals Unrecht getan, wegen meiner Verdächtigung, meine ich«, sagte Lorenz verlegen, um mit Nachdruck fortzufahren: »Alles andere nehme ich nicht zurück. Was Johanna von Falkenstein und ihre Begleitung betrifft: Ich habe die Anweisung erhalten, Euch hier im Stadthof festzuhalten, solange ich kann.«

»Von wem kam die Anweisung?«

»Von meinem Abt natürlich«, antwortete Vater Lorenz dem Ritter mit einiger Verblüffung. »Ein Zisterzienser gehorcht dem Abt seines Klosters und in besonderen Fällen dem Generalinspekteur von Cîteaux.«

»Aber warum?« Brobergen war nicht weniger verblüfft.

»Das weiß ich nicht. Es steht mir nicht zu, nach den Gründen zu fragen.«

Johanna nickte. Die Dinge waren, wie sie waren.

»Was ist, wenn Johanna gesund ist und wir gehen möchten? Was ist mit unseren Pferden? Wird man uns am Tor unsere Waffen zurückgeben?« Brobergen blieb hartnäckig. »Und erklären müßt Ihr mir auch, wieso Zisterzienser nahezu im gleichen Augenblick erschienen, als ich verlangt hatte, mit der verletzten Johanna in diesen Stadthof reiten zu dürfen. In der kurzen Zeit kann Euch niemand benachrichtigt haben.«

Der Weihrauchgeruch blitzte in Johannas Erinnerung auf. Er mußte in den Kutten einer größeren Anzahl von Mönchen gehangen haben, während es hier im Stadthof nur zwei gab.

»Ich bin Euch wohl eine Erklärung schuldig«, sagte Vater Lorenz unbehaglich. »Die Brüder, die den Auftrag hatten, Euch am Tor abzuholen, haben mit meinem Stadthof nichts zu tun. Sie gehorchen Bruder Gottfried, demselben, den Ihr von früher kennt ...«

»Noch einmal von vorn«, sagte Brobergen bestimmt. »Vater Gottfrieds Mönche haben uns also am Tor von Eppstein erwartet, als sie von den Wachen benachrichtigt wurden, daß wir *zur Verfügung* stehen. Und unabhängig davon habt Ihr von Eurem Abt die Anweisung erhalten, uns festzuhalten, falls wir uns in Euren Hof begeben. Vermutlich sogar gegen unseren Willen. Ist das soweit richtig?«

»Ja, das ist richtig.« Diese klare Darstellung war Vater Lorenz offensichtlich unangenehm. Er erhob sich plötzlich und ging mit einigen schnellen Schritten zur Tür. Die Klinke schon in der Hand, sagte er leise: »Die Pferde sind im Stall des Kanonenhofes untergebracht worden.«

Die Tür, die sonst meistens knarrte, schloß sich lautlos hinter ihm.

In der Nacht, nachdem Johanna einen weiteren Schwächeanfall vorgetäuscht hatte, brachen sie aus. Glücklicherweise befand sich der Raum, in dem sie sich vier Tage aufgehalten hatten, im Anbau für die Mägde. Nebenan schnarchte die mittlerweile schwerhörige ältere Magd des Hofes; die junge Else, die Johanna damals zum Betreuen der Gänseherde von der Grangie in den Stadthof geholt hatte, hatte geheiratet und war fort.

Es war daher für jemanden, der sich hier auskannte, nicht schwierig, in den Innenhof des Anwesens zu gelangen. Die Bäume auf den Hügeln des engen Tals rauschten, und über sie hinweg zog eine Brise, die den Duft von nahem Regen und Walderde mit sich führte.

Wären wir nur schon draußen, dachte Johanna sehnsüchtig. Dann schlich sie hinter Roland her, der sich gebückt zur Nebenpforte aufmachte, die sie ihm beschrieben hatte. Diese befand sich in der Mauer hinter einem Gartenstückchen von Handtuchgröße; aus dem winzigen Gemüsegarten mit einem einzigen Apfelbaum für den Eigenbedarf der Mönche und Konversen war jedoch mit der Zeit ein Fleckchen nackter Erde geworden, in dem Hühner pickten und die Gänse sich sonnten, soweit sie nicht draußen auf der Weide waren.

Jetzt war er leer. Unter ihren Füßen spürte Johanna nur hin und wieder glitschigen Kot. Vor ihr machte Brobergen halt, und hinter ihm sah sie schemenhaft die abschließende Mauer aufragen. Jetzt befand sich zwischen ihnen und der Freiheit nur ein schwerer Balken, der quer vor dem Pförtchen in Halterungen steckte, die in die Mauer eingelassen waren.

Johannas Arm war noch nicht sonderlich brauchbar für handwerkliche Verrichtungen. Sie mußte sich damit begnügen, Roland mit dem gesunden zu helfen. Sie spürte, wie er hob und schob und allmählich anfing, wie ein Roß zu dampfen.

Der Balken rührte sich nicht. In Johanna wuchsen Zweifel und Angst. Aber sie war sich ganz sicher, daß die Pforte früher hatte geöffnet werden können.

»Es geht nicht«, flüsterte Brobergen schließlich nach einer Weile. »Sie haben sie irgendwie zugemacht. Aber ich sehe nicht, was es sein könnte.«

»Es sind«, sagte eine leise Stimme hinter ihnen, »einfache eiserne Nägel ohne Kopf. Man kann sie nicht sehen.«

Johanna fuhr herum. Die weißen Teile einer Mönchskutte leuchteten zusammenhanglos vor der Schwärze der Apfelbaumkrone. »Wer ist da?« flüsterte sie heiser vor Schreck.

»Lorenz, natürlich. Wer sonst sollte dich so gut kennen, Johanna? Hast du schon wieder vergessen, daß mir sämtliche Tricks der Konversen bekannt sind, mit denen sie sich von der Arbeit oder anderen Verpflichtungen fortzustehlen pflegen?« Der Mönch trat aus dem Schatten des Apfelbaums heraus, die Hände in den Kuttenärmeln.

»Ich bin kein Konverse«, murrte Johanna vergrätzt.

»Nein, du bist sehr viel klüger als die meisten. Und entschlossener. Und dasselbe gilt für den Ritter. Aber Ihr könnt hier nicht hinaus. Ich schlage vor, daß ihr euch wieder zu Bett begebt.«

»Um einfach zu warten«, warf Brobergen angewidert ein. »Worauf warten wir eigentlich, Vater?«

»Wenn ich das wüßte«, murmelte Vater Lorenz und drehte sich um. Noch während er davonschlurfte, hörten sie, daß er beunruhigt war. »Wenn ich das selbst wüßte …«

Kapitel 16

Im Morgengrauen entstand mehr Lärm im Hof als sonst zu dieser frühen Zeit. Kaufleute sind gekommen, dachte Johanna im Halbschlaf. Gar nicht übel. Sie konnten versuchen, mit dem Leiter der Gruppe zu sprechen, und ihn bitten, in ihrem Schutz bis zur nächsten Stadt mitreisen zu dürfen, waffenlos und ohne Barmittel, wie sie nach einem Überfall von Räubern nun mal waren … Mal sehen, ob Lorenz dann wagen würde, sie zurückzuhalten.

Johanna wachte vollends auf und lauschte dem Trippeln von leichten Maultierhufen und dem Gewieher der Tiere, die in den Stall wollten.

Früher, als sie noch als Magd hier gedient hatte, hätte sie sich jetzt mit fliegenden Händen ankleiden müssen, um ihren zahlreichen Pflichten nachzugehen: den Gästen Schlafplätze anweisen, die Mönche in der Küche auf Trab bringen, Vornehme und Gewöhnliche auf das Speisezimmer und den Saal verteilen. Und noch viel mehr. Johanna räkelte sich, warf sich auf die Seite und legte eine Hand unter die Wange. Während sie sich eine neue Kuhle zurechtwühlte, fand sie, daß unter bestimmten Umständen sogar einer Gefangenschaft angenehme Seiten abzugewinnen waren.

Roland Brobergen schnarchte laut. Sie blickte zärtlich auf ihn hinunter. Seine Haare waren verstrubbelt, und er bedurfte dringend einer Rasur. Wie ein Wachhund lag er zwischen ihr und der Tür. Auch ohne seine Waffen würde er niemanden, der ihr Böses wollte, an sie heranlassen. Ihre Hand stahl sich unter der Wolldecke hervor und strich ihm über die Lippen. Das Schnarchen endete abrupt.

Und auch draußen ebbten die Geräusche langsam ab. Vermutlich bezogen die Kaufleute jetzt den großen Schlafsaal im Haupthaus. Zufrieden zog Johanna ihre Hand zurück, gab sich ihrer Trägheit und der wieder zunehmenden Müdigkeit hin und schloß die Augen.

Eigentlich ist es schön anzuhören, dachte sie träumerisch, wenn viele Mönche ihre Stimmen zu einer Hymne vereinigen. Es ist wie eine Botschaft an Gott den Herrn, daß alle Frommen sich Seinem Ratschluß beugen; und Mönche und Nonnen tun es stellvertretend für alle, die sich so nicht zu äußern vermögen …

Johanna schoß so schnell im Bett hoch, daß ihr wieder ein Pfeil in die Schulter zu fahren schien. »Roland!« keuchte sie.

Er schnellte empor und tastete nach dem Schwert, das nicht neben ihm lag. »Was ist?« fragte er schlaftrunken.

»Ich glaube, Gottfried und seine schrecklichen Mönche sind gekommen!«

Vater Gottfried watschelte ins Zimmer, gefolgt von dem devoten Vater Tobias, der ihm die Tür geöffnet hatte. Gottfried richtete seine blaßblauen Fischaugen auf Johanna, wie um sich zu vergewissern, ob sie es wirklich war. »Die Verhältnisse der Menschen ändern sich schnell, nicht wahr? Aber es siegt immer der Herr.«

»Meint Ihr Euch allein, Vater Gottfried, oder Euch beide?« Brobergen schlug die Hand des Subpriors beiseite, die sich bereits seinem Mund genähert hatte, damit er den Ring küssen konnte.

»Ich vergaß, ich bin bei Ketzern!« Gottfried flogen schon wieder die Spuckebläschen der Wut von den Lippen, und Brobergen wischte sie demonstrativ ab.

»Das kann nicht sein, Bruder Subprior«, warf Vater Lorenz im Brustton der Überzeugung ein. Ohne daß sie es gemerkt hatten, stand er in der Tür, groß, bescheiden und jetzt in schlichter Arbeitskleidung.

Gottfried drehte sich mühsam um seine eigene Achse und betrachtete empört den Mann, der ihm in den Rücken zu fallen wagte.

»Wirklich nicht«, beteuerte Lorenz. »Kein Abt würde erlauben, in einem Haus des Ordens der Zisterzienser Ketzer zu beherbergen! Niemals! Ich bin ganz sicher. Oder auch gefangenzuhalten, wie in diesem Fall.«

»Was schwatzt du da, Bruder!« zischte Gottfried und streckte den Hals wie ein erzürnter Ganter.

»Ja, doch«, beteuerte Vater Lorenz aufrichtig. »Ich habe den schriftlichen Befehl meines Vorgesetzten erhalten, Johanna und Vico von Falkenstein sowie den Ritter Roland Brobergen in meinem Haus festzuhalten, bis ich neue Anweisungen erhalte. Ich werde dir Brief und Siegel gerne zeigen, Bruder Subprior.«

»Darum geht es doch nicht!« brüllte Gottfried, außer sich vor Wut. »Wie kannst du es wagen, von Gefangennahme zu sprechen! Die Kirche hält niemanden gefangen! Das muß dir dein eigener Verstand doch schon sagen!«

»Ich bin ein einfacher Mann, Bruder Gottfried«, sagte Lorenz störrisch. »Solche Feinheiten verstehe ich nicht. Für mich ist einer gefangen, der nicht gehen darf, wohin er will.«

Vater Gottfried beendete die nutzlose Diskussion mit einer brüsken Geste und wandte sich wieder Johanna zu. »Erinnert Ihr Euch an unseren gemeinsamen Ausflug vor einigen Jahren? Damals handelte es sich nur um eine Grangie im Wald. Ihr habt dort gelebt wie die Made im Speck. Dieses Mal wird es weniger angenehm für Euch.«

Johanna rührte sich nicht, als er Anstalten machte, sie aus dem Bett zu zerren. Brobergen erhob sich und trat neben sie. Drohend blickte er auf den fetten kleinen Mönch hinunter.

»Ihr werdet es nicht wagen! Ich stehe unter dem Schutz des Herrn.« Gottfried schlug hastig das Kreuz.

»Ich auch!« sagte Roland Brobergen.

Der Mönch sperrte den Mund auf.

Währenddessen starrte Vater Lorenz seinen Bruder im Herrn grübelnd an, die Stirn in Falten gelegt. »Mir hat niemand mitgeteilt, was weiter mit meinen beiden Gästen geschehen soll«, sagte er. »Weißt du etwas darüber, Bruder?«

»Selbstverständlich«, sagte Gottfried hochnäsig. »Sie sind in meine Obhut zu geben. Du bist ab jetzt der Verantwortung für sie enthoben.«

»Jetzt sofort?« erkundigte sich Vater Lorenz.

Johanna glaubte ihren Ohren nicht zu trauen, weil die Erleichterung, die er empfand, überaus deutlich zu hören war. Nach dem Disput der beiden Mönche hatte sie angenommen, Lorenz stelle sie unter seinen Schutz. Er hatte ja deutlich gesagt, wer ihm Anweisungen geben durfte und wer nicht.

»Was habt Ihr mit uns vor?« fragte Brobergen scharf.

Gottfried würdigte ihn keines Blickes. Statt dessen schenkte er Lorenz ein schmales Lächeln, offenbar befriedigt, daß dieser klein beigegeben hatte. »Auf der Stelle«, sagte er beruhigend. »Ich beabsichtige sogar, heute nachmittag noch weiterzureisen.«

Vater Lorenz verzog sein Gesicht und schüttelte zweifelnd den Kopf. »Aus dem Süden zieht ein Unwetter herauf. Einer meiner Konversen berichtet mir, daß die Wolken so schwarz wie das Innere einer Köhlerhütte sind. Er hat die Beine in die Hand genommen, und mit Gottes Hilfe hat er es trocken bis hierher geschafft.«

»Wirklich? Wir sind von Osten gekommen. Die Berge haben uns vor dem Anblick bewahrt! Und der Herr!« Gottfried eilte zu der geöffneten Fensterluke und steckte den Kopf hinaus. »Gott erbarme sich unser!« rief er. »Es sieht aus, als ob Satan die Hölle gleich öffnen wird.«

Johanna wechselte einen Blick mit Roland. Gottfried war also aus Königstein gekommen.

»Die Bäche schwellen in dieser Gegend schnell an, wie du sicher noch weißt, Bruder Gottfried. Im Augenblick würde ich nicht einmal die Feinde des Herrn auf unsere Straßen schicken.«

»Ich schon«, murmelte Gottfried abwesend und sah zur Sicherheit noch einmal hinaus. »Aber ich bin kein Feind des Herrn, meiner harren Seine Aufträge.«

»Das eben meine ich«, sagte Lorenz. »Es wäre deshalb gescheiter, Bruder Subprior, die Abreise auf morgen zu verschieben. Ein weiches Bett haben wir noch übrig.«

»Der Gedanke daran behagt mir durchaus«, murmelte Gottfried, während seine nachdenklichen Blicke zu Johanna und Brobergen hinübergingen. »Man müßte die beiden einsperren – sie haben den Unnennbaren als mächtigen Helfer. Sorgst du dafür, lieber Bruder, damit ich ruhig schlafen kann?«

»Aber gewiß doch. Und bei der Vielzahl der Brüder, die Ihr mitgebracht habt, Bruder Gottfried, wird es wohl die ganze Nacht über immer jemanden geben, der die Augen offen hat. Ich selber schlafe auch schlecht.«

»Der Herr ist auf unserer Seite.« Gottfried verlor zusehends das Interesse an seinen Gefangenen. Er zwinkerte mit den Augenlidern, als ob ihm etwas Erfreuliches eingefallen wäre. »Kocht für euch noch der Konverse, der so köstliche gefüllte Gänsehälse zubereiten kann?« erkundigte er sich und leckte sich die Lippen.

»Er ist noch da. Und die fette Gans werden wir zum Lob des Herrn und aus Freude über deine Anwesenheit schlachten, Bruder.«

»Prächtig, prächtig«, sagte Gottfried. Sein schweißglänzendes Gesicht erstrahlte in Vorfreude. Als ob es nie Unstimmigkeiten gegeben hätte, schlang er seinen kurzen Arm unter den knochigen von Vater Lorenz und zog ihn auf den Gang hinaus, der zum Haupthaus führte.

Den seltsamen Kontrast der beiden ungleichen Mönche noch vor Augen, schwieg Johanna nachdenklich. »Merkwürdig«, sagte sie nach einer Weile. »Vater Lorenz war Gottfried nie besonders zugetan.«

»Sie gehören zum gleichen Orden, das reicht«, schnitt Brobergen ihr das Wort ab. »Denk lieber darüber nach, ob es noch eine andere Möglichkeit gibt zu fliehen. Es paßt mir nicht, Gefangener dieses fetten, ungewaschenen Mönchs zu sein.«

»Sauber wäre er auch nicht auszuhalten«, sagte Johanna griesgrämig und beobachtete Brobergen, der wohl zum zehnten Mal aus der kleinen Fensterluke, durch die kein Mensch hindurchpaßte, auf den Hof spähte.

»Die sind jetzt alle in der Kapelle«, stellte der Ritter fest. »Außer dem alten Mann, der das Tor hütet. Der behält es so fest im Auge, als wollte es ihm jemand stehlen.«

»Ziemlich ungewöhnlich, dies alles«, sagte Johanna mit einem Seufzer. »Der Konverse am Tor pflegt in die Küche zu entschwinden, wenn niemand zu sehen ist. Es beweist, daß sie auf uns aufpassen. Wir können nicht fliehen. Heute nicht. Vielleicht unterwegs.«

Brobergen mochte ihr nicht recht geben. Knurrend und brummend begann er auf dem Lehmfußboden wie eine eingesperrte Katze hin- und herzulaufen.

»Willst du nicht endlich Ruhe geben?« fragte Johanna irritiert und verkroch sich bis über die Ohren unter ihrer Decke.

Mochte der Himmel wissen, was sie mit ihnen vorhatten. Eigenartig war, daß niemand Auskunft geben wollte. Vielleicht war es eine besondere Form der Quälerei. Gottfried war alles zuzutrauen, Johanna gab sich da keinen Illusionen hin.

Es raschelte an der Tür. Johanna erwachte und spürte, daß Roland schon lauschte. Die Wärme seines aufgerichteten Oberkörpers streifte ihre Wange wie ein Hauch.

»Kommt«, flüsterte eine tonlose Stimme.

»Wie spät ist es denn?« fragte Johanna verwirrt. Es war stockdunkel, nicht einmal ein Schimmer von Licht kam durch die Fensteröffnung.

»Kurz vor Laudes. Seid leise und beeilt Euch.«

Rolands Hand stahl sich zu Johanna und klopfte ihr aufmunternd aufs Knie.

So rasch sie konnten, zogen sie sich an, während der Unbekannte hinter der Tür wartete. Dann schlichen sie hinter einer dunklen Arbeitskutte her über den Hof zum Apfelgarten. Dort blieb der Mönch stehen und schlug seine Kapuze herunter.

»Vater Lorenz«, sagte Johanna überwältigt.

»Geht mit Gott«, murmelte der Mönch. »Die Pforte ist wieder offen. Dahinter warten Freunde auf Euch.«

»Warum, Vater Lorenz?« fragte Brobergen. »Gestern habt Ihr uns aufgehalten – heute laßt Ihr uns hinaus …«

»Meine Anweisungen lauteten nicht, daß ich Euch an jemanden ausliefern soll, wie Christus an die Römer ausgeliefert wurde«, flüsterte Lorenz. »Schon gar nicht an Bruder Gottfried. Das würde ich dem widerspenstigsten Konversen nicht antun. Und jetzt hinaus mit Euch!«

Das Glöckchen der Kapelle kündigte mit seinem leisen Bimmeln den Beginn der Messe an.

Lorenz faltete die Hände und sah nach oben. »Herr, vergib mir, daß ich mich gegen einen Bruder wende«, betete er andächtig. »Ich bin sicher, Du verstehst, daß es sein muß.«

Brobergen hob mit Leichtigkeit den Balken aus seinen Halterungen. Johanna beugte sich tief über die Hand des Mönches und schlüpfte dann hinter dem Ritter hinaus in die Freiheit.

Sie roch nach Walderde. Die Büsche vor der nahen Felswand bewegten sich sacht, und Johanna blieb einen Augenblick stehen, überwältigt von Erleichterung.

»Pst, hier bin ich«, zischte jemand.

Johanna entdeckte neben sich die Gestalt von Claus, dem Schmiedelehrling, der so strahlte, daß sie seine Zähne sehen konnte.

»Hier entlang!« Ohne ein weiteres Wort zu verlieren, führte er sie zwischen der Hinterfront von Häusern, die durch Teile der Stadtmauer miteinander verbunden waren, und dem Fuß des Taunushügels um die Stadt herum.

Als Johanna den Bach rauschen hörte, wußte sie, daß sie sich in der Nähe von Ennels Schwertschmiede befinden mußten. Kurze Zeit später kletterten sie über eine Leiter in ihren Hof, der von dem schwachen Schein eines frühen Schmiedefeuers beleuchtet wurde.

»Wieder zum Kämpfen aufgelegt, Schwesterchen?« fragte Vicos Stimme, dann kam ihr Bruder lässig herbeigeschlendert, im Unterschied zu ihnen voll bewaffnet und von leisem Klirren begleitet.

»Es geht wieder, denke ich«, antwortete Johanna, nachdem sie sich von ihrer Überraschung erholt hatte. »Nur werden Roland und ich ab jetzt wohl mit den Fäusten gegen Kanonen kämpfen müssen.«

»Es ist für alles gesorgt«, warf die Ennelin beruhigend ein. »Ihr werdet doch nicht erwarten, daß ich jemanden unbewaffnet von meinem Hof lasse. Da können sich die Burgherren noch so sträuben.«

»Ennel, du bist ein Schatz«, sagte Brobergen dankbar.

»Ich weiß, aber ich habe dafür ja auch einen bekommen«, sagte die Schmiedin und blinzelte Vico zu. »Es ist alles bezahlt.«

Claus, den Johanna nicht mehr zu Gesicht bekommen hatte, seitdem er sie hergebracht hatte, kam mit einem länglichen Paket herbei. Mit feierlichem Gesicht blieb er vor ihr stehen und schlug die Zipfel des weichen Leders zurück. Die glänzend polierte Griffstange eines Malchus leuchtete matt wie Gold.

»Oh, wie schön«, sagte Johanna überwältigt. »Hast du ihn gefertigt, Claus?«

Er nickte. »Nicht mein erster. Ich habe tüchtig üben müssen. Aber mein bester. Er gehört Euch als Dank … für einiges.«

»Wir sollten uns beeilen«, mahnte Vico.

Johanna umarmte Claus kurzerhand und drückte ihm einen Kuß auf die Stirn. Dann eilte sie zu der Bank vor der Wand, auf der die übrigen Waffen bereitlagen. Auf demselben Weg, den sie gekommen waren, verließen sie die Stadt wieder.

Kurze Zeit später schon saßen sie auf den Pferden, die ein Geselle der Schmiedin bewacht hatte. Es waren ihre eigenen Pferde, die in den Kanonenhof gebracht, aber von dort auf unbekanntem Weg verschwunden und in Ennels Stall wieder aufgetaucht waren.

In sicherer Entfernung von Eppstein erzählte Vico Johanna und Brobergen alles, was sich seit ihrer unerwarteten Trennung ereignet hatte. Das wichtigste von allem war die Bestätigung, daß Katherine die Stadtwachen bestochen hatte.

Kapitel 17

Nach ihrer Flucht aus Eppstein verbrachten sie einige Tage wieder einmal in einer aufgegebenen Hütte in einem einsamen Seitental. Niemand schien sich für sie zu interessieren. Schließlich entschlossen sie sich, nach Königstein zurückzukehren.

Sie waren schon auf der Hauptstraße, als Johanna, die einige Pferdelängen hinter den Männern ritt, zum Stand durchparierte und nach hinten horchte. Kurze Zeit später war sie sich sicher, daß ihr Verdacht richtig war. Sie preschte nach vorn und fiel Brobergen in die Zügel. »Wir werden schon wieder verfolgt«, sagte sie gedämpft. »Es sind mehrere Reiter, ich glaube, mehr als wir.«

»Dann los!« befahl Brobergen. »Unsere Pferde sind immerhin ausgeruht. Du reitest voran, Johanna.«

Johanna legte sich flach nach vorn und jagte los. Hinter sich hörte sie das Schnauben und die Huftritte der anderen beiden Hengste.

Nach einer Weile meldete Vico, der als letzter ritt: »Wir haben sie abgehängt.«

Sie erlaubten ihren Pferden vorübergehend eine langsamere Gangart, um sie nicht zu schnell zu ermüden. Anscheinend hatten die Verfolger nur Mähren zur Verfügung. Unerwartet schlossen die Männer auf. Zwei Pfeile flogen, aber sie gingen weit daneben und landeten im Gras. Johanna und Vico wechselten in den Galopp, während Brobergen stehenblieb, um die vier Reiter einen Augenblick zu beobachten.

Nach einer Weile hörte Johanna die gleichmäßigen Galoppsprünge von Basileus hinter sich.

»Wer sind die Kerle?« fragte Vico.

»Nachahmungen von Rittern«, antwortete Brobergen sorglos. »Sie sind mit Kettenhemden und Kettenhauben ausgerüstet, aber was für welchen! Ihren Pferden würde unsereiner auf einer saftigen Weide das Gnadenbrot geben. Merkwürdig, welches Volk man uns jetzt schon nachschickt. Fast eine Beleidigung für anständige Menschen!«

Johanna klopfte Astor verdrossen den Hals. Sie hatte einfach keine Lust mehr. Und er auch nicht. Es schien, als wollte dies nie aufhören; ständig waren sie von Feinden umzingelt, und immer wieder kamen neue hinzu.

»Treffen können sie auch nicht«, fügte Brobergen hinzu. »Es reicht als Verteidigung, wenn wir sie nicht näher kommen lassen.«

Johanna nickte und verlor das Interesse an den Verfolgern, als ihnen scharenweise Menschen entgegenkamen, ganz offensichtlich Bürger von Königstein. Mit Sack und Pack, mit Kindern und alten Leuten verließen sie die Stadt auf sorgfältig gepackten, hoch beladenen Karren.

»Gute Leute«, sprach Brobergen einen anständig gekleideten Bürger an. »Ist irgend etwas los in Königstein?«

»Noch nicht, Ritter«, antwortete der knapp. »Aber bald. Die Wetterauer Truppen rücken an. Und ich habe noch nie einen Krieg erlebt, in dem nicht die Bevölkerung dran glauben mußte. Ich werde nicht darauf warten, daß sie mein Haus ausplündern und die Frauen vergewaltigen.«

»Da habt Ihr recht«, antwortete Brobergen höflich und ließ den Wagen an sich vorbeirollen. Im Abstand einiger Wagenlängen kam bereits der nächste. Brobergen starrte ihm finster entgegen. »Kein Zweifel, sie bereiten sich auf einen Krieg vor«, murmelte er.

Der Verkehr wurde so dicht, daß sie mit dem Grünstreifen neben der Straße vorliebnehmen mußten und nur noch traben konnten. Vor dem Stadttor von Königstein fiel Brobergen in Schritt. Johanna sah sich um. In Sichtweite beratschlagten die vier Verfolger miteinander. Sie hatten es nicht eilig.

»Wetten, es sind Katherines Leute?« fragte Brobergen. Das Torgewölbe warf seine Frage hallend zurück. »Bestimmt war es so abgemacht, daß wir ihnen von Gottfrieds Mönchen gefesselt und geknebelt übergeben werden. Sie sind wohl eher als Gefangenenwärter bestellt worden denn als Ritter, die einen ritterlichen Kampf austragen sollen. Wahrscheinlich sind sie immer noch dabei, sich von ihrer Überraschung zu erholen.«

Johanna mußte lachen.

»Nimm es nicht zu leicht. Sie werden uns auf den Fersen bleiben, bis wir uns an ihre Anwesenheit gewöhnt haben. Dann werden sie zuschlagen.«

»Wir trennen uns in der Stadt«, schlug Vico vor. »Ihr reitet zu Oppenrods Haus, und ich sehe mir die Burschen mal von hinten an. Vielleicht sind sie keine Unbekannten.«

»Gute Idee«, stimmte Brobergen zu und trieb Basileus gemächlich durch die Menge, während Vico vom Pferd sprang und sich in eine Seitengasse verdrückte. Er wurde schnell von den Passanten verschluckt.

Auch ihre Verfolger bekamen sie bis zum Haus nicht mehr zu Gesicht. »Die wissen, wo wir hinwollen, bestimmt«, sagte Johanna schließlich und stieg mit ein wenig steifen Gliedern vor der dunkelgrünen Haustür vom Pferd. Es würde tatsächlich lästig sein, den Feind ständig im Rücken zu wissen. Sie blickte an der schmalen Front des Hauses hoch. »Es ist so still«, bemerkte sie beunruhigt.

Aber der Knecht Heinrich nahm wie immer ihre Waffen entgegen und schickte jemanden, der sich um die Pferde kümmern sollte, kraft seiner Stimme in den Hof. Die Magd eilte mit einem hohen leeren Bierkrug in den Hinterhof.

Irgend etwas war anders. Johanna rannte die Stiege nach oben. Ritter Oppenrod saß in seinem Sessel, ein wenig blasser als sonst, aber er lächelte ihr entgegen.

»Wie geht es Euch? Und wo ist Ritter Bernburg? Und Lettel und Philipp?« fragte Johanna und sah sich ungeduldig um.

»Philipp habe ich unter Lettels Schutz nach Frankfurt zurückgeschickt«, sagte Oppenrod mit einem Stoßseufzer. »Wir können die Augen nicht davor verschließen, daß es hier bald unangenehm werden wird. Beide Seiten haben Kanonen und werden versuchen, der anderen so viel Schaden wie möglich zuzufügen. Es ist zu vermuten, daß sowohl die Wetterauer als auch Philipp von Falkenstein die Königsteiner Bürger der jeweils anderen Seite zurechnen werden. Grund genug hätten sie alle beide.«

»Herr im Himmel«, sagte Johanna und ließ sich auf einen Hocker fallen. »Und wir haben den Frankfurtern die Kanone verschafft.«

»Und das ist gut so, denn zunächst wird sie dazu dienen, Breschen in die Burgmauern zu schlagen. Und möglicherweise wird dabei Philipps Kanone getroffen«, sagte Oppenrod. »Wenn aber nicht …«

»Ihr stellt Euch jetzt offen auf die Seite von Philipps Feinden«, bemerkte Johanna staunend.

»Ja«, gab Oppenrod zu. »Philipp würde es als Verrat ansehen. Aber wenn man als Bürger unter Bürgern in der Stadt lebt, ändert sich die Sichtweise. Von unten nach oben zu blicken, ist etwas anderes, als von oben nach unten …«

»Übrigens wurden wir verfolgt«, warf Brobergen ein, der nachgekommen war. »Vier Reiter. Vico ist ihnen im Augenblick auf den

Fersen und versucht, in Erfahrung zu bringen, wer sie sind und was sie von uns wollen. Es scheint, als hätte Katherine einen eigenen kleinen Krieg gegen uns angezettelt.«

»Was will sie eigentlich noch?« fragte Johanna. »Sie hat ihr höchstes Ziel nicht erreicht und sollte sich damit abfinden.«

»Du verkennst sie«, meinte Brobergen. »Eine Frau wie sie kämpft, solange sie am Leben ist. Wenn Philipp sie nicht zum Tode befördert, wird sie Mittel und Wege finden …«

»Ich vergaß. Du kennst sie ja besser als ich«, versetzte Johanna verdrossen.

»Sch, sch«, machte Oppenrod und breitete beschwichtigend die Hände aus. »Ihr seid müde und hungrig, und wir alle sehen einer ungewissen Zukunft entgegen. Aber das ist kein Grund zum Streiten. Nach dem ersten Schluck Bier wird es Euch bessergehen.«

Johanna nickte. Mit Erleichterung hörte sie unten eine Tür schlagen; es war wohl die Magd, die mit dem Essen kam. Plötzlich spürte sie die Erschöpfung; auch schmerzte ihre Schulter. Schweigend begann sie, ihre Schuhe aufzuschnüren.

Hinter der Magd, die ein Brett mit allerlei Köstlichkeiten trug, tauchte Vico auf. Er grinste. Sein schmuddeliges Gesicht ließ ihn aussehen, als hätte er gerade einen Streich vollbracht. Er langte über die Schulter der Magd und angelte sich einen der schäumend gefüllten Becher.

»Was hast du in Erfahrung gebracht?« fragte Brobergen gespannt.

»Nicht viel«, gab Vico zu. »Aber den einen von ihnen habe ich schon gesehen. Er war früher öfter mit Konrad zusammen. Sie wußten genau, wo ihr hinwolltet, und wurden erst unruhig, als sie mich vermißten. Sie trennten sich dann auch …«

»Und was weiter?«

»Tja«, sagte Vico und kratzte sich seine stoppelige Wange. »Ich bin den beiden nachgegangen, die anscheinend mit einem Auftrag losgeschickt wurden. Sie ritten zum Tor zurück und gingen in die Kapelle. Komisch, daß ausgerechnet sie so fromm sein sollen …«

Johanna schoß flüchtig die Erinnerung durch den Kopf, wie sie Thomas aus der Kapelle am Brückentor hatte heraustreten sehen, wo er die Messe zelebriert hatte. Aber natürlich gab es da keinen Zusammenhang. Vielleicht wollten die beiden Ritter einfach eine Kerze als Sühne für künftige Untaten stiften …

Auf der Treppe klapperte gerade die Magd wieder herauf, um den fehlenden Becher vor Johanna abzustellen. Ihre Hände zitterten. »In der Gasse sind mehrere Ritter, Herr.«

»Königstein wimmelt vermutlich von Rittern.« Oppenrod betrachtete sie mit Verwunderung.

»Irgendwie schleichen sie so verstohlen um unser Haus. Das sind keine Männer wie Ihr und Ritter Bernburg«, antwortete die Magd und unterdrückte einen Schluchzer.

Offensichtlich hatte die Angst vor dem bevorstehenden Krieg auch sie bereits in Panik versetzt. Der Hausherr lächelte milde und setzte gerade an, um seine Magd zu beruhigen, als von der Hofseite ein zischendes Geräusch zu hören war.

Brobergen war mit einem Schritt an der Fensteröffnung und lehnte sich hinaus. »Ein Brandpfeil! Los, nach unten!«

Vico landete mit zwei Sätzen als erster am Fuß der Treppe und stürzte auf die Straße. Johanna, die sich, seit sie den kranken Oppenrod behandelt hatte, besser auskannte, lief zur Hintertür, Roland hinter sich.

Johanna hatte nur Augen für den brennenden Stall. Aus der Tür quoll Qualm, die Hengste wieherten und traten mit donnernden Hufen um sich. Sie rannte zu der Zisterne in der Hofecke und begann die bereitstehenden Eimer zu füllen. Heinrich löschte.

Der Schaden war geringer als befürchtet. Der Pfeil hatte zum

Glück kein Stroh, sondern das Gefach getroffen, dessen Lehmschicht schnell vom Wasser durchtränkt war. Als es nur noch qualmte, bahnte Johanna sich mit angehaltenem Atem den Weg in den Stall, um die Pferde herauszulassen.

»Ruhig, ganz ruhig«, sagte hinter ihr Brobergen und klopfte Basileus auf die Kruppe, während Johanna sich um Astor kümmerte.

Einen Augenblick später hatten sie alle Pferde und eine grunzende Muttersau in der Ecke des Hofes versammelt. Heinrich wedelte den Rauch mit einem Sack aus der Stalltür.

Allmählich lichtete sich die Luft im Hof wieder. Als Johanna sich die tränenden Augen gewischt hatte, entdeckte sie neben der Hintertür Vico, der sich über eine am Boden ausgestreckte Gestalt beugte.

Brobergen war ihren Blicken gefolgt. »Er ist derjenige, der den Brandpfeil geschossen hat«, sagte er. »Ich habe ihn am Hals verwundet und hereingeholt. Seine Freunde haben ihn liegenlassen und sind abgehauen. Feige Bande!«

Johanna überquerte den Hof und schob ihren Bruder beiseite. Noch während sie ihr Tuch, das sie immer bei sich trug, aus dem Wams zog, um den Blutfluß zu stillen, erkannte sie, daß die Wunde tödlich war. Rolands Messer war dem Ritter seitlich in den Hals gefahren, wo die zu knappe Kettenhaube Haut freigelassen hatte. Dunkelrotes Blut strömte aus der großen Ader, die dort verlief. Seine braunen Augen waren auf sie gerichtet.

»Es tut mir leid, daß es so gekommen ist«, sagte Johanna ernst, »aber natürlich habt Ihr es Euch selbst zuzuschreiben. Sollen wir Eurer Familie etwas bestellen oder zusenden?«

»Frage lieber, wie er dazu kommt, einen Anschlag auf das Haus eines angesehenen Ritters und Bürgers von Königstein zu unternehmen«, knurrte Vico und stieß den Verletzten mit der Fußspitze an. »Wer schickt dich, Kerl?«

»Es geht mit mir zu Ende, nicht wahr?« röchelte er und suchte Johannas Hand. »Betet Ihr mit mir?«

Er war noch sehr jung und tat Johanna trotz allem leid. Immer wieder wurden solche Knaben für Aufgaben mißbraucht, bei denen sie ihren Mut beweisen sollten. Die Schlaueren und Älteren hielten sich zurück. Sie streichelte seine Hand sacht. »Ich weiß es nicht«, sagte sie sanft. »Aber ich befürchte es. Möchtet Ihr nicht lieber, daß wir einen Priester holen?«

Zu ihrer Überraschung schüttelte er den Kopf. »Aber mein Vater würde sicher gerne erfahren, daß ich für meine Sünde mit dem Leben bezahlt habe«, flüsterte er. »Er ist ein gerechter Mann; es wird ihn mit mir aussöhnen. Er ist ... der Kerkermeister auf Burg Falkenstein.«

»Vico, hole einen Priester von der Straße«, bat Johanna hastig, ohne das Tuch von der Wunde zu nehmen, obwohl es jetzt so durchtränkt war, daß es keinen Nutzen mehr brachte. »Er ist nicht mehr bei sich. Er kann nicht mit dieser Sünde, von der er spricht, sterben wollen.«

»Bitte nicht!« keuchte er und bäumte sich auf. Unter seinem Hals breitete sich die Blutlache aus. »Keinen Priester! Ich hätte nicht zu ihm gehen sollen! Ich muß in die Hölle, es ist meine Sühne.«

Vico zuckte die Schultern und hockte sich wieder hin.

»Schon gut.« Johanna lächelte den Jungen an, der als Kerkermeistersohn nur Knappe sein konnte und es auch sein Leben lang geblieben wäre. Sie strich ihm die blutigen Haare aus der Stirn. Sein Gesicht wurde allmählich grau und fiel ein. Zu gern hätte sie erfahren, was er mit dem Priester meinte, zu dem er nicht hätte gehen sollen. Aber er lag im Sterben, und sie hatte kein Recht, ihm eine Anstrengung aufzunötigen, die ihm Augenblicke früher die Pein der Hölle bescheren würde.

»Ihr seid Johanna von Falkenstein, nicht wahr?«

Johanna nickte überrascht. Aber dann fiel ihr ein, daß die Ritter zweifellos gewußt hatten, wen sie verfolgten.

»Mein Vater bewacht Lienhart von Falkenstein. Der Herr sei ihm gnädig …« Seine Stimme erstarb mitten im Satz. Die Hand, die in Johannas lag, erschlaffte, und sein Kopf sank zur Seite.

»Euch auch«, murmelte Johanna und blickte voll Entsetzen auf Vico. »Hast du gehört?«

»Auf Burg Falkenstein ist Vater also«, wiederholte ihr Bruder und stemmte sich hoch. »Ich hätte nicht gedacht, daß wir von dem Kerl etwas Brauchbares erfahren würden.«

Johanna schüttelte schweigend den Kopf und sah sich nach Roland um.

Brobergen kam erst jetzt näher. Er hatte teilnahmsvoll zugehört, ohne sich seinem Opfer zu zeigen. Johanna wünschte, er hätte den Jungen nicht getötet. Dieser Tod war so sinnlos.

Nachdenklich betrachtete er den Toten. »Sie wurden mit einem Auftrag losgeschickt«, sagte er. »Aufträge gibt man den Jüngeren. Also war dieser hier vermutlich einer von den beiden, die in die Kapelle geschickt wurden, möglicherweise also zu einem Priester. Aber der Gang zu diesem Priester war eine so schwere Sünde, daß er sich entschlossen hat, dafür in der Hölle zu schmoren. Sehr eigenartig.«

»Ich will ja nicht zur Leichenfledderei anregen«, sagte Vico mit ungewohnter Verlegenheit. »Aber vielleicht weist irgend etwas darauf hin, was er dort gemacht hat …, eine Botschaft möglicherweise.«

»Die würde wohl kaum der jüngste Knappe bei sich tragen«, widersprach Brobergen, bückte sich aber trotzdem, um den Toten zu untersuchen. Unter dem Kettenhemd fand er einen Lederbeutel, den er vom Gürtel abknotete. Er wog ihn in der Hand. »Zu schwer für einen Knappen, dessen Vater Kerkermeister ist.«

»Nun mach schon auf!« Vico fingerte gespannt am Beutel.

Roland mußte mehrere übereinanderliegende Knoten öffnen. Er schüttete eine Handvoll Silbermünzen in Johannas Hand. »Einen solchen Schatz trägt man nicht mit sich herum«, sagte er überrascht.

»Es sei denn, man hätte ihn gerade erhalten. Der Priester muß sie ausgezahlt haben! Und so wie die Dinge liegen, haben sich die Ritter mehr bedient als der Knappe. Die Summe muß also ganz schön hoch gewesen sein.« Vico schnalzte mißbilligend mit der Zunge.

»Ich könnte mir denken, daß euer Bruder Thomas die Hand im Spiel hatte«, sagte Brobergen und wippte auf den Hacken.

Die Brückentorkapelle! Natürlich. Johanna starrte ihn an, ohne ihn wahrzunehmen. Abgesehen davon, daß Thomas hier die Messe gefeiert hatte, war man bei Alarm aus der Stadt, bevor die Tore richtig geschlossen waren. In Kriegszeiten ein Gesichtspunkt, der nicht zu vernachlässigen war.

»Unser geliebter geistlicher Vater und leiblicher Bruder«, wiederholte Vico voll Wut. »Der hat uns schon manchen Verdruß bereitet. Zuerst Mittelsmann zwischen den Mönchen und Philipp, und jetzt Mittelsmann zwischen Katherine und den von ihr gedungenen Mördern. Seine Ansprüche sinken rapide. Bin neugierig, was er sich noch einfallen läßt.«

»Als erstes, Ritter Oppenrod«, sagte Brobergen bestimmt, »werden wir den Leichnam aus Eurem Innenhof fortschaffen, und danach uns selber.« Er schnitt den Protest des Hausherrn mit einer Handbewegung ab. »Nein. Es kommt nicht in Frage, daß wir Euch noch länger gefährden.«

»Wir locken sie in einen Hinterhalt«, erklärte Vico ihm. »Und dann …« Er machte ein paar lockere Ausfallschritte.

»Werde doch einmal erwachsen!« sagte Johanna und betrachtete ihn mißbilligend. »Dies ist kein Spiel, sondern ein Krieg, und mitten im Krieg, den wir im Namen unseres Vaters führen, betreibt eine Hure namens Katherine ihr eigenes Geschäft, das all unsere Pläne durchkreuzen könnte, wenn wir nicht aufpassen.«

»Vater, ja«, sagte Vico lahm und ließ die Schwerthand sinken. »Was machen wir mit ihm? Befreien wäre schön. Aber während hier der Krieg ausbricht? Ich glaube, es ist gescheiter, Vaters Anspruch auf das Amt des Burgmanns in Königstein zu vertreten.«

»Ich bin auch dafür, bei Königstein zu bleiben«, sagte Johanna. »Philipp läßt Falkenstein nicht ohne Schutz, auch wenn die Burg nur klein ist. Das würden wir kaum schaffen.«

Brobergen nickte zustimmend. »Wenn Philipp besiegt ist, wird er dankbar sein, ein wenig Lösegeld für Gefangene zu bekommen. Und ausliefern wird er ihn dann auch.«

»Wir haben doch schon bezahlt«, versetzte Vico ärgerlich.

»Genaugenommen mit Geld, das ihm gehörte«, verbesserte Brobergen. »Er kann es nur nicht beweisen. So, Ritter Oppenrod, wir verabschieden uns jetzt. Grüßt mir Bernburg und Lettel, wenn sie zurückkehren. Sie finden uns irgendwo in den Wäldern des Taunus, wenn sie möchten. Gott mit Euch!«

»Mit Euch allen auch. Lettel würde vielleicht den altehrwürdigen Namen *Einrich* für den Taunus bevorzugen. Wir sind beide alte Männer, die in diese Zeit nicht mehr passen. Ich wäre froh, ihn wieder hier zu haben.« Oppenrod stieß einen kleinen Seufzer aus und hob zum Abschiedsgruß die Hand kaum von der Lehne.

Hoffentlich sehen wir uns wieder, dachte Johanna besorgt, als sie seine Hand kraftlos zurückfallen sah. Der Krieg, Ritter Oppenrods Alter, seine angeschlagene Gesundheit … Niemand konnte wissen, ob sie so bald nach Königstein zurückkehren würden.

Kapitel 18

»Die sind gut bezahlt worden und erwarten wahrscheinlich noch mehr«, rief Vico, während sie im zügigen Galopp auf dem Rückweg in die Wälder waren. »Es wird große Freude machen, ihr Geld zu zählen.«

»Darum würde ich mir jetzt noch keine Gedanken machen«, antwortete Brobergen laut gegen den Wind. »Sei lieber dankbar, daß sie uns nicht aus den Augen verloren haben und brav folgen. Tun sie es noch, Johanna?«

»Ich bin sicher.« Aber sie hatte keine Lust, sich umzusehen. Vor den Augen erschrockener Bürger hatten sie die Leiche des Kerkermeistersohnes an der Brückentorkapelle abgelegt, und es war ganz klar gewesen, daß sich Katherines Leute unter sie gemischt hatten. Jetzt kam es darauf an, die geldgierigen Männer mit gleichmäßigem, nicht zu schnellem Tempo in die Wälder zu locken. Zum Glück waren jetzt am späten Nachmittag keine Flüchtlinge mehr unterwegs, so daß sie gut vorankamen.

»Vielleicht reicht es für das Lösegeld«, spann Vico seine Gedanken weiter. »Dann hat eben nicht Philipp, sondern Katherine das Lösegeld für ihren betrogenen Ehemann bezahlt. Irgendwie gerechter, finde ich.«

»Mag sein«, sagte Brobergen kurz. »Und damit alles so läuft, wie du es gerade planst, brauchen wir eine gute Falle. Ich möchte wetten, daß die drei zu phantasielos sind, um zu ahnen, daß wir auf sie warten. Sie werden das gleiche Spielchen mit uns treiben wollen wie in Königstein. Auf offenem Feld werden sie uns auf keinen Fall zu überfallen versuchen. Mit anderen Worten, wir benötigen ein Haus.«

Vico nickte und widmete sich eine Weile dem Problem. »Schade, daß unsere schöne Hütte vom Burghauptmann abgebrannt wurde. Sie war wirklich gut zu gebrauchen.«

»Deswegen hat er sie abgebrannt.«

Johanna, die die Überlegungen der Männer nur mitbekam, wenn der Gegenwind es zuließ, ließ in Gedanken die einsamen Hütten an sich vorbeiziehen, die sie in den Jahren ihres Lebens im Wald kennengelernt hatte. Viele waren nach dem Aufstand in Königstein, der auch in den Dörfern und Weilern der Umgebung zu Mordserien und Brandanschlägen geführt hatte, nicht übriggeblieben.

»Die Wassermühle am Silberbach«, riet Vico.

Brobergen rümpfte die Nase und schüttelte unmißverständlich den Kopf.

Johanna verstand ihn. Zweifellos würde jedes Haus und jede Hütte, in dem sie den Kampf mit Katherines Gefolgsleuten austrugen, zu leiden haben. Dem Müller war das Haus bereits einmal durch Katherines minnenden Ritter Konrad niedergebrannt worden. Nein, es kam nicht in Frage.

Nachdem Brobergen von der Straße abgebogen war und bergaufwärts das Tempo herabsetzen mußte, ließ Johanna ihren Blick über den Wipfel des Rossert schweifen. Die Köhlerhütten waren niedergebrannt worden, und überdies wären sie ungeeignet gewesen. Aber wie stand es mit Großmutter Niesgins Hütte?

Sie schob Astor zwischen die Pferde der Männer. »Vico, hör mal zu. Du erinnerst dich doch an Großvater Falkenstein. Ich kann dir jetzt nicht die ganze Geschichte erzählen, aber kurz und gut: Er hat Niesgin, der Großmutter von Thomas, lebenslängliches Wohnrecht in einer kleinen Kate nahe der Straße nach Glashütten gegeben. Ein einsames Tal, weit und breit keine anderen Menschen.

Weißt du, ob dieses Häuschen unserer Familie gehört oder ob er es Niesgin vermacht hat?«

»Davon höre ich zum ersten Mal«, antwortete Vico erstaunt. »Warum hast du nie davon erzählt?«

»Es ist nicht angenehm zu wissen, daß der eigene Vater eine unschuldige Frau zum Tode verurteilt hat, und ich wollte nicht daran erinnert werden«, sagte Johanna unwirsch. »Ich hatte Niesgin liebgewonnen wie meine eigene Großmutter. Deswegen habe ich ihr für den Winter ein kleines Wildschwein geschossen. Leider hielt es als Beweis dafür her, daß sie gewildert hatte. Eine alte Frau! Sie wurde lebendig begraben.«

»Vater soll dich hinausgeworfen haben, als du von ihm Rechenschaft für ihr Leben gefordert hast. Stimmt das?«

Johanna nickte trotzig. »Jawohl. Aber es war nicht Lienharts Schuld allein: Die Mönche hatten sich mit Katherine verbündet, um ihn zu täuschen. Ich kam zu spät, um alles aufzuklären.«

»Wie kannst du von Schuld sprechen! Wenn ein Waldbewohner ein jagdbares Tier in seinem Besitz hat, wurde es gewildert. Vater war völlig im Recht.«

»Und du bist selbstgerecht«, fauchte Johanna.

»Und du meinst nun, diese Hütte stünde möglicherweise leer, weil sie entweder dem Erben Thomas oder eurem Vater gehört«, unterbrach Brobergen den Streit.

»Ja. Und ich nehme an, daß Thomas aus ähnlichen Gründen wie ich niemals wieder dort gewesen ist. Möglicherweise ist die Hütte zusammengefallen oder abgebrannt.«

»Einen Versuch ist es wert. Wenn man die Hütte noch betreten kann, ist sie genau das, was wir für unsere Zwecke suchen«, sagte Brobergen, womit der Ritt in das einsame kleine Tal beschlossene Sache war. »Und ganz bestimmt würde Großmutter Niesgin ihre Hütte gerne dafür hergeben, dein Leben zu retten, meinst du nicht?«

Johanna sah ihn überrascht an. »Doch, das schon. Ganz sicher sogar.«

Johannas Herz klopfte laut, und am liebsten wäre sie wieder umgekehrt, als sie hinter den Männern herritt, die sich ihren Weg durch dichtes Gebüsch bahnten. Hier war früher der Pfad in das Tal von der Straße abgezweigt. Er war so zugewachsen, daß Johanna das beklemmende Gefühl hatte, sie würden gleich die Ruhe von Toten stören.

»Achtet darauf, nicht wie eine Rinderherde durch das Unterholz zu brechen«, hörte Johanna Rolands mahnende Stimme, von dem sie nur hin und wieder vor sich einen Schimmer sah. »Je länger Katherines Leute nach uns suchen müssen, desto mehr Zeit haben wir, uns auf sie vorzubereiten.«

Johanna nickte. Als sie sich unter den letzten Ästen duckte und endlich hindurch war, parierte sie Astor vor Überraschung zum Stehen durch.

»Wir sind im falschen Tal«, mutmaßte Vico verärgert.

»Nein, ganz sicher nicht«, sagte Johanna entschieden. »Ich habe nicht gewußt, daß die Hütte verkauft wurde.« Staunend betrachtete sie die roten, weißen und rosa Blumen vor der sorgfältig geweißten Wand. Sie ragten weit über die Traufen des Strohdaches hinaus. Eine Ziege knabberte an den Holunderbüschen, die jenseits des Zauns wuchsen. »Es ist hier so verwunschen wie früher, als Großmutter Niesgin …«

»Und auf keinen Fall können wir dieses Häuschen einem Brand anheimgeben«, sagte Brobergen in bedauerndem Ton. »Wir müssen uns leider etwas anderes suchen. Also zurück!«

»Aber nicht, bevor ich festgestellt habe, wer sich dort eingenistet hat«, widersprach Vico erzürnt. »Möglicherweise gehört das Haus doch noch uns.«

»Nicht jetzt«, rief Johanna, die die wunderschöne Sommerstimmung nicht gestört sehen wollte, ganz gleich, wer dort lebte.

Aber es war zu spät, sie konnte ihren Bruder nicht mehr aufhalten. Er preschte im Galopp ins Tal hinunter.

»Komm«, brummte Brobergen ungehalten und setzte seinen Basileus in Gang. »Laß uns Vico davon abhalten, alles kurz und klein zu schlagen. Ich glaube, seine Nerven sind nicht mehr die besten.«

Als Johanna hinter Roland den Garten durch die Pforte aus Knüppelhölzern betreten hatte, sah sie Vico am Brunnen stehen. Mit den Fäusten in den Seiten und den Hals wie ein wütender Ganter vorgereckt, starrte er eine Frau an, deren Gesicht von den über der Haustür klimmenden Rosen verdeckt war.

»Kenne ich dich nicht?« fragte er irritiert.

»Doch, Ritter Vico von Falkenstein. Wir haben Seite an Seite in der Burg von Königstein gekämpft.«

Johanna eilte freudestrahlend und mit ausgestreckten Armen auf die junge Frau zu, der sie unter ganz widrigen Umständen bei der Geburt eines toten Kindes beigestanden hatte. »Ich hätte nicht gedacht, dich hier zu finden«, rief sie. »Schön, daß du lebst! Aber ich dachte, du wolltest wieder in die Stadt gehen.«

»Schon. Aber ich erhielt die Möglichkeit, mein Leben zu fristen, ohne meinen Vater anbetteln zu müssen, und da griff ich eben zu.« Die Frau trug einfache, saubere Kleidung, und ihre dunkelblonden Haare ringelten sich an den Schläfen herab. Sie wirkte etwas verlegen, als sie an ihren Oberkopf tastete, wo normalerweise eine Haube zu sitzen hatte.

»Laß dich ansehen«, sagte Johanna und zog sie an der Hand hinaus in die Sonne. »Gut siehst du aus, viel besser als … damals.«

»Ich bin nicht passend gekleidet für die Gegenwart so vornehmer Leute, wie Ihr es seid«, murmelte die Frau. »Früher hatte ich ja keine Ahnung, wie es auf Burgen zugeht, aber inzwischen ... So schlecht hat es mir gar nicht gefallen, obwohl ...«

»Für uns bist du passend genug gekleidet«, unterbrach Vico sie barsch. »Aber ich glaube, du bist im falschen Haus! Dir gehört es jedenfalls nicht!«

Johanna übte sich verblüfft in Schweigen. Irgendwie hatte sie das Gefühl, daß hier ein Mißverständnis vorlag.

Der Mund der Frau rundete sich empört. »Es gehört mir nicht, das stimmt. Aber ich habe es zugewiesen bekommen, das war Teil der Abmachung! Ich bin nicht auf den Kopf gefallen, Herr Vico. Ich habe mir Brief und Siegel geben lassen, daß alles rechtens ist. Und nachdem Ihr im letzten Jahr mit uns gekämpft habt, hätte ich so etwas von Euch nicht gedacht. Aber Adel hält immer zusammen. Ich hätte es wissen müssen!«

»Junge Frau«, griff Brobergen beschwichtigend ein, bevor der wütende Vico handgreiflich werden konnte, »wir stehen immer noch auf deiner Seite. Ihr sprecht beide von verschiedenen Dingen: Ritter Vico von diesem Häuschen, das vermutlich im Besitz seiner Familie ist. Du aber von einer Abmachung, die wir nicht kennen. Am besten erklärst du es uns.«

Die Frau blitzte ihn an. »Am besten werde ich den Brief holen«, sagte sie in patzigem Ton.

Johanna hörte die Frau in der Hütte mit jemandem sprechen, ohne zu verstehen, was sie sagte. Und dann kehrte sie mit einem Pergament zurück, das sie demonstrativ Brobergen gab, während sie Vico mit Nichtachtung strafte.

Der Ritter rollte das Dokument auf. Ungläubig starrte er auf den Text. »Kannst du lesen?« wollte er wissen.

Die Frau verneinte.

»Ich werde es dir vorlesen«, sagte Brobergen. *»Die Hütte im Flie-*

dertal, im Besitz von Vater Thomas aus Königstein, darf bis auf Widerruf von Magda Kirschbäuerin aus Lieder am Liederbach bewohnt werden. Als Gegenleistung hat sie mein Ziehkind Maria zu betreuen. Gezeichnet Katherine von Falkenstein-Butzbach, künftige Gräfin Katherine von Falkenstein-Lich auf Burg Königstein.«

»Gesche!« rief Johanna, nachdem sie ihre Betäubung überwunden hatte, packte Magda am Arm und schüttelte sie. »Wo ist sie? Das Kind Maria!«

Magda sah Johanna mit großen, erstaunten Augen an und drehte sich zur Tür um. »Maria, komm einmal heraus zu mir«, bat sie freundlich.

Mit neugierigem Gesicht zeigte sich ein kleines rötlichblondgelocktes Mädchen auf der Türschwelle. Ernst betrachtete es die Besucher. Schließlich blieben seine dunkelblauen Augen auf Johanna haften.

Johanna sank vor ihr auf die Knie und nahm ihre Hände. »Gesche«, sagte sie, »meine Tochter Gesche. Endlich habe ich dich gefunden.«

»Eure Tochter?« wiederholte Magda staunend und starrte abwechselnd auf Johanna und ihre Tochter. »Doch, ich glaub's«, sagte sie schließlich ehrlich. »Es ist das gleiche Rot in den Haaren. So etwas aber auch! Ich habe eine kleine Adelige erzogen, ohne es zu wissen! Ich fürchte, ich habe Worte benutzt … Na ja. Warum ist sie nicht bei Euch? Hat es damit zu tun, daß Ihr Euch als Ritter ausgebt?«

»Ja. Nein.« Johanna war so durcheinander, daß sie alles zugegeben hätte.

Gesche wehrte sich nicht gegen Johannas Umarmung. Sie strich ihrer Mutter ein wenig forschend über die kurzen roten Haare.

»Kannst du sprechen?« fragte Johanna behutsam.

Gesche lächelte verloren, ohne zu antworten.

»Nein, sprechen kann sie nicht«, sagte Magda bedauernd. »Aber sonst ist sie sehr lieb, ein wahrer Schatz.«

Vico räusperte sich. »Nachdem nun geklärt ist, daß Niesgins Häuschen dem Priester Thomas gehört, leider, wie ich sagen muß, wäre noch Gesche-Marias Zukunft zu besprechen. Gibst du sie freiwillig her, Magda Kirschbäuerin aus Lieder am Liederbach?«

Magda schnitt seine Erklärungen mit einer Handbewegung ab. »Das Haus gehört einem Priester, sagt Ihr? Das hat die Dame Katherine vergessen zu erwähnen. Den Handel hätte ich mir überlegt ...«

»Der Besitzer ist derselbe Vater Thomas aus Königstein, der dir so viel Angst vor der Hölle eingejagt hatte«, bestätigte Brobergen. »Erinnerst du dich?«

»Und ob!« Magda machte ein wütendes Gesicht und ballte plötzlich die Faust in Richtung Königstein. »Betrogen haben sie mich. Na ja, nicht direkt betrogen. Damals wußte ich keinen anderen Weg, als die Dame von der Burg mich fragte, ob ich für ein Kind kochen und nähen könnte.«

»Aber heute wüßtest du?« erkundigte sich Brobergen und sah Vico nach, der mit den Händen auf dem Rücken gelangweilt davonschlenderte.

»Aber sicher! Ich habe gehört, daß der Kampf von neuem losgeht. Da bin ich sofort dabei! Magda vom Liederbach läßt sich nicht von Männern die Kastanien aus dem Feuer holen«, sagte sie stolz. Ihr Blick wanderte hinüber zu Gesche. »Das heißt, wenn für das Würmchen gesorgt ist ...«

Johanna wiegte Gesche sacht hin und her und überließ Roland alle Erklärungen.

»Die ehemalige Hure Katherine, die das Kind Gesche gestohlen und sich selber zur Ziehmutter gemacht hat, sitzt in Ungnade im Verlies«, sagte Brobergen. »Ob sie als Ketzerin oder als Betrügerin hingerichtet wird, ist noch nicht geklärt, aber für dich und Gesche kann sie auf keinen Fall mehr aufkommen.«

»Eine Hure und Betrügerin als Ziehmutter«, wiederholte Magda schreckensbleich. »Kein Wunder, daß die Kleine nicht spricht. Ich glaube, wenn es Gesche recht ist, bei Euch zu bleiben, Edeldame, bin ich noch vor Einbruch der Dunkelheit auf und davon. Im Hause eines Priesters bleibe ich keinen Augenblick länger als nötig.«

»Daraus wird wohl nichts werden«, widersprach Vico, der mit den drei Pferden im Schlepptau zurückkehrte, und deutete mit dem Daumen hinter sich. »Oben am Waldrand stehen unsere Verfolger. Wo können wir denn am besten unsere Schätzchen vor Brand und Pfeilen verwahren, während wir uns die Männer endgültig vom Halse schaffen?«

Kapitel 19

Johanna, die mit Gesche und Magda im Haus blieb, spähte aus der winzigen Fensteröffnung nach draußen und sah, daß Vico einen von Katherines gedungenen Männern mit seinem Jagdbogen vom Pferd holte. Danach verschwanden sie alle miteinander aus ihrem Blickfeld. Aber sie machte sich keine ernstlichen Sorgen.

Trotzdem blieb die Unterhaltung verkrampft. Johanna atmete erst auf, als Roland unversehrt zur Tür hereinkam.

»Der Herr sei ihren Seelen gnädig«, sagte er und rieb sich im Windfang die Erdkrumen von den Händen. »Sie waren alle miteinander junge Burschen, die sich von einer tückischen Frau kaufen ließen.«

»Wo ist Vico?«

»Er läßt eben noch unsere Pferde auf die Weide hinaus und kommt dann auch zurück. Wir haben die Männer beerdigt. Mehr können sie wirklich nicht verlangen …«

Magda stand auf und brachte einen Krug mit Johannisbeerwein, aus dem sie großzügig ausschenkte.

Brobergen schnupperte am Becher, nickte zufrieden und nahm einen herzhaften Schluck, dann lehnte er sich an die Wand und schloß die Augen.

Es war ein langer Tag, dachte Johanna träumerisch, aber einer der schönsten ihres Lebens. Gesche saß auf ihrem Schoß, ebenfalls halb eingeschlafen, und sie wiegte sie sachte, die Wange an ihrem Haar, das nach Kamille duftete.

Am nächsten Morgen waren Johanna und Roland beizeiten reisefertig. Mit einigem Erstaunen entdeckte Johanna Vico und Magda eng umschlungen und in tiefem Schlaf im einzigen Wandbett des Häuschens.

Brobergen grinste und zuckte mit den Schultern. Johanna weckte die beiden und ging danach mit Gesche an den Brunnen, um das verschlafene Kind ein wenig munterer zu machen.

Als sie ins Haus zurückkehrte, war Magda fertig angezogen. In der Haube und mit dem zur Wanderung nach Königstein bereits hochgeschürzten Rock machte sie einen resoluten, kämpferischen Eindruck.

»Die Bürger werden froh sein, wenn du kommst, um sie zu verteidigen«, sagte Vico mit beifälligem Grinsen. »Sie hauen schon in Scharen ab.«

»Warum?« fragte Magda und drohte wieder mit ihrer kräftigen Faust in die Richtung, in der sich ihrer Meinung nach die Burg befinden mußte. »Tod allen Reichen! Daran hat sich doch nichts geändert. Wir werden sie schon kriegen!«

»Inzwischen haben sie Angst vor der Kanone der Feste bekommen. Sie läßt sich auch auf die Stadt richten.«

»Pff«, machte Magda. »Wir werden den fliegenden Dingern eben ausweichen müssen.«

»Recht so«, lobte Brobergen. »Aber für den Fall, daß du die Kugel mal nicht rechtzeitig siehst, solltest du etwas besser geschützt sein.« Er ging in den Windfang, kramte zwischen ihren Packsäcken herum und kehrte beladen zurück.

»Für mich?« Magda nahm staunend Lederwams und Hut entgegen, die einem der getöteten Männer gehört hatten.

»Wer Königstein verteidigen will, braucht eine gescheite Ausrüstung«, behauptete Brobergen fest. »Bis zur Stadt kannst du auch reiten, aber anschließend geben wir die erbeuteten Pferde lieber an der Vorburg ab, damit sie nicht auf die Idee kommen, dich wegen Pferdediebstahls zu hängen.«

»Wenn das mein Vater erlebt hätte«, sagte Magda. Mit funkelnden Augen zog sie sich die zerknitterte Frauenhaube vom Kopf, die sie nach langem Suchen gefunden hatte, um den Kriegshut anzuprobieren. »Er schämte sich vor den Nachbarn, weil er keinen Sohn hatte. Nur mich. Und ich lief einem schönen Ritter bis in die Stadt nach.«

»Und jetzt läufst du wieder mit einem schönen Ritter in die Stadt.« Vico stimmte ein unbekümmertes Lachen an und bot Magda den Arm wie einer ritterlichen Dame, um sie galant in den Garten zu geleiten.

Johannas und Brobergens Blicke begegneten sich in der Stille, die sie plötzlich umgab. Johanna zitterte. Was ist das nur, dachte sie verwirrt und wandte sich von ihm ab.

Der Ritter seufzte leise und hockte sich vor Gesche. »Magst du mit mir reiten?« fragte er. »Mein Hengst heißt Basileus und ist groß und stark. Und er mag tapfere Mädchen.«

Statt einer Antwort, die sie nicht geben konnte, legte Gesche vertrauensvoll einen Arm um Brobergens Nacken und ließ sich hochheben. Rolands markantes, zuverlässiges Gesicht – und daneben das feine, schmale von Gesche, umrahmt von den Locken, die sich nicht durch ein Band hatten bändigen lassen: dieser Anblick ließ Johanna das Herz bis zum Halse schlagen.

In Sichtweite des Stadttors von Königstein ließ Magda sich aus dem Sattel des geliehenen Braunen gleiten, gab Vico den Zügel und trat anschließend zu Basileus, dem sie vorsichtig den Hals klopfte. »Macht's gut, Ritter Brobergen, es ist besser, wir trennen uns jetzt schon, damit ich nicht anfange, vor den Bürgern, die ich verteidigen soll, Rotz und Wasser zu heulen. Wahrscheinlich werden wir uns irgendwann begegnen.«

»Bestimmt«, sagte Brobergen. »Aber auch im Kampfgetümmel werde ich dich erkennen, Magda. Es gibt Menschen, die vergißt man nicht.«

»Und erzieht mir Gesche gut, Ritter. Ritterin. Ich habe an ihr gehangen, mehr, als sie vielleicht weiß.«

Johanna sah ihre Tochter an. Für einen winzigen Moment hatte sie das Gefühl, Gesche wollte etwas sagen. Aber dann beugte sich das Mädchen vor, zog Magda an sich, die sich zögernd in ihre Reichweite begeben hatte, und gab ihr einen herzhaften Kuß.

»Ich bin wahrhaftig noch nie von einer echten kleinen Ritterstochter auf den Mund geküßt worden«, murmelte Magda gerührt. »Und jetzt lebt wohl.« Sie schlängelte sich im dichten Verkehr vor dem Tor davon und war im nächsten Augenblick verschwunden.

Am Tor ging es heute hektisch her. Viele Bürger hatten sich offenbar jetzt erst zur Flucht entschlossen; aber da Markttag war, strömten auch Bauern mit hochbeladenen Karren in die Stadt. Wahrscheinlich hofften sie, kurz vor Kriegsausbruch besonders hohe Preise zu erzielen. Der Lärm war jedenfalls unbeschreiblich.

Johanna winkte Gesche zu und lächelte ermutigend, bevor sie sich mit Astor hinter Basileus fallen ließ. Es war unmöglich, nebeneinander zu reiten. Schritt für Schritt nur näherten sie sich den Torwachen.

Dann waren sie endlich hindurch; die Menge verteilte sich auf mehrere Straßen, und Johanna schloß wieder neben Brobergen auf. »Hast du Angst?« fragte sie Gesche, während sie ihre Umgebung im Auge behielt.

Gesches Augen funkelten vor Neugier und Erwartung. Sie schüttelte heftig den Kopf.

»Nein?« Johanna lachte ungläubig. Mit jedem Augenblick lernte sie eine neue Facette ihres Töchterchens kennen.

Zwei Pferdelängen später sah sie Thomas aus der Kapelle treten.

Nur für einen Augenblick wiegte sie sich in der Hoffnung, daß er sich in Richtung Markt wenden würde.

Aber seine Aufmerksamkeit wurde natürlich von den drei Reitern zwischen den Bauernkarren angezogen. Er blieb stehen, um sie herankommen zu sehen, und legte seine Hand über die Augen, um sie gegen die Sonne zu beschatten.

»Roland, paß auf«, flüsterte Johanna.

Sie mußten direkt an Vater Thomas vorbei. Seine Gesichtszüge waren wie gefroren, während seine Augen von Johanna zu Brobergen wanderten. Dann entdeckte er Gesche. Für einen Moment glaubte Johanna vor sich die böse Fratze eines Dämons zu sehen, wie sie in die Säulen des Frankfurter Doms zur Warnung der Gläubigen eingemeißelt waren.

Als Gesche ihren Kopf blitzschnell abwandte und ihn zwischen Rolands Kettenhemd und Wams versteckte, wußte Johanna, daß sie sich nicht geirrt hatte. Während sie an Thomas vorbeiritt, legte sie ihre Hand zur Warnung an den Malchusgriff.

Thomas rührte sich nicht.

»Er kennt Gesche«, bemerkte Johanna unglücklich, als sie außer Hörweite waren. »Und sie hat ihn auch erkannt.«

»Gesche, kennst du diesen Priester?« fragte Roland sanft in die Öffnung seines Wamses über dem Kopf des Kindes hinein. »Er wird Vater Thomas genannt.«

Aber Gesche verweigerte die Antwort und blieb in ihrem Versteck.

So still ihre Abreise aus dem Haus Oppenrod erfolgt war, so turbulent schien es jetzt zuzugehen. Kaum hatte Heinrich die Tür geöffnet, polterte Philipp die Treppe herunter und hinaus auf die Gasse. Lettel kam etwas schwerfällig hinterher. Er lachte Johanna mit entschuldigender Miene an.

»Habt Ihr einen kleinen Bären mitgebracht, Ritter?« fragte Philipp und musterte neugierig das Bündel in Rolands Arm. »Ich würde ihn gern streicheln.«

Das Bündel schoß in die Höhe. Unter den verstrubbelten rotblonden Locken blitzten Gesches fingerhutblaue Augen Philipp wütend an.

»Oh«, stieß Philipp halb erschrocken, halb bewundernd aus und verbeugte sich vor ihr wie ein wohlerzogener Knappe, der bei seiner Herrin Dienst tut. »Willkommen im Haus von Ritter Oppenrod.«

»Sie ist meine Tochter Gesche«, stellte Johanna sie vor, bevor sie Zeit fand, sich über Philipp zu wundern. Lettel mußte ihm während der Reise einiges beigebracht haben. Sie richtete fragende Blicke auf ihn. »Warum ist Philipp nicht in Frankfurt bei seiner Tante?«

Der alte Ritter breitete bekümmert seine breiten Pranken aus. »Er wollte nicht. Sie wollte nicht, weil er nicht wollte.« Er ließ seine Hände sinken und fügte augenzwinkernd hinzu: »Und wir wollten auch nicht.«

Johanna beugte sich hinunter und fuhr Philipp durch die Haare. Es stimmte, sie hatten den Jungen in der kurzen Zeit liebgewonnen.

Gesche strampelte mit den Beinen, was Roland Brobergen als Aufforderung verstand, sie abzusetzen. »Hier sind wir jetzt zu Hause«, sagte er ihr ins Ohr. »Jedenfalls für eine Weile. *Wir* sind lauter Ritter und Knappen und deine Mutter Johanna, natürlich. Verstehst du?«

Ein kurzes, hochmütiges Aufblitzen ihrer Augen traf Roland so heftig, daß er zurückzuckte. Er grinste, drückte Gesche kurz und ließ sie dann am ausgestreckten Arm auf die Erde hinunter.

Philipp ergriff strahlend Gesches Hand, die sie ihm reichte, und brachte sie ins Haus. Johanna lauschte den mühevollen Schritten ihrer Tochter auf den hohen Treppenstufen, während Philipp leise mit ihr schwatzte.

»So beginnen Freundschaften«, sagte sie. »Es ist eine seltsame Fügung, daß Philipp wieder hier ist, obwohl wir uns alle einig waren, daß Frankfurt für ihn derzeit ungefährlicher ist.«

»Das Leben wäre kein Leben, wenn man sich nur dort aufhalten wollte, wo es ungefährlich ist«, bemerkte Vico, der zurückkam, um Johannas Pferd in den Hof zu holen. »Scheintot oder tot – welchen Unterschied macht es schon?«

»Oh, bessere Beschäftigungen, als scheintot zu sein, findet ein Junge wie Philipp allemal. Aber auch Gesche ist ein Kind mit hellwachem Verstand, glaube ich. Das muß ja so sein – bei der Mutter«, fügte Brobergen hinzu.

Johanna lächelte ihm flüchtig zu. »Jedenfalls findet sie Thomas mindestens genauso abscheulich wie wir. Es macht mir angst. Was mag sie mit ihm erlebt haben?«

Aber solche Fragen wurden zweitrangig, als sie in das Zimmer des Hausherrn traten, der wie üblich in seinem bequemen Sessel saß.

Oppenrod hatte offenbar gerade neue Nachrichten über die Position der anrückenden Frankfurter Truppen erhalten. Nachdenklich wischte er mit der einen Hand die Spuren der Truppen im Sandkasten zwischen seinen Knien aus; die andere umfaßte ein Bündel von geschälten Holzstöckchen. Er hielt sie ihnen entgegen. »Bürger und Handwerker«, sagte er. »Sie sind nicht sehr viele, aber sie haben drei Kanonen. Ich hoffe, sie können sie bedienen.«

Brobergen trat interessiert an den Kasten, in dem man gut den Hügel mit der Burg Königstein erkennen konnte, die Stadt mit den Toren und die umgebenden Weiden und Bäche, alles aus Reisig, Schiefergestein und Sand dargestellt. »Philipp von Falkenstein hat einen sachverständigen Mann für seine Kanone angeheuert. Der Meister des Kanonenhofes in Eppstein hat es mir erzählt.«

Oppenrod nickte. »Unser kleiner Philipp wußte unter anderem zu berichten, daß die beiden Kanonen der Kaufleute sehr klein sein sollen. So gingen in Frankfurt die Gerüchte. Jedenfalls in der Gilergasse.« Er zuckte die Schultern.

»Niedlich, mit anderen Worten«, murmelte Johanna verdrossen dazwischen. Sie hätte sich so viel lieber mit Gesche abgegeben. Aber dieser Krieg war auch ihr Krieg – sie konnte ihm nicht ausweichen.

»Bettler kommen herum«, sagte Brobergen mit wachsender Besorgnis. »Sie sind gewohnt, genau zu beobachten, und haben keinen Anlaß, mit Waffen zu prahlen, die ihnen nicht gehören. Es wird schon stimmen.«

»Dann werden sie die Burgmauern kaum erreichen. Seht her, Brobergen.« Die Männer vertieften sich in strategische Überlegungen, steckten helle, geschälte Hölzchen und dunkle mit Rinde in verschiedene Positionen und schoben drei kleine hübsch geschnitzte Kanonen hin und her.

Johanna lächelte versonnen. Lange war es her, daß Roland Brobergen auf die gleiche Weise mit ihr und ihrem Bruder den Angriff auf die Burg Königstein durchgespielt hatte. Sie hatte dabei einiges gelernt, trotzdem interessierte sie sich nicht sonderlich dafür. Viel lieber hätte sie gewußt, wo Philipp mit Gesche abgeblieben war.

Gleich darauf sprang die Tür auf, und Philipp schob Gesche herein. »Ich habe ihr das Speisezimmer und die Küche gezeigt«, berichtete er fröhlich, »und im Stall waren wir auch schon. Sie hat gefragt, woher die Brandspuren kämen, und ich habe ihr alles erzählt, was ich von Ritter Oppenrod erfahren habe. Auch, daß es jederzeit wieder passieren kann, weil wir Feinde von Philipp von Falkenstein sind. Aber Gesche hat keine Angst.« Mit dem Stolz eines erfahrenen Erziehers blickte er von Gesche zu Johanna.

Sie sah den Jungen überrascht an. »Wie hat sie dich gefragt? Sie hat gesprochen?«

»Nö«, antwortete Philipp gleichgültig. »Aber man weiß doch, wenn Gesche etwas wissen will. Wir gehen jetzt auf die Gasse. Ich glaube, sie war noch nie in einer Stadt. Frankfurt wäre ja besser, aber Königstein tut es auch.«

Johanna lächelte die beiden an. »Aber paß mir gut auf Gesche auf, ja? Ich habe sie doch gerade erst wiedergefunden.«

»Natürlich, Raubritterin«, versprach Philipp folgsam, aber mit einem blitzschnellen Grinsen im Gesicht und zog Gesche mit sich hinaus.

Johanna schüttelte den Kopf hinter den beiden her. Woher kannte Philipp nun wieder ihren Namen, den sie längst abgelegt glaubte? Er sog Wissen ein wie ein Schwamm. Auch dasjenige, das man ihm besser vorenthalten hätte.

Langsam folgte sie den Kindern nach unten und hörte, wie die Haustür hinter ihnen zuflog, während sie selbst in die Küche ging, um dort etwas Schmalz für ihre Schulternarbe zu holen.

Die Magd war nicht da, aber Heinrich stapelte Brennholz neben die Feuerstelle. Er sah auf, als Johanna hereintrat, und lächelte ihr zurückhaltend entgegen.

Johanna nickte ihm freundlich zu. Es war ihm hoch anzurechnen, daß er ihnen die vermehrte Arbeit nicht nachtrug. Sie hatten den kleinen Haushalt ganz gewaltig durcheinandergebracht.

Heinrich räusperte sich. »Stimmt es, daß Ritter Brobergen einen Hund zum Ritter geschlagen hat?« wollte er wissen.

»Woher weißt du das denn?« fragte Johanna entsetzt.

»Unser kleiner Philipp hat es erzählt«, sagte Heinrich stolz. »In Königstein macht es schon die Runde.«

Sie hatte doch geahnt, daß daraus nichts Gutes kommen würde, aber sie wußte nicht, wie sie es ihm erklären konnte. Da war nichts zu erklären. Es war unverzeihlich.

»Das macht Mut«, sagte Heinrich verträumt. »Wenn Hunde zu Rittern geschlagen werden, merkt auch der größte Dummkopf, daß wir zum Narren gehalten werden. Irgendwann gelingt es uns, mit den Herren aufzuräumen, die sich zwischen uns und dem Kaiser breitgemacht haben.«

»Du auch, Heinrich?« flüsterte Johanna erschrocken. »Ich dachte, es ginge dir bei deinem Herrn gut.«

»O ja, Edelfrau!« beteuerte er aufrichtig. »Aber wie wenige haben einen so guten Herrn? Die meisten Menschen sind elend dran. Seht Euch doch um. Na, ich denke, Ihr seid jemand, der es tut. Ihr und Ritter Brobergen.«

»Ja, wenn du meinst«, sagte Johanna. Eindringlicher denn je wurde ihr bewußt, daß ein Zeitalter zu Ende ging und nicht nur Kanonen der Beweis dafür waren. Sie ließ jeden Gedanken an das Schmalz fahren und winkte Heinrich im Hinausgehen zu, um ihn nicht weiter bei seiner Arbeit zu stören.

»Ich habe sie mir damals gründlich angesehen«, hörte Johanna Roland sagen, als sie wieder oben ins Zimmer trat. Er und Vico hatten sich inzwischen Hocker herangeholt und starrten einmütig nachdenklich auf den Sandkasten mit den hölzernen Truppen, die im Sand unterhalb der Burg Königstein aufmarschiert waren.

»Ja und?« fragte Oppenrod, verschob die kleine Kanone von einem Mauerausschnitt des äußeren Burghofes zum anderen und richtete ihre Mündung auf die Viehweiden der Bürger. Er beugte sich zur Seite und visierte das Ziel an.

»Der Hof ist zur Mauer hin überall abschüssig angelegt. Wahrscheinlich wegen des Regenwassers, obwohl man natürlich genausogut vermuten könnte, daß das Blut auf diese Weise schneller abfließen soll.«

»Ich erinnere mich.«

»Sie mußten deshalb die Kanone verkeilen, damit sie nicht abrutscht. Wenn man nun die zwei Keile entfernte«, murmelte Brobergen, während Johanna auf leisen Sohlen näher kam. »Vielleicht reicht es aus, um sie in Fahrt zu bringen …«

»Hinunterstürzen also«, sagte Oppenrod und atmete scharf ein. »Das wäre aber ein gefährliches Unterfangen, mein Junge.«

»Aber die einzige Möglichkeit«, sagte Brobergen entschlossen. »Den Frankfurtern fehlt ein Richtmeister. Der Meister des Kanonenhofes von Eppstein verkauft an denjenigen, der zahlen kann. Er weigert sich grundsätzlich, seine Kanonen selbst zu bedienen, weil er nicht Partei nehmen will. Ich habe mich lange mit ihm unterhalten. Ich verstehe seinen Standpunkt.«

Oppenrod nickte. »Daß die Handwerkergilden für das Richten und Feuern niemanden bezahlen können, versteht sich von selbst. Aber ich meine, gerade Handwerker sollten es selbst fertigbringen …«

»Nach dem fünften Versuch, die Reichweite ihrer Kanone herauszufinden, bestimmt. Aber während des ersten bis vierten Schusses werden sie irgendwann in die Reichweite der Burgkanone geraten, fürchte ich, und Philipps Kanonenmeister wird seine Chance nutzen.«

»Das mag wohl so sein«, gab Oppenrod zu.

»Und wenn die große Kanone der Handwerker explodieren sollte, was der Herr verhüten möge, hat Philipp den Krieg gewonnen«, fuhr Brobergen fort. »Über die kleinen der Kaufleute werden sie herzlich lachen. Deren Kugeln fallen bestenfalls ins Gebüsch unterhalb der Burg, sehr wahrscheinlich aber eher noch in die Häuser der Bürger.«

»Mit anderen Worten«, sagte Vico und rieb sich tatendurstig die Hände, »wir werden heute abend einen kleinen Spaziergang auf die Burg machen, um von dort den Sternenhimmel zu bewundern.«

»Dort bist du dann dem Herrn im Himmel auch schon viel näher«, sagte Johanna kopfschüttelnd. »Die Anreise verkürzt sich beträchtlich, weißt du?«

Brobergen warf ihr einen tadelnden Blick zu.

Da erst merkte Johanna, wie ernst es den Männern mit dem tollkühnen Plan war. »Die zwei sind nicht ganz gescheit, Ritter Oppenrod«, sagte sie über die Köpfe von Vico und Roland hinweg. »Ich werde mitgehen müssen, damit wenigstens ein Mensch dabei ist, der nicht den Verstand verloren hat.«

Kapitel 20

Kein Stern war am Himmel zu sehen, als sie mitten in der Nacht Oppenrods Haus verließen.

Die Gassen von Königstein waren gespenstisch ruhig. Viele Tore waren von außen zugenagelt worden, die Fensterläden geschlossen. Das hatte sie schon gesehen, als sie bei Helligkeit gekommen waren. Und auch jetzt ließen keine flackernden Kerzen darauf schließen, daß viele Bürger in der Stadt geblieben waren. Außer vereinzelt fallenden Tropfen, die von einem hinweggezogenen Regenschauer herrührten, war nichts zu hören.

Sie nahmen den kürzesten Weg zum Tor der Vorburg. Vico hatte bei der Planung ihres Vorhabens vorgeschlagen, einfach die Steilböschung zur Burg hochzuklettern, da dort nie Wachen zu stehen pflegten, und sich auf halber Höhe in der Waagerechten zum Serpentinenweg durchzuschlagen. Als Kinder hatten sie Schleichwege gefunden, die einem Soldaten nie eingefallen wären. Aber aufmerksame Wachen würden sie von oben hören können und dann an der Fallbrücke erwarten. Außerdem war ihr Sack mit Werkzeugen für unwegsames Gelände zu schwer.

Brobergen hoffte vielmehr auf den Wachwechsel am Tor der Vorburg und die Momente der Unaufmerksamkeit, die ihnen erlauben würden, unterhalb der Wachstube vorbeizuhuschen.

Sie erreichten ohne Zwischenfall das Tor. Die Totenstille, die hinter der Mauer der Vorburg herrschte, war unnatürlich. Johanna griff nach Brobergens Arm und hielt ihn fest.

Er legte einen Finger über die Lippen und zog die Schultern nach oben. Dann deutete er zur Burg. Was auch immer dort los war, hinein mußten sie.

Vico schlich schon im Hausschatten der letzten Häuser entlang, Johanna sah gelegentlich seine helle Gesichtshaut schimmern. Mit einigen langen, leisen Sätzen überquerte er den freien Platz und tauchte neben der Wachstube in die Dunkelheit.

Brobergen und Johanna rannten ihm nach. Als sie die Wachstube erreichten, kam Vico gerade aus dem Tordurchgang zurück. »Kein Mensch ist hier«, flüsterte er verwundert. »Und das Tor ist verschlossen.«

Das Tor bestand aus eisenbeschlagenen Eichenbalken, unmöglich, es mit Gewalt zu öffnen. Also doch der Steilhang, dachte Johanna mit Widerwillen.

»Und das Türchen im Tor?«

»Na, das ist doch erst recht zu«, gab Vico abfällig zurück.

»Setze niemals die Sorgfalt von anderen voraus«, murmelte Brobergen und tappte auf Zehenspitzen über die Steinquader des Torweges zum Pförtchen.

Als Roland zurückkam, um Johanna und ihren Bruder zu holen, ging ihr auf, daß Roland nicht nur die Burgmannen gemeint hatte, die das Türchen übersehen hatten. Aber es war unnötig, Vico darauf hinzuweisen. Er nagte wütend an seiner Unterlippe.

Die Lautlosigkeit, zu der sie gezwungen waren, kostete Zeit. Johanna atmete auf, als sie endlich die Fallbrücke erreichten, die wie die Vorburg und der Serpentinenweg unbewacht war. Philipp verließ sich offensichtlich auf seine Späher, die ihm berichteten, wo der nahende Feind gerade stand. Es war leicht auszurechnen, daß er frühestens in zwei Tagen vor der Burg Stellung beziehen würde.

Der Lärm, der sie vom äußeren Hof erreichte, verblüffte angesichts der Kriegsgefahr. Der Burgherr würde doch nicht allen Ernstes jetzt noch feiern wollen!

»Das ist aber idiotisch«, meldete Vico, der etwas voraus war und zu ihnen zurückkehrte. »Anscheinend sind alle Burgmannenfamilien nach hier oben umgezogen. Es wimmelt im äußeren Hof von Kindern, Frauen und alten Leuten …«

Brobergen zuckte die Achsel, schien aber nicht besonders beeindruckt. »Dann müssen wir eben umplanen«, sagte er lakonisch.

»Und das wäre wie?«

Brobergen antwortete mit einer Gegenfrage. »Hast du jemanden von der Burgbesatzung gesehen?«

»Natürlich nicht«, sagte Vico entschieden. »Die Männer haben sich bestimmt aus Respekt in der inneren Burg verbarrikadiert. Bei so viel Frauen!«

»Wahrscheinlich eher, um nicht zum Wasserholen und für andere niedere Dienste verpflichtet zu werden«, widersprach Johanna spitz.

»Wie auch immer. Wir werden jedenfalls darauf bauen«, sagte Brobergen heiter. »Wir werden uns also hüten, verstohlen vorzugehen. Nichts wäre verkehrter.«

»He, und du glaubst, damit kommen wir durch?« fragte Vico protestierend.

»Nur Mut«, sagte Brobergen. »Kommt mit. Wir sind die drei Ritter, die es getroffen hat, heute abend Wache gehen zu müssen. Trotz der vielen Frauen.«

Johanna fand seinen Plan gewagt, aber nicht ohne Reiz. So seltsam es auch war, es machte ihr sogar Spaß, die höflichen Grüße der Mägde entgegenzunehmen, die ihren Weg schwatzend und mit schlenkernden Wasserbottichen querten. Kurze Zeit später bellten die Hunde verärgert, die zu so ungewohnter Zeit aufgescheucht wurden, um das Pumpwerk der Zisterne zu bedienen. Sie hatte es doch gewußt: Die Männer drückten sich.

»Ich glaube sogar, die vielen Leute im Vorhof sind ein Glücksfall für uns«, raunte Roland ihr zu. »Die Hunde hätten auch gebellt, wenn wir uns hier ganz allein zu schaffen gemacht hätten. Aber dann wäre die Burgwache aufmerksam geworden. Will ich wenigstens hoffen.«

Vico lachte unterdrückt.

»Gute Idee«, sagte Brobergen anerkennend. »Erzähle einen Witz, damit ich auch lachen kann, und wenn niemand mehr auf uns achtet, machen wir uns lautlos aus dem Staub. Dahinten steht die Kanone, am gleichen Platz wie neulich.«

Johanna musterte unterdessen den äußeren Hof. Der Stalleingang war erleuchtet, und in einiger Entfernung davon waren provisorische Unterkünfte aus Brettern und Zelttuch aufgeschlagen. Anscheinend hatten die meisten Leute gerade ihr Nachtmahl beendet: Einige Hausfrauen wanderten mit der Handspindel und Wolle unter dem Arm in eines der Zelte, während ihre Mägde noch mit dem Geschirr klapperten.

Eine Prise von durchdringendem Raubtiergeruch wehte Johanna in die Nase, und als sie sich umdrehte, entdeckte sie zwei Männer, die einen Bären über den Hof führten. Die Gaukler, die bei der Hochzeit die Gäste unterhalten hatten, waren offensichtlich immer noch da. Auch die Burgmannen und ihre Familien hatten Anspruch auf Unterhaltung.

Das Schwatzen und Kichern der Mägde an der Zisterne brach sich an den Mauern. Auch Roland begann schallend zu lachen. Ohne Aufmerksamkeit zu erwecken, verdrückten sie sich in den Schatten des Stallgebäudes und standen gleich darauf neben der Kanone.

Sie war kleiner als die der Frankfurter Handwerker. »Aber niedlich ist sie trotzdem nicht«, bemerkte Johanna. Sie ging näher heran, um die Kanone genauer zu betrachten. Ihr schien sie bedenklich fest verankert.

»Nein, und Mühe wird sie uns auch machen«, brummelte Brobergen, der bereits in der Hocke saß und an den Keilen rüttelte, die unter dem vorderen Ende des Gestells lagen. »Überall Keile! Sie haben sie schon gerichtet.«

»Und was nun?« fragte Vico und betrachtete ratlos das Rohr, das schräg in den Himmel über den jetzt unsichtbaren Weiden ragte. »Wir können doch nicht unbemerkt all diese Keile herausschlagen!«

»Wir werden nichts dergleichen tun. Und schon gar nicht unbemerkt. Statt dessen werden wir ein Hebewerk bauen«, antwortete Brobergen, federte hoch und begann den Sack aufzuschnüren. »Es geht nichts über einen Plausch mit einem Kanonenmeister, übrigens. Man kann eine Menge von solchen Leuten lernen.«

»Dann gib deine interessanten Kenntnisse jetzt weiter«, empfahl Vico und sah sich argwöhnisch um. »Je schneller wir wieder fortkommen, desto besser.«

Entsprechend Rolands leisen Anweisungen setzten sie aus den Pfählen, die sie mitgeschleppt hatten, ein Dreibein zusammen und richteten es über der Kanone auf. Schließlich kletterte Brobergen auf das Kanonenrohr und ließ sich von Johanna das Tau mit dem dreizinkigen Anker hochreichen.

»Da kommt jemand«, raunte Vico.

»Roland!« flüsterte Johanna alarmiert.

Brobergen zögerte kaum merklich. »Schau dir den Knoten von nahem an, Johann«, befahl er dann vernehmlich. »Wenn der Meister merkt, daß du ihn immer noch nicht gelernt hast, wirft er dich hinaus – da hilft dir kein Vertrag und kein guter Leumund. Wäre es nicht so dunkel, ließe ich dich ihn knüpfen, bis deine Finger wund wären.«

»Was ist denn hier los?« fragte eine Männerstimme, und ein

Knecht der Burgwache tauchte im flackernden Licht auf, das von den Unterkünften herüberschien.

»Was soll deine Frage, Mann? Wir richten die Kanone neu«, brummte Brobergen ungehalten und drehte sich zu ihm um. »Das siehst du doch.«

»Im Dunkeln? Das glaubt dir doch kein Mensch!«

»Ich bitte mir Respekt aus!« verlangte Brobergen in scharfem Ton. »Ich bin Geselle im fünften Lehrjahr und demnächst Meister in einer eigenen Werkstatt! Mit dem Dunkeln gebe ich dir allerdings recht. Leider ist mein Lehrling ein kleiner Tölpel und außerdem der Liebling aller Mädchen. Und die sind heute abend außer Rand und Band. Und meistens mit Wasserkübeln bewaffnet. Unsere Fackel ..., na ja. Eigentlich müßte dein Hauptmann für Ordnung sorgen.«

»Das wußte ich ja nicht, Meister«, sagte der Knecht, halbwegs auf dem Rückzug. »Vielleicht wäre es auch besser, bei Tage zu richten. Wenn man etwas sieht, meine ich ...«

»Es kann nicht bis morgen warten. Wenn die Frankfurter so schlau sind, die Ochsen öfter zu wechseln, können sie morgen hiersein«, sagte Brobergen kurz angebunden und knotete das Tau an der Spitze des Dreibeins fest.

»Hm«, machte der Burgknecht.

Johanna spürte, daß sein Mißtrauen immer noch nicht beschwichtigt war. Fieberhaft versuchte sie etwas zu finden, das ihn überzeugen würde. »Meister William, Ihr seid manchmal zu schroff«, sagte sie in versöhnlichem Ton. »Laßt mich die Sache dem Burgknecht erklären. Wenn er Wache hat, hat er Anspruch darauf.«

»Naseweiser Bengel«, schnaubte Brobergen, erhob aber keinen Einspruch.

Johanna wandte sich mit unschuldigem Gesicht an den Knecht. »Es ist so: Der Meister hat berechnet, daß die Kugel in den Hain vor dem Bach gehen würde, wenn das schlechte Wetter sich hält und der Wind auffrischt. Es ist nur eine kleine Korrektur, aber sie muß mit Sorgfalt gemacht werden.«

»Und wenn du dir hier draußen nur die Zeit vertreiben willst, dann könntest du mir ebensogut eine neue Fackel besorgen«, mischte Brobergen sich in barschem Ton ein. »Damit ich mich nicht mit allen Dummköpfen dieser Burg herumärgern muß.«

»Ich habe keine Zeit, Meister William«, antwortete der Knecht verschnupft. »Schickt Euren Lehrling. Gute Nacht und fröhliches Richten.«

Als die Schritte des Knechts im Tor zur inneren Burg verhallt waren, ließ Brobergen die angehaltene Luft hörbar heraus. »Jetzt muß es schnell gehen«, sagte er. »Ich wette, der Mann marschiert geradewegs zum Kanonenmeister, um sich nach uns zu erkundigen. Blöd war er nicht.«

Vico nickte und legte mit dem Tau eine Schlaufe um das hintere Ende der Kanone, während Johanna zwei Zinken des Ankers in die Kanonenmündung einhakte. Und dann zog Brobergen das Tau Hand über Hand durch eine doppelte Rolle, wie Johanna sie noch nie gesehen hatte. Unmerklich beinahe ruckte die Kanone in die Höhe, bis sie schließlich frei unter der Spitze des Dreibeins hing.

Brobergen versetzte sie in schwingende Bewegung, die sich gemächlich steigerte.

Irgendwo schlug ein Hund an.

Als die Kanonenmündung erstmals die Mauerkrone erreichte, spannte Johanna die Schultermuskeln an. Sie und Vico hatten je eins der vorderen Beine des Gestells zugewiesen bekommen.

»Und ... jetzt!« rief Brobergen.

Zugleich hoben sie an und ließen los. Die Kanone stürzte nach vorn und unten, zog das ganze Gestell mit sich, stieß sich an der äußeren Burgmauer und polterte schließlich durch Gebüsch und Bäume des Steilhangs, die knackend unter ihrem Gewicht brachen.

»Los, Johanna«, rief Brobergen. »Komm! Du zuerst!« Mit geübten Bewegungen knüpfte er ein Tau um ihre Mitte, half ihr auf die Mauer hoch und begann sie behutsam abzuseilen.

In ihrer Nähe hörte Johanna das Scharren von Schuhen auf Steinen. Das mußte Vico sein, der sie an seinem eigenen Tau überholte. Vom Wehrturm herab ertönte das Angriffssignal einer Trompete. Herr, laß es uns schaffen, dachte Johanna inbrünstig.

Aber die Mauer wollte kein Ende nehmen.

Endlich spürte sie Vicos Hände an ihren Beinen, dann fand sie Grund unter den Füßen. Vico öffnete behende den Knoten und ruckte am Tau, das sofort nach oben verschwand. Auf der Burg bellte die Hundemeute. Es hallte, als ob die Jagdhunde in rasender Eile durch das Torhaus schossen, das zu den Zwingern führte.

Johanna sah mit geballten Fäusten nach oben und biß sich auf die Lippen. Hoffentlich erreichten die Hunde Roland nicht, bevor er diesseits der Mauerkrone war! »Herr, verwirre die Hundenasen mit allen Gerüchen, die dir zu Gebote stehen«, betete sie, gar nicht mal leise. »Mit Bärendung ...«

Vico zeigte ihr einen Vogel. »Da kommt er«, flüsterte er erleichtert.

Ein Stückchen weiter entfernt glitt ein Schatten an der Mauer herab. Brobergen grinste ihnen entgegen und befreite sich schnell aus der Leine.

Trotz der Eile rutschten sie mit Bedacht zwischen den Gesteinsbrocken am Fuß der Mauer nach unten. Die Kanone war nicht zu sehen, lediglich die Schneise, die sie in den Bewuchs geschlagen hatte. Aber man durfte hoffen, daß sie unbrauchbar geworden war.

Am frühen Morgen kehrten sie wohlbehalten in Oppenrods Haus zurück, naß vom Bach, in dem sie eine Strecke gewatet waren, um die Hundenasen zu verwirren, und durchgerüttelt von einem Ochsenkarren, dessen Besitzer sie gegen gutes Geld durch das Tor in die Stadt geschmuggelt hatte.

Gottlob hatte man sich darauf verlassen können, daß am letzten Tag vor Kriegsbeginn nichts war wie sonst.

Johanna fühlte sich immer noch wie zerschlagen, als sie von Lettel geweckt wurde. Seine Gesichtszüge waren verzerrt, und sie hatte Mühe zu verstehen, was er sagte.

»Johanna! Die Kinder sind verschwunden!« wiederholte er. »Ihr müßt sie suchen! Am Mittag haben wir Philipp und Gesche das letzte Mal gesehen!«

»Und was ist jetzt?«

»Nachmittag!«

Johanna fuhr in die Höhe, scheuchte Lettel hinaus und stürzte sich in ihre Kleider. Roland Brobergen wartete bereits an der Tür auf sie, während Vico nicht zu sehen war. Sie konnten nicht auf ihn warten.

Die Straße, in der Oppenrods Haus stand, war eine für Königstein ganz gewöhnliche Gasse: Nach der Pest waren Handwerker in die besseren Häuser der verstorbenen Kaufleute gezogen, und zu jeder Tageszeit gab es hier flinke Lehrbuben, die mit Aufträgen gingen und zurückkamen, und gelegentlich standen auch die Meister beisammen und schwatzten.

An diesem Tag war kaum jemand auf der Straße. Es würde schwierig sein, einen Menschen zu finden, der nicht mit den eigenen Vorbereitungen auf den Krieg beschäftigt war, vermutete Johanna. »Sonst gibt es Neugierige genug«, sagte sie verärgert. »Nur heute nicht, wo man sie braucht.«

Brobergen zuckte die Achseln und sah sich suchend um. »Irgend jemand hat sie bestimmt gesehen. Selbst an einem Tag wie heute. Vielleicht besonders wie heute.«

Wortkarg suchten sie die Straßen ab und entfernten sich immer weiter von Oppenrods Haus. Und nirgendwo eine brauchbare Spur!

»Die Frau dort drinnen rupft ein Huhn, als wäre es ihr letztes«, sagte Johanna und spähte durch eine Hofeinfahrt. Weißer Flaum wirbelte um die Schultern der Bäuerin, und neben ihr stand ein Sack, halb gefüllt mit Federn. »Wahrscheinlich arbeitet sie schon mehrere Stunden, um ihren Hühnerstall zu entvölkern. Sie hat bestimmt nichts gesehen.«

»Grüß Gott«, sagte Brobergen über Johannas Schulter hinweg.

»Nein. Der Herr hat Königstein verlassen.« Die Bäuerin rupfte mit Feuereifer weiter, ohne aufzusehen.

»Der Herr kommt zurück, sobald die Kaiserlichen wieder in ihr Recht eingesetzt worden sind. Deshalb führen wir den Krieg, gute Frau.«

Die Frau ließ die Hände auf den Schoß sinken und sah Brobergen argwöhnisch an. »Niemand hat mir gesagt, daß die Kaiserlichen schon in der Stadt sind. Haben sie mit dem Plündern begonnen? Werden sie mir meine Federn fortnehmen? Gehört Ihr zu denen?«

»Sie sind noch nicht in der Stadt. Wir werden versuchen, das Plündern zu verhindern«, sagte Brobergen mit einem leisen Seufzer. »Einstweilen suchen wir zwei Kinder, die verlorengegangen sind. Sie sind fremd hier. Der Junge hat einen Buckel, das Mädchen rotblonde Locken. Hast du sie durch die Straße wandern sehen?«

»Ach die! Sorgt Euch nicht«, antwortete die Frau gleichgültig und wandte sich wieder ihrem Huhn zu. »Sie sind in guter Hut. Ein Mönch brachte die Kinder in Sicherheit.«

»Vater Thomas?« fragte Brobergen alarmiert.

»Jawohl. Vater Thomas. Was wißt Ihr von dem? Ihr seid doch fremd hier, Ritter.«

»Nicht ganz«, widersprach Brobergen. »Ich bin …«

»Er ist mit mir hier, und ich bin Johanna von Falkenstein, Lienharts Tochter«, unterbrach Johanna ihn aufgeregt. »Gingen die Kinder freiwillig mit?«

»Natürlich gingen die Kinder mit, Dame Johanna! Was denkt Ihr denn?« Die Bäuerin sah Johanna vorwurfsvoll an. »Der Pater erzählte dem Jungen von den Wundern des Herrn. Davon hätte ich selber gerne mehr gehört, aber sie hatten es eilig.«

»Sehr beruhigend«, sagte Johanna erbittert. »Danke.« Philipp ließ sich schnell gewinnen, wenn man seinen unerschöpflichen Wissensdurst befriedigte. Sie hätte bedenken müssen, daß darin eine Gefahr lag. Aber ihre Gedanken waren bei einer Kanone gewesen. Oh, wie töricht!

»Die Mutter des Jungen muß sich mächtig versündigt haben – sein Buckel war ja so groß wie sein Kopf«, murmelte die alte Bäuerin fast bewundernd.

»Sie hat sich schwer versündigt«, sagte Brobergen zustimmend. »Gott mit dir, Mütterchen. Ich bin übrigens ziemlich sicher, daß die Kaiserlichen auf Hühnerfedern keinen Wert legen werden ...«

Sie schlossen die Hoftür und eilten die Gasse hinunter in Richtung des Königsteiner Osttors. Die kleine Kapelle war der einzige Ort, an den Vater Thomas immer wieder zurückgekehrt war.

»Wenn er nicht sagt, wo sie sind«, sagte Johanna heftig, »werde ich ihn totschlagen. Und wenn es das letzte ist, das ich tue.«

»Dazu wirst du gleich Gelegenheit haben.« Brobergen deutete mit dem Kinn nach vorn.

Die einzigen Menschen, die sich an diesem Tag auf den Königsteiner Straßen zeigten, hatten sich anscheinend vor der Kapelle versammelt. Johanna spähte zwischen ihnen hindurch, bis sie erkannte, was die Aufmerksamkeit der Leute erregte.

Es war Vater Thomas. Er kniete im Staub vor der Kapelle.

»Wo hat er die Kinder gelassen?« fragte Johanna entsetzt.

Das Pater noster erscholl laut und deutlich, obwohl das Zittern in Thomas' Stimme nicht zu überhören war. Die Königsteiner flüsterten leise miteinander, und es war nicht zu erkennen, was sie von der Sache hielten. Für Brobergen und Johanna machten sie ohne Aufforderung eine Gasse frei.

Als Johanna vor Thomas anlangte, erkannte sie an seinem leichenblassen Gesicht, daß er Todesangst hatte. Sie überlegte gerade, wie sie trotzdem eine Auskunft von ihm bekommen konnte, als jemand an ihrem Wams zupfte. Sie drehte sich um.

»Es sind die Zeichen, vor denen Vater Thomas sich fürchtet«, flüsterte ein Mann, den sie nicht kannte, ihr vertraulich zu und machte eine verstohlene Kopfbewegung zum Kapelleneingang.

Johanna folgte seinem Blick. Auf die grauen und wenig geglätteten Steine der Kapellenwand waren mit schwarzer Farbe Zeichen und Buchstaben gemalt.

»Die Handschrift des Teufels«, ergänzte der Mann beeindruckt.

Irrte sie sich, oder war er wirklich ein wenig schadenfroh? Sie hob die Augenbrauen.

Er neigte sich zu ihr. »Die Zisterzienser von Eppstein und alle, die aus ihrem Nest schlüpfen, halten es für meinen Geschmack zu offenkundig mit Philipp von Falkenstein«, flüsterte er wieder. »Ihr seid doch Johanna von Falkenstein? Die von den anderen Falkensteinern?«

Sie nickte.

»Na eben. Vater Thomas glaubt jetzt, daß er auf der falschen Seite gestanden hat, weil Satan ihm einen Wink gibt. Er kann die teuflische Botschaft nicht lesen, aber er ist sicher, daß sie vom Antichrist kommt. Niemand anders würde wagen, auf die Wand eines geweihten Hauses zu schreiben, sagt er.«

Brobergen nickte verständnisinnig. Aber der Spott in seinen Mundwinkeln war unverkennbar.

»Ich gönne dem falschen Kerl den welschen Schrecken.« Der Königsteiner – die Spitze eines Sackes, die er sich zum Schutz über den Kopf gezogen hatte, ließ vermuten, daß er Tagelöhner war – verschränkte die Arme ineinander und betrachtete den immer noch betenden Mönch hochzufrieden. »Euch kann ich ja sagen, wie mir's ums Herz ist. Mir wäre es sogar recht, wenn Euer Vater Lienhart wieder als Burgmann das Sagen hätte. Er war hart, aber nicht zu hart. Manche Leute hatten nichts dagegen, daß er die Handwerkergilden gelegentlich rupfte …«

»Lieb von Euch«, entgegnete Johanna überrascht. »Er würde sich freuen, wenn er wüßte, daß die Königsteiner sich an ihn erinnern.«

Der Mann sah sich von ihrem Entgegenkommen beflügelt. Er packte Johanna respektlos am Arm und zog sie zwischen den ausweichenden Leuten hindurch um die Ecke der Kapelle, wobei er darauf achtete, die Zeichen nicht zu berühren. »Noch mehr Männer denken wie ich«, raunte er Johanna zu. »Ich meine, Ihr solltet es wissen. Wird Burgmann Lienhart denn am Kampf gegen die Licher teilnehmen?«

»Kaum. Er ist in der Burg Falkenstein gefangen«, sagte Johanna bekümmert.

»Wir würden ihm beim Kampf um die Burg gern folgen.«

»Ihr könnt Ritter Brobergen folgen.« Johanna legte die Hand auf seinen Arm. »Beim Aufstand der Bürger war er auch dabei.«

»Ja, beim Aufstand. Das war ein Tag!« Der Mann lachte lautlos und dehnte seine breiten Schultern. »Die Handwerker sind vielleicht bereit, Ritter Brobergen zu folgen. Ich denke aber, daß wir einfachen Leute uns an die Falkensteiner halten werden. Die Butzbacher, meine ich. Freut mich, daß Ihr zurückgekehrt seid.« Grußlos schlüpfte er um die Kapellenecke herum und war fort.

»Ein Mann der Tat«, stellte Brobergen verhalten fest. »Er geht Bescheid sagen. Beim nächsten Glockenläuten marschieren sie vor dir auf.«

»Unsinn«, wehrte Johanna ab. »Sollen sie sich an Vico halten! Ich mache mich jetzt auf die Suche nach den Kindern, und wenn ich die ganze Stadt durchkämmen muß. Kommst du mit?«

»Nicht so hastig«, sagte Brobergen und hielt Johanna an der Schulter fest. »Hast du dir das Geschreibsel angesehen?«

Johanna fuhr herum und betrachtete die Zeichen genauer. Sie konnte die Schrift lesen, obwohl sie ungelenk war. Aber kein einziges Wort hatte eine Bedeutung für sie. »Was ist damit?«

»Wenn wir herausbekommen, was es bedeutet, sparen wir eine Menge Lauferei.«

»Wieso?«

»Es ist eine Botschaft von unserem Philipp. Hast du es nicht erraten?«

Kapitel 21

Während die Menge immer noch ehrfürchtig darauf wartete, daß Vater Thomas seine Bußübung beendete, gingen Roland und Johanna beiseite, ohne den Priester aus den Augen zu verlieren.

»Woher weißt du das?« fragte Johanna.

»Ich habe eine Weile mit Männern zusammengelebt, die die Welt ausgespien hatte, wie du weißt. Sie haben mir einiges beigebracht. Einfache Signale wie *besonders grausamer Burgvogt* oder *gefüllte Speisekammer* und ähnliches kann man mit Bildern darstellen. Das erste Symbol in der Inschrift auf der Kapellenwand, zum Beispiel, der Falke, ist der Ritter. Die Taube zwischen den Zeilen bedeutet Mönch. Gerichtet ist die Botschaft also an einen Ritter, und ein Mönch spielt eine Rolle. Es könnte sich deshalb sehr wohl um eine Mitteilung an uns handeln. Man darf nicht vergessen, daß Philipp ein Kind der Gilergasse ist und ein heller Kopf dazu. Ich bin sicher, er hat einen Boten gefunden, und die Kapelle hat er gewählt, weil wir früher oder später auf den Zusammenhang mit Thomas kommen mußten. Wir haben oft genug in seiner Gegenwart über Thomas gesprochen.«

»Das hört sich vernünftig an«, gab Johanna zu. »Aber der Rest? *Galch Schreiling Sefelboß Polender.* Es ist wie eine unbekannte Sprache, und sie ist ganz anders als Latein. Ich habe jedenfalls nicht die blasseste Ahnung, was es heißen könnte.«

»Ich auch nicht. Die Sprache ist die Sprache der Spitzbuben und heißt Rotwelsch. Wir müssen jemanden finden, der sie beherrscht. Und das in aller Eile.«

»Katherine«, bemerkte Johanna.

»Ich muß in den Wald reiten!« überlegte Brobergen laut, ohne auf ihren Sarkasmus einzugehen. »An den alten Stellen werde ich jemanden finden.«

»Halt«, sagte Johanna und schüttelte ärgerlich den Kopf. »Wenn das alles stimmt, rechnet Philipp damit, daß wir nicht Tage für die Übersetzung brauchen. Es muß jemanden in der Stadt geben, der uns helfen kann. Irgend jemand muß die Botschaft ja auch geschrieben haben. Philipp vielleicht selbst? Lettel sagte, daß er schnell lernt.«

Brobergen blinzelte heftig und rieb sich den Nacken.

»Nein, das ist wohl eher unwahrscheinlich«, gab Johanna selbst zu. »Aber die Gaukler mit dem Bären! Die Fahrenden, Roland! Wirklich!«

»Es ist nicht zu glauben! Schon wieder hoch auf diese Burg!« sagte Brobergen überrascht. »Wir könnten genausogut unsere Schlafgelegenheiten dort oben aufschlagen. Ich bin sicher, der Burgherr hätte nichts dagegen. Zumindest, was dich betrifft. Komm, wir müssen uns beeilen.«

Jetzt bei Tage war die kleine Tür zur Vorburg offen und mit einem Keil festgesetzt; obendrein war sie unbewacht. Ohne daß jemand sie aufhielt, erreichten sie den äußeren Burghof. In dem Gewühl dort würden sie nicht weiter auffallen.

»Sieh mal, welche Bresche wir geschlagen haben«, raunte Brobergen und maß aus dem Augenwinkel die zerstörte Mauerstrecke.

Ein Maurermeister war mit seinen Gesellen dabei, die Mauer zu reparieren: Sehr weit waren sie noch nicht gekommen, und anscheinend gab es deshalb gerade Ärger mit der Burgwache. Neugierige Mägde machten sich bereits auf den Weg, um den Streit eines Wachmanns mit dem Meister aus der Nähe anzuhören.

»Komm, Roland«, sagte Johanna nervös, »die sind jetzt alle abgelenkt. Der Bärenzwinger ist in der Nähe der Hundezwinger.«

Sie eilten durch einen düsteren Durchgang, womit sie den Blikken der Leute an der Mauer entzogen waren, über sich einen Seitenflügel der Burg. Der Hundehof war leer bis auf zwei Knechte, die Kot fegten und sich nicht um sie kümmerten.

»Hier entlang«, sagte Johanna. »Der Bärenzwinger wurde nie benutzt, als Vater und seine Männer noch das Regiment führten. Damals wurden hier keine Feste gefeiert.«

Ein kleiner, drahtiger Mann trat aus einer unscheinbaren Pforte in der Mauer, die die Zwinger zum Abhang hin begrenzte. Er blieb mit einem fliegenumschwirrten Eimer in der Hand stehen und sah ihnen mißtrauisch entgegen. Auf Johanna wirkte er feindselig.

»Guten Morgen, Meister des Bären«, grüßte Brobergen freundlich.

»Gott zum Gruße«, murmelte der schwarzhaarige, fremdländisch wirkende Bärenführer. »Ich bin ein Christenmensch wie Ihr.«

»Um so besser. Dann wirst du uns helfen, hoffe ich.« Der Ritter zog eine kleine Münze, die er in der Hand behielt.

Aber der Bärenführer tat ihm nicht den Gefallen, interessiert zu sein. Vermutlich hat er zu viel Angst, dachte Johanna besorgt.

Brobergen ließ sich nicht abweisen, sondern hielt das Geldstück unverdrossen in die Höhe. »Ich brauche eine Auskunft über vier Worte, die mir unbekannt sind, dir vielleicht nicht.«

»Vier?«

»Vier«, bestätigte Brobergen. »Mit Kohle an die Wand der Brükkenkapelle geschrieben. Wärst du bereit, mir zu helfen?«

Der Bärenführer senkte seinen Blick in den Eimer, in dem die Fliegen auf blutigen Fleischfetzen brummten. Es stank erbärmlich. Johanna blähte die Nasenflügel und brachte es nur mit Mühe fertig, nicht zurückzuweichen.

Er sah auf und verzog das Gesicht zu einem skeptischen Lächeln. »Seid Ihr seine Kronerin oder wirklich Sontz?«

Johanna wußte keine Antwort und betrachtete ihn ratlos. Aber sie war sich sicher, daß sie auf dem richtigen Weg waren. Er beherrschte die Sprache! Oder gab es etwa mehrere?

Der Mann zuckte mit den Achseln, streifte mit seinen Blicken das Geldstück und entschloß sich, die Verhandlung aufzunehmen. »Woher soll ich wissen, daß Ihr kein Molsamer seid?« fragte er.

Brobergen lachte leise. »Niemand unter meinen Mitbrüdern im Wald hat mich je einen Molsamer oder Kleckstein geschimpft.«

In den Augen des Mannes blitzte ein Hauch von Erleichterung auf. Seine Feindseligkeit wich und machte Unsicherheit Platz. »Ja, ich traue Euch so halb und halb«, sagte er leise. »Aber gebt mir Sicherheit. Ich brauche ein Losungswort.«

Brobergen sah sich nach Johanna um. »Ein Losungswort«, murmelte er. »Was könnte er meinen? Philipp?«

»Das ist sicherlich falsch«, antwortete Johanna mit Bestimmtheit. »Wahrscheinlich benutzt die Burgwache den Namen ihres Herrn jede dritte Nacht.«

Während sie noch überlegten, wurde Johanna klar, daß der Mann etwas wußte, was für sie Bedeutung haben konnte. Aber er war nicht bereit, ein Wagnis einzugehen, auch nicht für Geld. Mit rasch wachsender Angst beobachtete sie, daß er sich bereits nach dem Eimer bückte. Bis ihr etwas einfiel.

»Die Gilergaß in Frankfurt!«

Der Bärenführer spreizte vor Überraschung die Finger und richtete sich wieder auf. Er nickte erleichtert. »Ihr konntet ja zur Burgbesatzung gehören«, sagte er entschuldigend. »Aber jetzt weiß ich, daß Ihr die richtigen seid.«

»Und was bedeuten die Worte? Es sind Philipps eigene Worte, nicht wahr?«

»Tüchtiger kleiner Kerl«, bestätigte der Bärenführer. »Er hat mir die Worte aufgeschrieben, und er hat mich geschunden, bis ich sie todsicher konnte. Ich kann nicht schreiben, müßt Ihr wissen. Sie bedeuten: *Pfaffe, Kind, Scheißhaus, Burg.*«

Johanna sah Roland erstaunt an.

»Ein Glück, daß Philipp noch keine Finten kennt«, sagte Brobergen dankbar. »Er ist also mit Gesche, die er das Kind nennt, im Abtritthäuschen der Burg eingesperrt?«

»Genau.« Der Bärenführer deutete mit dem Daumen hinter sich in den Durchgang durch die Mauer. Dahinter wurde ein sonnenbeschienener Fleck abschüssigen Geländes sichtbar. »Da unten ist ein alter Abtritt, der nicht mehr benutzt wird. Da sitzen sie.«

»Warum hast du sie nicht befreit?« fragte Johanna empört.

»Welche Frage! Wißt Ihr nicht, daß Fahrende stets näher am Hackblock des Scharfrichters leben als an der Futterkrippe? Wir vermeiden es, uns in Dinge einzumischen, die uns nichts angehen.« Er drehte sich um und winkte ihnen, ihm zu folgen.

»Und jetzt?« fragte Brobergen in seinem Rücken. »Wo ist der Unterschied?«

»Der Junge ist ein Mitbruder. Als der Mönch ihn einsperrte, konnte ich das nicht wissen, so wie die Kinder gekleidet sind. Und er kennt unsere Bräuche. Er hätte Freunde, die ihm aus der Klemme helfen würden, sagte er. Keine Notwendigkeit für mich, mich mit Männern der Kirche anzulegen. Nur ein wenig Schreibkunst lernen.« Der Bärenführer stapfte vorweg durch das schüttere gelbe Gras den Abhang hinunter.

Die neugierigen Augen von Frauen und Kindern, die unterhalb der Burgmauer lagerten, folgten Brobergen und Johanna. Es sah nach Aufbruch aus. Ein Esel war mit Kochtöpfen und Säcken bepackt, und die Feuer waren gelöscht worden.

An den Abtritt erinnerte sich Johanna nicht, wohl aber an den Zwinger, der noch genau so aussah wie früher. Der Bärenführer deutete auf eine in den Berg eingelassene Bohlentür und ging zum Zwinger weiter, in dem ihm der Bär aufrecht stehend entgegensah.

Johanna lief die letzten Schritte zum Gefängnis der Kinder. Sie schob den leichten Querbalken, der eine Verriegelung einfachster Art war, nach oben und warf ihn ins Gras. Als sie die Tür aufgezogen hatte, stand vor ihr Philipp.

Mit der einen Hand hielt er Gesche hinter sich fest, mit der anderen wirbelte er eine tote Ratte am Schwanz, deren Schnurrbarthaare Johanna durchs Gesicht fuhren.

Erschrocken sprang sie zurück. Philipp grinste und schleuderte die Ratte an ihr vorbei ins Gras, bevor er ihr Gesche zuschob. Dann warf er sich in Brobergens Arme, der ihn im Kreis herumwirbelte und dann absetzte.

Während Johanna noch mit Gesche flüsterte und Roland dem tapferen Jungen auf die Schulter klopfte, wurde der Bär aus seinem Zwinger gezogen. Er leckte sich das Maul und trottete gehorsam hinter seinem Herrn her. Gesche entzog sich Johannas Umarmung und staunte ihn an.

Als sie auf dem ausgetretenen Pfad an Brobergen und Johanna vorüberkamen, reichte der Ritter dem Bärenführer seinen Lohn.

»Das Doppelte«, sagte der Mann überrascht. »Danke, Ritter. Die meisten Bürger halbieren den versprochenen Lohn, wenn sie erst haben, was sie wollen. Aber daß Philipps des Buckligen Freunde gute Menschen sind, ist auf der anderen Seite auch nicht so erstaunlich.«

»Danke, Tilo!« rief Philipp. »Ich werde es dir nicht vergessen.«

»War mir ein Vergnügen, kleiner Bruder, ein doppeltes in jeder Hinsicht ...«

»Was heißt eigentlich Kronerin?« erkundigte Johanna sich beiläufig.

Der Bärenführer grinste breit und sah erst sie, dann Brobergen an. »Ehefrau. Ihr seid kein echter Sontz, will heißen: Ritter.«

»Gesche ist hart im Nehmen«, sagte Johanna staunend zu Brobergen, nachdem sie sie einige Stunden heimlich beobachtet hatte.

»Wie ihre Mutter.« Brobergen rieb in aller Ruhe an seinem Kettenhemd herum, das bereits glänzte.

Johanna schüttelte unwillig den Kopf. »Lettel kümmert sich um beide. Sie sind am liebsten bei ihm, und er hat versprochen, sie nicht mehr aus den Augen zu lassen. Und Philipp hat hoch und heilig geschworen, sich nicht von interessanten Fremden einlullen zu lassen. Zuerst fühlte er sich geehrt durch die Aufmerksamkeit eines Priesters, und als er umkehren wollte, zeigte ihm Thomas ein sehr scharfes Messer. Solche Signale kennt er aus der Gilergasse. Da wurde Philipp erst klar, warum Gesche sich so sträubte ... Ich denke, er hat eine Menge dabei gelernt.«

»Du meinst, es ist alles in Ordnung, und wir sollten uns aufmachen, um zu überprüfen, wie die Königsteiner sich gegen die Eroberung zu schützen beabsichtigen?«

»So ungefähr«, sagte Johanna zustimmend. »Ich weigere mich einfach, nutzlos neben zwei Kindern herumzustehen. Dazu ist später Zeit. Jetzt müssen wir uns um die Königsteiner kümmern. Vielleicht nehmen sie Ratschläge an, damit sie nicht so hart hergenommen werden. Außerdem habe ich so lange im Wald gelebt, daß ich das Gefühl habe, die Decke könnte mir in Kürze auf den Kopf fallen.«

»Ich erschrecke auch jedesmal, wenn ich mich einem Deckenbalken Aug in Auge gegenübersehe«, warf Vico ein.

»Burg oder Wald. Also doch Sontz«, sagte Brobergen.

»Kronerin jedenfalls nicht.« Johanna preßte die Lippen aufeinander, konnte aber nicht verhindern, daß sie errötete.

»Ich verstehe kein Wort. Was redet ihr für merkwürdiges Zeug?« fragte Vico dazwischen. »Wie ein Ehepaar nach dreißig Jahren Ehe.«

»Ja, das war es so ungefähr, was der Bärenführer meinte!« Roland brach in ein so ansteckendes Gelächter aus, daß Johanna ihre Beschämung vergaß und einstimmte. Selbst Vico grinste schief.

Als Bernburg zu ihnen stieß und sie sich gürteten, kam Vico glücklicherweise nicht mehr auf die Angelegenheit zurück, und als sie erst einmal die Gasse betreten hatten, gab es anderes zu besprechen.

Wie an gewöhnlichen Tagen waren am Tor Wachen aufgezogen, und die Tore standen weit offen. Der Verkehr floß spärlich, aber ungehindert.

»Wollen sie sich denn gar nicht wenigstens zum Schein verteidigen?« Brobergen schüttelte verwundert den Kopf. »Tore zumachen, damit die Truppen nicht einfallen wie die Heuschrecken und plündern. Verhandeln, dann öffnen und die Leute geordnet zur Burg hochziehen lassen. Das wäre normal. Was meinst du dazu, Vico?«

»Genau. So würde ich es auch machen.«

Johanna interessierte sich weniger für das Tor als für die Kapelle. Niemand hatte den Mut gehabt, die satanischen Schriftzüge abzuwischen. Aber nach dem Krieg würden andere Fahrende kommen, und der eine oder andere mochte die sonderbare Mitteilung sogar lesen und verstehen können. Vielleicht würde ein beherzter Scholar Vater Thomas aufklären. Sie lächelte in sich hinein und folgte Roland zum Tor, wo bereits Ritter Bernburg mit einem der Wachposten sprach.

»Wo ist die Bürgerwehr?« fragte er. »Wird es nicht Zeit, daß sie sich hier versammelt? Es gibt Krieg.«

»Davon weiß ich nichts, Ritter«, antwortete der Mann stramm. »Unsere drei Ratsherren sind nicht in der Stadt. Es kann also noch nicht so gefährlich sein. Sie werden zurückkommen und die Wehr herbefehlen, wenn es soweit ist.«

»Aber der Gegner zieht doch schon auf, Mann! Sieh doch auf die Wiesen hinaus.«

Im Gegensatz zu dem Wachmann betrachtete Johanna die Weiden der Königsteiner lange und gründlich. Rindvieh lief dort nicht mehr umher; die Hütejungen hatten die Tiere wahrscheinlich längst bei ihren Besitzern abgeliefert. Aber wo immer sie hinsah, bewegten sich menschliche Gestalten; reiterlose Pferde galoppierten am Flüßchen hin und her, als hätte man sie gerade abgesattelt und freigelassen. Etwas weiter entfernt stiegen Rauchsäulen von Kochfeuern in den bewölkten Himmel.

»Davon weiß ich wirklich nichts, Ritter«, beharrte der junge Wächter mit unglücklicher Miene und stand zum Ausgleich noch strammer. »Es ist nicht meine Aufgabe zu wissen, wann der Gegner aufzieht.«

»Nein, das ist es vielleicht nicht«, murmelte Bernburg resignierend, während Brobergen und Vico sich entschlossen, die Tore auf eigene Faust zu überprüfen.

Johanna sah den Männern zu, die an den Angeln und Riegeln der inneren Torflügel rüttelten und sich endlich zufriedengaben. Dann schlenderte Vico unter dem Gemäuer hindurch und trat ins Freie. Johanna meinte, ein Japsen von ihm zu hören, aber es blieb still.

Erst einen Augenblick später rief Vico mit einer Stimme, die völlig unnatürlich war: »Roland, komm her!«

Mit leisem Grauen betrachtete Johanna die drei toten, fliegenumschwirrten Handwerker, die auf unterschiedliche, aber unübersehbar gezielte Art hingerichtet worden waren, am Galgen, auf dem Hackblock und mit dem Rad. Der Holzpantinenmacher war der einzige, den sie erkannte. Er war ein stiller bescheidener Mann gewesen. Sein Körper war gevierteilt und auf das Rad geflochten worden. Inmitten der blutigen und von Raben schon zerfetzten Glieder stand der abgeschlagene Kopf aufrecht, angelehnt an eine der überflüssig gewordenen Kanonenkugeln.

»Roland«, flüsterte Johanna. Eine Brise brachte Verwesungsgestank mit sich. Jedoch konnten die Leichen sich hier noch nicht sehr lange befinden.

»Krieg«, sagte Vico lakonisch.

»Philipp will den Widerstand der Bevölkerung brechen. Kein Wunder, daß sie vorziehen zu fliehen«, meinte Brobergen.

»Ich werde den Wachmann fragen, wer es getan hat«, sagte Johanna entschlossen.

»Warte, da kommen Reiter«, sagte Bernburg warnend. »Außerdem müssen wir zurück hinter die Mauer, bevor sie uns zu Spionen der Gegenseite erklären.«

»Traut Ihr ihnen das wirklich zu?« Johanna stöhnte laut und schlüpfte gehorsam durch das Tor zurück in die Stadt.

Die Ritter klapperten im Trab die Marktstraße entlang und parierten am Tor durch. Philipp von Falkenstein war unter ihnen. Wie die anderen war er mit Kettenhemd und besticktem Waffenrock gerüstet, trug aber keine Kopfbedeckung. Seine spärlichen langen Haare flatterten in einer Brise.

Drei seiner Mannen sprangen aus den Sätteln und blieben dann unschlüssig neben ihren Pferden stehen. Philipp ließ seine Augen umherschweifen, ohne sich zu rühren. Als er alles gründlich begutachtet hatte, biß sein Blick sich an Johanna fest.

»Ihr wollt also auch am Krieg teilnehmen, liebe Verwandte?«

fragte er spöttisch. »Auf wessen Seite? Bei denjenigen, die unser Familienbesitztum vorübergehend in ihre Macht gebracht hatten und es einmal mehr versuchen wollen? Oder beabsichtigt Ihr, die Ansprüche der Falkensteiner nach geltendem Recht auf Burg und Stadt Königstein gegen den Feind zu verteidigen?«

»Der Kaiser, die freie Reichsstadt Frankfurt und die Wetterauer Städte sehen die Rechtslage anders«, sagte Johanna steif.

»Es handelt sich nicht um eine Ansichtssache, sondern um willkürliche Auslegung derjenigen, die die Feste gut gebrauchen können«, versetzte Philipp grob. »Sie ist mein, und ich werde sie behalten.«

»Die Bürger sind offenbar der Meinung des Kaisers.« Brobergen, der erst jetzt in Philipps Blickfeld trat, hatte es nicht nötig, laut zu sprechen, um ihn zu reizen.

»Und ich bin der Meinung der Bürger«, fuhr Johanna dazwischen. »Sie stehen mit Recht gegen kleine und große Fürsten auf, nicht nur in Königstein. Vor allem, wenn diese Fürsten sich willkürliche Übergriffe leisten. Habt Ihr Euch die zerschlagenen Gliedmaßen der Handwerker vor dem Tor angesehen? Oder wart Ihr selber beteiligt, Philipp von Falkenstein?«

Die Zornesröte stieg dem Burgherrn ins Gesicht. Er ließ seinen Hengst Schaum kauend auf der Stelle um die eigene Achse treten, bis er genau in den eigenen Fußspuren zum Stehen kam. Unnütze Demonstration, dachte Johanna verächtlich.

»Wenn der Krieg entschieden ist, werden die Bürger zu spüren bekommen, daß die Hand ihres rechtmäßigen Herrn noch viel härter sein kann«, knurrte Philipp. »Wer Kanonen zerstört, büßt mit dem Leben dafür. Die Bürger wären außerdem gut beraten, ihre Bürgerwehr auf der Stelle herzubeordern. Da Ihr so freundschaftlich mit ihnen steht, könnt Ihr es ihnen mitteilen.«

»Es ist niemand da, der sich für die Bürgerwehr verantwortlich fühlt«, warf Brobergen nüchtern ein. »Die Ratsleute sind geflohen. Und da auch zumindest einige der Handwerkermeister die Stadt verlassen haben, wie ich selber beobachten konnte, wird die Bürgerwehr wohl höchst unvollständig sein, wenn es gelingt, noch ein paar Männer zusammenzurufen.«

»Dann schließt gefälligst die Tore selbst, ihr Herren Ritter«, befahl Philipp in hochmütigem Ton und ließ seinen schweren Hengst wieder tänzeln, bis er seine Ritter und Knappen zum Tor rennen sah. »Mit den Bürgern werden wir jeden einzelnen Eurer Handgriffe abrechnen. Sie werden sich wundern, wie teuer die sind.«

Nachdem sich die Torflügel quietschend geschlossen hatten, trabte Philipp an. Gott sei Dank, dachte Johanna erleichtert, hat er Ritter Bernburg nicht beachtet. Wenn er in bösartiger Laune gewesen wäre, hätte er ihn festnehmen lassen.

Nach wenigen Schritten parierte Philipp durch. Er wandte sich erneut an Johanna. »Ach ja, liebe Verwandte. Ein letztes Wort im Guten. Die Hure Katherine sammelt weiterhin Beweise dafür, daß Ihr die Schatulle mit meinem Geld gestohlen habt. Ich unterstütze sie dabei, denn sie ist trotz ihrer Haft schlau genug, um Mittel und Wege zu finden, der Sache nachzugehen. Sobald die Beweise mir vorliegen, werdet Ihr und Euer Bruder Vico unter Anklage gestellt. Es ist also kaum anzunehmen, daß Ihr den Krieg lange überlebt, ganz gleich, auf welche Seite Ihr Euch stellt.« Er stimmte ein Gelächter an, das sich am Tor und an der Kapelle brach; es schien sogar mit dem leise plätschernden Bach unter der Brücke durchzukriechen.

Johanna blickte dem Burgherrn mit zusammengepreßten Lippen nach. Es war immer noch nicht vorbei. Falls Philipp den Krieg gewann und Katherine fündig wurde, würde er sich mit aller Verbissenheit an ihr rächen.

Ihr fiel die plötzliche Stille auf. Die Männer hinter ihr schwiegen, selbst Philipps Ritter verzichteten darauf, die Drohung ihres Herrn zu kommentieren.

Irgendwo in der Straße wurde ein Ruf laut, ohne daß jemand zu sehen gewesen wäre. Er übertönte mühelos das Hufgeklapper von Philipps Hengst. »Es lebe unser Burgmann Lienhart!«

Nach und nach wurde der Ruf von anderen aufgenommen. Johanna lauschte verwundert.

Kapitel 22

»Das sind die Kanonen der Frankfurter, Gesche. Und wenn sie aufhören zu schießen, wirst du mit der Edeldame, die deine Mutter ist, wieder da oben einziehen.« Philipps Erklärung klang ungeheuer sachkundig, und er war hörbar mit sich zufrieden.

Gesche sah bewundernd zu ihm auf. Auch sie schien alles an diesem Krieg zu verstehen, der am Morgen begonnen hatte.

Johanna fand das meiste unverständlicher als die Kinder, vor allem die zögerliche Reaktion der bürgerlichen Verteidiger. Sie stand auf einer Leiter, die an der hinteren Hofumfriedung von Oppenrods Haus lehnte, und versuchte alles zugleich im Auge zu behalten, die Kanonen auf dem Feld und die Burg. Philipps Mannen hatten sich dort oben eingeschlossen. Ihres Wissens waren sie seit dem Vortag nicht mehr in der Stadt aufgetaucht. Bisher waren mehrere Schüsse gefallen, aber noch hatte keine Kugel nennenswerte Schäden an den Mauern angerichtet.

»Darf ich jetzt?« fragte Vico.

Johanna räumte widerwillig den Platz. Das Feld konnte man nur von der Leiter aus beobachten, und das Oppenrodsche Haus besaß nur diese eine.

Als sie hinuntergestiegen war, kam Brobergen, der sich draußen umgesehen hatte, zurück in den Hof. »In der Stadt ist es jetzt totenstill«, berichtete er. »Das Stadttor ist weiterhin verrammelt, aber die Bürgerwehr existiert nicht mehr. Die Belagerer haben es nicht gemerkt …«

»Hoffentlich versuchen sie nicht, die Bürger mürbe zu schießen, damit sie die Tore öffnen«, sagte Bernburg düster. »Sollte das Belagerungsheer damit beginnen, müssen wir überlegen, was wir tun sollen.«

»Und wenn wir die Tore schon vor einem Beschuß öffneten?« fragte Vico von oben herunter.

»Nur zu«, rief Brobergen und legte den Kopf in den Nacken. »Falls du willst, daß wir wegen Auslieferung der Stadt an den Feind hingerichtet werden. Selbstverständlich auch die Ritter Oppenrod und Bernburg, dazu Heinrich und die Magd, deren Namen ich nicht einmal kenne, obwohl sie so herrlich kocht, daß ich meine Unhöflichkeit gleich nachher gutmachen werde.«

Johanna hörte betroffen zu. Roland sah ihr Kopfschütteln, das seinem ungewohnten Redefluß galt.

»Na ja«, fuhr er ein wenig verlegen fort. »Dieses Haus wird also dem Erdboden gleichgemacht werden, und alle seine Bewohner sind des Todes wegen Verrats. Allmählich müssen sie begriffen haben, daß immer die Falkensteiner von Butzbach die Hände im Spiel haben. Und ihre Freunde.«

Vico murrte unzufrieden.

»Und in den Wäldern werden sie sich erzählen, daß ich doch noch zum Molsamer geworden sei.« Brobergen konnte es nicht lassen. Er sandte ein spitzbübisches Lächeln zu Johanna.

»Jetzt ist nicht die Zeit für Wortspiele«, versetzte Vico barsch. »Und die Tore werde ich spätestens nach dem ersten Schuß öffnen, da kannst du sagen, was du willst.«

»Beruhige dich«, sagte Brobergen grinsend. »Wir öffnen jeder einen Flügel. Da müssen sie die Strafe halbieren ...«

»Mir recht«, brummte Vico und lachte auch.

»Da, guckt mal!« schrie Philipp und deutete mit dem Finger auf die Mauern, an denen Steine herabpolterten.

Sie mußten eine Weile warten, bis sich der Staub gelegt hatte, aber dann wurde klar, daß eine beträchtliche Bresche entstanden war. Die Schneise, die die heruntergestürzte Kanone geschlagen hatte, war breiter geworden, und am Rand der Büsche und Bäume befand sich jetzt ein Wall aus Steinen.

»Das ist unsere Stelle!« brüllte Vico begeistert. »Der Mörtel war noch nicht trocken.«

»Und unsere Kanone«, ergänzte Johanna und sah zufrieden zu Roland hinüber. So hatte ihr Einsatz sogar doppelten Erfolg gehabt.

Philipp drehte sich mit einem Gesicht um, das bei allem Respekt ein wenig Empörung ausdrückte. »Aber vergeßt nicht, Edeldame, gezielt und geschossen haben die Frankfurter. Die Zünfte der Handwerker.« Er legte eine nachdenkliche Pause ein. Dann hellte sich sein Gesicht auf. »Ich glaube, ich würde gerne Kanonenmeister werden. Rattenfallen zu bauen ist ein wenig langweilig auf Dauer, auch wenn die Ratten jetzt großen Respekt vor mir haben.«

Die kleine Gesche packte seine Hand und nickte mehrmals heftig. Es war wie ein Versprechen. Und Gesche war schließlich eine kleine Falkensteinerin. Du liebe Zeit, wie sollen wir das denn bewerkstelligen, dachte Johanna erschrocken. Kein Meister dieser Welt würde einen Jungen wie Philipp als Lehrling aufnehmen.

Nach einigen Stunden war die Bresche in der Burgmauer breiter geworden, aber nichts deutete darauf hin, daß der Falkensteiner sich ergeben würde. Alle außer Brobergen zogen sich in das Haus zurück. Johanna schob die widerstrebenden Kinder vor sich her. Gesche zitterte vor Übermüdung.

»Das kann noch tagelang so weitergehen«, stellte Vico unzufrieden fest, als sie alle saßen. »Hoffentlich gehen ihnen nicht die Kugeln aus, bevor Philipps Entsatz angekommen ist.«

»Wenn überhaupt einer kommt. Kurt hat immer noch keine Nachricht geschickt«, berichtete Oppenrod bekümmert. »Ich vermute, es bedeutet, daß sie da oben im Norden mit dem Feind noch nicht fertig geworden sind.«

»Eine sehr geschickte Aufteilung der feindlichen Kräfte. Philipp hat sich nach allen Regeln der Kriegskunst an mehreren Stellen in Kämpfe verwickeln lassen. Es steht zu befürchten, daß seine Mannschaften überall zu schwach sind.« Ritter Bernburg schüttelte mißbilligend den Kopf, obwohl er sich, wie Johanna wußte, seinem ehemaligen Lehnsherrn längst nicht mehr verpflichtet fühlte.

»Ihr hättet ihm also anderes geraten, Ritter Bernburg?« fragte sie höflich.

»Ja, natürlich. Alle seine Lehnsleute der nördlichen Besitztümer müßten jetzt im Rücken der Wetterauer stehen und sie binden. Dann hätte er es hier leichter …«

Johanna nickte still. Philipp neigte dazu, sich mit den falschen Männern zu umgeben. In ihren Augen geschah ihm recht.

»Es macht mich ganz nervös, hier still sitzen zu müssen«, klagte Vico sehnsüchtig. »Ich würde viel lieber am Kampf teilnehmen. Ich glaube, ich muß hinaus.«

»Draußen kämpfen sie auch nicht«, wandte Johanna gereizt ein. »Die Ritter sehen allenfalls dem Kanonenmeister dabei zu, wie er die Kugeln durch das Gras zur Kanone rollt.«

Oppenrod nickte bedächtig. »Wenn man mir in meiner Knappenzeit erzählt hätte, daß in Zukunft nicht Ritter und nicht einmal bewaffnete Bauern, sondern Handwerker den Ausgang von Kriegen bestimmen – ich hätte es nicht geglaubt.«

Vico fuhr sich durch die schon lange nicht mehr gekämmten Haare, sichtlich zufrieden, daß der alte Ritter ihn verstand. Er setzte gerade zu einer Antwort an, als ein mächtiges Krachen ertönte, das das gesamte Haus erbeben ließ.

Johanna schnappte sich Gesche und stieg, gefolgt von Philipp, die Treppe nach unten, wo der Knecht Heinrich bereits die Haustür geöffnet hatte. Als sie auf die Gasse hinauslief, stach ihr der Geruch von Staub und Brand in die Nase.

»Sankt Marien ist getroffen worden«, berichtete Brobergen atemlos, der im Laufschritt von seinem Erkundungsgang zurückkehrte. »Wir Männer müssen löschen helfen!«

Wann wäre ich denn nicht dabeigewesen, dachte Johanna verärgert und drückte Gesche Lettel in den Arm. »Bleib bei Lettel, Schatz, ja?« sagte sie und gab ihrer Tochter einen hastigen Kuß. Schon im Laufen sah sie, daß Gesche zu Philipp hinunterlächelte. Solange der Junge bei ihr blieb, war ihr wohl alles recht. Kurz flackerte Eifersucht in ihr auf, aber dann bekam sie anderes zu tun.

Sankt Marien gab es nicht mehr. Es war nur noch ein Haufen rauchender Trümmer übriggeblieben, weniger als zu der Zeit, als die Kirche noch die *Kapelle im Tal* geheißen hatte.

Johanna preßte erschüttert die Hände auf die Lippen. Sie war zwar nicht in dieser Kirche getauft worden, aber die frühesten Messen, an die sie sich erinnerte, hatte sie an der Hand ihrer Mutter in der Marienkirche erlebt. Im Kirchenraum hatte immer ein bestimmter Geruch gelegen, ein Gemisch aus Weihrauch, altem Gemäuer und Schweiß. Er hatte ein gutes Gefühl von Vertrautheit vermittelt. Sie würde ihn nie wieder riechen.

Noch brannten einzelne Balken, andere waren verkohlt und naß vom Wasser, mit dem das Feuer gelöscht worden war. Zwischen der Kirche und dem Brunnen wurden noch Eimer von Hand zu Hand gereicht, aber der Eifer war erlahmt und die Männer in der Kette müde. Andere machten sich lustlos zwischen den Steinquadern zu schaffen.

Offenbar war das Dach von der Kugel getroffen worden und hatte bei seinem Einsturz alles andere unter sich begraben.

Johanna wandte sich von dem traurigen Anblick ab und sah Brobergen entgegen, der die Trümmer mit langen Schritten umrundet hatte.

»Sie suchen nach Hochwürden«, berichtete er. »Er soll in die Kirche gegangen sein, um für die Stadt und die Burg zu beten. Bisher haben sie nichts gefunden. Es ist noch zu heiß, um bis in das Innere vorzudringen. Aber wenn es ausgekühlt ist, werden sie wohl sehr enttäuscht sein. Ich glaube nicht, daß da auch nur eine Maus am Leben geblieben ist.«

»Ist Hochwürden das einzige Opfer?« fragte Johanna zu Tode erschrocken. Daß jemand umkommen könnte, der mit dem Krieg gar nichts zu tun hatte, war ihr schon bewußt gewesen, aber daß es ausgerechnet der Pfarrer sein würde ...

»Offenbar. Dabei kann man sich eine Menge denken«, sagte Brobergen. »Würde es sich um einen weltlichen Herrn handeln, würde die Geistlichkeit jedenfalls sofort von der sichtbaren Strafe Gottes für die Sünden des Mannes sprechen.«

Johanna nickte, tief in Gedanken. Sie drehte sich um und begann sich von der Kirche zu entfernen. Sie befand sich in plötzlichem Aufruhr, den niemand sehen sollte.

Brobergen kam ihr nach. Er griff nach ihrem Arm, um sie festzuhalten. »Was hast du, Johanna?«

Sie schluckte und bemühte sich, ihr Zittern zu unterdrücken. »Könnte es nicht tatsächlich sein, daß der Pfarrer umgekommen ist, weil er eine schwere Sünde auf sich geladen hat? Er hat sich immerhin geweigert, die falsche Eintragung im Kirchenbuch zu ändern. Er hat mir nicht einmal geglaubt!«

»Und er hat uns rausgeworfen. Unmißverständlich und nicht einmal höflich«, ergänzte Brobergen. »Aber zu glauben, daß der Herr ihn deswegen bestraft, wäre wohl etwas überheblich.«

»Glaubst du wirklich?« zischte Johanna böse. »Und das Kirchenbuch? Was ist, wenn es auch verbrannt ist? Wäre das nicht die Gerechtigkeit des Herrn?«

»Ach so«, sagte Brobergen. »Jetzt verstehe ich deine Hoffnung.«

»Es wäre ein Wunder, ein wunderbares Wunder«, sagte Johanna mit weit aufgerissenen Augen. »Gesche wäre endlich meine Tochter, auch vor der Welt ... Der Herr vergebe mir, aber ich wünschte, Hochwürden wäre tot und das Kirchenbuch verbrannt!«

»Johanna!«

Sie sah ihn endlich richtig an. In seinen blauen Augen lag ein seltsames Glitzern, das sie noch nie gesehen hatte.

»Ich bleibe hier«, sagte Brobergen, »bis die Steine ausgekühlt sind. Ich werde beim Aufräumen helfen. Vielleicht gibt es solche Wunder wirklich. Und sollten die Wunder nur halb sein ... Beim Kirchenbuch läßt sich nachhelfen.«

Als Johanna sich wenig später, in tiefe Gedanken versunken, zu Ritter Oppenrod setzte, merkte sie erst nach einer Weile, daß er und Ritter Bernburg darüber diskutierten, was jetzt zu tun sei.

Bernburg war dafür, die Tore zu öffnen. »Denn«, sagte er abwägend, »der Feind trifft die gut sichtbaren, umfänglichen Mauern der Feste nur gelegentlich, aber die Kirche hat er ohne einen einzigen Probeschuß in Schutt und Asche gelegt. Ich bin ganz sicher, daß die Königsteiner es als Zeichen deuten werden. Zumal ihre Ratsleute nicht zurückgekehrt sind. Niemand kann den Bürgern einen Vorwurf machen, wenn sie ihre Stadt auf eigene Faust zu retten versuchen.«

»Philipp ist erledigt«, sagte Oppenrod zustimmend. »Wenn die Frankfurter ihre Kanonen zwischen Vorburg und Feste positionieren, können sie die Ritter wie umzingelte Wildschweine erlegen.«

»Dann auf«, sagte Bernburg und erhob sich. »Schickt uns Brobergen und Falkenstein nach, Oppenrod. Johanna und ich kümmern uns um das Tor.«

Am Tor hatten sich einige Bürger eingefunden, die miteinander stritten, ob sie es öffnen sollten oder nicht. Johanna setzte sich auf einen Stein am Ende der Brücke, der als Tritt zum Besteigen hoher Pferde diente, und hörte zu, ohne sich zu beteiligen.

Als eine weitere Kugel in die Mauer der Feste krachte und den Wehrturm schwer beschädigte, war die Sache endlich ausgestanden. Einmütig hoben mehrere Männer die Querbalken hoch und schoben die Türen auf.

Die Stadt Königstein war dem Feind preisgegeben.

Eigentlich ist es ja der Freund, dachte Johanna beklommen und blickte durch die dunkle Öffnung hinaus auf die grünen Weiden. Sie seufzte laut und blickte zu Bernburg hoch, der mit den Händen auf dem Rücken neben ihr stand und das Geschehen besorgt beobachtete.

»Es ist schwer, sich zu ergeben«, sagte er leise. »Man weiß nie, wie vernünftig die Gegenseite ist.«

»Meistens pflegt sie wohl nicht so sonderlich vernünftig zu sein«, mutmaßte Johanna düster. »Wollt Ihr nicht lieber fliehen?«

»Aber Johanna, wo denkt Ihr hin? Philipp von Falkenstein braucht jetzt jemanden, der für ihn verhandelt. Möglicherweise ist er froh, wenn ich mich anbiete.«

»Wirklich?« fragte Johanna ungläubig. »So wie er Euch mitgespielt hat, hat er eher verdient, daß Ihr für die Gegenseite verhandelt.«

Bernburg lachte leise und schüttelte den Kopf. »Philipp war viele Jahre mein Lehnsherr. Das schafft gefühlsmäßige Bindungen, die man schlecht oder gar nicht zerreißen kann.«

Johanna nickte. Eine solche Treue entsprach Bernburgs Charakter, und sie konnte ihn sehr wohl verstehen. Leider hatte Philipp nichts getan, um sich einen Mann wie ihn zu verdienen.

Bernburg lief unruhig hin und her. Draußen kam jetzt ganz langsam Bewegung in die Truppen. Anscheinend hatten sie wahrgenommen, daß die Bürger sich ergeben hatten, auch ohne weiße Flagge und militärisches Brimborium. Bald würde sich entscheiden, was sie mit der Stadt zu tun gedachten.

In ihrem Rücken ertönten harte Hufschläge. Johanna fuhr herum und sah einen Reiter die Hauptstraße entlangjagen, geradewegs auf das Tor zu. Die Leute wichen erstaunt zur Seite.

»Einer von Philipps Rittern setzt sich ab«, sagte Bernburg verächtlich.

»Ein merkwürdiger Ritter! Unter dem Kettenhemd trägt er einen Surkot«, stellte Johanna in fragendem Ton fest. »Und wie er reitet! Lettel würde ihm zur Strafe hundert Kniebeugen verordnen!«

Die Gestalt donnerte vorüber.

»Katherine!« schrie Johanna und sprang auf. »Das ist Katherine! Sie ist freigekommen! Wir müssen sie aufhalten.« Sie begann auf das Tor zuzulaufen.

»Zu spät«, sagte ein Mann am Tor und hielt Johanna auf. »Bleibt hier! Den könnt Ihr doch nicht mehr einfangen. Ihr gefährdet Euch nur selbst.«

Johanna sah es ein und blieb stehen. Wütend starrte sie der fliehenden Katherine nach, die auf die Frankfurter zuhielt. »Wahrscheinlich wirft sie sich gleich einem der Handwerkermeister in die Arme und bittet ihn, sie zu retten«, sagte sie hitzig zu Bernburg, der hinter ihr hergegangen war. »Sie findet überall Männer, die ihr zu Füßen liegen!«

»Was mich betrifft, würde ich Eure Füße vorziehen«, sagte Bernburg.

Johanna mußte lachen, obwohl die Erbitterung ihr wie ein Kloß im Hals saß. Diese Frau, die Schuld an allem trug, was in den letzten Jahren in Königstein geschehen war, würde davonkommen. Vermutlich würde sie sich einen anderen Grafen suchen.

Sie zuckte zusammen, als ein weiterer Kanonenschuß sich löste, mit dem sie jetzt nicht mehr gerechnet hatte. »Da, seht nur!« flüsterte sie und starrte in die Rauchschwaden, die über das Feld wehten.

Katherines Hengst hatte einen Satz zur Seite gemacht und seine Reiterin abgeworfen. Er preschte mit angelegten Ohren zurück zur Stadt, und sie hing mit einem Fuß im Steigbügel und wurde von ihm mitgeschleift.

»Reiten konnte sie noch nie«, sagte Johanna in sachlichem Ton zu Bernburg. »Aber andererseits: Wie viele Pferde sind schon an Kanonenschüsse gewöhnt?«

»Mm.« Er nickte und schaute ernst drein.

Dann war der Hengst heran. Drei beherzte Männer sprangen vor und ergriffen die Zügel. Mit pumpenden Flanken und verdrehten Augen, von denen nur noch das Weiße zu sehen war, ließ er sich schließlich zum Stehen bringen.

Johanna bewegte sich mit leisem Widerwillen auf das Pferd und Katherine zu; hauptsächlich wollte sie Ritter Bernburg nicht enttäuschen, der sie ja im Dienst bei Kranken überhaupt erst kennengelernt hatte.

»Dieser Affe von Ritter ist tot«, stellte einer der Männer in sachkundigem Ton fest, der sich über Katherine gebeugt hatte. »Dennoch sei der Herr mit ihm und seiner verdrehten Seele.«

Vorher hatte Johanna den Mann nicht beachtet, aber jetzt erkannte sie in ihm den Flecksieder der Stadt. Er hatte sich kaum verändert; er trug immer noch sein Herz auf der Zunge. Bestimmt hatte er recht, was Katherine betraf.

»Kennt Ihr mich noch, Meister?« fragte sie leise, als sie neben ihn trat.

»Die Falkensteinerin!« rief der Flecksieder nach einem kurzen Moment des Besinnens. »Wie schön, daß Ihr wieder in der Stadt seid! Ihr werdet doch bleiben, wenn Euer Vater das Regiment übernimmt?«

»So weit sind wir ja noch nicht«, sagte Johanna und bückte sich, um Katherine vorsichtig die Kettenhaube vom Kopf zu ziehen. Ihr Gesicht sah gräßlich entstellt aus. Aus einem Ohr sickerte ein Blutfaden. »Ihr habt recht, Meister. Sie ist tot.« Johanna unterdrückte einen Anflug von Erleichterung.

»Die Frau Katherine!« rief der Flecksieder erstaunt aus und bekreuzigte sich. »Wenn Euer Vater sich nicht mit ihr eingelassen hätte, wäre der Stadt manches erspart geblieben.«

»Stimmt. Aber zur Strafe sitzt Vater in einer von Philipps Burgen gefangen«, sagte Johanna erbittert.

»Ihr werdet ihn schon freibekommen, Falkensteinerin«, sagte der Flecksieder zuversichtlich und warf einen Blick zur Burg hoch. »Der Licher Philipp weiß, daß er den Krieg verloren hat. Entweder die Frankfurter holen ihn mit Kugeln herunter, oder er kommt freiwillig, wahrscheinlich noch vor dem Abendläuten, denke ich. Vielmehr dem Bimmeln des Vorburgkapellchens. Hochwürden muß die Messen in nächster Zeit dort lesen.«

»Es scheint, daß sie Hochwürden in der eingestürzten Kirche gar nicht finden können«, berichtete Johanna mit einem Seufzer. Der Flecksieder war fromm, und ein wenig Entgegenkommen von ihrer Seite war jetzt wohl angebracht, auch wenn sie früher einmal auf verschiedenen Seiten gestanden hatten.

»Na, kein Wunder. Der hat doch die Stadt für einen Krankenbesuch verlassen, und zurück ist er noch nicht.« Der Flecksieder lächelte gemütlich und ergriff Johanna am Ellenbogen, um ihr aufzuhelfen.

Die Kräfte hatten sie so plötzlich verlassen, daß sie strauchelte.

Roland Brobergen und Vico waren nicht zum Tor gekommen. Kein Wunder, dachte Johanna mutlos, sie suchen Hochwürden vergeblich! Seite an Seite eilten sie und Bernburg zu Oppenrods Haus zurück. Es war das beste, sich im eigenen Haus aufzuhalten, wenn die Truppen einmarschierten. Außerdem waren da die Kinder, die sie jetzt nicht mehr aus den Augen lassen würde.

Im Haus waren alle ruhig und gelassen. Die Kinder spielten im kleinen Flur Turnier mit Tannenzapfen und Eicheln. Philipp lag auf dem Bauch und brachte Gesche bei, was er über Turniere wußte, und Lettel saß mit einem langen Schwert zwischen den Knien auf einem Hocker in der Küchentür und hörte sich die auch für ihn neuen Regeln an.

Johanna blieb stehen, um Philipp einen Augenblick zuzuhören, bevor sie und Lettel sich über die Köpfe der ins Spiel vertieften Kinder anlächelten. Die Kinder wurden erst auf die Zuschauer aufmerksam, als hinter Bernburg Geräusche laut wurden.

Brobergen und Vico spähten mit geschwärzten Gesichtern in den Flur herein.

»Oh, Roland«, rief Johanna und hätte am liebsten hinausgesprudelt, daß der Pfarrer gar nicht in der Kirche war. Aber sie wollte damit warten, bis sie unter vier Augen miteinander sprechen konnten.

»Katherine ist tot«, berichtete Bernburg statt dessen.

»Sie hat sich den Hals gebrochen«, murmelte Johanna.

»Unsere Nachrichten sind weniger gut«, sagte Brobergen müde. »Weder vom Pfarrer noch vom Kirchenbuch haben wir irgendeine Spur gefunden. Aber der Brand war nicht heftig genug, als daß beide sich in Rauch aufgelöst haben könnten.«

Kapitel 23

Am Abend wurde die Feste Königstein von den feindlichen Rittern besetzt. Ohne Gepränge zogen sie zu zweit nebeneinander durch die Hauptstraße zur Vorburg.

Die Königsteiner Bürger, die den Weg der Eroberer säumten, applaudierten, aber noch lag eine seltsame Spannung und Beklommenheit über der Stadt. Jedermann fragte sich ängstlich, ob die Fußtruppen die Erlaubnis zum Plündern erhalten würden. Noch lagerten sie in gewohnter Ordnung vor der Stadt.

Aber auch bei Einbruch der Nacht blieb es ruhig. Brobergen und Johanna beschlossen, sich im Schutz der Dunkelheit umzusehen. Als sie am Tor standen, das nicht geschlossen worden war, vor dem aber jetzt Soldaten der Belagerungstruppen aufgezogen waren, merkten sie, daß trotz der späten Stunde die ersten geflohenen Bürger in ihre Häuser zurückkehrten. Sie wurden ohne jede Überprüfung hereingelassen.

»Es sieht so aus«, sagte Brobergen erleichtert, »als ob sie sich mit der Einnahme und der Wiederherstellung der alten Besitzverhältnisse zufriedengeben würden. Laß uns zu Bett gehen.«

Am nächsten Morgen begann das Leben sich wieder zu normalisieren. Leute begrüßten sich auf der Straße, als hätten sie nie eine Gefahr gesehen und wären nie fort gewesen.

Vico, der sich unter den kritischen Augen von Bernburg und Oppenrod gürtete, um sich zu einem Antrittsbesuch auf die Burg zu begeben, machte eine Kopfbewegung zu den wieder geöffneten

Fensterluken. »Hört, lauter Kriegsgewinnler. Jetzt wollen sie natürlich alle tapfer auf der Seite der Frankfurter gestanden und nie um Leib und Leben gezittert haben.«

»Das ist immer so«, bemerkte Oppenrod. »Damit war zu rechnen. Kümmert Euch nicht um sie, Vico, und konzentriert Euch allein auf Eure Aufgabe. Ihr tut einen schweren Gang, selbst wenn sie bereit sind, Eure Verdienste um die Kanone für die Frankfurter anzuerkennen.«

Johanna nickte stumm und begann die Daumen zu drücken. Immerhin konnte ihr Bruder überzeugend reden, was man von seinen Taten nicht immer behaupten konnte. Es hing alles davon ab, ob der gegenwärtige Befehlshaber der Burg ihn überhaupt anhören würde.

Abends kam Vico mit einem Lied auf den Lippen zu Oppenrods Haus zurück. Johanna sah ihm aus der Haustür entgegen und empfand Erleichterung. Wenigstens hatten sie ihn nicht in Gewahrsam genommen.

»Komm mit«, sagte Vico gutgelaunt. »Ich habe zwei Nachrichten, die auch dich angehen. Alle sollen sie hören.«

Als alle beisammen waren, berichtete Vico mit funkelnden Augen. »Sie haben mich als Ritter für den Geleitdienst angenommen, und ich habe schon auf den Kaiser geschworen. Der Geleitdienst wird wieder so durchgeführt, wie es früher üblich war. Der Graf, der den Oberbefehl über das Heer führt, hat mir in Aussicht gestellt, daß ich bald zum Burgmann ernannt werde. Ich habe sogar die Erlaubnis bekommen, unseren alten Hof in der Vorburg zu beziehen, sobald er von den jetzigen Bewohnern geräumt worden ist.«

»Wirklich?« rief Johanna fast ein wenig ungläubig.

»Na ja, nachdem ich geschildert hatte, wie wir Philipps Kanone außer Gefecht gesetzt haben«, sagte Vico stolz, »war der Rest kein Problem.«

»Und Rolands Verdienst?« fragte Johanna.

Vico zuckte die Schultern. »Es ging hier zunächst um die Rechte des abgesetzten Burgmanns Lienhart und die seiner Familie.«

»Er hat recht«, warf Brobergen ein.

Johanna bedachte Vico mit einem langen Blick. Ihr gefiel nicht sonderlich, was er sagte. »Wann können die Leute denn aus unserem Hof ausziehen?«

»Weiß ich nicht«, gab Vico zu. »Kommt darauf an, ob sie irgendwo noch Besitz haben, zu dem sie zurückkehren können. Sie müssen ja auch noch das Lösegeld für ihr gefangenes Familienoberhaupt bezahlen. Philipps Ritter sind alle eingesperrt worden, bis sie zahlen können.« Er lachte dröhnend, um hinzuzufügen: »Ich hoffe sehr, daß die Leute, die in unserem Hof sitzen, eine große reiche Familie haben, die schnell zahlt.«

»Ja, aber es ist wohl eher wahrscheinlich, daß Philipp lauter landlose Schlucker in die Burgmannenhöfe gesetzt hat«, sagte Johanna argwöhnisch. »Und die zweite Nachricht?«

»Die ist weniger gut. Der Graf beabsichtigt nicht, einen Krieg um unsere kleine Burg Falkenstein zu führen. Sie ist so unwichtig, daß Philipp sie behalten darf. Entweder er räumt die Burg freiwillig und läßt damit Vater frei, oder er behält sie als Enklave, in der Vater verdorrt, bis er zu Staub zerfallen ist.«

Johanna sah mit großen erschrockenen Augen zu Boden.

Oppenrod seufzte tief. »Habt Ihr etwas in Erfahrung gebracht, was die Königsteiner betrifft?«

»O ja. Es wird eine Sondersteuer erhoben werden, mit der die Auslagen der Eroberer für die Kanonen und die Waffen bezahlt werden sollen. Die Leute murren schon, habe ich mir sagen lassen, aber alles in allem kommen sie gut dabei weg.«

»Warum müssen eigentlich immer die Menschen zahlen, die damit gar nichts zu tun haben?« fragte Johanna verärgert.

»Wieso fragst du? So ist es eben, und so wird es bleiben.« Vico grinste sie sorglos an.

Nein, so dürfte das Leben nicht sein! Johanna merkte immer deutlicher, daß das Leben als Verfolgte im Wald Spuren bei ihr hinterlassen hatte. Vico dagegen hatte anscheinend nichts dabei gelernt. Mit ihm und seinesgleichen als neuen Burgmannen würde sich für die Bürger nichts verbessern, jedenfalls nichts Wesentliches. Richtig wütend war sie auf Vico und enttäuscht. Sie verließ Oppenrods Haus, lehnte sogar Rolands Begleitung ab.

Mit weit ausholenden Schritten wanderte sie durch Königstein. Sie hatte das Bedürfnis, Luft zu schnappen, am liebsten Waldluft. Aber die Weite des Marktplatzes mußte für den Augenblick reichen.

Kaum eine ihrer eigenen Sorgen war durch den gewonnenen Krieg gelöst worden, nicht einmal die Frage, wo sie in nächster Zeit mit den Kindern wohnen sollte. Noch hatte sie Philipp nicht erzählt, daß seine Mutter tot war; wahrscheinlich würde er sich auch wenig dafür interessieren.

An der Mündung der Straße, die von der Vorburg auf den Marktplatz führte, sammelten sich plötzlich Menschen. Johanna verharrte einen Augenblick und machte sich dann kurz entschlossen dorthin auf. Die Menge wuchs mit beängstigender Geschwindigkeit an. Einige Bürger schüttelten die Fäuste und riefen Beschimpfungen, die sie nicht verstehen konnte.

Johanna fand eine Lücke, durch die hindurch sie einige Mägde der Burg erkennen konnte. Dahinter führten Knechte Ochsengespanne, die beladene Wagen zogen. »Wieso dürfen denn die Besiegten die Ausrüstung der Burg mitnehmen?« fragte sie ihren Nachbarn. »Ich erkenne doch genau einen der Gobelins, die mein Vater angeschafft hat.«

»Ich sehe nicht ein, daß die Feste Wandteppiche haben muß, die von unseren Pfennigen gekauft sind«, antwortete der Mann mürrisch, »aber trotzdem habt Ihr recht. Ihr seid also die Tochter, die für ihren Vater kämpft? Tapfer von Euch, muß ich sagen.«

Sie nickte ihm flüchtig ihren Dank zu und staunte mit wachsender Verwunderung über den aus der Burg ausziehenden Konvoi, insbesondere über die drei Reiter, die den Zug beschlossen. Der massige Mann auf dem riesigen Pferd konnte nur Philipp von Falkenstein sein. Neben ihm ritt ein kleiner, kugeliger Mönch in weißer Kutte. Als er näher kam, erkannte sie Vater Gottfried und halb von ihm verdeckt Thomas auf einem Maulesel. Alle drei hatten gehörigen Anteil an dem Unglück, das über Königstein gekommen war.

»Lassen sie Philipp wirklich ziehen?« fragte sie den Mann neben sich, der anscheinend ganz gut Bescheid wußte.

»Tun sie. Ich habe gehört, daß der Graf Philipp gegen sein Ehrenwort freiläßt, während die Ritter ...« Er machte die Geste des Geldzählens. »Und nicht zu knapp.«

»Nicht möglich!«

»Ein Philipp von Falkenstein ist für den Kaiser wichtig. Auf die Ritter pfeift er, die sind zahlreicher, als meine Sau Läuse hat, und wenn welche umkommen, stehen die nächsten Schlange. So ist das Leben, Johanna von Falkenstein. Vielleicht werdet auch Ihr eines Tages für den Kaiser wichtig.«

Daß ausgerechnet der Verantwortliche freigelassen wurde, war himmelschreiendes Unrecht. Johanna wollte dies nicht so gleichmütig hinnehmen wie er. Über den letzten Teil seiner Bemerkung konnte sie sich allerdings ein Grinsen nicht verkneifen. »Ich bin keine Falkensteinerin, die jemals wichtig werden wird«, widersprach sie ihm gutmütig. »Ich bin so unwichtig, daß ich hoffe, daß der Dicke da mich vergißt. Ich habe ihm seine Braut unmöglich gemacht.«

»Die Hure? Ein Werk Eurer Frömmigkeit.«

Johanna nickte zweifelnd, weil schließlich nur das erste stimmte, und konzentrierte sich auf Philipp, der sich langsam ihrem Standplatz näherte. Er blickte stur geradeaus und übersah die geballten Fäuste der Menschen. Da sie jedoch mehrmals mit ihm gesprochen hatte, konnte sie erkennen, daß er beleidigt war.

Sie schnaubte leise durch die Nase. Philipp gehörte nicht zu den Männern, die jemals merken würden, daß sich die Zeiten änderten und die Bürger nicht mehr bereit waren, jede Willkür ihrer Herren zu dulden. Von ihr aus hätten die Königsteiner ruhig mit Marktabfällen werfen dürfen, um es ihm klarzumachen.

Irgendwie mußte ihr stiller Groll ihn erreicht haben. Er wandte ihr plötzlich den Kopf zu. Auf seinen Lippen lag ein erwartungsvolles Lächeln.

Johanna hob ihr Kinn und starrte abweisend zurück. Von ihr hatte er kein Entgegenkommen zu erwarten. Sie erschrak, als er plötzlich zu ihr sprach, als seien sie allein im Burgsaal.

»In gewisser Weise bewundere ich Euch, Johanna. Ihr seid Katherine ähnlicher, als Ihr selber wißt.« Danach setzte Philipp seinen schon beinahe königlichen Auszug fort.

»Ich glaube nicht, daß Philipp von Falkenstein die Absicht hat, Euch zu vergessen.« Der Nachbar schloß sich, ohne auf eine Antwort zu warten, den Männern an, die sich zur Vorburg aufmachten, kaum daß Philipp vorüber war.

»Da mögt Ihr recht haben«, murmelte Johanna hinter ihm her. »Und hoffentlich kommt er nicht auf die Idee, mich gegen Vater einzutauschen!«

Sowohl Philipp als auch ihrem Vater war ein solcher Kuhhandel zuzutrauen. Johanna biß sich auf die Lippen, während sie einen Umweg zu Oppenrods Haus einschlug. Sie wollte mit den Leuten nichts zu tun haben, die die ganze Hauptstraße bis zur Vorburg blockieren würden, um die Brosamen der neuen Herren aufzusammeln und sich ihnen als treue Helfer anzudienen.

Plötzlich vergaß sie Philipp. Meister Wasserfaß war vor ihr, ging langsam, schaute umher und betrachtete jedes einzelne der alten Kaufmannshäuser vom Sockel bis zum Ladegiebel. Sie sah sich genötigt, ihn zu überholen. »Guten Tag, Meister Wasserfaß«, grüßte sie forsch und wollte an ihm vorüber.

»Die Edeldame!« rief Wasserfaß freudig aus. »Ich wußte nicht, daß Ihr in der Stadt seid. Aber nun, wo Euer Vater ... Verständlich, ja. Ihr werdet jetzt sicher wieder hier Wohnung nehmen?«

»Ja, doch, das werde ich wohl«, antwortete Johanna und wurde sich in diesem Augenblick erst bewußt, daß Vico ja auch einmal heiraten würde. Dann mußte sie den Burgmannenhof natürlich verlassen.

»So werden wir uns öfter sehen. Ich werde wieder heiraten, müßt Ihr wissen. Meine Künftige ist Königsteinerin, und ich werde mich hier niederlassen.«

»Wie schön«, sagte Johanna mechanisch.

»Wir haben beschlossen, daß wir unser Leben ohne Kinder genießen werden, so daß ...« Er beendete den Satz nicht, sondern sah Johanna ein wenig bekümmert an.

»Oh, ich verstehe, Meister«, sagte Johanna und nahm plötzlich mehr Anteil an diesem Gespräch. Sie war froh, daß sich wenigstens eine von ihren vielen Sorgen in Luft aufgelöst hatte. »Das Kind ist inzwischen gefunden worden. So gesehen ist alles in Ordnung.«

»Das beruhigt mich wirklich«, meinte Wasserfaß leutselig und trippelte mit funkelnden Augen neben Johanna her. »Dann will ich

Euch erzählen, daß ich gerade auf dem Weg zu dem neuen Pfarrer bin. Es wird für ihn das erste Sakrament sein, das er in Königstein erteilt. Eine besondere Ehre für mich und meine Frau!«

»Es gibt einen neuen Pfarrer?« fragte Johanna, fast ein wenig betroffen.

»Habt Ihr denn noch nichts von dem fürchterlichen Unglück gehört? Hochwürden wurde im Wald erschlagen. Die Räuber haben ihn bis auf die nackte Haut ausgeplündert und das wenige, das sie nicht gebrauchen konnten, verbrannt. Er war wohl unterwegs zu einem Kranken …«, fügte er seiner Erklärung respektvoll hinzu.

Johanna zitterte innerlich. »Ihr wißt wohl nicht, was die Räuber verbrannt haben?« fragte sie schließlich unumwunden.

»Seltsame Frage. Ich nehme an, Eure Sorge gilt der Gemeinde der Marienkirche, die Hochwürden so unerwartet hinterlassen hat. Er hatte auch das Kirchenbuch mitgenommen, niemand weiß, warum, und es ist bis auf den Einband ein Opfer der Flammen geworden.«

»Er sagte einmal, Kirchenbücher seien wichtige Dokumente. Wahrscheinlich wollte er es nicht aus den Augen lassen, während er den Krankenbesuch machte …« Daran glaubte Johanna nicht, aber es war auch völlig gleichgültig. Mit großer Mühe brachte sie es fertig, teilnahmsvoll zu scheinen und sich einen Augenblick zu gedulden, bevor sie losrennen konnte, um Roland von ihrem Glück zu erzählen.

Meister Wasserfaß plauderte vor sich hin. Johanna hörte nicht zu. »Ich wünsche Euch alles Gute für Euer neues Leben, Meister Wasserfaß«, sagte sie, als sie fand, daß der Höflichkeit Genüge getan war. »Ich muß mich jetzt beeilen.«

»Ich möchte Euch zu meiner Hochzeit einladen, Johanna von Falkenstein!« rief der Kaufmann hinter ihr her. »Ich lasse Euch benachrichtigen.«

Sie winkte zum Dank und begann zu laufen.

Schon in der Haustür wurde Johanna mit einer neuen Nachricht überfallen. Philipp, mit Gesche an der Hand, sprudelte alles heraus, bevor einer der Erwachsenen etwas sagen konnte.

Ein versiegelter Brief von Philipp von Falkenstein war abgegeben worden. Da er an Vico und Johanna von Falkenstein adressiert war, hatte nicht einmal ihr gelegentlich eifersüchtiger Bruder gewagt, ihn ohne sie zu öffnen.

Vico wartete schon ungeduldig auf ihre Rückkehr. Er mußte dringend zur Burg zurück. Es freute Johanna, daß er seine neuen Pflichten ernst nahm. Dann sah sie ihm zu, wie er das Siegel erwartungsvoll brach und das Schreiben aufrollte. Sie drückte sich selbst die Daumen, daß die Nachricht nicht das enthielt, was sie befürchtete.

Das Schreiben war knapp gehalten. Johanna blickte ihrem Bruder über die Schulter und las laut vor.

An Vico und Johanna von Falkenstein! Da die Hure Katherine Yss den Beweis für den Diebstahl des Geldes schuldig geblieben ist, sehe ich mich genötigt, die Übergabe der Lösegeldsumme von einhundert Mark anzuerkennen. Sobald ich die Feste Falkenstein erreiche, werde ich Lienhart von Falkensteins Freilassung veranlassen.

Gegeben am Tag des Herrn, Sankt Michel 1392. Philipp von Falkenstein.

Nachsatz: Es wäre mir angenehm, meiner Butzbacher Verwandtschaft unter erfreulicheren Bedingungen wiederzubegegnen. Ich werde von mir hören lassen.

Es blieb eine Weile still. Mit dieser Wendung der Dinge hatte niemand gerechnet.

»Ich hätte ihm diese Großmut nicht zugetraut«, sagte Johanna schließlich, unendlich erleichtert.

»Vermutlich haben wir es eher deinem Liebreiz zu verdanken, Schwesterchen, als Philipps Ehrenhaftigkeit. Er hatte sehr schnell ein Auge auf dich geworfen, du mußt es doch gemerkt haben.«

»Ja, habe ich«, bekannte sie unbehaglich. »Ich lege aber keinen Wert darauf, Philipp jemals wiederzusehen. Mir reichte es, ein einziges Mal mit ihm allein in einem Saal zu sein.«

»Tja«, sagte Vico gedehnt, »wenn unsere beiden Familienzweige sich aber jetzt versöhnen wollen – und so sieht es ja aus –, wirst du dich wohl damit abfinden müssen, Philipp öfter zu sehen. Vielleicht auch, mit ihm allein in einem Saal zu sein. Oder in seinem Bett.«

Das Entsetzen schnürte Johanna den Hals zu. So hatte er sich das also gedacht. Sie schüttelte den Kopf, ohne ihren Bruder aus den Augen zu lassen.

»Ich schätze«, spann Vico den Faden fort, ohne auf Johanna zu achten, »er wird um deine Hand anhalten wollen. Meinen Segen hat er. Ich wüßte einen Grafen zum Schwager zu schätzen …«

Johanna fühlte Eiseskälte in sich aufsteigen. Bevor sie von ihr ganz gelähmt wurde, hob sie die Hand und versetzte ihrem Bruder eine schallende Ohrfeige.

Kapitel 24

Roland Brobergen hatte Vico höflich zugehört und sich nicht in die Auseinandersetzung eingemischt. Erst als Vico seine Wange rieb, augenscheinlich ohne so recht zu wissen, wie er Johanna die Ohrfeige heimzahlen sollte, rührte Roland sich.

Die Kettenhandschuhe rasselten leise, als er sie aus dem Gürtel herauszog und ohne Hast überstreifte. Er wird Vico doch nicht zum Kampf fordern wollen, dachte Johanna für einen Augenblick verwirrt. Derzeit war sie geneigt, allen Männern Dummheiten zuzutrauen.

Roland Brobergen rückte sein Schwertgehänge zurecht und schritt auf sie zu, ohne ihren Bruder zu beachten. Gottlob, kein Kampf! Johanna begriff urplötzlich, daß sein förmliches Benehmen etwas Besonderes zu bedeuten hatte und ihr galt.

Der Ritter zog den linken Handschuh aus, ließ sich vor ihr auf ein Knie fallen und hielt ihr die Linke entgegen. »Johanna«, sagte er in einem Ton, der alle aufhorchen ließ. Seine blauen Augen strahlten sie an. »Erinnerst du dich, was ich dir einmal in einer besonders schweren Stunde sagte?«

Johanna holte tief Luft. In letzter Zeit hatte sie befürchtet, daß er sie aufgegeben hatte. Sie hatte ihn so häufig zurückgestoßen. Und jetzt … Sie fühlte, wie sich ihr Gesicht mit Röte überzog. Natürlich erinnerte sie sich. Sie hatte sich Roland an den Hals oder vielmehr zu Füßen geworfen, und er hatte ihr geraten zu warten. Bis er ihr zu Füßen läge. Sie nickte.

»Dann ist es gut. Genug der Erinnerung«, sagte Roland heiter, um fortzufahren: »Ich bitte um deine Hand, Johanna von Falkenstein.«

Sie versuchte, das Beben ihrer Schultern zu verbergen. Als ihr umherirrender Blick auf Ritter Oppenrod traf, sah sie ihn gütig lächeln. Aber kaum hatte er ihr zugenickt, verfinsterte sich sein Gesicht.

Vico, der sich endlich von der Ohrfeige erholt hatte, stieß Johanna aus dem Weg und drängte sich zwischen sie und Roland. »Das geht nicht!« sagte er beißend. »Du mußt Vater fragen. Warte, bis er kommt.«

Sein Ansinnen war so absurd, daß Johanna in Lachen ausbrach. Sie ging um ihren Bruder herum und reichte Roland die Hand. »Vico, nach allem, was wir zusammen unternommen haben, um Vater wieder in seine Rechte einzusetzen – glaubst du da allen Ernstes, ich ließe jemanden über meinen Kopf hinweg bestimmen? Hast du immer noch nicht gemerkt, daß ich mein Leben selbst in die Hand genommen habe?«

»Doch, durchaus, Johanna«, antwortete Vico bitterernst. »Aber jetzt, da alles ein gutes Ende genommen hat, ist dein Platz wieder dort, wo das Leben und der Herr dich hingestellt haben. Ich glaube nicht, daß Vater sich seine Rechte aus der Hand nehmen läßt.«

»Das wäre möglich«, gab Johanna zu. »Nur habe ich nicht vergessen, daß sein letzter Versuch, sein väterliches Recht wahrzunehmen, darin endete, mich einer ehrgeizigen Hure und ihrem Minneritter auszuliefern, die sich nicht scheuten, mein Leben zu zerstören. Es wird mir nicht ein weiteres Mal passieren.«

»Dein Leben ist doch nicht zerstört!«

»Nein«, sagte Johanna, »aber ganz anders, als es hätte sein können. Ich habe mich am Schopf selbst aus dem Sumpf gezogen, und geholfen hat mir dabei Roland. Und Ritter wie Bernburg und Oppenrod. Die Hilfe von deiner Seite war weniger gut erkennbar.«

Vico machte ein beleidigtes Gesicht. »Frauen sind schnell zur Striga erklärt, wenn sie sich absonderlich verhalten. Du solltest nicht damit fortfahren. Sei dankbar, daß du davongekommen bist.«

»Wir sind alle davongekommen, Vico«, erinnerte Roland ihn geduldig und sprang auf, ohne Johannas Hand loszulassen. »Jetzt sind wir frei, das Leben zu führen, das wir möchten. Du auch.«

Vico starrte auf sein Füße. Seine Lippen bewegten sich, während er nachdachte.

Wie bei einem Ziegenbock, der Blätter mümmelt, dachte Johanna heiter, behielt aber diese Bemerkung für sich. Rolands Hand bedeutete ihr, daß es genug war.

Endlich gab Vico achselzuckend nach. »Dann mach eben, was du willst.«

»Ich habe nichts anderes vor. Ich hoffe, daß du einsiehst, wie unsinnig deine Gedanken sind.«

»Gar nicht.« Vico sah sie unschuldig an. »Niemand kann anders leben, als die Menschen dieser Zeit und dieser Gegend es für normal halten.«

Roland zog Johanna an sich. »Das ist eine weise Erkenntnis, Vico«, sagte er versöhnlich. »Die Zeit können wir nicht ändern. Aber wir werden uns eine andere Gegend suchen. Bei Stade. Ich erhebe Anspruch auf die Familienburg der Brobergen. Sie ist zwar recht klein für eine Familie mit einem Kind. Und wenn wir dann noch weitere haben …«

»Ein kleine Burg reicht uns wirklich, Roland«, sagte Johanna beruhigend und schmiegte sich an ihn. »Schließlich sind wir gewöhnt, in Hütten und Höhlen zu leben.«

Ritter Oppenrod erhob sich steif und trat zu ihnen. Er schloß ihre Hände zwischen seinen eigenen ein. »Ihr seid das außergewöhnlichste Paar, das ich je kennengelernt habe. Der Herr segne Euren Bund.«

Plötzlich waren sie umringt von der kleinen Hausgemeinschaft, die Roland und Johanna alles Glück dieser Welt wünschten. Johanna blickte in die strahlenden Augen von Gesche und Philipp.

Oppenrod legte seine Hände auf die Kinderschultern. Er wirkte plötzlich besorgt. »Was soll aus unserem Philipp werden? Ich weiß nicht, ob Lettel sich um ihn kümmern kann, wenn er auf den Hof seines Sohnes zurückkehrt. Möglicherweise haben sie schon Mäuler genug, die gefüttert werden müssen …«

Brobergen schüttelte den Kopf. »Macht Euch um ihn keine Sorgen. Ich habe einen anderen Plan.«

Am nächsten Tag suchte Johanna den neuen Pfarrer der Marienkirche auf. Er war jung und tatendurstig, und völlig unbekümmert um sein Ansehen als Geistlicher packte er bei den Aufräumarbeiten in den Trümmern der Kirche an.

»Darf ich Euch einen Augenblick stören, Hochwürden?« fragte Johanna höflich.

Er betrachtete sie kurz, klopfte sich den Staub aus den Kleidern und trat zu ihr. »Laßt mich raten«, sagte er lächelnd. »Es geht um eine Hochzeit!«

»Nein. Um eine Taufe«, stellte Johanna richtig und spürte ihr Herz bis zum Hals klopfen. Eine Taufe war ein Sakrament, und sie war jetzt möglicherweise im Begriff, ein Sakrileg zu begehen. Gesche war getauft, wenn auch unter einem falschen Namen. »In den Wirren um die Burg Königstein …«

»Ja, erzählt nur«, forderte der Priester Johanna freundlich auf.

»Mein Ehemann und ich waren gezwungen, im Wald zu hausen. Ich bin die Tochter des vor der Eroberung amtierenden Burgmanns, und wir fielen in Ungnade … Daher ist unsere Tochter noch nicht getauft.«

»Ich verstehe. Es ist löblich von Euch, daß Ihr es so schnell wie möglich nachholen möchtet. Unter diesen Umständen soll es keine große Feier werden, nehme ich an …?«

Johanna fiel ein Stein vom Herzen. »Ganz genau«, sagte sie erleichtert.

»Den Taufstein haben wir unversehrt gefunden«, sagte der Priester, »und ein neues Kirchenbuch habe ich gleich mitgebracht. Meister Wasserfaß wird vielleicht nicht so sehr begeistert sein – aber Eure Tochter wird mein erstes Sakrament innerhalb der provisorischen Mauern einer ganz neuen, wunderschönen Kirche zu Ehren unseres Herrn empfangen. Ich freue mich.«

»Ich mich auch«, sagte Johanna und ließ sich von seiner Begeisterung anstecken.

Am nächsten Tag wurde Gesche in den Trümmern der Marienkirche über dem alten Taufstein auf den Namen Gesche Maria getauft. Nur die Ritter Oppenrod und Bernburg waren als Taufpaten zugegen.

Gesche machte große Augen, als ihr das Wasser auf das Köpfchen getröpfelt wurde. Johanna hatte ihr vorher erzählt, was geschehen würde, aber man wußte ja nie … Jetzt war sie ausnahmsweise dafür dankbar, daß Gesche nicht sprechen konnte.

Am frühen Nachmittag verabschiedeten sie sich herzlich von Oppenrod und Bernburg.

Vico setzte eine frostige Miene auf, als Johanna zu ihm trat. Sie hatte keinen Zweifel, daß er der Nachfolger seines Vaters im Dienst des Kaisers werden würde: selbstgerecht, genauso machtbewußt, zuweilen unüberlegt und weniger klug als ihr Vater Lienhart. Wahrscheinlich konnte nur ein Amt wie das des Burgmanns ihn auf ein erträgliches Maß zurückstutzen. Als Herr einer eigenen Burg wäre er vermutlich unerträglich. Sie reichte ihm beide Hände.

»Willst du nicht doch auf Vaters Rückkehr warten?« fragte Vico. »Er wird sich auch bei dir bedanken wollen.«

»Er wird sich bedanken, indem er mir eine vorteilhafte Ehe verschafft, wir wissen es beide«, entgegnete Johanna kühl. »Aber ich möchte sie nicht. Ich möchte Roland, mit dem zusammen ich gegen einen bornierten Bischof um sein Familienerbe streiten werde.«

»Streitsüchtig warst du immer schon. Leb wohl, Schwester«, sagte Vico steif. »Ich wünsche dir trotz allem Glück. Und dir auch, künftiger Schwager.«

Roland Brobergen klopfte ihm freundschaftlich auf die Schulter, dann half er Johanna in den Sattel und bestieg Basileus.

Die Kinder winkten, und Lettel, der den ausgeliehenen Wagen lenkte, hob die Peitsche und knallte, daß es zwischen den Häusern widerhallte.

Jenseits des Stadttors warf Johanna einen Blick zurück auf die Stadt und zur Burg hoch. Hier würde bald alles wieder seinen gewohnten Gang gehen. Vielleicht würde sie in ihrem Leben nie mehr nach Königstein zurückkommen, und sie bedauerte es nicht.

Johanna blieb auf der Landstraße still, und Roland nahm wie immer feinfühlig Rücksicht. Philipps Plappern, der Gesche erklärte, was er am Wege entdeckte, zog an ihrem Ohr vorbei. Erst als sie vor dem Fischbachtaler Tor von Eppstein standen, fand sie in die Wirklichkeit zurück.

Die Tore standen weit offen, und die Wachen waren zurückhaltend und freundlich. Durch Johanna ging ein Ruck. Wie anders waren doch jetzt die Umstände, da der Krieg vorbei war! Sie lächelte die Männer an und duckte sich ein wenig, während sie den Durchgang passierte.

»Erst zur Ennelin«, sagte Brobergen.

Roland schien so gar nicht von Zweifeln geplagt, ganz im Gegensatz zu Johanna. Philipp war noch so jung! Sie klammerte sich an den Gedanken, daß Lettel Philipp mit sich nehmen würde, falls alles schiefging. Im Unterschied zu Oppenrod war er der Meinung, daß ein weiteres Kind Platz hätte, wo schon sechs andere satt wurden.

Claus begrüßte sie wie immer begeistert. Mit der Erlaubnis der Meisterin führte er die Kinder durch die Schmiede, während Roland und Johanna eine längere Unterredung mit Ennel hatten.

Als sie den Hof wieder betraten und Brobergen sein neues Schwert an Basileus' Sattel befestigte, tauchte Claus, mit den Kindern auf den Fersen, wieder auf. Alle drei strahlten; Gesche war im Gesicht schwarz wie ein Köhler.

»O nein«, rief Johanna, schlug die Hände zusammen und brach in ein Lachen aus. »Haben sie versucht, dich umzuschmieden, Gesche?«

»Anscheinend gefällt es euch beiden hier«, bemerkte Brobergen heiter. »Trotzdem müßt ihr euch jetzt verabschieden. Wir werden noch dem Meister des Kanonenhofes einen Besuch abstatten.«

Johanna nickte still und stieß einen kleinen Seufzer aus, während sie beobachtete, daß Philipp dem Lehrling Claus spielerisch in die Seite boxte und dafür eine freundliche Kopfnuß erntete.

Der Meister grinste von einem Ohr zum anderen, als sie den Kanonenhof betraten. Er kam sofort zu ihnen. Hinter ihm legten die Gesellen gerade letzte Hand an eine neue Kanone. Sie glänzte in der Nachmittagssonne.

»Wieder auf Kanonensuche, Ritter Brobergen? Habt Ihr vom Krieg noch nicht genug?«

»Reichlich genug, Meister«, wehrte Brobergen lachend ab. »Aber hier habe ich einen kleinen, erfindungsreichen und über seine Jahre hinaus verständigen Jungen, der förmlich nach Kanonen dürstet. Er wünscht sich nichts auf der Welt brennender, als den Kanonenguß zu lernen.«

Der Meister betrachtete Philipp forschend, zuckte aber zurück, als er den Buckel bemerkte. »Hat der Junge ordentliche Eltern?« fragte er zögernd.

»Er hat gar keine mehr«, sagte Brobergen bedauernd. »Aber ich bin bereit, für seinen Charakter zu bürgen. Und für seine Ausbildung zu zahlen.«

Philipps Hand schlich sich in Brobergens; mit geöffnetem Mund sah er zu dem Handwerker hoch.

Der Meister schüttelte bedächtig den Kopf. »Ihr wißt, es geht nicht. Die Zunftbestimmungen ...«

»Papperlapapp«, warf die Ennelin mit gerunzelter Stirn ein und stemmte wieder einmal die Hände in die Seiten. »Zunftbestimmungen! Wenn ich das schon höre!«

Der Kanonenmeister, der neben der Ennelin geradezu schmächtig wirkte, zuckte zusammen. »Wascht mir ruhig wieder einmal den Kopf, Ennel. Ich bin Kummer gewohnt«, sagte er leise. »Aber Zunft ist Zunft, da beißt die Maus keinen Faden ab.«

Die Ennelin würde sich nicht zweimal bitten lassen, gegen Zünfte oder gegen Mönche vom Leder zu ziehen. Johanna lächelte erwartungsvoll, während die Schwertschmiedin noch Luft holte.

»Die Zunftmeister pressen ihre Mitglieder, wo sie können, nicht wahr, Meister, das ist in Euren Gilden sicher nicht anders als in unseren. Und dann sollen sie noch über deren Lehrlinge bestimmen dürfen? Ich habe den Claus auch gegen die Regeln aufgenommen, übrigens mit der tatkräftigen Unterstützung unserer Johanna von Falkenstein, und ich könnte mir keinen besseren Lehrling wünschen. Noch zwei Jahre, und er ist der beste Geselle, den ich jemals hatte!«

»Und ich denke, daß die Nachfrage nach Kanonen in Zukunft so groß wird, daß die Geschicklichkeit eines Fachmannes eine größere Rolle spielen wird als seine eheliche Abkunft«, sagte Johanna vernünftig und nestelte unter ihrem Kettenhemd. »Meint Ihr nicht auch, Meister?«

Der Meister kratzte sich an der Hand, wo er sich verbrannt hatte. »Ihr habt nicht unrecht, Ritterin, obwohl nur eine Frau die Elle der Vernunft an die Traditionen legen würde«, sagte er bedächtig. »Der Lehrling, der mir weggelaufen ist, war tatsächlich sehr ehelicher Abkunft. Aber ansonsten ein Dummkopf.«

»Philipp ist alles andere als das«, sagte Johanna und reichte dem Meister die Perle, die sie über drei Jahre unter dem Leinenhemd getragen hatte. Ihr Hurenlohn von Konrad.

Der Meister sah sie verwundert an und wußte nicht, was er damit anfangen sollte.

»Mein Beitrag zu Philipps Ausbildung«, erklärte Johanna. »Es ist die beste Verwendung für diese Perle, die ich mir denken kann. Die Gründe spielen für Euch keine Rolle. Aber sie ist eine Menge wert. Die Zisterzienser werden sie Euch wechseln.«

Roland kannte Johannas Gründe. Sie fühlte den Druck seiner Hand in ihrem Rücken und lächelte verstohlen. Für sie war damit Konrad endgültig aus ihrem Leben verschwunden.

Der Kanonenmeister ergriff die Perle vorsichtig mit zwei Fingern, betrachtete sie bewundernd von allen Seiten und schloß sie schließlich in seiner Faust ein.

»Heißt das, ich darf …?« fragte Philipp hoffnungsvoll.

»Ich glaube schon«, antwortete Brobergen und fuhr dem Jungen durchs Haar.

Philipp ergriff die Hand des Kanonenmeisters und küßte sie.

»Laß das, Philipp«, murmelte dieser verlegen. »Der Staub von Kanonen schmeckt scheußlich. Du bekommst grüne Zähne, und später fallen sie dir aus.«

»Darf ich mir die neue Kanone ansehen gehen?« fragte Philipp eifrig.

Als der Meister nickte, packte Philipp Gesche an der Hand und rannte mit ihr zur Kanone hinüber, gefolgt von lauter wohlwollenden Blicken.

Johanna war unendlich erleichtert. Der Junge würde es hier gut haben, und mit Claus hatte er sich prächtig verstanden. Zur Not war immer die Ennelin in der Nähe, auch sie eine verständige Frau. Aber sie war sich fast sicher, daß der Meister den Jungen nicht über Gebühr hernehmen würde.

»Das ist eine große Kanone, Gesche«, erklärte Philipp. »Hier ist vorne, und dort ist das hintere Ende. Und hier wird die Kugel hineingerollt. Wenn du mich in zwei Jahren besuchst, kann ich schon selbst eine gießen. Aber ich erfinde eine, die man mit mehreren Kugeln gleichzeitig laden kann.«

Gesche kletterte hoch und nahm rittlings auf dem Rohr Platz. »Sie wird schneller schießen, Philipp, stimmt's? Dann muß man nicht frieren, bis die Mauern endlich umfallen! Sie wird bestimmt die größte und schönste Kanone der Welt«, verkündete sie ernsthaft von oben herunter.

Johanna blinzelte verwirrt. Dann blickte sie Roland unsicher an. Möglicherweise hatten ihre Gedanken ihr etwas vorgegaukelt?

»Ich habe nie geglaubt, daß unsere älteste Tochter ohne Sprache ist«, sagte er in ihr Ohr. »Gesche hatte sie lediglich verloren. Nur zu verständlich angesichts dessen, was sie hat mitmachen müssen.«

Johanna dachte einen Augenblick darüber nach und nickte schließlich. Ein fortwährender Schrecken mochte so etwas anrichten können. Jetzt war davon nichts mehr zu merken. Gesche schwatzte und kicherte mit Philipp um die Wette, als ob sie die Monate des Stummseins nachholen wollte.

»Oder«, fuhr Roland fort, »sie hat das Sprechen mit voller Absicht verweigert. Das würde mich allerdings bedenklich stimmen –

ein Stall voller Kinder mit demselben harten Willen wie deiner wird schwer auszuhalten sein.«

Johanna lehnte lächelnd ihre Stirn an seinen Arm. »Philipp ist ein kleines Wunder des Herrn. Ich bin dankbar, daß Er ihn uns schickte. Ich glaube, Er hat selbst gemerkt, daß Er an manchen Menschen etwas gutzumachen hat.«

Roland wollte etwas sagen, aber Johanna ließ ihn nicht zu Wort kommen. »Und wegen unserer Kinder würde ich mir noch keine Sorgen machen. Es werden auch einige dabeisein, die ganz nach dir kommen werden. Und das sind die, die sich ihre künftige Welt erobern werden, trotz Kanonen und trotz der Widrigkeiten, die andere für sie bereithalten mögen.«